ハヤカワ・ミステリ

JOHN STEELE

鼠の島

RAT ISLAND

ジョン・スティール

青木 創訳

TOKYO HAYAKAWA BOOKS

A HAYAKAWA

POCKET MYSTERY BOOK

RAT ISLAND
by
JOHN STEELE

Translated by
HAJIME AOKI
First published 2024 in Japan by
HAYAKAWA PUBLISHING, INC.
This book is published in Japan by
arrangement with
SILVERTAIL BOOKS LIMITED
c/o LORELLA BELLI LITERARY AGENCY LIMITED
through THE ENGLISH AGENCY (JAPAN) LTD.

装幀／水戸部 功

父に。人生で息子のためにしてくれたことに対して、けっして恩返しはできないだろうが、この本が少しでもそうなればいいと願っている。

それから、九五年のブリーカー・ストリートの仲間たちであるジョン、スタン、とりわけヒューに。

いまでもわたしの一部は、褐色砂岩のテラスハウスのがたつく非常階段で、きみたちとビールを飲み、トラックのキャビンで、サウス・ブロンクスの若者たちとそよ風を浴びている。

鼠の島

登場人物

カラム・バーク……………………王立香港警察《RHKP》の警部
アイリーン・チュー……………カラムの妻
タラ…………………………………カラムの娘
ジェームズ・ミルバン…………王立香港警察の上級警部
ボビー・ホー………………………同巡査部長
ニークー・マッティラ…………麻薬取締局《DEA》の特別捜査官
マイク・オコンネル……………ニューヨーク市警《NYPD》麻薬課巡査部長
アントン・ガリンスキー
ジョージーナ・ルイース ……同情報課の警官
トニー・ラウ………………………三合会《トライアド》十四Kの首領。龍頭《ドラゴンヘッド》
ツェ…………………………………同執行人
パイナップル・ウォン…………タイ三合会の仲介役
サミー・オング……………………協勝堂《ヒップシントン》の首領
パパ・ン……………………………同最高顧問
ミッキー・チウ
トーマス・チャン ……………同幹部
チャーリー・リン…………………同若手幹部
フレディ・ウォン…………………飛龍幇《フライング・ドラゴンズ》の幹部
フィンタン・ウォルシュ………アイリッシュ・マフィアの首領
ジミー・マリガン…………………同幹部。フィンタンの右腕
ビル…………………………………ニューワールド運送のオーナー
ソル・グランディ…………………同経理担当
パディ・ドゥーラン……………同作業長。フィンタンの幼馴染み
ジョニー・ジョンソン…………同作業員。通称ＪＪ
トリニティ…………………………パディの恋人。ＳＭ女王
ガブリエル・ムニョス…………〈ホテル・ベルクレア〉の総支配人

ニューヨーク市　一九九五年

1

カラム・バークは中国人剝製師が殺害される場面に遅れていた。ひび割れた唇にキャメルを押しこみ、ジッポーのやすりを擦って、四十二番ストリートの地下鉄入口の脇の壁に寄りかかった。導火線よろしく煙草に火をつける。腕時計は八時二十分を示している。カーキ色のズボンとぼろジャケットを着た二枚目の黒人の酔っ払いと目が合った。体内のアルコールが骨まで溶かしてしまったかのように、黒人はぐねぐねした動きで歩行者のあいだを縫って近づいてきた。

「なあ、悪いけど、三十セント持ってないか?」アルコールのにおいがカラムの紫煙に混ざりこんだ。

「いや、小銭は持っていない」

「三十セントでいいんだよ。三十セントあればチェスターまでのバスに乗れる」

「悪いな。小銭はないんだ」

「そうかい。それはともかく、あんたに神の恵みがあるように」

酔っ払いが千鳥足《ちどりあし》で立ち去ると、ビニール素材のミニスカートを穿《は》いた、顔立ちは整っているがうつろな目をしたラテン系の女が近寄ってきた。

「ヘイ、ベイビー。ひとり?」

「歌に出てきそうなくらい、ひとりだ」

「遊ばない? 三十分だけ時間が空《あ》いてるのよ」

「今夜はやめておくよ」

女がおぼつかない足どりで歩き去ると、麻薬中毒らしい痩せ細った白人の若者が動いた。

「よう、ちょっといいかい」若者の声は、八番アヴェニューへ通じる通りを行き交う車の音で掻き消されている。カラムが若者のほうに首を傾けると、ポート・オーソリティ・バスターミナルの向こうからサイレンの遠吠えが聞こえた。

若者は身を寄せた。「ちょっといいかい」

カラムは腕時計に目をやった。「いや、いまは――」

「ブローも、スピードも、クラックも、Hもあるよ。何がほしい？」

「いや、間に合っている」

「全部上物だぜ」

カラムは鼻筋をつまんだ。十五フィート離れた角に警察官が立っているが、自分の担当区域でよこしまな商売がおこなわれているのに、見て見ぬふりに努めている。ミッドタウンの建物は空高く伸び、夕方の喧噪《けんそう》を押し包む低いちぎれ雲に呑みこまれている。

噂や、問いかけや、情報や、淫《みだ》らで下品なことばが洪水のように押し寄せている。以前、香港という別の大都市にいたときも同じくらい耳障りだったが、その大半はほかのだれかに向けられた広東語で、ホワイトノイズとして締め出せた。いまは自分めがけて浴びせられ、頭蓋骨を貫いて頭の中に響き渡っている。

「三十セント持ってないか？　ポート・オーソリティが道のすぐ向かいにあるんだよ」

あの黒人が右側にふたたび現われた。〝悩みの日には主が彼を助く〟と断言するネオンサインの光を受けて、顔が黄色く染まっている。

「さっき言っただろうに」カラムは言った。

「ヘイ、ベイビー。忙しい？」

「結構だ」

「ハイになりたくないか？」

「ファックしたくない？」

「いま何時だい」

「三十セント持ってないか？」

カラムは煙草の吸いさしを歩道に捨て、ブーツで踏み消した。新しい一本に火をつけ、この詐欺師や娼婦や売人の目に自分はどう映っているのだろうと考えた。顔は二日ぶんの無精ひげが生えているが、二十九歳という実年齢より若く見える。乱れて始末の悪い黒髪は短く切ってあり、鼻はリングで強打を二、三度もらったためにゆがんでいる。大きな口とおかしな訛《なま》りはアイルランド系を連想させるが、コメディ番組でアイルランド訛りの人たちが聖パトリックの祝日にことさら装うような訛りではない。太く黒い眉の下のハシバミ色の目は表情が豊かで、気分しだいでやさしげになったり、いたずらっぽくなったり、冷酷になったりする。内心が何より表われる目だ。

警察官は四十二番ストリートを渡り、八番アヴェニューのペンシルヴェニア駅へ向かう雑踏の中に消えた。カラムは正面の駐車場と、斜め後ろのポート・オーソリティ・バスターミナルと、右側の八番アヴェニューを渡った先にあるキャメルの巨大な看板を見つめ、この狂騒にいつまで耐えられるだろうと思った。

混沌の中で、美しい女が幼い子供の腕を引き、カラムが脇に立つ地下鉄入口へ向かっている。髪は影よりも黒く、肌は街の明かりで琥珀《こはく》色に染まっていて、原石から彫り出した像のように見える。東アジア系だが、アイリーン・チューとは似ても似つかない。それでも、子供を抱きかかえるその顔を見ていると、香港や疎遠になった妻が脳裏に浮かんだ。子供は母親の首に顔をすり寄せていて、カラムは自分の娘であるタラがよく同じようにしていたことを思い出し、記憶が胸に冷たい穴をうがったように感じた。あのころ、タラはカラムの首に抱きついたとき、腕を一周させるのがやっとだった。母親と子供はカラムの前を通って四十二番ストリートを進み、地下鉄への階段をくだって見えなくなった。カラムは自分の一部がふたりについていったように感じた。

煙草を思いきり吸った。こういうところが問題なのだろう――何事も思いきりやってしまうところが。酒も飲みすぎる。ギャンブルもやりすぎる。家族が去ったのも、愛しすぎたからなのかもしれない。家族を失い、仕事まで失いかけた。

そしていま、ニューヨークにいる。

前にも一度だけ来たことがある。アイリーンと短い旅行をしたのだが、あのときはエンパイア・ステート・ビルディングやセントラルパークや美術館をめぐった。今夜は低い雲がミッドタウンに垂れこめ、巨大な建物が小さな光の点々となって散らばっている。雨が降りそうだ。吸いさしを捨てた。

頭を掻いた。人が殺害される場面を見たがる者などいないが、こればかりは避けて通れないから、早く済ましたほうがいい。死体なら何度も見たことがある。しかし、今回は、コーヒーと煙草を手にしてすわり、中国人剥製師の命が奪われるのを見物することになる。向きを変えて地下鉄の駅に歩み入ったとき、ポケットの中の小銭を数えて鼻を鳴らした。

三十セントある。

二時間後、九十分遅刻して、カラムはダウンタウンのホテルの一室で何も映っていないテレビの画面を見つめていた。

ジェームズ・ミルバン上級警部が言った。「カラム、まったく感心できないな」

カラムは言った。「理由はいま話したとおりです」

ミルバンは疲れている様子だ。飛行機で太平洋を横断し、さらに北米大陸も横断したせいで、時差ぼけが抜けていないのかもしれない。この痩せこけたイギリス人は王立香港警察《RHKP》の警部だ。ミルバンは近衛歩兵第一連隊のレジメンタルタイとブレザーを整えた。くつろいで見えるように脚を組んでいるが、今夜は神経が張り詰めていることをカラムは知っていた。

王立香港警察《RHKP》とニューヨーク市警《NYPD》と麻薬取締局《DEA》の合同捜査班にカラムを引き入れ、自分もその一員になったにもかかわらず、ミルバンはアメリカの法執行機関と協力するのを快く思っていない。ニューヨークを拠点とする香港警察のチームを率いる役目を口の悪いスコットランド人に押しつけようとしたが、結局はカラムとボビー・ホー巡査部長に対するアメリカ国内での監督責任を負うことになった。いま、ボビーはミニバーのそばに立っていて、アメリカ人たちは部屋に戻る前にロビーでそれぞれの所属機関に連絡している。

　DEAは十番アヴェニュー九十九番地にあるニューヨーク支局に香港の警察官たちを迎え入れようとした。だが、コロンビア人を相手に《特捜刑事マイアミ・バイス》を演じているマイアミからの出張組でそこはあふれ返っていたから、やむなくミルバンが泊まっているホテルの一室を使うことになった。

　先ほど、NYPDとDEAはビデオデッキを一台と事件ファイルが詰まった箱をいくつかここに運びこんだ。事件のおもな関係者の写真の拡大コピーが壁に張られている。同じ写真をまとめた大きな冊子がコーヒーテーブルに置かれている。このホテルはロウアー・マンハッタンのフィナンシャル・ディストリクトにそびえ立つ商業の砦《とりで》のあいだに押しこまれるように建っていて、この一室は最も狭い部屋のひとつだ。

　カラムは咳払いして言った。「もう一度言いますが、遅れて反省しています」

　とはいえ、カラムは反省していなかった。四十二番ストリートで酔っ払いに最後の三十セントをバス代として渡したことを反省していなかった。ATMを探さなければならなくなったことを反省していなかった。タイムズ・スクエア近辺ではATMは絶滅危惧種で、ニューヨーク観光の中心地でこれは致命的な設計上の欠陥に思える。地下鉄を乗りまちがえ、ハーレムの北のどこかの地上駅で降りる羽目になったことも反省していなかった。ダウンタウンに戻るC系統の地下鉄に乗ってキャナル・ストリート駅でおりたが、どうせもう遅刻だと思い、気分を落ち着かせるためにバーに寄って何杯か飲んでから来たわけだ。

そしていま、罪を犯したティーンエイジャーよろしく立ち、呼吸を浅くして、酒くさいのが大人たちにばれないよう祈っている。ボビー・ホーが見つめているのに気づいた。

RHKPの巡査部長のホーは、制服の肩章に英語が話せることを示す赤ラベルが付いている警察官で、英語に堪能なため合同捜査班に選ばれた。体つきは痩せ型で、ポロシャツとジーンズという恰好だ。相変わらず無口で、観察力が鋭く、よそよそしく見える。中国人警察官はすぐに目をそらし、カラムは顔が赤くなって肌が火照《ほて》るのを感じた。

ボビーがあきれているのはわかるし、苛立つミルバンを見て気を揉んでいるのもわかる。不和があればホーは心配する――仕事を進めるうえで幸先が悪いからだ。

カラムはRHKPでヨーロッパや中国やパキスタンの警察官と協力したことがあったが、どこも同じだと思っている。有能な者もいるし、無能な者もいるし、無能であることにとても有能な者もいる。ボビー・ホーは有能なひとりだ。

ジェームズ・ミルバンが吐き捨てるように言った。

「いったいどういうつもりだ、カラム」

カラムはたじろいだ。「道に迷ったんです」

「というより、道を踏みはずして酒を飲んだんだな。おまえがはいってきたときから酒のにおいがした」

「すみません」

「謝って済むことか、この役立たずめ。いまはもう、おまえが人間としてだめなことのほうが警官としてだめなことよりも心配だ」

カラムは床を見つめ、犯罪者たちの顔が載っている冊子に目をやった。これを広げるためにニューヨークまで来たのに。

「道に迷ったんです」と繰り返す。

「おまえは何カ月もずっと道を踏みはずしている。衝動を抑えろ。特にここでは。特にいまは」

「ここにいたくているわけではありません」

ミルバンの長い首の腱が引きつり、生気のない肌が怒りで真紅に染まる。

ミルバンは言った。「いまさら何を言う」最初は落ち着いていた口調が、しだいに激していく。「馬鹿野郎。香港であんなことをしたおまえを警察から追い出すことだってできたんだぞ。おまえは刑務所送りになってもおかしくなかった。窮地を逃れられたことを心から幸運に思え。RHKPでまだ働けることを幸運に思え。アイルランド生まれのおかげでこんな機会を与えられたことをまたとない幸運に思え」

カラムは自分が直立不動の姿勢をとっていることに気づき、緊張を解いてウィスキーによる落ち着きを取り戻そうとした。声がかすれている。

「香港から呼び寄せられる警官はほかにもいると思いますが」

「マレーは退職間近だし、ショーは燃え尽きる寸前だ。忘れるなよ、あのふたりもほかのおまえの同胞も、警官人生でいかなる嫌疑も受けていない」

凶器の所持。身体に傷害を与えた暴行。香港のバーで、ウェイトレスの顔をめちゃくちゃにした三合会《トライアド》のチンピラと喧嘩《けんか》になり、ブラスナックルで顎を砕いたこと。

それが氷山の一角にすぎないことをお偉方が知らないのは残念だ。

こみあげてきたウィスキー混じりの胆汁を飲みくだした。タラの大きな目と小さな手を思い浮かべる。アイリーンの姿も。

「おまえは王立香港警察を代表している」ミルバンは

言った。「直轄植民地を代表している。さらには、わたしの代わりでもある」

その台詞《せりふ》で、カラムの血中のアルコールに自責の念がじわりと染みこんだ。何カ月も前から負の連鎖に陥っているし、それを否定できるほどには酔っ払っていない。ミルバンとボビーまで道連れにはしたくない。

「これはおまえにとってチャンスなんだぞ、カラム」

ミルバンは言った。ホテルのベッドに腰掛けながら。

「おまえに目的を与えるとともに、ラウから遠ざけてくれる」

三合会の首領であり、四八九や、山主《シャンチュ》や、龍頭《ドラゴンヘッド》とも呼ばれるトニー・ラウの名前を出され、カラムの酔いが少し覚めた。

しばらくこうべを垂れてから、息を吸って言った。

「二度とこんなことはしません」

ミルバンは渋い顔でうなずいた。

ボビー・ホーが安堵している。

ホテルの部屋のドアがノックされた。

ボビーがふたたび身を固くした。

香港、中環《セントラル》。

デイヴィッド・チョウは買い物袋を両手で握り、揺れる路面電車の車内をふらつきながら歩いて、CDウォークマンに没頭しているティーンエイジャーの脇を抜けた。荒い息をついて巨体を狭苦しい車内に押し進めると、ティーンエイジャーの前にすわっている小柄な老女の肩を腹がかすめた。ふたつ先の席にすわっている男女が近づいてくるチョウを見て、また窓の外に視線を戻した。乗客はほかに五人いる。若い男女と、ジムウェア姿の女ふたりと、車両前方で新聞を読んでいるビジネスマンひとりだ。ビジネスマンはチョウに目をやると、ゆっくりと新聞をおろし、新聞は座席の背もたれに隠れて見えなくなった。

路面電車が揺れた。

ビジネスマンはジャケットの中に手を入れ、何かを取り出したが、上体にさえぎられて見えない。チョウは車両前方の一階におりる狭い螺旋《らせん》階段へ向かった。チョウがビジネスマンに近づくと、静寂が訪れた。ビジネスマンの腕が背もたれの上で動き、見えない指が何かをしている。

あるいは、何かの準備をしている。

ベレッタM9の発射炎がデイヴィッド・チョウの頭部の明暗をネガフィルムのように反転させた。チョウの左耳の上に二発の弾丸が撃ちこまれ、一発ごとに老女の片手が跳ねあがった。つづいて老女は拳銃を両手持ちにし、倒れこむチョウの体にさらに三発撃ちこんだ。乗客たちが悲鳴をあげ、座席の上で跳びあがる。ビジネスマンは両手をあげ、先ほどから破いていたポルノ雑誌の包装が宙を舞った。

老女は少しのあいだ、チョウの死体を見おろしていた。かかとを浮かせて立ち、体を上下に揺らしている。ポリエステルのズボンのゴム入りウェストにカーディガンの裾がからみ、腰のあたりに隠された革製のホルスターがあらわになっている。老女はヘッドスカーフとかつらを剝ぎ取った。剃りあげた頭をさらした殺し屋は向きを変えて車両後方に走り、階段をおりて見えなくなった。車内が静止した。古びた紙の折り目のように、白い雪めいた縞模様が画面に走っている。そして縞模様が上にずれるとともに、ビデオテープが巻き戻され、画面で殺害の場面が逆再生された。

一同は画面に映った録画映像を見つめていた。デイヴィッド・チョウは路面電車の車内で最初にいた場所に戻っている。それを観ているのはカラム、ミルバン、ボビー・ホー。

さらに、DEAの特別捜査官であるニークー・マッティラと、NYPD麻薬課のマンハッタン北部方面担当の巡査部長であるマイク・オコンネルも同席している。

ミルバンはベッドの端にある椅子にすわり、その左右にアメリカの警察官と連邦捜査官がいる。ホーはテレビの隣に立っている。カラムはホーの隣で、ベッド寄りにいる。

ミルバンが唾を呑みこんで言った。「香港警察の人間以外でこの録画映像を観たのはきみたちがはじめてだ」

オコンネルがズボンで手を拭《ぬぐ》い、椅子の背にもたれた。カラムはこのニューヨークの警察官が最後にスーツを着たのはレーガン政権のころだろうと思った。ずんぐりとした体つきで、顔立ちは大きくていかつく、黒い髪は乱れている。だれかがクイーンズで人と猿を結ぶミッシング・リンクを見つけ、ウォルマートのセール品の棚の手近にあった品を身にまとわせたように見える。

NYPDの警察官は言った。「こうして、この地上におけるデイヴィッド・チョウの五十七年間の華やかな人生は終わりを迎えたわけだ。英領チャイナランドのおもちゃみたいな電車に乗っているときに、ノーマン・ベイツもどきに撃たれて」

カラムはミルバンに目をやった。ミルバンはオコンネルに軽く笑みを向けている。長身痩軀《そうく》のイギリス人は平然とした態度を装っているが、その冷たい灰色の目は室温を二、三度さげている。

オコンネルは、ミニバーと冷蔵庫を内蔵した設備の上に載っているテレビを顎で示した。

「香港の高齢者は怒ると何をしでかすかわからないんだな」と言う。

ミルバンは作り笑いを浮かべた。「そうだな。それに、ミスター・チョウは路面電車が軍器廠街《アーセナル・ストリート》にはいったときに撃たれた。皮肉なものだ」

「香港の路面電車は時間どおりに運行するのかい、警部？　あんたの部下はろくに時間が守れないようだが」

カラムは腹の中でウィスキーがふたたび燃えあがったかのように、体が熱くなるのを感じた。

「理由はすでに説明したはずだ」と言う。

「冗談だよな？」オコンネルは言った。「よきサマリア人の真似事をしたせいで遅刻しただって？　飲んだくれに三十セント恵んだせいで？」

オコンネルの足が毛足の長いカーペットの上で貧乏揺すりをしている。カラムはジャケットのポケットに突っこんだこぶしを握り締め、怒りをこらえた。

ＤＥＡのニークー・マッティラ特別捜査官がベッドの端の椅子から立ちあがった。ずんぐりとした体つきのオコンネルに対し、マッティラはクォーターバック並みの体格の大男だ。ニューヨーカーのほうは着せ替えごっこをしているだらしのない男に見えるが、マッティラのほうはアルマーニをウォール・ストリートの証券マンさながらに着こなしている。細い口ひげを撫で、唇をすぼめるしぐさは、話す前にすべてのことばを調整しているように思わせる。

「オコンネル巡査部長はこの事件を立件しようと何カ月も努力しているんだ、みなさん」マッティラは言った。千ドルのシングルのスーツにふさわしい百万ドルの笑みを見せる。「それでも、一時間ぐらいなら悪党どもを逮捕するのを待ってくれるはずだ」

マッティラにとって、この事件は大きな賭けであることをカラムは知っている。マッティラはこの部屋にいる連邦捜査官として、合同捜査班を率いている。このＤＥＡの男は、香港の警察官たちにしかるべき第一印象を与えようと努めている。捜査官はジャケットとズボンを見おろし、目障りな毛くずを膝から払った。

マッティラの態度はミルバンに対しては効果があるだろう。オコンネルは遠慮がなさすぎる。イギリス人にとっての濃いコーヒーのようなものだ。

「録画映像に話を戻そう」マッティラは言い、テレビの画面を身ぶりで示した。「ミルバン警部……」

ミルバンは腕組みした。「この老いぼれた殺し屋はダニー・ユエン。香港の湾仔《ワンチャイ》地区を拠点とする三合会の一派、十四Kの下っ端構成員だ。二十八歳だが、六十歳に見える。あばたがひどく、麻薬を常用している。ナンバー3ヘロインが大のお気に入りだ。そのせいで実年齢より老けてやつれている。しかるがゆえに、十中八九、路面電車の車内で一瞥《いちべつ》した程度では、年配の人物に思われたはずだ」

「しかるがゆえに、ねえ」オコンネルが眉を吊りあげて言った。

「バーク警部、ダニー・ユエンの逮捕はおまえが実行したんだったな」

マッティラが言った。「そして——ええと——ホー巡査部長も逮捕に同行したのか?」

「いや」ミルバンは言った。テレビのそばに立っているホーはうなずいたが、自分のその動作にまごつき、何インチか縮んでしまったように見える。

カラムが見たところ、ボビーの落ち着かない様子にマッティラは気づいたようだ。DEA捜査官はホーに話しかけた。

「ボビー、殺人犯のダニー・ユエンは香港の自分のアパートメントで逮捕されたのだろう?」

ホーは咳払いをして言った。「そうです。殺害に使用した銃をビニール袋に入れて保管していました。レッドチキン、つまりナンバー3ヘロインも隠し持っていました」

「三合会がダニー・ユエンを差し出したときみたちは考えている」

ボビーは事実の陳述を述べているように装ったマッティラの質問にとまどい、ジェームズ・ミルバンを見た。

「そうだ」カラムは言った。「匿名のタレコミがあった。ダニー・ユエンはジャンキーで、好かれていなかった。たぶんヘロインと引き換えに殺害を実行したが、三合会はユエンを警察に売ってトカゲの尻尾切りをした」

ミルバンが言った。「そして殺人事件の捜査を終結させた。ユエンは十四Kに怯《おび》え、自白はしたものの、麻薬を買う金ほしさに、たまたまそこに居合わせたデイヴィッド・チョウを殺しただけだと語った。無差別殺人だとする調書に署名している」

オコンネルが言った。「これが暗殺であるのは警官ならだれだってわかる」

「そのとおりだ」ウィスキーで大胆になり、カラムは言った。「死んだデイヴィッド・チョウは三合会十四Kの関係者と商売をしていた」

「生ける屍《しかばね》どもに売りつけていたわけだ」オコンネルは言った。

ミルバンが言った。「剝製師《スタッフ》だから屍に詰め物する《スタッフ》のが仕事なのさ」

オコンネルは笑った。「ダニー・ユエンとベレッタのおかげで、ミスター・チョウが詰め物をされる番になったな」

ベレッタ、とカラムは思った。いまいましいベレッタ。

香港の路面電車での処刑に使用された凶器。三合会の銃整備士《ガンスミス》は銃身に細工して弾道検査を欺こうとしたが、香港警察は現場で発見された薬莢《やっきょう》から、発射した銃を突き止めた。幹部警察官がDEAの香港支局の大物と夕食をとっているとき、この事件の話を出した。するとと、八千マイル離れたマンハッタンのペル・ストリートで連邦政府への情報提供者が殺害されたとき、現場で発見された薬莢と一致することがわかった。薬莢が同じなら、拳銃も同じだ。

このつながりは注目を集めた。

香港三合会とアメリカの中国人たちの堂《トン》が、情報や、銃や、さらには殺し屋まで共有するのは珍しくない。

太平洋をはさんで、両者が有料で殺人を幇助《ほうじょ》し合っていることは知られている。ベレッタはチャイナタウンの殺し屋から香港三合会に渡されたのではないかという説が浮上した。

一九九七年に中国共産党政府が香港を掌握する前に、三合会は商売の大部分を売り払おうとしているという情報が秘密情報提供者からもたらされ、しばらく前からそれが広まっていた。おもな狙いは、ニューヨークだ。香港を拠点とする三合会十四Kと、ニューヨークのチャイナタウンを拠点とする堂の組織犯罪集団――協勝堂《ヒップシントン》――には明らかなつながりがある。香港三合会は長年にわたって、アメリカの中国人の堂と取引をしている。

しかし、アイルランド系アメリカ人とは取引をしていなかった。これまでは。NYPDの捜査班が明らかにしたのは、中国人がこの街のアイリッシュ・マフィアと取引をまとめようとしていることだ。

三合会はアジアからヘロインを供給する。

アメリカの堂はそのアメリカ合衆国への密輸に協力する。

アイリッシュ・マフィアはニューヨークの路上で売りさばく。

そこでミルバンはカラムに提案した――外国で働き、香港からしばらく離れ、ほとぼりが冷めるまで待つ機会になると。さらに、警察の記録から暴行の嫌疑を削除するのも狙えると。

それで話は決まった。

そしてカラムたちはいま、ニューヨークのチャイナタウンの南にあるホテルの一室で、中国人とアイルランド系アメリカ人の組織犯罪の撲滅をもくろんでいる。

カラムは、ニークー・マッティラ捜査官が学問上の難問を熟考するアイヴィー・リーグの大学教授のように椅子の背にもたれ、腕組みするのを見つめた。

マッティラは言った。「NYPDに中国語の話者は百人もいない。チャイナタウンの人々は法執行機関とは話せないか、話さない。チャイナタウンの堂の組織犯罪集団は人々の恐怖の的だ」

　ふたたびボビー・ホーに顔を向ける。

「だから、ここにいるボビーがモット・ストリートで監視任務にあたり、包括的犯罪取締・街頭安全法に基づく通信の傍受に取り組んでくれればありがたい」

　ボビー・ホーは自分の名前を呼ばれて身を固くした。堂の本部を見張り、堂の構成員の電話を盗聴する責任を課されて、喜んでいるのがわかる。盗聴内容を解読、翻訳するのに必要な言語知識を持った唯一の警察官として、その責任を重く受け止めているのもわかる。

「それからミスター・バーク」マッティラは言った。「この捜査におけるきみに役割について話そう」

　カラムは錘《おもり》を呑みこんだように感じた。ウィスキーによる酔いが覚めかけている中で、それが恐怖と諦念《ていねん》の混ざり合ったものだと認識するのに少し時間がかかった。

　そのとき、電話が鳴った。

2

ウサギを連れた男が足を止め、リーバイスのベルトに取り付けたポケットベルに目をやった。ウサギは歩道にすわり、そのリードがたるんでいる。高価そうな身なりの女たちが無関心にウサギをよけ、三番アヴェニューへ急いでいる。夕食を食べにいくのだろう、とアントン・ガリンスキーは思った。

「食べたことはあるか？」青銅の鍵で指の爪をほじくりながら言った。「《ルーニー・テューンズ》のエルマー・ファッドがいつもやりたがっていたみたいに、ウサギをむしゃむしゃと食ったことはあるか？」

ジョージー・ルイースはキヤノンの望遠レンズをのぞきこんで言った。「アメリカンチンチラみたいね。まちがいなく中型種から大型種の六クラス。あと、バッグス・バニーは一度もつかまってないわよ」

「いつからウサギの専門家になった？」

「小娘の専門家ではなく？」

「うるさいな」

「まずい！」

二番アヴェニューと三番アヴェニューを結ぶ東九十五番ストリートにいるウサギの前に、一匹のネズミが路地から飛び出してきた。ネズミの大きさはウサギ並みで、背中を反《そ》らしている。口を大きくあけている。ウサギの飼い主が下を見てリードを強く引っ張り、ウサギを連れて二番アヴェニューへ走っていった。

「やれやれ」ガリンスキーは言った。「小娘みたいに女々しいやつだ」

ルイースは通りの中ほどに建つタウンハウスの、短い階段をのぼった先にある玄関にレンズを向け直した。

「少なくとも、あの飼い主は外に出ている。ほかの住民は夜のあいだは家に閉じこもっている。二番アヴェニューをブラックパンサーが行進でもするみたいに」

ニューヨーク市警《NYPD》情報課に勤めるふたりは、タウンハウスから斜めに四十ヤード離れた灰色のトヨタ車の中ですわっていた。アントン・ガリンスキーはああいうアッパー・イースト・サイドのアパートメントに閉じこもっているセレブ女を想像し、何かの犯罪の聞きこみをするためにドアをノックした三十四歳のポーランド系警察官にそうした女が惚れてしまう話を想像した。栄えあるおかかえ運転手のように、情報課の送迎役としてVIPたちをいろいろなところに送り届けるのはうんざりしている。いま、ここでやっていることはすごい。張りこみ。本物の警察官の仕事だ。自分の人生にはいわばうつろな穴があいていたのであり――交通課や情報課で長年過ごしても、自分を本物の警察官のように感じたことは一度もなかった――これからその穴を埋めていくのだと悟るほどには自覚が生まれている。唯一の問題は、パートナーがこの仕事にあまり乗り気でないように見えることだ。

ルイースは二十分前からキヤノンを大事そうに持ち、ナース・レーヴィンの客であるパディ・ドゥーランが現われるのを待っている。レーヴィンはドイツ語の屋号を使っているが、ヴェトナム人のSM女王だ。ガリンスキーはJVCのカムコーダーを持ちこもうとしたが、ルイースは却下していた。カムコーダーの大きさだと扱いにくいし、薄暗くても隠しにくい。それに、光量が足りないとVHSの映像はろくなものにならない。だから人けのなくなった通りに張りこんでいる。イースト・ハーレムから数ブロック離れたこのアッパー・イースト・サイドの端に住む金持ちたちは、三重のドアボルトとピンタンブラー錠とナイトラッチとアラーム付きの防犯システムの向こうでくつろいでいる。トヨタ車は、九十五番ストリートの二番アヴェニューから三番アヴェニューまで連なるアパートメントの前に停めてある。道の向こうには褐色砂岩を張った汚れひとつない建物が並び、映画スターの歯並びに負けないくらいきれいで、まっすぐで、高さがそろっている。通りの褐色砂岩側に車が駐車され、二番アヴェニューから三番アヴェニューまで数珠《じゅず》つなぎになっている。ガリンスキーは爪を鍵で掃除しつづけた。パートナーの機嫌をとるよりそのほうがましだからだ。

　やれやれ、この女が怒ると厄介だな、と思った。ルイースはまるで何かの攻撃を受け、活動を停止してしまったかのように、眉ひとつ動かしていない。二年後輩なのに、怒ると母親のようになる。おまけに、だんまりを決めこむ。ラテン系はおしゃべり好きのはずなのに。去年付き合っていたレジーナがまさしくそうだった。脚がきれいで、笑顔がすてきだったのだが——あれには参った《モィ・ボゼ》！　しゃべりっ放しだった。だが、ジョージー・ルイースはちがう。怒ると眉がつながって、ローマ鼻がどういうわけか鋭器のように先細になり、大きな口が固く結ばれて唇が薄くなる。

　ジョージーナ・ルイースは、ガリンスキーが大学院生の新しいセックスフレンドに連絡するために車を停めたせいで、渋滞に巻きこまれたことをまったく快く思っていなかった。ＦＤＲドライヴを使うよう言ったのに、このポーランド系の頑固者は三番アヴェニューにとどまった。そしてトラムウェイ・プラザから一ブロック離れたところで事故が発生し、通りを動脈の血栓のようにふさいでいたために、もろに巻き添えを食うことになった。その結果、ナース・レーヴィンが痛々しい仕事に精を出している褐色砂岩の家にパディ・ドゥーランがはいっていく場面を見逃してしまった。

　ルイースは通りを見張りながら、膀胱《ぼうこう》はあとどれだけもつだろうと思った。スニーカーを履き、アーサーがマムジーンズと呼んでいるラングラーを穿いて家を出ようとしたとき、サミーがこぼしたスパゲッティのソースが膝についた。それで去年より少しきつくなったリーバイスに着替えなければならず、そのうえ車に乗って出発する前にポリス・プラザ一番地で――NYPD本部庁舎で――コーヒーを飲んでしまった。すぐに用を足したくなるはずだし、本部のコーヒーはひどい味だから、愚かな真似だった。ルイースはNYPDに勤めて十年以上になる。歳は三十一。いまでもアーサーはきれいだと言ってくれるし、子供たちが早く寝てルイースも仕事でくたびれていない夜は、いまでも自分がきれいだという気分にさせてくれる。とはいえ、イサベラが母親の口のまわりに皺《しわ》を二、三本足すようになり、サミーも母親の目のまわりに追加で何本か皺を描きこむようになったことは知っている。子供のやることだ。しかし、イースト・ハーレムで警察官として働いた八年間で、皺が一気に増えた。その後、情報課に異動し、世界はそれほど始末に負えない場所ではないと思えるようになった。いまは連邦捜査官との合同捜査班に加わり、ふたたび現場に出ているが、それを歓迎していないのは確かだ。

ガリンスキーは疲れた様子だ。アントンの見た目は悪くなく、ブロンドの髪はいい感じで、いつもほどよく乱れている。今夜は黒いタイトジーンズと灰色のチェックのシャツと革のジャケットを組み合わせていて、尻が見事に引き締まっている。だが、目の下の隈《くま》は色白の肌にできたあざのように見える。もう三十四歳なのだから、十歳も若い女を追いかけるのはやめて、身を固めればいいのに。

イースト川の上空をヘリコプターが飛んでいる。国連広場へ向かっているのかもしれない。

ガリンスキーは腿《もも》で鍵を拭《ぬぐ》った。

ルイースは舌打ちをした。

ガリンスキーは言った。「腹が減っているのか？」

ルイースはふたたび舌打ちをした。

「なあ、ちょっといいか？」ガリンスキーは言った。「キャシーの家に泊まって、月曜の夜のフットボールを観るつもりだったときに、こういうのはうんざりなんだよ。そのあたりを歩いてこようか？　おまえが車内で女ならではの怒りを爆発させられるように」

ルイースは聞き流して言った。「あの男、それっぽく見える？」

ひとりの男が、ナース・レーヴィンの仕事場がある褐色砂岩のタウンハウスのドアを閉め、通りの東西に目を走らせている。大男で、黒いストレートジーンズの上にジャケットを着て、尻をこすっている。そしてジャケットの裾を股まで引っ張り、短い階段を二、三段くだってから、タウンハウスの正面を見あげた。

「尻から中身を掻き出したばかりで、思う存分楽しんだように見える？」ルイースは言った。

「勃起《ぼっき》しているのを隠すためにジャケットの裾をおろしたと思っているのか？　あいつが見あげている家の中には女体調教人グレタのヨークヴィル版がいるのかもな」

「あんたの映画の趣味は最悪だけど、そういう意味よ」

ガリンスキーは言った。「ということは、この一時間、あいつがアナルプラグを突っこまれていたのなら、パディ・ドゥーランはいったいどこにいる？」

ルイースは生クリームを固まらせそうな目つきでガリンスキーをにらんだ。タウンハウスの正面に視線を戻すと、男は短い階段をおりきってシルバーのポルシェのそばに立っていた。

銃声が響き、ガリンスキーがトヨタ車の助手席の窓に頭をぶつける音が重なった。ポルシェのそばにいた男が倒れた。

ルイースが無線機をつかみ、暴行を意味する無線コードの10-34を伝えるとともに、ガリンスキーはドアハンドルを引いた。こぼれた積み荷のように車から転がり落ち、コンクリートに体を打ちつけながらショルダーホルスターと格闘した。グロックが歩道に滑り落ち、悪態をついたとき、さらに二発の銃声が響いた。握力がなくなったように感じつつ、拳銃のグリップを握り、どうにかしゃがんだ姿勢をとった。

　ルイースは両手でリボルバーを持ち、トヨタのトランクの後ろにまわりこんで、「なんてこと《ディオス・ミーオ》！　どうなっているの《オー・ディオス》よ！」とつぶやいた。車の陰で左膝を突き、トランクの向こうを見つめながら、荒い息をつく。通りの埃っぽいにおいと、トヨタ車のテールパイプから漂う排ガスの悪臭を感じる。知覚は剃刀のように鋭敏になっているのに、頭は混乱している。向かいの建物がぐらついているように見える。頭の中で渦巻いているパニックを抑えなければならない。自分はジョージーナ・ルイース、母親であり、妻なのだから。

　それに、警察官だ。

　ルイースは叫んだ。「警察よ！　さっさと姿を見せて、武器を捨てなさい！」

　ガリンスキーは車の前側に陣どった。震える手をボンネットで支える。

　ふたりは十秒ほど膝を突いて息を凝らしていたが、それは何分にも感じられた。

　ガリンスキーが叫んだ。「NYPDだ！　とっとと武器を捨てて出てこい！」

　九十五番ストリートの先でいつもどおりに活動している街の静かなざわめきが聞こえる。動くものはない。

「10‐34は伝えたか？」ガリンスキーは言った。

「ええ」ルイースはささやくように言った。

「だったらサイレンはまだか？」

　ルイースはトヨタ車のテールライトの後ろを少しずつ進み、通りに出た。ガリンスキーが背後で何かわめいているが、さらに少しずつ進んで九十五番ストリートを渡った。リボルバーをポルシェに向け、遮蔽物《しゃへいぶつ》の陰に急いで戻るよう叫ぶ脳の声を無視して脚を動かした。左でカーテンが動いたので、思いきってそちらを見ると、二、三フィート後ろにいるガリンスキーの姿が視界の隅に映った。ガリンスキーはポルシェの全体が見えるように左にずれ、かがんだ。

ルイースの脳が事実を完全に認識する前に、ふたりはポルシェをまわりこみ、死体が少しずつ見えてきた。右膝の下に左足をはさんで横たわり、頭のまわりに血の暗い光輪ができている。

ルイースは膝に手を突いて毒づき、ガリンスキーはポルシェにもたれてへたりこみ、犯行現場を汚染した。運転席のドアがあいている。歩道に薬莢は落ちていない。リボルバーを使ったプロの仕事だ。ポルシェのバケットシートに、短い金属棒を取り付けた小さな鏡が置かれている。悪党は前部座席に寝そべり、鏡を使って短い階段を見張っていたにちがいない。そしてドアをあけ、歩道で淫《みだ》らな考えにふけっていた哀れな男を撃ったのだろう。
二、三ブロック離れたところからサイレンの甲高い音が聞こえた。ルイースは膝に置いた手を怒りで震わせた。二十ヤードも離れていなかったはずなのに、殺し屋が駐車車両の裏に隠れて逃げるのを許してしまった。
最初のパトロールカーが通りに停まると、ガリンスキーはポルシェから離れ、チェーンで首からさげているバッジを掲げた。ふたりとも、階級と所属を告げることになるだろう。書類仕事をやらされ、自分たちの目の前で人が射殺されて、犯人が人けのない通りから徒歩で逃走した経緯を事後分析することになるだろう。だがまずは、だれかが麻薬取締局《DEA》に連絡しなければならない。

ニークー・マッティラは電話で伝えられたアップタウンでの射殺事件の事実確認をするために外出していた。マッティラもオコンネルも何があったのかをはっきり説明しなかったから、カラムはジェームズ・ミルバンが詳細を聞き出してくれるよう願った。だが、警部はニューヨークの警察官と連邦捜査官がバスルームのそばで話し合い、それからマッティラが出ていくのをすわって見ているだけだった。

　ミルバンは用を足しにいった。オコンネルも部屋から出ていった。カラムはミニバーからウィスキーを取った。ボビー・ホーは所在なげにしている。

　カラムはストレートのウィスキーをひと口で飲み干した。オコンネルが部屋に戻ってきた。

「よし」オコンネルは言った。「パパが出ていったから、おれたち子供はちょっと遊ぼうか」

　壁に画鋲《がびょう》で留められたコピーを身ぶりで示す。合同捜査班が狙う関係者の人物写真《マグショット》と隠し撮りした写真が張ってある。

　クリスマスツリーの星よろしく頂点にいるのは、トニー・ラウ――三合会《トライアド》十四Kの龍頭《ドラゴンヘッド》だ。カラムはその写真を見るのをずっと避けている。最後に顔を合わせたとき、ラウはカラムを必ず殺すと誓った。血の復讐を宣言した。ことばではなく、三合会のハンドサインで。ほかの連中が破滅すれば、ラウも香港で王立香港警察《RHKP》に逮捕されるだろうが。

　ラウのすぐ下には、三合会十四Kでラウが率いる大派閥の関係者たちの写真が並んでいる。香港の路面電車の車内でデイヴィッド・チョウを殺害するよう指示した人物もこの中にいる。

　三番目の列には、ニューヨークのチャイナタウンを拠点とする協勝堂《ヒップシントン》の構成員が写っている。首領のサミー・オングと、その最高顧問であるパパ・ンの顔がある。

　オコンネルはボビー・ホーを指差した。

「あんたが耳を傾けるのはこいつらの話だ。リアルタイムで盗聴する場合もあれば、録音する場合もある。モット・ストリートに、堂《トン》本部の監視地点も用意した。ただし、このサイコ野郎どもにはくれぐれも近づくなよ」

親指を立ててその下の列を示す。堂の殺し屋であるチャイナタウンのストリートギャング、飛龍幇《フライング・ドラゴンズ》だ。

オコンネルはベルトに左右の親指を引っかけて胸を突き出し、にやついた顔をカラムに向けながら、クイズ番組の賞品を明かすように、いちばん下の写真の列を顎で示した。

「そしてこのろくでなしどもがあんたの新しい親友になる、バーク。ウォルシュ・ファミリーに挨拶したらどうだ」

カラムはニューヨークのアイリッシュ・マフィアを見た。首領のフィンタン・ウォルシュ。右腕のジミー・マリガンとそのほかの構成員。列の端にパディ・ドゥーランがいる。

オコンネルは言った。「ふたりとも、仕事に行く準備はできたか？」

カラムはもう一度写真に目を通した。いかれたアイルランド人たちのマグショット。髪をオールバックにした飛龍幇のストリートギャングたちのコミックじみた冷笑。協勝堂の男たちを隠し撮りした写真。

反対側の壁に警察官たちの写真を張ることになったら、同じように序列をつけるだろう。いちばん上は連邦捜査官。その下はNYPDとミルバン。その下は不可欠な語学力を持ったボビー・ホー。

いちばん下がカラム。このゲーム全体で、だれよりも損な役割を負わされている。

アメリカでRICO法、すなわち威力脅迫および腐敗組織に関する連邦法に違反した容疑で立件するためには、法執行機関は多くの証拠を集めなければならない。DEAとNYPDのチームはすでに何カ月も前からこの事件を捜査している。そこにボビー・ホーが加わり、堂の盗聴内容の翻訳を手伝うことになった。しかし、アイリッシュ・マフィアに対してはもっと証拠が要る。ウォルシュ・ファミリーは鎖の弱い環になっている可能性がある。合同捜査班がアイルランド人の威力脅迫行為の証拠固めができれば、ある程度の保険になる。最大の、雲の上のターゲットは龍頭ことトニー・ラウだが、三合会ははるかに用心深い――ニューヨークへのヘロインから足がつかないようにする手段をあまりに多く持っている。

アメリカの堂は閉ざされた社会で活動している。起訴できるほどの結果をボビー・ホーが出してくれるのが望ましいが、それは過大な要求だろう。

しかし、アイルランド人を逮捕して関係を立証できれば、合同捜査班は中国人たちを共犯として起訴できる。少なくとも、理論上は。

ウォルシュ・ファミリーの列の最後にマグショットがあるパディ・ドゥーランは、幹部たちの幼馴染みで、いまは取り巻きになっている。気まぐれで、夢見がちで、成功したくて祖国からアメリカに来た移民をひいきにしている。カラムはビッグアップルで運を試したがっているありがちなアイルランド人として現われ、ドゥーランが口車に乗って気に入ってくれるのを期待する。潜入に成功したら、ウォルシュ・ファミリーで働けるよう売りこみ、だれかに四四口径の的にされないよう祈る。

その後は、ウォルシュとその組織に関する証拠をさらに集める。提供する証拠は証言や、物的証拠や、そして――神よ救いたまえ――録音された会話の形をとるだろう。いまいましい盗聴器を着けての。

ミルバンがバスルームから出てきた。

「ボビーは優秀な警官だ」と言う。「期待に応えてくれるだろう」

ホーはカーペットを見つめている。

「あんたのファイルは読んだ」オコンネルはボビーにうなずきかけながら言った。「チャイナタウンでの作戦で、あんたは強力な助っ人になってくれるだろう」

カラムに顔を向ける。

「おれが心配しているのはあんたのほうだ」

　カラムは言った。「おれのファイルも読んだのか？」

「だから心配している。これからあんたが行くところでは、図太いのは武器になるだろうが、命取りにもなる」

　ミルバンが言った。「図太いというのは正確な表現ではないと思うが」

「それなら度胸と言おう」

　カラムはミルバンにしゃべらせておいた。口は災いのもと、と母親がよく言っていた。

「香港警察に加わる前、カラムは王立アルスター警察隊での任務を終えたところで、怒りに駆られていた。ジミー・ギリランドという同僚を失って。だが、この仕事が好きだし、周囲の評判もいい」

　オコンネルはカラムを見て言った。「あんたの政治的信念は？」

　カラムは笑った。「意味がわからないんだが」と言う。

「あんたはよきイギリス人らしく、女王と国家のためにこれをやるのか？」

「おれはアイルランド人だ」

「だとしても、混じりっけなしのアイルランド人か？」

「生まれはアイルランド島だ」

「父親はアイルランド系アメリカ人だが、母親はイギリス人だ。あんたはアイルランドに多いカトリックでもない」

「ああ」カラムは言った。「なるほどね」もう一杯飲みたくてたまらなかったが、いまはそれは悪手だ。グラスをオコンネルの顔に投げつけかねない。

「わたしには」ミルバンが言った。「それが問題だとは思えない。カラムは訛りもあるし、あそこの生まれだし、きっと自分の役割を演じられる」

カラムは言った。「正直に言おうか、オコンネル。自分の神様のほうがおれの神様より上等だとあんたが思っていても、おれにはどうでもいい。おれの母親はプロテスタントだったが、父親はカトリックだった。空の上にだれがいようと、この件でおれたちの味方をしてくれるよう願うだけだ」

また電話が鳴った。

「オコンネル巡査部長」ミルバンが言った。「電話に出たほうがいいのではないかな」

オコンネルは笑みを浮かべた。「出たほうがよさそうだ」と言い、部屋に備え付けの電話を手に取る。

ミルバンはカラムに身を寄せて言った。「オコンネルの挑発に乗るな。これは十中八九、テストだ。おまえの気性を確かめているんだよ」

そしてそのテストにほぼ落ちたわけだ、とカラムは思った。ウォルシュ・ファミリーに神経を逆撫でされたら、冷静でいられるだろうか。

カラムは言った。「おれのターゲットであるパディ・ドゥーランは二カ月前からホテル暮らしをしていますが、いつまでもそこにいるわけじゃない」

「NYPDの情報課は、ドゥーランが二、三週間後にはホテルを出ると考えている」ミルバンは言った。「時間が重要だ。おまえはなるべく早くドゥーランに近づかなければならない。潜入に成功したら、会って状況を確認しよう。人手が足りていれば、NYPDがおざなりにでも見守ってくれるはずだ」

「ドゥーランがおれを気に入ってくれるといいんですが」

「そう仕向けろ、カラム。これだけの短時間でこの作戦をまとめるために、多くの人が手を尽くしたのだから。さあ、ホーがおまえのパスポートを預かって、代わりを渡す」

カラムはジャケットの内ポケットからパスポートを出して渡した。ボビー・ホーがまるで贈り物を進呈するように、アイルランドの偽造パスポートを両手で差し出す。

オコンネルが室内を歩き、ベッドの足側に置かれた椅子に重々しく腰をおろした。「マッティラによると、銃撃がおこなわれたとき、警官ふたりが居合わせたそうだ」

カラムは言った。「この新しい殺人事件についてわかっていることは？」

「被害者の名前はソロモン・ディミートリ・グランディ。五十七歳、白人男性、身長六フィート三インチ、体重二百五十ポンド。身分証の住所はブライトン・ビーチになっている。リトル・オデッサだ。いい知らせは？　ロシア人の殺し屋かもしれない」

オコンネルは腕組みしてカラムに目をやった。

「悪い知らせは？　ソル・グランディはパディ・ドゥーランの知り合いだった。世間は狭いな」

カラムは首を横に振った。

「マーフィーの法則を聞いたことはあるか？」とオコンネルに言う。

「もちろんある」オコンネルは憤慨したふりをして言った。「おれはマーフィーと同じで、生粋のアイルランド人だからな。だれかとちがって」

カラムの泣きどころを見定めるかのように、笑みを浮かべる。

その笑みも皮肉もカラムは気に食わなかった。一時間足らず前にチョウの処刑映像を観たばかりなのに、ここから何マイルも離れていないところで新たな死体が出た。ボビー・ホーが考えそうなことだが、これは幸先が悪い。運頼みでなんとかなるよう願い――アイルランド人の運であれ、悪魔の運であれ――このサイコロを振りつづけるしかない。

それが最後のサイコロにならないことをひたすら祈った。

3

トニー・ラウはダブルハピネスの煙草を吸い、火照《ほて》った喉に煙が詰まるのを感じて、土に唾を吐いた。三合会《トライアド》の龍頭《ドラゴンヘッド》はブーツの底で吸いさしを踏み消した。

　ツェという名の男が言った。「死ぬほど暑いですね」

　ラウはブリキ小屋を見た。みすぼらしい犬がこぶのできた木の下で寝ていて、土まみれの豚の内臓にアリが群がって黒いまだら模様を作っている。

「入会儀式にふさわしい場所ではない」と言った。

　小屋の向こうには畑が広がっている。周囲にはジャングルに覆われた巨大な丘が並び、先月は派手なオレンジ色や、濃い紫色や、ショッキングピンクや、血のような赤が耕地を一面に覆っていたが、いまは色らしい色がなくなっている。ケシの花が咲くと、地元の部族が果実に傷をつけ、中から粘り気のある白い樹脂が――自然の精液のようだ、とラウは思った――染み出るようにする。樹脂が固まると、部族が戻ってきて、カレー色に変わった樹脂を果実からこそげ取り、首からさげた木箱に入れる。アヘンの収穫だ。

「山主《シャンチュ》、このつましい田舎でわれわれに会うための旅が快適だったらいいのだが」

　将軍の声は低く、力強く、未舗装道路を越えて山岳部族の村の端まで届いた。神以外のだれにも従わず、日々の糧《かて》が命令をくだすことである人物の声だ。藁葺《わらぶ》き屋根の細長い家と錆びついたブリキ小屋が集まり、四方に広がるジャングルを押しとどめているこの山村は、モンタイ軍の保護下にあるいくつかの村のひとつであり、クン・サ将軍は二万三千人の民兵からなる戦闘部隊の全権を握っている。六十一歳という年齢でも日に焼けて壮健なクン・サは、ゆるやかな斜面を大股で歩いてきた。左右に三人ずつ配された兵士は肩からマシンガンを吊り、ジャングル用の戦闘服を着ている。

「いつもどおり」ラウは言った。「最後に将軍に会えると思えば楽しい旅でした」

タイから国境を越え、激しく揺れる車でシャン州を進む行程は相変わらず最悪で、ジープの窓から侵入したジャングルに腕を引っ掻かれたり、服に穴をあけられたりした。生い茂った草木はこのミャンマー北東部に暮らす人々と同じくらい始末に負えず、御しがたい。

ここはクン・サの領土であり、香港三合会からは遠く離れているし、クン・サはトニー・ラウより三十歳以上年長だ。ラウは適度な敬意を示しつつ、三合会十四Kの首領である龍頭としてのメンツも保つというむずかしい仕事を両立させなければならない。

クン・サが言った。「最後にきみが光栄にも足を運んでくれたのはいつだったかな、首領」

「二年前かと。去年は草鞋《チョーハイ》が出向いたはずです」

三合会の草鞋という自分の仲介役としての肩書を呼ばれ、パイナップル・ウォンが若者ふたりとともにクン・サの後ろに現われた。タイ三合会の潮州《ティウチウ》人で、仲介役のウォンは、村の建物や日陰ですわっている人々を指差しながら、若者たちに微笑みかけている。若者たちはしきりにうなずいている。緊張している。怯えている。

パイナップル・ウォンのあだ名の由来となったスパイク状に突き出た髪が、蒸し暑さでしおれている。

「首領。将軍」とウォンは挨拶した。

仲介役が先に自分に呼びかけ、将軍の縄張りで顔を立ててくれたことに、ラウは満足を覚えた。

山岳部族の人々は屋内にいるか、日陰でくつろいでいる。この人々は収穫期にはずっと、早朝と夕方にケシ畑で働き、日中の息が詰まるような暑さを避けている。ラウは三合会も日陰に行ければいいのにと思ったが、仕事を片づけて暗くなる前に戻りたかった。将軍の家に泊まるほど信頼していないし、国境の向こうには豪華なベッドとタイ人の娼婦が待っている。

しかし、まずは終えなければならない儀式があるし、山岳部族や民兵の前で入会儀式をおこないたくない。これは三合会の務めだ。

「そのふたりが新入会員か」若者たちを見つめながら言った。ふたりとも、パイナップルと同じ中国系タイ人で、民兵の戦士に比べると背が低く、痩せているように見える。ふたりの目は期待と、これから味わう恐怖を和《やわ》らげるために摂取した麻薬で血走っている。手には三合会の構成員になるための入会料を収めた封筒が握られている。

ラウは言った。「将軍、会議の前に結社のこの務めを実行させてもらえて、大いに感謝しています。祭壇の準備はできていますし、入会儀式は一時間以内に終わるでしょう」

「たいへん結構だ」クン・サ将軍は言った。「きみたちの血の誓いはきみたちに任せよう」

香煙が喉に引っかかり、ジャングルの熱気という炉の火をさらに掻き立てているように感じる。暑さと、虫が飛ぶ音と、鳥の鳴き声と、蔓の巻きひげと、木の根が合わさり、トニー・ラウはジャングルの悪臭漂う息に包まれ、呑みこまれようとしているかに感じた。

あのころを思い出した——九龍城砦《カウルーン》。曲がりくねった汚らしいトンネル網。通路の天井を覆っていた裸の電線。祭壇。紙の旗。香主《ハンチュ》。剣、チンピラ、鶏の頭。十九歳のラウ・ワーミンは三合会十四Kの分派に入会し、それが龍頭に至る長い道のりの第一歩になった。

いまはどうか——蚊、よどんだ空気、ジャングルの小さな空《あ》き地。洪《ハン》という漢字を天、地、人の三角形で囲った紙。祭壇代わりのひっくり返した果物の木箱の上に置かれた関帝《クワンティ》の小さな神像。コーラの瓶に挿され、ジャングルの悪臭とせめぎ合っている三本の線香。汗、ハエ。中国系タイ人の新入会員たちから漂うきつい体臭。血の儀式のために用意された地元の酒の瓶。

龍頭であるトニー・ラウは香主より役割が上だが、パイナップル・ウォンと執行人のツェは入会儀式でその役割を務められるほど序列が高くない。そこでラウは仏教と道教の祈禱《きとう》は飛ばした。祭壇に近づいた新入会員たちの頭の上に、ツェとウォンが中国製の拳銃を掲げる。剣ではなく。ラウは若者たちの顔にワインをかけ、その罪を清めた。水で洗うのではなく。そして歴史の暗唱も短く切りあげた。忠誠と結社について教え、若者たちに問うた――兄弟と結社に忠実でありつづけるか、と。

警察をはねつけるか、と。

それからツェのところに行き、七七式オートマチック拳銃を受けとって、汗で滑るグリップを大きな葉で拭いた。新入会員たちは間に合わせの祭壇の前にひざまずき、地面を見つめて待っている。ジャングルの林冠の下で鳥がけたたましく鳴いた。

ラウは祭壇に歩み寄り、関帝の彫像を見てから、振り返って新入会員たちのほうを向いた。まずはあばた顔の十八歳ぐらいの若者の頭を軽く叩く。若者は頭をあげ、鳩胸を反《そ》らした。ラウは拳銃の銃口を新入会員の胸に押しつけた。

そして言った。「弾丸と汝《なんじ》の心臓、どちらが強い?」

若者は目を大きく見開いて見つめ返した。絶え間ない虫の羽音がしだいに大きくなり、包みこまれそうだ。ラウは頭が膨らんだように感じ、目の奥に鋭い痛みを覚えた。引き金にかけた指が滑る。

「わが心臓です」若者は言った。

ラウは三十六の誓いを呪文のように並べ立てた。腕が震え、息が熱い。この若者が暗唱された内容などに興味はなく、最近の新入会員たちが金にしか興味がないことはわかっている。伝統は絶滅の危機に瀕《ひん》している。

何もかもがそうだ、と思った。百年後、あるいは二百年後に、この瞬間をだれか覚えているだろうか。この空き地に立っていた男のひとりでもだれか覚えているだろうか。

「忠誠の誓いを唱え、立て」と言った。

それが済むと、左側にひざまずいているふたり目の新入会員に向き直った。こちらのほうが一歳か二歳上で、痩せているが顔立ちは整っている。村で会ったときより、目が澄んでいる。恐怖を抑えこんだのだろう。

ラウは言った。「弾丸と汝の心臓、どちらが強い？」

「わが心臓です」

引き金を引いた。

鳥や獣やひとり目の若者の悲鳴が森にとどろき、ふたり目の若者はくずおれてジャングルの地面に転がる死骸のひとつになった。ラウはもう何発か撃った。下手な射撃だったが——目を狙ったのに、頬と頭に穴があいた——弾丸は役目を果たした。酒とポケットナイフを持ってくるようツェに身ぶりで指示する。執行人は反応するのに少し時間がかかった。龍頭が手ずから若者を処刑したことに驚愕しているのがわかる。

死んだ新入会員は麻薬取締局《DEA》の情報提供者だ。チェンマイ支局から出てきた現場捜査官と会っているところを、三合会が所有する娼婦に目撃されている。娼婦はそのとき、タイ北部の故郷の村で、飲み物を売る屋台の陰にいた。ラウは慣例に従い、さらに若者の頭に五発打ちこんだ——両目と、両耳と、口に。この死んだ若者は見すぎ、聞きすぎ、しゃべりすぎた。

また犬が一匹、地獄送りになった。中環《セントラル》の路面電車に乗っていたくずと同じように。あの愚かなディヴィッド・チョウは、自分が働いている銅鑼湾《コーズウェイベイ》の剝製店がヘロインの密輸にかかわり、大金を稼いでいるのではないかと疑った。チョウの考えは正しく、もしその剥製店を経営している薬剤師と交渉すれば、密輸の仕事に雇ってもらえただろう。それなのに、チョウは警察に渡すつもりで、店の地下の工場からサンプルを盗み出した。その結果、中環の路面電車で射殺された。本人と同じくらい簡単に始末できるジャンキーの殺し屋によって。

ラウは酒瓶を手に取り、生き残った若者にナイフを渡した。若者はぎこちなく左手の中指を切り、爪まで刃を食いこませた。執行人のツェが地面に唾を吐き、ハンカチで額《ひたい》を拭《ぬぐ》う。新入会員は指から流れた血と酒を木の椀の中で混ぜ、結社を裏切れば五つの穴から血を流すという呪文を唱えた。証拠はかたわらに転がっている死体だ。それから血混じりの酒を思いきってふたロで飲み干した。儀式は終わった。伝統に従えば六時間もかかるのに、二十分足らずに縮められて。

どうでもいい、とラウは思った。結社の新入りのほとんどが伝統など屁とも思わないのだから、自分がこだわる必要はない。新入りにとっての聖なる紙は香港ドルの紙幣なのだから。

とはいえ、そうやって自分をごまかしているのもわかっている。血管を流れる中国人の血と同じくらい、自分に深く根づいた価値観がある。たとえば血闘《シェドウ》。血の復讐。

それは裏切り者の死体のそばで燃えている香よりも熱く魂の中で燃えている掟《おきて》だ。

一同は遠縁の親戚を見送る一族のようにジープのそばに集まった。

クン・サ将軍はこの二、三時間ほどでかなりの利益を稼いだ。三千万ドル。ラウは長屋の中でこの麻薬王と茶を飲みながら、ケシ畑の収穫物をタイ北部のジャングルに運ぶ取引を交渉した。荷の半分はヘロインで、ジャングルにある将軍の工場で精製する。もう半分はモルヒネベースに加工されたアヘンで、香港沿岸の漁船で十四Kが精製する。クン・サはシャン州を突っ切ってラバの列で荷を運び、ジャングルの鬱蒼《うっそう》とした林冠を利用してヘリコプターから荷を隠し、民兵が賊や商売敵から荷を守る。十四Kのタイ部隊はモルヒネとヘロインを国境の向こうのバンコクへ密輸し、さらに香港に密輸する。

トニー・ラウは愛想よく笑い、内心の喜びを隠した。ヘロインを路上で売って得られる金に比べれば、クン・サに払う金などはした金だ。

「わざわざ来てもらって感謝している」将軍は言った。もつれ合った下生えの中へ延びる小道を身ぶりで示し、わずかに頭をさげて言う。「少し歩かないかね。よければ」

ラウは一礼を返した。

「もちろん、将軍」

多勢に無勢で孤立無援なのだから、選択肢などない。ラウは部下たちと目を合わせなかった。

歩きながら、クン・サは葉巻に火をつけた。葉巻を吸って吐くと、強いにおいの紫煙がトニー・ラウの顔に押し寄せた。

将軍は言った。「わたしは何十年もこの仕事をしている。アメリカ人はわたしを殺そうとしつづけている。わたしの首に二百万ドルの賞金をかけて。商売敵がひっきりなしに襲ってくるが、わたしはまだこうして生きている」

何かが待ち伏せしているかのように、ジャングルを見つめる。それからラウに顔を向けた。

「いま、わたしはまた攻撃にさらされている。新しい交易路ができたせいで、アヘン事業におけるわたしの重要性が薄れている。ワ州連合軍が軍事力でわたしに対抗している」

生い茂った下生えの中では、不穏な静寂が村のざわめきに取って代わっている。

「わたしの組織の中にも反乱分子がいて、シャン族のほかの指導者たちが離反している。ホーモンやネルモネの駐屯地ではなく、こんな僻地で会おうとしたのを不思議に思わなかったかね？」

「将軍、この商売では、ある種の決定には疑問を持たないのが最善だと思っています。われわれはみな辺境で事業をおこなっています。身軽さは武器です」

「歳をとると身軽でいるのは難題だぞ、ラウ先生《シンサン》」

ラウは小道に視線を注《そそ》ぎつづけたが、暑さにもかかわらず、うなじに寒気が走るのを感じた。先ほど話したときにはなかった敬称が自分の名前に添えられていることを心に留める。

クン・サは言った。「わたしはもう六十歳だ。金はたんまり稼いだ。何年ものあいだ、ビルマ人はわたしを待ち伏せするのと抱きこむのを代わる代わるやっていたが、いまはわたしと和解したがっている。提案を検討しているようだ。わたしが正式に降伏すれば、静かな隠退生活を保証するという内容の。ラウ先生、われわれが会うのはこれが最後になるかもしれないし、われわれのふたつの組織が取引するのはこの収穫が最後になるかもしれない」

「静かな生活を送るのは当然の権利ですよ、将軍」

ラウと十四Kもこの程度は予想していた。以前から、アメリカ人と香港警察とタイ人はクン・サの売人や商売仲間を分断しようと努めている。三合会はすでに黄金の三角地帯のほかの供給元に接触している。去年も内通者を何人か始末した。ジャングルで腐りつつある新入会員が最新の死者だ。

「害虫が入会儀式にまぎれこんでいたらしいが」将軍は言った。「きみがみずから引き金を引いたのか？」

「ええ」

なぜ知っているのだろう、とラウは思った。どこから見張られていたのか。

クン・サは言った。「最大の敬意をこめて言うが、用心したまえ。黄金の三角地帯では銃弾はビールより安い。指示さえすればわたしの部下があのネズミを殺しただろう。きみの執行人であるツェもそうしただろう。きみはそのようなことに手を染めるべきではない。きみの尊敬すべき師であり先代の龍頭だったチャオ先生もそう言うのではないかな？」

ラウは理解した。三合会の幹部であるラウは武器を携行しない。恥ずべき行為だし、武装するのはメンツにかかわるし、臆病者だと見なされてしまうからだ。

ツェにみずからの権威を認めさせたかったのは確かだ。しかし、血を求めてもいた。先代の龍頭だったチャオの死にさいして、血闘《シエドウ》、すなわち血の復讐を誓ったが、酷暑の中で一瞬だけそれに心を奪われていた。チャオは老いていたが、実の父のようだった。その死にざまを思うと、いまでもときどき憤怒に駆られる。チャオを死に至らしめた男はいまでも深夜の夢うつつのときに現われ、トニー・ラウをあざ笑う。

「おっしゃるとおりだ、将軍」と言った。「理解しました」

クン・サは言った。「言うまでもないが、きみが殺したくずはけっして発見されない。武器はジャングルの小川に沈められ、使い物にならないほど錆びつくだろう。だが、アメリカ人たちにきみを憎む理由をこれ以上与えないよう強くすすめたい」

将軍は葉巻の吸いさしを未舗装の小道に落とし、ブーツのかかとで踏みにじった。

「話は終わりだ」と言う。「きみの部下のところに戻ろう。きみは疲れているはずだし、これから骨の折れる旅をしなければならないのだから」

トニー・ラウは同意のしるしに頭をさげ、ふたりは村へ戻りはじめた。ブリキ小屋が並び、陰気な農民がたむろし、土まみれのみじめな豚の内臓が押し寄せたアリの群れによって引き裂かれ、むさぼり食われている村へと。

4

カラムはもう一度ノックした。激しい咳の音が聞こえ、ドアの向こうから酔いと眠気でしわがれた声がはいるよう呼びかけた。イツィックが進み出て、カラムとルシアーナはバケツと掃除道具を持って後ろについた。

部屋には悪臭が漂っている。

ふざけやがって、とカラムは思った。

ガブリエル・ムニョスは清掃班が自分のスイートルームに来たとき、いつも便器に大便を出したままにする。けっして流さない。自由自在に排便できるというのは一種の才能かもしれない。

西七十七番ストリートとブロードウェイの角にある

〈ホテル・ベルクレア〉で、カラムがベッドと引き換えに清掃班の一員として働きはじめてから二週間になるが、班長であるイツィックは、新入りにはバスルーム掃除という下積みの仕事をやらせるべきだと主張した。そしてカラムがトイレ掃除を受け持った二週間のうちに、ガブリエル・ムニョスはちょうどカラムがドアをノックしたときにトイレを悪臭で満たすという手品を習得していた。そしてこのろくでなしは流すのを忘れる。毎日。

きのう、便器をこすり洗いしていたカラムは、タンクと壁のあいだにまるめたビニール袋があるのを見つけた。ビニール袋を広げたときは吐き気を催した。ガブリエル・ムニョスは袋の中に排便したうえで、ドアがノックされるのを待ち、中身をトイレに空《あ》けてカラムに片づけさせていたわけだ。

いま、イツィックは清掃班が来たことを告げ、社交辞令をいくつか述べた。ムニョスは不満げにうなり、三人を見据えた。色褪せた青いジーンズを穿き、白いタンクトップが顎の無精ひげにこすれている。イツィックはごみを回収して埃を払い、ルシアーナは掃除機をかけながらそのスペイン人らしいほっそりした鼻で呼吸するのに集中した。カラムは大便を流し、シンクとバスタブを洗ってから、覚悟を決めてトイレに取りかかった。三人が無言で働くあいだ、ムニョスはラッキーストライクを吸っていた。外の掃除を終えたイツィックがバスルームに現われ、小声で言った。

「つぎは五一八号室だ。ガブリエルはおれたちがもたついていたら不機嫌になるぞ」

「あんたたちは先に行ってくれ。おれもすぐに行く」

イツィックは寝室に戻り、カラムはムニョスの洗面用具ポーチの横のひび割れたタイルの下を走るゴキブリを見つけた。お似合いの仲間がいるぞ、と思った。ジーンズのポケットから透明なジップロックの小袋を出して広げ、制汗剤の缶と剃刀の替え刃のあいだに押しこんだ。寝室に戻ると、ムニョスはベッドに腰掛け、ブリキの灰皿にできた吸いさしの集団墓地で煙草を揉み消していた。ベッドの上でこんがらがっているシーツの山は、中で娼婦が寝ていてもおかしくないくらい高く盛りあがっている。ムニョスはボン・ジョヴィのTシャツとデニムのスカートを着たルシアーナを眺めている。

ルシアーナは廊下でカラムを待っている。イツィックが五一八号室をノックする音が聞こえた。カラムとルシアーナはガブリエル・ムニョスをむさ苦しい空間に残し、隣の部屋に行った。

三人が五一八号室に歩み入ったとき、カラムは言った。「しまった、ガブリエルの部屋に煙草を置いてきた」

「ほうっておけ」イツィックが言った。「おれが新しいのを買ってやる」

「二秒で済む」

ルシアーナが言った。「イツィックの言うとおりにしたほうがいいわよ」

「何をそんなに怖がっている?」

「ガブリエルの噂は聞いている」

「あの部屋には妙な客が来る」イツィックは言った。

「それに、あいつは招かれざる客を好まない。おまえだってここがどんなところかは知っているだろうに。部屋の半分には娼婦がいて、階段には注射器が落ちている。ガブリエルはそんなホテルを経営している――まっとうな市民だと思うか? 掃除のとき以外は近づくな」

カラムは「二秒だ」と言い、廊下に出た。

ムニョスは最初のノックでドアをあけた。

「なんだ、くそをしていなかったのか?」カラムは言った。

「なんの用だ」

「バスルームに煙草を置いてきたようだ。はいってもいいか?」

　ガブリエル・ムニョスはカラムを上から下まで眺めた。カラムよりわずかに背が高く、顔はカラメル色で、目は深くくぼんでいる。痩せ型だが、ドアを押さえる腕には力こぶがはっきりと盛りあがっている。ムニョスはうなずいて後ろにさがり、カラムが中にはいるとドアを閉めた。

「たいへんだろうな」ムニョスは言った。「人の汚物を片づける警官というのは」

「社会の汚物を片づけるのが警官の定義なんだよ」

「おれの定義では、警官こそ汚物だ」

〈ホテル・ベルクレア〉の支配人はあざ笑い、まるで特大の紙吹雪を撒いたかのように書類が散らばっている机に歩み寄った。腰をおろし、経理の仕事をはじめる。この建物は一九〇三年に設計され、アッパー・ウエスト・サイドに壮大な正面《グラン・ファサード》を構えている。旅行案内には、ボザール様式を基調とし、そこにアールヌーボーのウィーン分離派の様式を組みこんでいると記されている。最盛期には自慢の部屋に作家や野球スターが泊まっていた。『レッツゴー』や『ロンリープラネット』が書きそびれているのは、現在ではホテルが所有しているのは不動産の半分だけで、残りはバックパッカー向けのホステルチェーンが所有し、建物の内部は崩れつつある廃墟になっていることだ。壁紙は汚らしく、部屋はゴキブリやネズミがはびこり、ベッドはシラミの巣になっている。長期宿泊客の多くは生活保護を受けていて、生き延びるのに必死だ。ジャンキーもいれば、売人も、娼婦もいる。階段の吹き抜けにはクラック・コカインの煙と絶望のにおいが染みこんでいる。

　そしてそのすべてを管理しているのが総支配人のガブリエル・ムニョスだ。イツィックとルシアーナは正しい、とカラムは思った。ムニョスのアドレス帳には悪人の名前がいくつも載っているが、本人は麻薬取引にはかかわっていない。宿泊客がハイになっていたとしても、それはムニョスの商品によるものではない。というのも、クリスマスにムニョスはでっちあげの麻薬所持容疑で逮捕され、この六年のあいだにおこなった二件の軽犯罪によって刑を加算されて投獄されそうになったからだ。そこに麻薬取締局《DEA》が登場した。麻薬取締局はムニョスと取引した。逮捕と前科を保留にする代わりに、このホテルがカラムを採用し、部屋の清掃と引き換えにベッドを提供することが決まった。すべてはカラムがパディ・ドゥーランと接触しやすくするためだ。合同捜査班は、このアイルランド系アメリカ人のチンピラがフィンタン・ウォルシュのファミリーへの入口になることを期待している。

カラムはバスルームに歩み入ると、大声で言った。

「おいおいガブリエル、これはなんだ？」

ムニョスはわざとらしく無関心な態度で、バスルームの入口に来た。カラムに向かって顎をしゃくる——どうかしたか？

「これはいったいなんだ？」カラムはあけたままの洗面用具ポーチと、その中のジップロックを指差した。

ガブリエル・ムニョスがポーチをのぞきこむ。

「ふざけるな！　こんなふうにおれをはめていいと思ってるのか？」

「この白い粉の中に指を突っこんだら、何が見つかるだろうな」

「おれのじゃない！」

「いいか、これが警官のすばらしいところなんだよ、ガブリエル。おれはおまえみたいなくそ《ミエルダ》を下水に流せる」

「そんなことはできないぞ、げす野郎。アイルランド人のホモと仲よくなるためには、おれが必要なはずだ」

「ほかの人と同じで、おれにも欠点があるんだ、ゲイブ。おれのそれは馬だ。おかげで人生を棒に振っている。どれだけ稼いでいると思っていようと、結局はオッズのせいで身のほどを思い知ることになるからな」

「ニューヨーク州では賭博は違法だぞ、おまわり」

「ガブリエル、これは友人同士の友人らしい賭けにすぎない。賭けの内容はこうだ。おまえはおれがこの計画を台無しにしてまで、おまえをライカーズ島送りにすることはないほうに賭けたいか？　この街には、警察に借りがあって、いつでも警官の手先になってくれる前科者はほかにもたくさんいるぞ。それとも大事をとって、つぎにおれが友人たちとおまえの部屋のドアをノックするときは、必ず便器を空《から》にしておくことにするか？　夫が街にいないときに夜のデートをするイースト・サイドのセレブ女のプッシーみたいなにおいをさせておくことにするか？　かぐわしくて、清潔で、心誘われるにおいだぞ」カラムはムニョスの肩に手を置いた。「おれがおまえの部屋のドアをノックしたとき、二度と便器にくそを入れるな」

「それだけでいいのか？」

「それだけでいい。おまえが窓から尻を突き出し、九階下の雑草に肥料をやっても別にかまわない。バスルームがあしたからずっと清潔で無臭ならそれでいい」

ムニョスは一拍置いてから鼻を鳴らし、またどうでもいいという態度をとった。

「わかった」と言う。

カラムはジップロックをポケットに入れ、ムニョスの頬を軽く叩いた。

「またあした」と言う。「ボス」

イツィックとルシアーナのふたりとふたたび合流したとき、カラムは悪態をついた。ジップロックから中身が漏れ、ポケットの中が重曹だらけになっていたからだ。


「おれたちは戦車の下で眠った。いつもヒズボラからはちょうど見えない丘の上に戦車を停めるようにしていたが、ストレスと戦闘でくたくたになり、ハンドブレーキをかけ忘れるときがあった。目を覚ますと暗闇の中でメルカバがひとりでに斜面をくだっていて、慌てて追いかけたものだ。大騒ぎだった」

イツィックは笑い、煙草を吸った。

イツィックはガブリエル・ムニョスと肌の色も痩せ型の体型も漆黒の髪も同じだが、ムニョスがドミニカ人の遺伝であるのに対し、こちらはイスラエル人の血統の産物だ。ただし、その目はドミニカ人のサメのような黒ではなくハシバミ色で、唇もムニョスよりも厚い。

イツィックは軍人らしさがいまでも体に染みついていて、コンバットブーツにジーンズの裾を押しこむところや、つまらない仕事でもたいていは最高水準の出来栄えを保つところにそれが現われているとカラムは思った。とはいえ、シャツとゆったりしたタンクトップの組み合わせや、からみ合ったモップのような髪形や、穏やかな笑みは、別の人生を生き、別の目標を持っていることを物語っている。イツィックはソーホーで新しい人生をはじめることを望み、観光ビザでオーバーステイをつづけている。しかるべき画廊を見つけ、作品が売れはじめたら、さっさと〈ホテル・ベルクレア〉からは出ていって、二度と振り返らないだろう。どうせなら夢は大きく、とカラムは思った。

「わたしの夢はもう一度車を運転することよ」ルシアーナが言った。「戦車でもいいけど」

水がはいっていないバケツに入れたスプレーを調べ、栄光を失いつつあるアッパー・ウェスト・サイドのホテルのつぎの部屋でつぎの掃除をする準備をしている。

何かのややこしいジョークのようだ、とカラムは思った。イスラエル人の戦車長と、スペイン人のロースクール卒業生と、香港の警察官が安っぽい宿のトイレ掃除をするというジョークなど、だれも聞いたことがないだろう。笑わせどころは、カラムが潜入警察官であるとは、同僚のどちらも夢にも思っていないことだ。大都会で運を試そうとしているアイルランド人のバックパッカーだとしか思っていない。

「グリーンカードを取得したら、また運転免許がとれる」ルシアーナは言った。

二十四歳のルシアーナは華奢な体つきで、長い髪を平たい額《ひたい》から後ろに流し、ヘアゴムでまとめている。やはり不法滞在者で、恋人を頼りにしている。じきにウィスコンシン州から来て、このホテルから連れ出すと約束してくれたらしい。いずれルシアーナは貴重なグリーンカードを手に入れて、車を買い、もっと実入りのいい仕事を見つけ、郊外で子供をかかえて住宅ローンに悩まされる生活を送りそうだ。

イツィックが六六五号室のドアに向かってこぶしを振りあげた。パディ・ドゥーランの仮住まいだ。

この七日間、カラムが清掃班にはいってからは、パトリック・ドゥーランは——結束の固いアイリッシュ・マフィアへの突破口は——姿を見せていない。主役とのコネを持つ端役であるドゥーランは、アイルランド系アメリカ人三世で、ナース・レーヴィンという名のアッパー・イースト・サイドのSM女王と付き合っている。酒を飲んで大騒ぎしたせいで社会福祉課と警察によってアパートメントから追い出され、新しい家が見つかるまで〈ホテル・ベルクレア〉に引きこもっている。少なくとも、DEAとニューヨーク市警《NYPD》が集めた情報ではそうなっている。だが、ドゥーランはまる一週間も所在不明だ。

人けのない廊下にノックの音がやけに大きく響いた。硬材のドアの向こうからはなんの音もしない。

イツィックはもう一度試した。

反応はない。

「仕方ない」イツィックは言った。「宿泊客がいなくても、部屋は掃除しないとな」部屋の合鍵を束ねたキーリングをいじりはじめる。

カラムはイツィックのあとから部屋にはいった。隅に立てかけたバックパックに目が留まったあと、シーツのあいだから金髪の房がはみ出ていて、掛け布の下にイモ虫めいた体があるのに気づいた。

イツィックが言った。「部屋の掃除に来ただけです。すぐに出ていきますので」

イモ虫は身じろぎせず、髪も動かない。

まずいな、とカラムは思った。もし死んでいたら？ドゥーランの写真は見たが、少しだけはみ出た髪は本人のそれらしく見える。とはいえ、シーツの下にはだれがいてもおかしくない。女かもしれない。

三人は仕事にとりかかった。カラムは清掃班に起こされて文句を言う声が聞こえないかと耳を澄ました。バスルームの掃除を終えても、ベッドの上の体は動いていない。

「掃除機はかけないのか？」カラムは言った。

イツィックは小声で言った。「起こしてしまうかもしれない」

「きちんと掃除しなかったのを知ったら、ガブリエルがいい顔をしないぞ」

「怒った客にクレームを入れられるのもいやがるはずだ」

カラムはベッドを指差した。

「この男が二十五ドルでそこまで期待するか？」

ゆうべ、この馬鹿は浮かれ騒いだのだろう。夜更けに酔っ払うかハイになって、朝の十時半まで眠りこけている。これが本人だったとすればの話だが、一週間も待たされたすえに、ドゥーランが七フィートしか離れていないところで寝ている。そしてふたりのまぬけが衛生方針について話し合っているのに、気づいていない。

カラムは「煙草はあるか？」と言い、ベッドの端に腰掛けた。

イツィックは目をむいた。このアイルランド人は何をしている、という顔で。

そして言った。「自分のを持っているだろうに。ガブリエルの部屋に取りに戻ったよな」

「ああ、そうだったな。火を貸してくれるか？」

カラムはポケットの中を探りはじめ、その身動きに合わせてマットレスのスプリングがきしんだ。シーツが床のほうへ滑る。体は動いたか？

イツィックは言った。「クリスティ、行くぞ」

カラムは危うく台無しにするところだった。クリスティとはいったいだれのことだと訊きそうになって。寸前で、クリスティというのがカラム二号のことだったのを思い出した。クリスティ・バーンズ。潜入がつづくあいだは、たとえそれに残りの生涯を捧げることになろうとも、ずっと使いつづる仮面だ。恐怖の暗い影が心に忍びこんできたが、それを追い払うと、勝利の叫び声をあげてマットレスから勢いよく立ちあがり、安物のプラスチック製ライターを掲げた。ルシアーナが縮みあがっている。

体がもぞもぞと動き、しわがれたうめき声をあげた。

「もう行かないとまずい」イツィックが鋭く言う。

「一本だけだ。火を貸すよ」

ブロンドの髪の房がシーツの下に引っこんだ。

どうした、くそ野郎、とカラムは思った。起きろ。

「キャメルを一本吸うのにたいして時間はかからないだろう？」カラムはほとんど切羽詰まった声で言った。

ここにいたくないし、部屋の掃除もしたくないし、この仕事もしたくない。だが、香港でへまをやったせいでこんな境遇をみずから招いてしまったのであり、ベッドにいるこのぼんくらが起きるのが何より重要に思える。このまぬけがパディ・ドゥーランで、関係者にはクリスティ・バーンズと名乗っているカラム・バークと知り合うのが何より重要に思える。早く知り合えば、それだけ早くこの作戦全体も終わる。

落ち着け、と思った。焦るな。

イツィックが顔を寄せた。「このぼんくらを起こしてしまうぞ。そうなったらこのぼんくらは文句を言う。そうなったらガブリエルも文句を言うが、相手はおまえじゃない。おれの言っていることがわかるか？」

「聞いてくれ、おれは疲れているんだよ。きのうは仕事を探すために、ここからバッテリー・パーク・シティまで歩いた。歩いたのは地下鉄に乗る金もなかったからだ。きょうも朝から他人のくそを片づけた」

髪の房がまたはみ出た。カラムは目の隅で、それがベッドカバーの下から出てきて、淡い青の目が現われるのを見てとった。つづいて細い鼻と、開いた口と、細かいブロンドの無精ひげに覆われた頬が現われる。

「言っておくが」カラムは声を張りあげた。「おれはこんなことをするためにはるばるアイルランドから来たわけじゃない」

青い目が室内を見まわし、リングに君臨するボクサーのように部屋の中央でわめいているアイルランド人に留まった。ルシアーナはバケツを赤ずきんの籠よろしく前に持ち、ドアまでさがっている。イツィックが進み出た。ベッドでもぞもぞと動いている男を見る。こういう男がひと晩で使う金は、たぶんイツィックの一日の稼ぎよりも多い。

イスラエル人はカラムの目を見て言った。「おれもうんざりだ。火を貸してくれ」

ふたりは身を寄せ、ライターのやすりを擦って火をつけ、煙草を深々と吸った。ルシアーナは窓をあけ、窓台に腰掛けた。

カラムは言った。「あんたがソーホーで三度目の個展を開いたら、ホテルで部屋の掃除をしたことや、眠っている客のそばを忍び足で歩いたことを思い出しそうか？」

男が裸の胸をこすりながらベッドの上で身を起こし、ブロンドの髪が首まで垂れて細面を縁どった。美形だ、とカラムは思った。口もとはやさしげで、春の空の色をした目は人がよさそうで、無邪気とさえ言っていい。たぶんまだ酔いが残っている。顔はマッティラとオコンネルが見せてくれたファイルの写真と一致する。パディ・ドゥーラン本人だ。

イツィックが言った。「おまえはどうなんだ？　クリスティ・バーンズはニューヨークの百万長者のアイルランド系移民に新たに名を連ねそうか？」

カラムはキャメルを吸った。「ここのアイルランド人ひとりにつき一ドルもらえたら、とっくに百万長者になっているな」

「一本もらえるか？」

泥の中から届いたような声だったが、ベッドの上の男はイツィックとカラムに向かって顎をしゃくった。「煙草をもらえるか？」先ほどよりはっきりとした声で言う。

イツィックはラッキーストライクを、カラムはキャメルを差し出した。


パディ・ドゥーランはベッドから足をおろし、灰色のボクサーパンツと金色の産毛に覆われたしなやかな脚があらわになった。いったん両肘を両膝に突き、引き締まった腹の肌に皺が寄った。

どうした、とカラムは思った。おれの煙草を取れ。

ドゥーランは苦しげに咳きこんだ。体を折り曲げ、床に唾を吐きそうに見えたが、ゆっくりと頭をあげ、イツィックのほうに手を伸ばした。

「こっちのほうがよさそうだ」と言う。「こんな状態だとキャメルはきつすぎると思う」

イツィックのラッキーストライクの箱から一本抜いて言った。「悪いな」

「いいさ」イツィックは言った。

カラムは言った。「おれも変えてみようかな。故郷ではラッキーストライクは見かけないんだよ」

ドゥーランはカラムを見た。そして言った。「どこかで会ったか？」

「会ったことはないと思う。おれはアメリカに来てまだ二、三週間ほどだ。このホテルでおれを見かけたのなら話は別だが」

パディ・ドゥーランは言った。「二、三週間前にこの国に来たやつが、なぜこんな掃き溜めで部屋の掃除をすることになった？」

「ニューヨークに着いたら、夜遊びに夢中になってしまったのさ。むだ遣いした結果、無料で泊めてもらう代わりにこんなことをしているわけだ。昼前にはここの仕事を終わらせて、そのあとは街で仕事を探している」

「どんな仕事を？」

「バーテンダーとか、ウェイターとか。給料が現金払いで、チップが稼げる仕事ならなんでもいい」

「アイルランド人だよな」ドゥーランは言った。「合法的に滞在してるのか？」

「いまのところは。三カ月の観光ビザがあるが、それが切れたら……」

「観光ビザか。働いていいのか？」

カラムはドゥーランの目を見つめて言った。「あんたには関係ないだろう？」

ドゥーランは煙草を吸い、顔をベールのように覆う紫煙越しにカラムを見つめた。顎がこわばっているが、部屋の真ん中に立っているこの傲慢な野郎に言うべき台詞《せりふ》のメモを脳が口のために作っているように見える。

ドゥーランは言った。「その友達からバーンズと呼ばれてたな？」頭が混乱しているように、ゆっくりとした鷹揚《おうよう》な声で言う。

「そうだ」カラムは言った。「クリスティ・バーンズ」

「出身は？」

「ベルファスト」

ドゥーランは紫煙で輪を作った。「荒っぽい街だ」と言う。

「ニューヨークのほうがひどいと思う」

イツィックが煙草を吸い終え、窓台で揉み消し、吸い殻を外に弾き飛ばした。ドアに向かい、ルシアーナについてくるよう身ぶりで示してから言った。「邪魔をして申しわけなかった。クリスティ、行くぞ」

カラムは煙草を長々と吸い、苛立ちを静めようとした。これからどうする？　ドゥーランはあしたもここにいるのか？　なんらかのつながりを持つのに成功する前に、ドゥーランがホテルから出ていったらどうする？　情報課の話だと、この男は生粋のアイルランド系アメリカ人で、エメラルド島のお涙ちょうだい式の身の上話が大好きらしい。誂りを誇張しすぎたか？態度が悪くて機嫌を損ねたか？　大失敗だ。

煙草を投げ捨てるために窓ぎわに行った。身を乗り出し、建物の裏側の煤で汚れた煉瓦《れんが》の壁と、六階下のごみに覆われた狭い中庭を見つめたとき、鷹揚な声がふたたび聞こえた。

「なあ、クリスティ。おまえは生活のためにくそを片づけたくないいんだよな。ここにもいたくない」

イツィックが部屋の入口に立ち、口をあけてカラムを急《せ》かそうとしたが、鷹揚な声が怒気を帯びた。

「おまえの友達はすぐに追いつく」

ドゥーランはベッドの下から安物のブリキの灰皿を出し、煙草を揉み消したが、その間もイスラエル人から目をそらさなかった。イツィックはカラムを見てからまたドゥーランを見ると、うなずいた。ルシアーナとともに部屋から出ていく。カラムの首まわりが熱を帯びた。

「こんなところで何をしてる？」ドゥーランは言った。

「ここに未来はないぞ」

「おれには知り合いがいない。就労ビザも持っていない」

「ウッドサイドやリヴァーデールやウッドローンを見てまわったらどうだ」

「アイルランド人街に住むためにわざわざアメリカまで来たわけじゃない」

ドゥーランはうなずいた。「気持ちはわかる」と言う。「おれは貸した金を取り戻すまでここに泊まってる。トコジラミやらがいるから、ここではあまり眠らないようにしてるが。ウェスト・サイドでは昔からできるだけソファで寝るようにしてるんだよ。金を回収できたら、ヴィレッジのアパートメントに移るつもりだ」

ベッドの上でからみ合っているシーツを探り、皺だらけの青いジーンズを見つけた。ポケットを調べて折り目のついた小さなカードを見つけ、カラムに差し出した。

「おまえは体力がありそうだな。これに載ってるのはアッパー・ウェスト・サイドにある運送会社だ。おれもここで働いてて、家財やオフィス設備といったいろいろなものを運んでる。ここに電話をかけ、おれから連絡するよう言われたと伝えろ。おれの名前はパディ・ドゥーラン。もしかしたら雇ってもらえて、ここから出て、まともな泊まれる場所が見つかるかもしれない」

カラムはカードを受けとり、側面に矢印のある浮き出し加工がされたトラックと、所番地と、電話番号と、会社名を見つめた。ニューワールド運送。

カラムは言った。「助かるよ。小銭ができたら電話してみる」

ドゥーランはまたポケットを探り、皺だらけになった数枚の紙幣を見つけた。独特の鷹揚なしぐさでそれを数えて言った。「ほら、四十七ドルあるから、とりあえずこれを使え」

「恩に着る」

「パディだ」

「恩に着るよ、パディ」

カラムはカードを軽く叩いてからポケットにしまい、

ドアへ向かった。片足を廊下に踏み出したとき、背後からドゥーランが声をかけた。

「クリスティ、もうひとつある。起きたら気分がましになった。やっぱりキャメルを一本もらう」

5

「ソルの件を聞いたぜ」

「そいつはもう古いニュースだ」

「警察は犯人の見当をつけてるのか？」

「いや、ソルは統計上の数字どまりだ」

カラムは、コロンバス・アヴェニューの扉をあけ放った倉庫のそばに集まっている男たちを眺めた。路面より低い位置にある扉へ短いスロープが延び、倉庫の中には本や皿やリネン類を収納する箱が積みあげられている。壁ぎわにはワードローブやソファや机を運ぶための台車が並んでいる。ニューワールド運送の備品だ。ほかにも男たちがいて、歩道をうろついている。事務所の前には三台のトラックが停められ、四車線の大通りを掻き分けるように進むタクシー運転手を怒らせている。

　これから一同は、運転手を兼ねる作業長が率いる班に割り振られる。いまはみな腕と脚の骨がなくなったかのように、だらしなく立っている。目は腫《は》れぼったく、動きはのろいが悠然としている。古いソニーのウォークマンのヘッドホンをはめたひとりが本人だけのビートに合わせて頭を揺すっている。カラムはそちらへ歩いて二、三フィート離れたところに立ち、いつでも仕事をはじめられるようにした。

　ドゥーランからもらったカードの番号に電話をかけたとき、ビルという名の苛々した口ぶりの男が出て、人手が足りなくなったら採用すると口約束をしてごまかした。ビルが電話を切ろうとしたとき、カラムはパディ・ドゥーランの名前を出した。ビルの声が一オクターブあがり、紙をめくる音とつぶやき声が聞こえた。一分後、カラムは採用され、翌朝八時にコロンバス・アヴェニューの会社事務所に来るよう言われた。

　歩道の一団から男がひとり離れ、カラムに近づいた。

「よう、新入りか？」

「そうだ。よろしく」

　握手を交わすと、男は含み笑いした。男の手のひらはかさついて硬く、笑い声は低くて温かみがある。

「いい訛りだな」

「アイルランド人なんだよ」

「シリアルのラッキーチャームの妖精みたいだ」

「そうだな」

　男はＪＪことジョニー・ジョンソンだと名乗った。

「クリスティだ」カラムは言った。

　ＪＪはほかのふたりを呼び、男たちは互いに自己紹介した。ひとりはトロイ・ジャクソンで、ウォークマンを聴いているもうひとりがウィリー・シモンズ。

「この新入りはアイルランド出身だ」ＪＪが言った。

　トロイが言った。「パディと話し方が似てないな」

「こいつは本物なんだよ」ウィリーが言った。「リーアム・ニーソンと同じで」

カラムは言った。「あんたたちはマンハッタン出身なのか？」転校生になった気分だ。答はいっせいに返ってきた。

「サウス・ブロンクスだ」

背が低く、顎ひげを生やし、太鼓腹で、肩まわりのたくましい男がニューワールド運送の事務所の玄関から出てきた。クリップボードを持っていて、トラックの一台の脇に陣どった。そしてまわりに立っている男たちを別々の作業長に割り当てた。トロイはクルーカットを見せびらかしている長身のオーストラリア人と組んだ。ウィリーはラグビーシャツ姿の老けたスコットランド人と組んだ。

「JJとクリスティ、おまえたちはパディの班だ」

ふたりが最後尾のトラックに歩み寄ると、パディ・ドゥーランが荷台に台車を積んでいた。ゴールドジムのTシャツ、ジーンズ、ブーツ、革のサポートベルトという恰好だ。ドゥーランは金属製のシャッターを引きおろしながら荷台から飛びおり、しっかりと閉めた。

「よし」と言う。「小金を稼ぎにいくとするか」


依頼主は遅れていた。ドゥーランはマックマフィンとコーヒーで時間を潰すために最寄りの〈マクドナルド〉へトラックを走らせた。JJは朝食を食べず、十分ほど前からどこかに行っている。

ドゥーランは言った。「ビールを買ってるんだよ」

「おいおい、まだ朝の九時前だぞ」

「気付けが必要なのさ。事務所であいつらがやけにのろまだったのに気づいたか？　メサドンを飲んでないからだ」

ドゥーランはベーコンエッグをかじり、マフィンを頬張りながら言った。

「サウス・ブロンクス出身の何人かは依存症だ。診療所でメサドンをもらったときは、ワードローブをひとりで持ちあげることだってできる。もらってないときは、一日のはじまりにビールでも飲まなければ小指さえ持ちあげられない」

「へえ、ＪＪはジャンキーなのか」

「いや、ちがうぞ」ドゥーランは言った。「ＪＪは依存症だ。それとこれとはちがう。ＪＪやウィリーのような連中は確かに薬物にはまっているが、恋人や妻子がいるし、ちゃんと生活してる。アパートメントに住み、働けるときは働いてる。朝の四時にポート・オーソリティ・バスターミナルを歩けば、本物のジャンキーに会えるぞ」

カラムは九龍《カウルーン》で異様なアヘン窟の手入れをしたことを思い返した。悪臭漂う薄闇に痩せ衰えた男たちがだらしなくすわり、濃い煙でよどんだ空気の中で人生を棒に振っていた。

ドゥーランは言った。「おまえもこういう作業班で働きつづければ、すぐに作業長になれる。事務所でクリップボードを持ってたひげ面がビルだ。ニューワールド運送のオーナーだよ。コネティカット州出身のユダヤ人だ。まじめに働けば、あっという間に作業長兼運転手になれる」

「おれは不法滞在者だ、パディ。就労ビザも、アメリカの運転免許証も持っていない」

「ビルやニューヨークのほかの事業主が気にするとでも？　いいか、ビルはほかのアメリカ人を信用してない。そういうことだ。おれは昔、ビルのためにひと肌脱いだことがあるから認められてるが、ニューワールド運送のほかの作業長兼運転手はヨーロッパ人とオーストラリア人とカナダ人だし、その大半は不法滞在者だ。おかしな訛りがあって、問題のない人物のように思えたら、ビルは枕を高くして寝られるのさ。給料は現金払いだし、おまけにビルは帳簿をいろいろといじってるらしい」ドゥーランはベーコンエッグをもうひと口かじった。「アメリカ合衆国にようこそ」

カラムはコーヒーを掲げて乾杯のしぐさをした。トラックは地下鉄の九十六番ストリート駅の近くに停めてあり、ブロードウェイを渡った先にはガラスと鋼鉄のアパートメントが建ち、隣のチョコレート色をした褐色砂岩の建物を見おろしている。

カラムは言った。「ソルというのはだれなんだ？」

ドゥーランはブロードウェイの向こうの褐色砂岩の建物を見つめた。二、三秒のあいだ、朝食を咀嚼《そしゃく》している。ローラーブレードに乗った人がビールのトラックの後ろに垂れた紐をつかみ、車のあいだを抜けていく。ドゥーランは言った。「ソルもユダヤ人だ。ロシア系で、ブライトン・ビーチに住んでた。ビルのために帳簿の管理をしてた。なぜそんなことを訊く？」

カラムはそのファイルに目を通していた。ソロモン・ディミートリ・グランディは大男で、分厚い眼鏡をかけ、顎を深剃りしている。身長は胴まわりの肉を分散する役に立ってなく、腕と脚は細いのに太鼓腹で、ティーンエイジャーのときに虫垂を切除した傷跡がある。子供のころに両親とともにアメリカ合衆国に移住し、成人してからはずっとニューヨーク市で過ごしている。結婚歴はなく、両親はふたりともすでに死んでいる。弟がいたが、一九九〇年に薬物の過剰摂取で死んでいる。知人に聞きこみをした刑事のメモによると、ソル・グランディは内気な男で、ロシア正教会の敬虔な信者だった。聖母教会にかよっていたそうだ。お気に入りのSM女王であるナース・レーヴィンのセッションにもかよっていたことはだれも知らなかったらしい。

カラムは言った。「JJたちがその男の話をしているのが聞こえたんだよ。ちょっと気になっただけだ。あんたたち《ユーズ》とこの先も働くのなら、だれがだれなのか知っておきたくて」

ドゥーランは言った。「どんな話をしてた？」

「そいつの身に何かあったという話だったと思う。警察がどうとかとも言っていたな。触れてはいけない話題だったのならすまない」

　ドゥーランはブロードウェイの中央分離帯と、その向こうの褐色砂岩の建物を見つめている。顎の血管が小さく脈打っている。ドゥーランはマックマフィンをおろし、ハンドルを握った。指の関節が白くなっている。

　車の行き交う音が消え、ザーという音だけが聞こえる。ＪＪが助手席のドアをあけ、カラムはびくりとした。ブロンクス出身の男は茶色い紙袋に入れた缶を握りながらキャブに乗りこんだ。ドゥーランは苛立たしげにＪＪを見てから、エンジンをかけた。

「この新入りはもうニューヨーカー気どりだぞ」と言う。皮肉に満ちた声で。「いいか、おれたちのことを〝あんたたち《ユーズ》〟と呼んでる」

「あんたたち《ユーズ》はベルファストに行ったことはないんだろう？」カラムは言った。

「ないな」

「だったら、このことばがもともとどこで使われていたと思う？　この街の半分はおれたちアイルランド人があんたたち《ユーズ》のために造ったということさ」

　ドゥーランは運転席の背にもたれ、淡い青の目でカラムを見据えた。カラムは目を合わせた。グローブをはめて闘志満々でリングにあがったときのように、自分の中で何かが燃えあがり、爆《は》ぜるのを感じた。

　ＪＪがビールをゆっくりとひと口飲んだ。

　そして笑いだし、甘ったるい雰囲気がキャブを満たした。

「おまえはおもしろいやつだな、クリスティ」ＪＪは言った。「その調子で、ばかにされたら言い返してやれ」

　ドゥーランの目つきが和《やわ》らぎ、口が笑みを作った。

「おまえは気の短いアイルランド人のくそ野郎だ」ド

ゥーランは言った。「確かにおもしろいやつだ」

パディはカラムにマリファナ煙草を差し出した。

「いや、要らない」

「吸わないのか？」

「朝は吸わない」

ドゥーランはJJにも煙草を差し出したが、JJは片手を掲げてかぶりを振り、ビールの残りをがぶ飲みした。

依頼主は一時間以上も遅れている。トラックはチェルシーの静かな通りに停めてあり、向かいには赤煉瓦のテラスハウスが並んでいる。《ピーター・パン》に描かれたロンドンに出てきそうだ、とカラムは思った。依頼主の家は四一六号室で、カラムたちはそのアパートメントからソファを運び出すために待っていた。

「迷惑なやつだ」パディは言った。「階段でソファをおろし、保管のためにブロンクスに運んでから、ふたつ目の仕事にとりかかることになるぞ。やれやれ、やっと出てきやがった」

だらしないスーツ姿の、茶色い顎ひげを短く伸ばした男が、トラックに手を振りながら通りを渡っている。作業班はキャブからおり、ドゥーランが依頼主とやりとりをはじめた。カラムとJJはトラックの荷台から台車と、詰め物入りの養生マットと、厚手のマスキングテープを出した。

アパートメントは屋根裏の窮屈な空間で、服や本やレコードが散らばっている。リビングルームの中央にペルシャ絨毯が敷かれ、一方の壁ぎわにソファが置かれている。紙を積みあげた大きなアンティーク机が床の大部分を占めている。依頼主は大学教授で、問題の多い学生に博士論文の指導をしなければならず、引き留められていたらしい。カラムとJJはソファの端を養生マットとマスキングテープで包んだ。

JJが台車の端を踏みつけて縦に起こし、つかめるようにした。

大学教授の声は地下鉄の車内放送のように鼻にかかっていた。「お見事」と言う。「ほかにも芸はできるのかい」

ＪＪはいじめられっ子のような目つきで見返した。首を横に振って鼻を袖で拭《ぬぐ》う。大学教授は目をそらした。

ソファを立てて台車に載せ、どうにか戸口から出して階段のおり口に運ぼうとした。二十分が経っても、ソファはまだアパートメントの中にあった。ドゥーランはソファが大きすぎ、戸口が狭すぎると説明した。道理を説こうとするパディを、依頼主の鼻にかかった高い声がさえぎった。

「運び出せないのか？」

「悪いが、きょうは無理だ。通らない」

「それなら分解したまえ」

「それは料金に含まれてない」

「料金なんてどうでもいい」依頼主は言った。「きみの上司と話をさせてもらおうか」

ＪＪはひどく悲しそうにかぶりを振り、階段のほうに行った。ついてくるようカラムに顎で合図する。ドゥーランは顔を紅潮させている。右手に持った注文書を握り潰し、客に一歩近づいた。

「ソファは通りそうにない」と言った。「事務所に戻り、ビルに状況を伝える。そこからはビルが担当する」

大学教授はドゥーランをにらみつけ、注文書を引ったくろうとした。ドゥーランはその喉をつかみ、ソファに突き飛ばした。ソファと大学教授がフロアランプを巻き添えにして倒れる。ランプは机にぶつかり、紙の束の下に隠れていた大きなペーパーウェイトが落ちた。依頼主が倒れこむと、床が震えた。ペーパーウェイトが机の下に転がる。ドゥーランは依頼主を見おろすように立った。

「何をする！　暴力を振るうなど、どういうつもりだ」

カラムは戸口を見た。ＪＪはいなくなっている。依頼主の目は赤く、頬は青ざめている。その声はハウリングを起こしそうなくらい甲高い。

「わたしの友人の妻は弁護士だぞ。連絡して、訴えてやる」依頼主はカラムを見てから、ドゥーランに視線を戻した。「警察に通報するからな」

ドゥーランは言った。「電話に触れたら、そのウジ虫根性を叩き直してやる」

床にしゃがみ、倒れたランプのコードを壁のコンセントから引き抜き、さらにランプ本体から引きちぎった。依頼主の口がこわばり、青ざめていた頬が赤くなる。最初の涙が目に浮かんでいる。

依頼主は金切り声をあげた。「警察を呼んでくれ！」

赤い目がカラムに留まる。

「警察を呼べ！」

コードが依頼主の脚に振りおろされた。ドゥーランはコードを引きあげて投げ縄のように振りまわし、ふたたび依頼主を鞭打った。たいした怪我にはならないはずだ、とカラムは思った。とはいえ、効果は依頼主の肌に電気を流したかのようだ。夜驚症《やきょうしょう》の子供じみた激しい悲鳴があがっている。

カラムはドゥーランの肩をつかんだ。ドゥーランがコードを引きあげてまた打ち据えようとしたために指が滑った。ドゥーランは背後を一瞥《いちべつ》し、カラムはその淡い青の目に赤い霧がかかり、頬の肌が引きつって戦化粧のように真紅に染まっているのを見てとった。ドゥーランがこの愚か者に重傷を負わせたら、刑務所送りになる。そうなったらウォルシュ・ファミリーへの入口は閉ざされ、作戦ははじまってもいないうちに終わってしまう。だが、カラムが取って代わって主犯になれば、パディはわれに返り、祖国から来た男を警察から守るために急いで逃げなければならないと気づくかもしれない。

カラムはドゥーランの肩をふたたびつかもうとし、手はいったん空《くう》を切ったが、どうにか肩をしっかりと握った。床の上で悲鳴をあげる男とドゥーランのあいだに自分の体を割りこませる。

そして怒鳴った。「警察を呼べだって？　おれがおまえをさんざん痛めつけたら、救急車を呼ぶことになるだろうよ！」

依頼主の太腿を蹴る。

「警察を呼びたいか？　おれを刑務所送りにしたいか？　もしかして、おれを国に送り返したいか？　だったらそのぶんいたぶってやるぞ、この泣き虫が！」

もう二、三発蹴りつけた。依頼主は胎児のようにまるくなっている。

早くしろ、ドゥーラン、と思った。さっさとこの茶番を終わらせてくれ。

カラムは倒れたランプをつかみ、頭上に掲げて振りおろそうとしたが、どうすれば重傷を負わせずに済むだろうと思った。ランプのスタンドは長い金属で、重みによろめいた。くそ、これは頑丈だ。が、ランプごと後ろに引かれ、パディ・ドゥーランが反対側の端を持って戸口のほうに引っ張っているのに気づいた。ドゥーランはカラムの首に片腕を巻きつけ、アパートメントから引きずり出した。そしてカラムの肩を抱いた。

「もういい」と言う。「おれに任せろ。トラックに戻れ。こいつはどこにも通報しない。突き飛ばしたとき、机から落ちてその下に転がったのは十二インチのディルドだ。いっしょに落ちた紙は、違法すれすれのことをやってるやつでも赤面しそうなポラロイド写真だ。このまぬけがどこの大学で働いてるのだろうと、世間体を気にしなければならないはずだ」安心させるように笑いかける。笑みは澄んだ青い目からすみやかに広がって、白い歯がのぞいた。

それからパディ・ドゥーランは向きを変え、アパートメントの中に戻っていった。

ふたつ目の仕事は楽だった。依頼主はウェスト・ヴィレッジからブルックリン・ハイツに引っ越すジャーナリストだった。カラムはこの仕事で五十五ドル稼いだが、さらに百ドルもチップをもらえたのは自分の訛りのおかげだろうと思った。ジャーナリストからは電話番号も教えてもらった。やさしげな口もとの女で、うなじにタツノオトシゴのタトゥーがあった。電話をかけないのはもったいないだろう。

マンハッタンに戻るためにブルックリン橋を渡り、センター・ストリートの近くまで来たところで、JJがトラックからおりた。カラムはドゥーランとともに十番アヴェニューを北へ進み、トラックを停めておく西五十番ストリートの金網フェンスで囲まれた砂利敷きの駐車場へ向かった。無言ですわり、窓の外を流れていく店や歩行者や屋台やうろついている人たちに見入った。四十二番ストリートに近づくにつれ、人だかりが密になり、黄色がかった空に伸びる建物が高くなっていく。

ドゥーランが言った。「大丈夫か？」

「ああ、大丈夫だ」

パディは片手で煙草の箱を振り、JJがすわっていたキャブ中央の席の上に二本出した。

「吸っていいぞ」

カラムは煙草に火をつけ、ドゥーランの煙草にも火をつけた。

「けさはすまなかったな」ドゥーランは言った。「最初は〝ユーズ〟の件でおまえに突っかかり、そのあとはチェルシーであの弱虫に少し腹を立ててしまった」

「腹を立てて当然さ。あんなせんずり野郎には」

「うまい表現だな。せんずり野郎か。マスかきってことだろう？」

「そうだ。あいつの場合は文字どおりだな。アパートメントから出る前に、写真を何枚かくすねてやればよかったのに」

ドゥーランは窓の外に煙を吐き出した。

「くすねてないとでも思ったか？」くわえ煙草でポケットに手を入れると、ポラロイド写真を三枚出した。一枚目は白人、二枚目は黒人、三枚目はアジア系の女が写っている。三人とも二十一歳より一日でも歳をとっているようには見えない。

「まるでベネトンの宣伝写真だな」

ドゥーランは笑い声をあげ、煙草を膝の上に落とした。

「くそ！」

一ブロック進むあいだに、ドゥーランは腿の火の粉をはたき、キャブの床に落ちた吸いさしを踏みにじった。

「おまえはかっとなりやすいな」と言う。「割ってはいってあの野郎に襲いかかったところを見ると。自制しないとだめだ」

「あいつは警察に通報しようとしていた」

「その件なんだが」ドゥーランはトラックを第一走行車線に進め、割りこんできたタクシーに怒鳴った。

「けさ、おまえからソルのことを訊かれたとき、少し苛立った。おれが言ったことは事実だ。ソルはビルのために帳簿をつけてたが、一、二週間前に警官がニューワールド運送に来て、ビルを事務所に連れていった。それでソルが撃たれたとわかった。おれがマサチューセッツ州で長距離の仕事をしてて、最後に急な仕事がはいってマーサズ・ヴィニヤード島で足止めを食ってた夜に、事件は起こった。気の毒なやつだ」

「死んだのか？」

「ああ」

「ひどい話だ」

「ニューヨークにようこそ」

「親しかったのか？」

「いや、たいして顔を合わせなかった。たぶん路上強盗とかが手ちがいで殺してしまったんだろう。現場はハーレムの近くだったからな。とにかく、おれは警官が好きじゃない。おまえにソルのことを訊かれて、警官を連想してしまい、それで不機嫌になった。わかるだろう？　悪かった」

「おれも警官はあまり好きじゃない」カラムは言った。「アイルランドにはどうしようもない悪徳警官がいる。おれも揉めたことがあって、国を出たのはそれが理由のひとつでもある。それなのに、あんたが突き飛ばしたせいで、ひとり目の依頼主は警察に通報するぞと脅した。だからおれはあいつをどやしつけたのさ。黙らせるために」

「あの変態を黙らせるのを手伝ってくれたことは感謝してるが、おれはその前にディルドと写真を見つけてたんだよ。黙らせる前に、少し痛めつけてやりたかっただけだ。だが、用心しないとな」

「あいつが世間体を気にして警察には通報しないはずだとあんたは知っていたわけだ」

「今回はな。だが、もし警察が駆けつけたら、おれは留置場にひと晩ぶちこまれて、暴行罪とかで起訴されてたかもしれない。それは別にはじめてじゃない。おれが心配したのは自分のことじゃないぞ、クリスティ」

ドゥーランはカラムの腕に手を置いた。

「おまえのことだよ。おまえは用心しろ。不法就労者なんだから。もしおれがあいつの弱みを握ってなくて、警官が駆けつけたらどうなった？　あいつに手出ししてなくても、おまえはつぎのアイルランド行きの飛行機に乗せられてたぞ」

ドゥーランは十番アヴェニューを右折し、五十番ストリートにはいった。

「それに、まだおれのおごりで酔っ払ってもいないうちに、新しい友達が強制送還されるのは気に食わない。だから、トラックを停めたら〈シャノン〉に行って二、三杯飲むぞ。十杯でもいいが」

6

カラムは2《トゥ》パックの《ディア・ママ》に合わせてハンドルを叩きながら、九十八番ストリートとアムステルダム・アヴェニューの角に停めたトラックの中から、斜め前の小さな食料雑貨店を見つめていた。ウィリーとJJがその店で煙草を買っているあいだ、クリーニング店のそばで待たされていたが、早くクイーンズ北部での仕事をはじめたかった。すみやかに引っ越しの作業を終えれば、早くホーボーケンに行ってミルバンに会える。ニューワールド運送で働きはじめてから三週間になるが、カラムなら運転手兼作業長になれるとパディ・ドゥーランが請け合ったとおりになっていた。

ウィリーとJJは朝のメサドンを飲みそこねていた

から、煙草といっしょにビールも買っているのはまちがいない。寄り道をするのは気が進まなかったが、受け入れなければあのふたりは仕事で足を引っ張るに決まっていた。

カラムはこれまでに潜入捜査の経験がまったくない。香港の白人警察官にそういう機会がめぐってくることは多くなかったが、三合会《トライアド》の一派に取り入った伝説的な中国人警察官たちの話なら聞いたことがある。秘密結社に潜入するには何年もかかってもおかしくないし、起訴できるほどの証拠を集めるのだって何年もかかってもおかしくない。広東人の組織犯罪集団の耳目となったこの男たちは、無限の忍耐力と想像もつかないほどの勇気を備えていたようだ。悪事に走り、そもそもなぜ三合会の構成員になったのかを見失う潜入捜査官も少しはいた。香港警察でもかねてから汚職は癌であり、一部がそれにむしばまれていた。しかし、三合会に潜入した警察官たちは特別だった。

いまここにいるカラムはというと、潜入してからひと月も経ってなく、まだいかなる犯罪行為にも関与していない。暇なニューヨークの警察官がキャブのドアを叩き、身分証と運転免許証の提示を求めてきたらどうしようと気を揉んでいるだけだ。2パックの曲が終わるとカーラジオのボリュームをいじり、フィンタン・ウォルシュのファミリーに仲間入りしたら、耐えられるのだろうかと思った。アイリッシュ・マフィアのやり口をこの目で見たら、パディ・ドゥーランやそのほかの連中を憎めるのだろうか。

夜は眠れるのだろうか。

あるいは、気分が昂揚《こうよう》するのだろうか。

助手席のドアがあき、ヘッドホンを着けたウィリーが中に乗りこみ、JJも口笛を吹きながらはいってきた。ふたりとも食料雑貨店の茶色い紙袋を持って座席にすわった。カラムはエンジンをかけようとした。ビールは自分の運転でトライボロー橋を渡ってクイーンズに行くあいだに飲んでもらえばいい。膝にこぼしても知ったことか。

「なあクリスティ、ちょっと待ってくれ」JJが言った。

「急がないとまずい。依頼主は遅くとも十時までに来るよう言っている」

「すぐに済むから。煙草でもどうだ？」

ウィリーがコートからマールボロの箱を出し、手のひらに打ちつけて中の煙草を取りやすくするとともに、JJが茶色い紙袋からブックマッチをふたつ出した。

何を言ってもむだだと思い、カラムは言った。「好きにしろ」

「ありがとうよ、クリスティ。おまえはいいやつだな」

カラムが煙草を受けとると、JJは地下鉄の折りたたんだ地図をダッシュボードの上に広げた。ブックマッチの表には、〝アンジェリカズ・マーケット〟というロゴが記されている。ウィリーがそのひとつを開き、マッチを引き起こすと、白い粉の入ったセロファンの小さな包みが現われた。

「おい、よせ！」カラムは言った。

「すぐに済むって」

ウィリーは包みを広げ、地図の上で軽く叩いた。JJがキャブに常備してある小さな手帳から紙を二枚破り取ってまるめ、マッチの裏に押しこまれていた自分の包みに取りかかった。雑誌の表紙の上に粉を落としている。

「馬鹿野郎！」カラムは言った。「そいつはなんだ？こんな場面を警官に目撃されたら、どうなると思う？ここはコロンバス・アヴェニューのど真ん中なんだぞ」

ウィリーはヘッドホンをはずすと、巻いたメモ用紙を鼻孔に突っこみ、ダッシュボードの上にかがみこんで三回粉を吸った。

「もう終わったって」ＪＪが同じようにすると、ウィリーは言った。

ふたりは煙草に火をつけ、座席に深くすわると、多幸感が訪れるのを待った。カラムは激しく毒づき、プラスチック製のメッツのライターでマールボロに火をつけてから、エンジンをかけて車の流れにトラックを進めた。割りこまれたフードトラックが怒っている。歩きだと、マンハッタンは自分のまわりをぐるぐるとまわる。車だと、脇に寄ったり、向きを変えたり、欺いたりしながら、たどたどしく流れる。

ランドールズ島に渡るトライボロー橋まで来たとき、カラムはふたたび口を開いた。

「さっきのはなんだったんだ？　コカインか？」

ウィリーが甲高い笑い声をあげた。「おれたちがトライベッカの連中みたいに見えるか？　Ｈだよ。ヘロインだ」

ヘロインを吸ってから五分後には、ウィリーとＪＪは浮かれ騒いでいた。元気になり、騒々しくなっている。歩道にいる女についてしゃべり、ラジオから流れる曲をこきおろし、つぎの曲にも文句を言っている。ニュース番組が現在進行中の連続ドラマであるＯ・Ｊ・シンプソン裁判の最新情報を伝えると、ふたりはさらに暴走した――「あの保安官どもは退場したぞ。陪審員が黒い服を着てるだって？　なんの冗談だ？　裁判長の日系人は人種差別主義者だぜ」

カラムはイースト川に架かる吊り橋を渡るのに集中し、やがてトラックはアストリア・パークを抜けてクイーンズ北部にはいった。

カラムは言った。「あれを吸いたくなったときは、いつも同じ店に行っているのか？」

ウィリーが言った。「どこにいるかによるな、Ｃ。あの〈アンジェリカズ〉という店は事務所にいちばん近いから、行きやすい」

「店員はおまえたちのほしいものをどうやって知

る？」

「十八本入りのブックマッチを頼むんだよ。だが、ふつうは二十本入りだ。暗号のようなものだな。あのヒスパニック系の男はそうやっておれたちのほしいものを知る」

「ヒスパニック系？」

「ああ、従兄弟《いとこ》が西七十七番ストリートのホテルの支配人で、よく麻薬取引をしてたらしい。あの食料雑貨店の店員は、その昔のつてを使ってる」

ガブリエル・ムニョスはいまでも麻薬取引に関与しているのか？　今度マッティラに会ったとき、〈アンジェリカズ・マーケット〉についてのこの有益な情報を教えてやろうと思った。自分に疑いの目が向けられないようにしたうえで。

「〈ホテル・ベルクレア〉か？　くそ、おれが泊まっているところだぞ」

ウィリーは鼻を鳴らした。「世間は狭いな」


「その食料雑貨店の店員はドミニカ人か？　プエルトリコ人？」

「ドミニカ人でも、プエルトリコ人でも、メキシコ人でも、おれには区別がつかない。みんな同じに見えるだろう？」

カラムは微笑した。「白人と同じで？」

JJが笑い声をあげた。「いや、クリスティ、白人はみすぼらしく見える。みんないつだって怒ってて、くそ野郎だ。白人がニガーに近いのはそこだけかもしれない」

カラムは言った。「自分のことを棚にあげていないか？」新しい煙草をくわえ、ブロンクス出身の男ににやりと笑いかける。

「おまえはおもしろいやつだな、クリスティ」ウィリーは言った。

JJは怒って露骨に顔をしかめた。「そうだな、おもしろいやつだ」

「おれは本物の白人だ」カラムは言った。

ウィリーは言った。「だが、おまえはアメリカ人の白人じゃない。アイルランド人で、この国に来たが、だれからもなんとも思われてない。不法滞在者だからな——おれたちだって馬鹿じゃない、クリスティ。見ればわかる。おまえもおれたちと同じくそ野郎だ」

「光栄だよ」

カラムは角にイタリアンベーカリーがある通りにトラックを進めた。外に出されたテーブルのまわりに三人の老人がすわり、晩春の微風を厚着でしのいでいる。気分が浮き立つのを感じる。何かの薬物をやっているかのように。アムステルダムのタクシーの車内で、自分も麻薬を吸ったときのように。体内を駆けめぐり、静かで地味なクイーンズの街にあらがって暴れているのはマンハッタンという麻薬だ。平凡な姉妹区に対して体が反応しているように思える。

苦労してトラックの速度を落として言った。「ビルはどうなんだ？」

「ビルはほかの白人のアメリカ人と同じだ」ウィリーは言った。「ニガーを信用してないから、運転手や作業長に黒人はひとりもいない。ただし、友達のユダヤ人であるソルはちがったな。飢えたアフリカ人を見るような目つきでおれたちを見てた。悲しそうな目で」

ウィリーは咳払いをした。「それも過去の話だが」と言う。

ＪＪは窓の外を眺めている。

「ソルはいいやつだったのか？」カラムは言った。

「いまはサイプレス・ヒルズ墓地の地下六フィートで眠ってるがな」ウィリーは言った。

カラムはカーラジオをＺ１００のエルヴィス・デュランの番組に合わせた。

そして言った。「強盗が手ちがいで殺してしまったと思うか？」

「さあな。だが、とにかく冥福を祈るよ」

「まったくだ」JJが言った。「あいつは面倒なやつだったが、善人だった」

「面倒なやつというと？」

「何年か前にソルの弟が死んだんだよ。何かの過剰摂取で。ウォール・ストリートで働いてた。質の悪いコカインか何かをやったらしい。それ以来、ソルは大の麻薬嫌いになった。しょっちゅうおれたちの様子を確かめてた。たいしたものじゃなくて――〝きょうの調子はどうだ？〟とか訊くだけだったが。それでも、本気で心配してる顔だった」

カラムは言った。「親切な男だったようだな」

「そう思う」ウィリーが言った。「ひとつ覚えてるのは、ソルが出勤しなかったその日に、不細工な白人ふたりが事務所に来たことだ」

「へえ。不細工以外にはどんな見た目の連中だった？」

「ひとりは肌荒れがひどくて、小学生みたいな髪形だった。古くさい横分けだったんだよ。眉も変だったな。抜いたみたいに細かった。もうひとりは強面《こわもて》の大男で、鼻が潰れ、禿げてて、ビール腹だった」

「警官か？」

冗談だと思ったのか、JJが笑みを浮かべた。

「ちょっとちがうな」

カラムはラジオの音量をさげた。

「だが、警官も事務所に来たんだろう？　ソルのことを訊くために」

「そうだ。ソルはどこかの売春宿の前で撃たれたそうだ。意外じゃないな。醜男だったから、ただでプッシーは拝めなかっただろう」

「だれからその話を聞いた？」

「パディがビルに話してるのを聞いた。おれは倉庫にいたんだよ。バンダナを忘れて、取りに戻ってた。ふたりは事務所に通じる階段にいた」JJは微笑し、カラムの背中を叩いた。「でも、心配しなくていいぞ。

また警官が来たとしても、おまえなんかに興味は持たないさ。おまえが不法滞在者であるのは知ってる。チェルシーでソファの運び出しを頼んだ阿呆を痛めつけたあと、パディもそんな話をしてたよな」

「いろいろと聞いているんだな」カラムは言った。

「特に、パディから」

「パディ」ＪＪは言った。「あいつもおまえと同じで、いいやつだ」

「あいつは白人のアメリカ人だぞ」

「確かに。だが、パディはそういう枠の外にいると思う」

「そのとおりだ」ウィリーが言った。「パディはいいやつだ。アメリカ人にしては」

依頼主の家は並木道がつづく住宅街にあった。下見板を張ったエレベーターがない建物ばかりで、どこも狭い庭に芝生が植えられている。こぢんまりとした戸建てにはさまれた私道にフォードやクライスラーの車が停められている。

依頼主たちは耳障りなアラビア語で内戦中だった。二枚目の若い中東系の男が、身ぶりを交えて女を罵《ののし》っている。仕事は、ここの家具の一部をブルックリンの保管施設に移すというものだ。ドレッサーと、凝った彫刻が施された椅子と、服の詰まったいくつもの箱を運ぶことになる。

女も男に負けないくらい怒っているが、完璧なまでに冷淡だ。美人だとカラムは思った。白いブラウスと色褪せた青いジーンズに包まれた肌は金色につやめき、長すぎて痩せて見える脚の先にはローファーを履いている。

アイリーン・チューとはまったく似ていないが、細長い指や腕の膨らみや首の傾け方は、妻と香港での日々を思い起こさせた。なめらかな額《ひたい》はもう少し色が明るければアイリーンとそっくりだ。九龍《カウルーン》のアパートメントで、隣に裸で横たわり、汗ばむほどの暑さでシーツをベッドから蹴り落とし、扇風機が部屋の隅でまわっていたときのアイリーンと。その記憶で何かが掻き立てられ、また消えていくのを感じた。

男は目をぎらつかせ、荒々しいアラビア語の捨て台《ぜり》詞《ふ》をつぎつぎに吐いている。ふたたびカラムの脳裏に、九龍のアパートメントにいる自分の姿が浮かんだ。そのころにはタラはアイリーンの親戚に預けられていた。カラムはアイリーンに怒りをぶつけていた。自分に怒りをぶつけていた。アイリーンが別れを告げ、ドアが閉まった——人生の一部がそうやって終わった。

トラックの荷台にのぼり、養生マットで包んだドレッサーに力なく寄りかかった。鼻から深く息を吸い、胸をえぐるむなしさを呑みくだした。目に涙が浮かび、小声で毒づいてそれを拭《ぬぐ》い、鼻から勢いよく息を吸って、土と埃のにおいを嗅いだ。

ブルックリンの保管施設へトラックを走らせた。長くなった会話の間《ま》を埋めるために、ラジオをつけた。ウィリーとJJが気付けにヘロインをやってから何時間も経っていて、ふたりはいまキャブで居眠りしている。ウィリーのヘッドホンから、古いカセットテープ式のウォークマンの再生する音楽がかすかに漏れている。依頼主の女がBMWでトラックについてきている。

保管施設でのウィリーとJJの働きぶりは濡れた砂地を歩いているかのようにのろくさく、仕事が終わったころにはカラムは体が痛くなって疲れきっていた。西五十番ストリートのトラック用駐車場の金網フェンスのそばで愚痴をこぼしているふたりと別れ、コンクリート色の陰鬱《いんうつ》な空の下を歩いて、地下鉄の四十二番ストリート駅へ向かった。

ホーボーケンのトルココーヒーショップにはいるころには、春の雨で濡れそぼち、頭上に自分専用の雷雲があったかのようなありさまになっていた。店内にはフォーマイカのテーブルが六脚置かれ、奥にカウンターがある。正面には膝の高さから天井まである大きな窓が設けられている。カラムの好みからすると大きすぎるが、少なくとも照明は外の暗くなりつつある空と同じくらい薄暗い。窓ぎわの隅の席に老人がすわり、手をズボンの中に突っこんでいる。

「やっとお出ましだな」オコンネルが言った。「運送屋の生活はどうだ？」

ニューヨークの警察官は奥のトイレのそばのテーブルを選んでいた。カラムはブルックリン・ハイツからここまで歩いてきたかのように、椅子に腰をおろした。

「ミルバンは？」

「ホーといっしょだ。あんたの中国人の同僚から連絡がなかなか来なくて、心配したミルバンが会いにいったんだよ。それに、ミルバンは香港の上司にも報告しなければならない。今夜はおれひとりでも大丈夫だと思ったようだ。おれたちはケルト人の同胞だしな」

「あんたはどこの生まれだと言っていた？」

「ジャージー・シティでアイルランド系移民の父親と移民三世の母親のあいだに生まれた。コーヒーはどうだ？」

カラムはトイレに行った。秘密情報提供者のように扱われているのが気に食わない。警察官だという実感が薄れるからだ。テーブル席に戻ると、トルコのロケット燃料を入れた小さなカップが待っていた。窓に背を向けてすわり、煙草に火をつけ、最初に押し寄せた紫煙にオコンネルが不快そうに唇をすぼめるのを眺めた。この警察官のほうに煙を吐き出すように心がけた。

オコンネルは言った。「ここ二、三日、連絡を入れていないようだが」

「報告することがたいしてなかったからだ」

「どこまで聞いたんだったかな」

「前回の〝アイリッシュ・マフィアの内幕〟のあらすじを言うぞ。パディ・ドゥーランはおれの面倒を見てくれた。おれはニューワールド運送で働いている。ドゥーランは〈ホテル・ベルクレア〉を出て、ブリーカー・ストリートのアパートメントに移った。ルームシェアをするという話をしていたが、具体的には何も決まっていないから、このあとあいつを訪ねて相談するつもりだ」

オコンネルは子供のように鼻を掻き、目を細くした。

「ひと目惚れされたわけだ。ドゥーランのことはどう思う？」

カラムは濃いコーヒーをひと口飲んだ。カップの中のカフェイン豊富な黒々とした液体を見つめ、来週は少しは眠れるよう期待した。

「ウォルシュ・ファミリーでは、あんたが予想したとおりの地位にいる。明らかに下っ端だが、コネがある。かなり饒舌《じょうぜつ》な男のようだ」

「やさしいことばで頼む」

「おしゃべりということだ。ニューワールド運送の社員に人気があり、酒好きで、癇癪《かんしゃく》持ちだ。先週、依頼主に激昂《げきこう》した話はしたよな。暴力を振るった前科があるのはうなずけるが、長期刑を食らったことがないのもうなずける。喧嘩《けんか》っ早いだけだ」

「ドゥーランはウォルシュについて何か話したか？」

「何も。だが、おれを信用したがっているのは感じとれる。何度かいっしょに酒を飲んだ。警察が大嫌いだと伝えておいた。母国で暴動が起こったときに警官を病院送りにしたせいで警察と揉め、それでアメリカに逃げてきたという話をした。女や、スポーツや、仕事の話もした。ボクシングの話も」

オコンネルが自分の曲がった鼻を見つめているのに気づいた。

カラムは言った。「ドゥーランは家族の話を少しするようになった。両親の話を」

「あんたも胸襟《きょうきん》を開いたのか？」

「あんたもむずかしいことばを使うんだな」

オコンネルは恭《うやうや》しく頭をさげた。

カラムは言った。「両親はすでに死んでいて、グラスゴーに兄弟がいるが疎遠だと話した。実話だ」

　ふたりともコーヒーを飲んだ。オコンネルの視線はカラムを素通りしてコーヒーショップの窓の向こうに注《そそ》がれている。カラムはカウンター掃除に余念がない店主を眺めた。

　そして言った。「ソル・グランディの弟が麻薬で死んだことは知っていたか？」

「殺人課の報告書を読んだ。正式な捜査報告書を」

「例のＳＭ女王については何かあるか？」

「事件があった夕方は友人たちと外出していた。友人たちからも裏がとれた。グランディはあの女に会いにきたが、留守だったので帰ろうとしたところを撃たれた。女は帰ると家の前が《ロー＆オーダー》の一場面のようになっていたから、パニックに陥った。刑事には全面的に協力している」

　カラムは言った。「その事件を捜査している連中に伝えたか？　グランディがアイリッシュ・マフィアに乗っとられた会社で働いていて、麻薬取締局《DEA》がそのファミリーを捜査中であることは」

「グランディの弟はヘロインで死んだんじゃない」

「コカインか？」

　オコンネルは椅子の背にもたれた。

「ニューヨーク市警《NYPD》による殺人事件の捜査に口出しするよりも大事なことがあるだろうに」

　カラムは言った。「グランディ殺しの犯人はわかったのか？」

「好きに選べ――アイルランド人かもしれないし、中国人かもしれないし、もしかしたらロシア人かもしれない。以前、ブライトン・ビーチのイワンたちはコロンビア人と取引していたから、グランディの弟の命を奪ったコカインもやつらが供給したのかもしれない。兄のソルはリトル・オデッサで住民運動を起こそうとしていた。ブルックリン南部でひと悶着起こしたわけだ」

「それで？」

「恐怖と脅迫は万国共通の概念だ、バーク」

カラムはテーブルに指で円を描いた。それから両手の指を組み合わせ、オコンネルの目をのぞきこんだ。

「あんたはこのＲＩＣＯ法に基づく捜査の邪魔になるから、殺人課がソル・グランディ殺害事件を解決してしまったら困るわけだな。つまり自分の出世の邪魔にもなる」

オコンネルは腕組みを解き、身を乗り出した。カラムはその目の下が酔っ払っているように少し赤らんでいるのを見てとった。酔っ払っているのならこれは悪酔いだ。

オコンネルは言った。「ニューヨーク市警が何を捜査していようと、ウォルシュと堂《トン》に対するこの捜査以外は、あんたが口出しすることじゃない。ほかの捜査があんたのひとりよがりな仕事になったときは、必ずそのイギリス人とアイルランド人が混ざった雑種の耳に入れてやるよ、ふざけやがって」

赤みがオコンネルの顔全体に広がった。

「よく聞け。くたばれ、善人ぶった香港野郎が。おれが行政区司令部と話し、こちらの要望を最優先にしたのは事実だ。ＮＹＰＤがグランディ殺しの犯人を逮捕するためには、ウォルシュ・ファミリーと堂に手入れをおこなうしかない。そのためには、おれたちの力を借りるしかない。犯人がロシア人の可能性は低いが、それならいまごろ国外に逃亡しているだろう。いいか、おれは自分の出世のことなんか考えていないんだよ、直轄植民地のサル野郎。考えていたら、巡査部長の給料でわざわざ残業するわけがない。悪党どもを叩きのめし、ウォルシュのようなくそったれを刑務所送りにすることしか考えていない」

オコンネルはつぎの台詞を忘れたかのように口をあけたまま、しばらくカラムをにらみつけていた。が、やがてその肩から力が抜け、顔の赤みも引いた。オコンネルはまた椅子の背にもたれた。

「ひとつ聞かせてくれ」と言う。「警官の仕事は好きか？」

カラムは言った。「おれは警官なのか？　いまも？」

「あんたのファイルは読んだ。あんたは優秀な警官だが思慮に乏しいとミルバンは考えている。衝動を抑えられないとも言っていたな。この捜査はあんたの手に余るかもしれないとミルバンは心配している。おれも心配するべきか？　マッティラも？」

カラムはオコンネルによる品定めから逃れるように、椅子の背にもたれた。「過去に過ちを犯したのは事実だ。いまは仕事をするためにここにいる。おれの意欲や能力に二度と疑いの目を向けるな」

「ずいぶんと大きな過ちだったな。ブラスナックルで龍頭《ドラゴンヘッド》の甥の顎を砕いたと聞いたぞ。正確には、龍頭のスタンリー・バンブー・チャオの甥だ。そして老いぼれチャオは、甥を殴ったあんたをぶちのめしてメンツを保つ前に、安っぽい売春宿で死んだ。甥は麻薬に手を出し、伯父と同じ末路をたどって、Hで死んだ。バンブー・チャオの右腕だったトニー・ラウが新しい龍頭になり、この件で深い恨みをいだいている。つまりあんたは老いぼれチャオを先祖のもとに送り、トニー・ラウは血に飢えている。香港警察が懲戒免職をでっちあげ、あんたを安全なニューヨークに送りこむには充分な不祥事だ。安全なニューヨークというのが形容矛盾でなければの話だが」

カラムはオコンネルのほうに身を乗り出し、疑念をぶつけ返した。

「スタンリー・バンブー・チャオは自分がさばいているヘロインの過剰摂取で死んだ」と言う。「おれは優秀な警官だったし、昔は湾仔《ワンチャイ》でトニー・ラウに辛酸を舐《な》めさせた。あいつがおれを始末しようとするのは当然だった。あんたたちはフィンタン・ウォルシュのファミリーに潜入を試みるためにアイルランド人が必要だった。偶然が重なるときもある。おれがここにいるという噂が香港の三合会まで伝わらなければいいが」

オコンネルは言った。「アイルランド人と中国人が取引をすることはあっても、連中は水と油だ。チャイナタウンの堂の近くで白い顔を見かけたという情報ははいってきていない。それに、アメリカにおける中国人の組織犯罪はかなり独立している。ラウはビルマやタイで仕事をしたり、香港で自分の帝国を運営したりするのに忙しくて、ニューヨークに来る暇などないさ」指の爪を眺める。「あんたはいま、まったく疑われていない。それに、ホーがペル・ストリートであんたのために目を光らせている。ラウがニューヨークに来る兆しがわずかでもあれば、作戦は再検討する」

あとはガブリエル・ムニョスの件だ、とカラムは思った。テーブルの端を握るうちに、指の感覚がなくなっている。例の食料雑貨店でムニョスの従兄弟が働いていて、麻薬の密売ルートがある可能性をオコンネルに伝えた。オコンネルは無表情で耳を傾け、マッティラに伝えると言った。

「ムニョスの阿呆が密売しているわけではないだろう」と言う。「従兄弟が金を稼いでいるのを傍観しているだけだと思う。かかわっていたら、ムニョスは刑務所送りだ。どちらにしろ、あんたからは遠ざけておく」

ふたりはコーヒーを飲み終え、オコンネルは二杯目を頼んだ。カラムはもう充分に気が昂《たか》ぶっていた。新しいコーヒーが届くまでのあいだに、オコンネルはトイレに行き、カラムは老人の様子を確かめた。手をズボンに突っこんだまま、居眠りしている。

湾仔の娼婦たちがたむろするみすぼらしい一角で、スタンリー・バンブー・チャオが死ぬのを見届けたとき、あの男も同じような恰好をしていた。十六歳の少女がそばで泣いていた。自分の幻影がベッドからシーツを剝ぎ取り、少女をそれで包んで、ドアの外へと導いていく映像が見えた。さらに、幻影がドアに背を向けて立ち、待っている映像も。幻影はずっと待っている。吐物と小便のにおいが嗅ぎとれる。チャオはカラムがそこにいるのを知っていたのか？　龍頭も待っていたのか？　カラムが行動を起こし、助けを呼び、救急車に無線で連絡するのを。通りにおりる狭い階段や、消毒剤のきついにおいを思い出した。さらに、湾仔のざわめきや、護送車に少女たちを乗せる制服姿の男たちや、広東語の鋭い指示や、ポン引きと用心棒の退屈そうな顔を思い出した。ただし、売春宿から死体が運び出されるのを見たトニー・ラウだけは、剃刀のごとき黒い目でカラムを見つめていた。そして腕を掲げ、指で三合会のハンドサインを作った。〝復讐〟。

カラムが家族を香港から移そうとしたのはそれが理由のひとつだ。妻と娘が植民地からアメリカに移ったのはそれが理由のひとつだ。そのことはカラムがこの仕事を引き受けたもうひとつの理由でもある。アイリーンとタラはオハイオ州で暮らしている。クリーヴランドはニューヨークから五百マイルは離れているにせよ、少なくとも同じ大陸にある。

オコンネルが戻り、コーヒーの置かれた向かい側にすわり、腕を組んだ。

そして言った。「それで、ソル・グランディはなぜ、パディ・ドゥーランがひいきにしているSM女王のところに行った？　グランディが撃たれたとき、パディ・ドゥーランはどこにいた？」

「わからない。まだ関係を探っている」

「あんたたちが親友になったら教えてくれ。もたもたするなよ」

オコンネルは眉を吊りあげてコーヒーを飲んだ。

「SM女王が」カラムは言った。「殺人に関与している可能性は？」

「事件発生時にはクラブで女友達たちと踊っていた。女友達からも裏はとれた。しかし、SM女王がドゥーランとつながっているのなら、なんとも言えない」

オコンネルは顎を掻いた。

「ドゥーランのアパートメントに盗聴器をふたつ仕掛けておいた。目立たないように。寝室の換気口の中と、キッチンの換気扇の奥だ。本人がニューワールド運送で働いているときに取り付けた。あんたがそこにいるときに盗聴するから、ブリーカー・ストリートに行ったら、商売の話をするよう仕向けてくれ」

「ドゥーランはおれを気に入っている。それでもおれたちは親友《ベストバディズ》じゃないし、そこまで話してくれるとはかぎらない」

「あんたらは〝バディズ〟じゃなくて〝メイツ〟と言うんじゃないのか」

「あんたら？」カラムは言った。

「イギリス人のことだ。アイルランド系イギリス人か。

なんでもいいが」

「おれのファイルを読んだだろうに。おれの父親のことが書かれていなかったか？　おれは半分アメリカ人だ」

オコンネルはカップの中身を飲み干した。

「ああ、母親はプロテスタントのイギリス人、父親はカトリックのアイルランド系アメリカ人で、生まれはベルファストだったな。おれはしょせんニュージャージー州生まれだ」舌鼓を打ちながら言う。「だが、あんたがおれよりもアイルランド人の血が薄いことをパディ・ドゥーランが知らなくてよかったな」

7

ホームには制服姿の男たちがいて、北行きの線路の脇に広げられたシートのまわりをうろついていた。地上は五月の涼しくて湿っぽい夜なのに、地下鉄の西四番ストリート駅はかまど並みの暑さだ。カラムの背後で車両のドアがシューという音とともに閉まり、A系統の地下鉄が南への騒々しい旅を再開した。

カラムは、濃い茶色に染まった赤いベレー帽が人垣の向こうに転がっているのを一瞥《いちべつ》した。ガーディアン・エンジェルスがひとり殺され、手をくだした悪魔は地上の街をまだ歩きまわっているようだ。裾をブーツにたくしこんだ黒いカーゴパンツと赤いボマージャケットという服装で、被害者と同じベレー帽をかぶった男が、脇で警察官と話している。

階段をのぼり、改札階に行った。六番アヴェニューに通じる出口のそばのタイルはひび割れているし、ゆがんだ階段の鉄製のへりは地上の街へ向かう何千人ものニューヨーカーの足にこすられてペンキが剝げ、なめらかになっているから、何かの自然災害に見舞われたあとのように見える。ただし、この駅はほかの多くの駅とはちがい、小便のにおいはしない。階段をのぼった先の路上で男が寝ていた。傘を持ったスーツ姿の男たちや、パーティードレスを着た女たちや、バーに行く恰好の人たちが、下の駅で死体のまわりにいた警察官たちのように、寝ている男をよけている。カラムは夜の雨を浴び、ハドソン川の向こうのホーボーケンでオコンネルと会った記憶を洗い流した。

何かがごみを漁《あさ》る音が聞こえたので振り返ると、地下鉄入口のそばにある無人のバスケットボールコートを囲む金網フェンスのほうへ逃げていくネズミが見えた。午後九時の通りは混んでいる。ブリーカー・ストリートの褐色砂岩の建物が並ぶあたりは、六番アヴェニューを曲がってすぐのところにある。ベンチと木々があるミネッタ・トライアングルの狭い三角形の緑地で六番アヴェニューを曲がり、ブリーカー・ストリートを進んだ。カフェや、バーや、クラブや、ピザ屋や、コミック店や、CDショップや、韓国人向けの食料雑貨店や、観光客を食い物にしている店が並んでいる。パディ・ドゥーランのアパートメントは五階建てのタウンハウスで、正面に非常階段がジグザグに設けられ、窓用エアコンがそこかしこにある。向かいにはきれいな煉瓦造りの建物があり、リトル・レッド小学校とい う校銘板が出ている。ドゥーランの新居は二階だ。建物入口の脇にあるブザーを押すと、夜会服を着たふたりの男が音階を歌いながら急ぎ足でそばを通り過ぎていった。ブザーが鳴ったので、ドアを押してあけた。床はタイルが敷かれ、壁紙は貼られていない。一階の廊下の左側に板張りのシャワー室がふたつある。遠くの暗がりからテレビの不明瞭な音が聞こえる。錬鉄製の手すりをつかんで体を引きあげながら階段をのぼり、二階に行った。ドゥーランのドアは右側にあり、この階の通りに面している側だ。ノックすると、どうぞという声が返ってきた。

ドアの先は狭苦しいキッチンになっている。壁には腰板が張られているが、欠けて染みができている。正面に窓があり、二、三フィート隔てた隣の建物の壁が見える。腰板の上の壁はくすんだクリーム色に塗られている。部屋の中央には壊れやすそうな小さい折りたたみテーブルが置かれている。左側のあけ放ったドアの脇にラジエーターがあり、その上で小型テレビがバランスをとっている。シンクがアパートメントの入口の横にある。右側のやはりあけたままのドアの隣には冷蔵庫がある。キッチンに歩み入り、身を乗り出して左側のドアの向こうをのぞきこんだ。短い廊下の先にあるのは、あけっ放しのドアとトイレだ。廊下の左側の壁に沿って箱が並び、キッチンの近くの膝の高さまで積み重ねた箱の上に、シングルサイズのマットレスが置かれている。床は汚れたリノリウムだ。

「調子はどうだ?」

その声に振り返り、キッチンを抜けて寝室に行った。薪のない暖炉の上に電話が置かれ、その上に鏡が掛けられている。右側の壁ぎわにフレームが金属製のベッドがある。ドアの左側にドレッサーが置かれ、ベッドの端にある窓からブリーカー・ストリートを見渡せるが、外の非常階段が視界を突っ切っている。寝室の中央に置かれた椅子に男がすわり、右の足首を左の膝に乗せている。髪は横分けで、分け目を通ってモーセがイスラエル人たちを約束の地に導けそうだ。顔は生焼けのパン生地のように柔らかく、肌は剃刀負けを繰り返してくぼみができている。チェックのシャツの上にジャケットを着て、黒いジーンズを穿き、アディダスの緑色のスニーカーを履いている。男は細い目でカラムを見つめている。眉は毎朝抜いているかのように細い。

カラムの中に冷たいものが広がった。

マグショットで見た顔はもっと若く、もっと細かった。隠し撮りした写真では駐車車両のあいだを歩いているところだったから、ぼやけていた。だが、本人だ。フィンタン・ウォルシュの顔はそれらの写真で見ていたし、オコンネルやマッティラとのブリーフィングでさらに見ている。このアイリッシュ・マフィアの首領が何をしかねない男かは知っている。

ウォルシュは言った。「五十ドルで釣りはあるか?」

カラムは言った。「どこのどいつだ」

ウォルシュは椅子の背にもたれ、ローストディナーのにおいでも漂っているかのように、鼻を鳴らして空気を吸った。

ウォルシュは言った。「わかるか？　中華料理《チャイニーズ・フード》の配達人《デリヴァリー・ガイ》扱いしたんだよ。それで五十ドルで釣りはあるかと訊いたわけだ。忘れてくれ、つまらない冗談だ」

通りで女が叫び、そして笑いだした。

「おれが何者か、知りたくないのか？」

カラムは言った。「それはもう尋ねた」

「もう一度尋ねろ。ていねいに」

「あんたはだれなんだ？　教えてくれ」

「フィンタン・ウォルシュだ。そしておまえはクリスティ・バーンズだな。パディ・ドゥーランの新しい友達の。会えてうれしいよ」ウォルシュは手を差し出した。

カラムはベッドに腰掛けたまま、動かなかった。急がばまわれ。何か強い役を握っているかのように自信過剰でもまずいし、はなからフォールドするかのように怯えすぎるのもまずい。

「ああ」ウォルシュは言った。「耳に心地よい響きだ。訊いてもいいか？」

外の通りでガラスが割れ、だれかが叫んだ。

「その訛りではプッシーになかなかありつけないだろう？」

カラムは二歩進んでベッドに行き、腰掛けた。そして言った。「五十ドルというのはなんのことだ」

フィンタン・ウォルシュはことさらにいぶかしげな目で見返した。

「五十ドルだよ」カラムは言った。「五十ドルで釣りはあるかと訊いただろうに」

「ああ、そのことか」ウォルシュはジャケットの中を探りはじめた。「おまえはチャイニーズ・ガイじゃないよな？」

香港警察の人間だとばれているから中国人《チャイニーズ・ガイ》と呼ばれたのかと思い、カラムの中の冷たいものが何度か温度をさげた。

それでこう言った。「パディはどこだ？」

「ミスター・ドゥーランならアップタウンにいる。つぎの五分で、おまえがドゥーランに会うか、ニューヨークから出ていくかのどちらかが決まる。さあ、服を脱げ」

カラムはベッドをきしませながら身を乗り出した。口を開こうとする。

「時間がない」ウォルシュは言った。「さっさと脱げ」

「悪いが――」

「脱げ」退屈そうな声だったが、ポケットからS&Wの三八口径のスナブノーズのリボルバーを出した手の動きはかなりすばやかった。銃はウォルシュの膝に置かれている。

「おれは銃の携帯が許されない街でもこういうものを持ち歩き、他人に向ける手合いなんだよ。さらには平気で使う手合いだと思ったほうがいいぞ。早く服を脱いで、その粗末なものを見せろ」

裸になったカラムがウォルシュの前に立つと、ブリーカー・ストリートの明かりが体を緋色と金色に染めた。逮捕されるときのように両手を頭の後ろで組み、ウォルシュがリボルバーを時計まわりに動かして指示するのに合わせて体を回転させた。つかの間、通りが静かになり、部屋の沈黙に押し潰されそうになったが、すぐに人々のざわめきと車のクラクションが戻ってきて、いま裸になっているという実感を強めた。

「なかなかいい体をしてるな」ウォルシュは言った。

「服を着ていいぞ」

カラムは服を着た。

「怖いか？」

「怖いに決まっている」カラムは言った。「銃を突きつけられたのははじめてだ」

事実だ。香港で火器を目にしたことはあるし、隠されていたそれを見つけたこともある。その前にベルファストの王立アルスター警察隊に短期間勤めたときも同じだ。銃創も見たことがある。香港仔《アバディーン》で、ごみに交じって浜に打ちあげられていた死体。ベルファストの北で、スナイパーの銃弾に斃《たお》れたパートナーのジミー。九龍《カウルーン》で、車の中で蜂の巣にされていた三合会《トライアド》の構成員。しかし、銃口の前に裸で立ち、引き金を引く指に少し力が加わるだけで激痛と出血と衝撃と死がもたらされる状態になったことは一度もない。

「いいだろう」ウォルシュは言った。「もう想像はついてるだろうが、おまえの新しい友達のパディ・ドゥーランには物騒な知り合いが何人かいる。いま、パディはアッパー・ウェスト・サイドの地下室にいる。おまえのことを使えると言ってた。おれのために働けると考えてるわけだ。だから、これからアップタウンへ行ってパディと合流し、おまえに自分の能力を証明してもらう。いやだと言ったら、おれは部下に電話をかけ、パディ・ドゥーランを殺して切り刻み、イースト川に投げこむよう指示する」

カラムは服を着ながら、アドレナリンが腕に流れこむのを感じた。ウォルシュははったりをかけているにちがいないが――このアイリッシュ・マフィアのボスとパディ・ドゥーランはかなり親密だ――興奮するあまり、蝶番《ちょうつがい》からドアをもぎ取らないように気をつけなければならなかった。白波に乗ってサーフィンをするようにはやる気持ちを抑えこみ、下におりてブリーカー・ストリートに出た。

近くのベンチにすわっていたふたりの男がカラムたちに合流した。ひとりは革のジャケット、もうひとりは軍の放出品を着ているが、どちらも特大サイズの棚から買ったものだ。ふたりは立ってカラムを左右からはさんだ。四人で歩き、一ブロック離れたところに停めてあった車に乗りこんだ。

ボビー・ホーはステーキを食べ終えると、感謝をこめてうなずいた。上司の気前のよさに感謝していることをミルバン警部本人に伝えることが重要だからだ。ホーとミルバンはウォール・ストリートの近くの静かなレストランにいて、ニークー・マッティラ捜査官も同席している。これはこの作戦におけるホーの重要性を物語っているし——ミルバンは香港ではこんな肉をけっしてふるまってくれないだろう——アメリカの料理はホーの好みからすると量が多すぎて味がしつこすぎるが、その意味はわかる。

ホーは上司の警察官を尊敬していた。ミルバンは公正で、イギリス人にも中国人にも分け隔てなく冷たく、警察に献身している。外国人のたまり場では飲みすぎないし、ホステスを愛人にしたこともないし、めったに癇癪《かんしゃく》を爆発させない。数週間前の夜、ホテルの一室でカラム・バークをののしっていたが、警部が声を荒らげる場面を見るのは数年ぶりだった。

香港警察にはイギリス人の警察官を嫌っている者たちがいる。中国人巡査に共感せず、広東語を学ぼうとしないという理由で。広東語を話し、中国人職員にも公正に接し、一九九七年の返還を不安に思いながらも積極的に香港社会に溶けこもうとしている者たちもいる。香港を離れるつもりの者もいれば、残るつもりの者もいる。

さらに、ホーが勤める警察署には、英語に精通しているという理由で赤ラベルの同僚を嫌う中国人の黒ラベル巡査がいる。ホーも何人かから警戒の視線を向けられたことがある。どうでもいいことだが。だれが指揮を執っていようと、仕事はあくまでも仕事なのだから、力を尽くすだけだ。

「フェニックス・インヴェストメンツのことを話してくれ」ミルバンが言った。

「堂《トン》はほぼ毎日、ユナイテッド・オリエンタル銀行とチャイナタウン周辺のマリタイム・ミッドランド銀行の支店に預金をしています。フェニックス・インヴェストメンツも定期的に預金をはじめました。これまで、フェニックスは堂の会社だと麻薬取締局《DEA》は見なしていましたが、自分は三合会が運営していると考えています。金はオフショア口座を通じて洗浄され、ニューヨークの銀行に預け入れられています。三合会のよくやる手口です」

マッティラが言った。「それは堂も納得ずくでおこなわれているのか？」

「いいえ」

遠方から変わり者の叔父が訪ねてきて喜ぶ子供のように、ホーはマッティラが同席していることを喜んでいた。このDEA捜査官は率直で、社交的で、時間や配慮を惜しまず、積極果敢と言っていいほど熱意にあふれている。典型的なアメリカ人だ、とホーは思った。ミルバンのイギリス人らしい堅苦しさに慣れていると、一服の清涼剤のように感じる。

マッティラは言った。「堂は不満ではないのか？サミー爺やはどうしている？」

「サミー・オングは電話では家族や家庭内の問題しか話しません」

サミー・オング、協勝堂《ヒップシントン》の尊敬すべき首領。長年かけて出世したが、急がばまわれがオングの流儀であり、それが功を奏した。堂の秘事を慎重に、油断なく守り、三十年以上にわたって王座に君臨している。その生来の用心深さにより、堂の仕事を電話で話そうとしないため、包括的犯罪取締・街頭安全法に基づいて盗聴しても、ホーがその内容をリアルタイムでも録音でも聞くことは法律によって禁じられている。捜査にかかわってくる会話しか盗聴できないということだ。もっと適切な話題に変わっていないかときどき確かめることならできる。だが、ずっと変わっていない。

「ただし」ホーは言った。「オングの右腕であるパパ・ンは、チャーリー・リンやミッキー・チウと携帯電話で話したときに、この預金についての相談に引きずりこまれていました。堂のほかの重要な実業家数人も、預金について相談しています。塵も積もれば山となるのを心配していましたね。金融犯罪の捜査を招くほどの額ではないが、巨額の資金を蓄えられるほどには定期的だという点で」

「興味深いな」マッティラは言った。「ウォルシュ・ファミリーと提携しつつ、そんなことをやっているのか。それに、パパが不満なら、サミー爺やも不満にちがいない。このフェニックス・インヴェストメンツの件がどうなるかを注視しよう」

ボビー・ホーはうなずいた。この数週間、協勝堂のさまざまな構成員が交わす会話を録音した何時間ぶんものテープを聴いたり、ペル・ストリートの水餃子《すいぎょうざ》店の上にある狭い部屋から堂の事務所を監視したり、DEAの写真で見たことのある顔が出入りするのを書き留めたり、ズーム写真を撮ったりしている。

「飛龍幇《フライング・ドラゴンズ》はどうだね？」

「協勝堂の事務所であのストリートギャングは見かけていません」

「やはりな」

ミルバンが言った。「おそらく、協勝堂は用心棒を近くに置いておきたくないのだろう。そのほうが政治的に理にかなっているし、チャイナタウンやほかの場所で体面を保てる」

マッティラはうなずいた。「市長の選挙運動を支援しているときに、路上強盗や殺し屋とかかわりがあるところを見られるわけにはいかないな」

「堂にはまっとうな人たちもいますよ、マッティラ捜査官」ホーは言った。

「ギャングや麻薬の密売人と仲よくしているやからが、どれだけまっとうだと言える？」

「わたしの考えでは」ミルバンが言った。「きみたちやわれわれの政府と同じようなものなのだよ。在米中国人団体の中には活動家もまっとうな人々もギャングもいる。だが、政治の世界では――堂も同じだが――上澄みよりも澱《おり》のほうが上に行くものだ」

ミルバンは長い指でワイングラスの脚をまわした。ボビー・ホーは、その指が富と成功のしるしとして一部の中国人が伸ばす鉤爪のような指先に似ていると思うことがよくある。

イギリス人は言った。「アメリカにおける〝堂〟の歴史はきみも知っているはずだ、マッティラ。何せ、この語を英語に訳せば〝タウンホール〟となる」

三人とも堂の歴史は知っている。堂はアメリカ人による人種差別や脅迫や搾取から中国人を守るために設立された。にもかかわらず、この慈善団体では犯罪が栄えた。中国人の守護者として設立されたまさにその組織に属する者たちが、会員や庇護対象を食い物にするようになっていった。

マッティラは微笑し、ワインをひと口飲んだ。

「ボビー、わたしは堂をけなしているわけではないからな」

「どうかお気になさらず」ホーは上司が同席しているのに、わざわざ名指しで謝罪されたことにとまどった。「謝る必要はありません」

「それで」マッティラは言った。「アイルランド人の話は？」

話は出てないか？ ウォルシュやドゥーランの話は？」

ホーは言った。「わかりません。名前はひとつも出てきていませんし、中国人以外で話題になった関係者は、選挙資金を扱っている市長の事務所と、イタリア系アメリカ人のビジネス団体だけです」

「キャナル・ストリートの北、つまりリトル・イタリーの連中だな」

「ええ、マッティラ捜査官」ホーは言った――マッティラをファーストネームで呼ぶ気にはなれない。「しかしながら、エメラルドのネズミということばを耳にしました。レストランのような口ぶりでしたが、ニューヨークにも香港にもそういう店はありません。しきりに仕入れの話をしています。食品とか、スパイスとか、酒とかの」

「アイルランドはエメラルド島とも言うから、エメラルドはアイルランドのことかもしれない」ミルバンが言った。

「可能性はあります」

「ネズミは密告者やスパイのことか？　まずいな」マッティラは言った。「もうバークの正体を見抜いたのだと思うか？　もしそうなら、バークを逃がさなければならない」

ミルバンは言った。「カラム・バークのことではないと思う」ワイングラスを見つめている。「まだウォルシュの犯罪活動のことを何も知らないのに、堂がバークの存在を知るとは思えない」

「ひとつ仮説があります」ホーは言った。「ファイルは読んだのですが、思い出せなくて。フィンタン・ウォルシュの誕生日はいつです？」

マッティラが言った。「一九六一年の一月五日だ」

「それなら筋が通ります」ホーは言った。うなずいているミルバンから、いぶかしげに眉根を寄せているニークー・マッティラに視線を移す。「中国の暦では、フィンタン・ウォルシュは三合会の首領であるトニー・ラウと生年が同じなのです。どちらも、一九六〇年二月から一九六一年二月までのあいだに生まれています」

「よくわからないのだが」マッティラは言い、説明を求めてミルバンを見た。

「中国の十二支です」気が大きくなり、ホーは言った。「ラウとウォルシュはどちらも十二支がネズミなのです。ウォルシュはアイルランド系アメリカ人——つまりエメラルド。ネズミ年生まれ。だからエメラルドのネズミになるわけです」

ミルバンを見た。イギリス人は小さくうなずいた。

「特別捜査官」ホーは言った。「許可をいただきたいことがあります。これまで堂の通信を盗聴してきましたが、捜査に役立つ通信を探したいのです。ミルバン警部と自分が、いま盗聴している会話の通話記録を見ることはできますか。通信の一部を解き明かすのに役立つパターンが見つかるかもしれません」

「市内および市外への詳細な通話情報か」マッティラは言った。笑みを浮かべる。「わかった、手配しよう」

市内および市外への詳細な通話情報が入手できれば、頻繁に通話している特定の番号を通話記録から洗い出せる。そしてその番号をリストアップし、DEAやFBIなどのデータベースに入力することで、ほかの法執行機関がその番号に〝手出し〟していないかを確認できる。

「裁判所の命令が必要になるが、香港からしょっちゅう国際電話がかかってきているから、うまくいくと思う」

ボビー・ホーは言った。「ありがとうございます」

マッティラに感謝した。ミルバンにも。上司はこの要請をおこなう役目をホーに譲り、DEA捜査官に礼を言って締めくくらせてくれた。一九九七年に返還されたら、これが香港警察の未来の姿になるのだろうが、いまこのニューヨークで、ジェームズ・ミルバンとの力関係が変わったのを目にしている。上下関係がゆるくなり、この捜査におけるホーの重要性が認められている。

ホーはウェイターに空《あ》いた皿をさげさせ、アイスティーをゆっくりと飲んだ。

8

車はコロンバスサークルを進んだ。カーブで前が詰まっていたので、速度を落として徐行した。七十九番ストリートの〈ダブリン・ハウス〉の前に人だかりができ、男が壁ぎわで身を折り曲げて嘔吐している。ヒスパニック系の女たちが通りかかり、ウォルシュは口笛を吹いた。

「あのラテン女の尻を見てみろよ。あれなら罪を犯してもいいが、告解《こっかい》のときにマッカスカー神父が心臓発作を起こしたらまずいな」

ブロードウェイを曲がって九十六番ストリートにはいり、一ブロック先で停めた。ウォルシュが前を歩き、ふたりの男にはさまれたカラムが後ろにつづく。ブロードウェイに戻ると、ドゥーランとトラックのキャブにすわって時間を潰したときに使った〈マクドナルド〉が向かいに見えた。褐色砂岩の建物の正面を見あげた。キャブで朝食を食べながらソル・グランディの話を持ち出したとき、パディが見つめていた建物だ。夜だと褐色砂岩が少し暗いチョコレート色になったように見え、隣のガラスと鋼鉄のアパートメントが街の明かりを反射している。

四人は建物のあいだの狭い路地を歩き、通用口に行った。ウォルシュがノックすると、数秒後に年配の男が褐色砂岩の建物に通じる金属製のドアをあけた。白髪交じりのやつれた男で、地下室に十年も引きこもっていたように見える。コンクリートブロックを組んだ廊下にはいり、年配の男に従って階段をくだると、広い洗濯室に出た。

パディ・ドゥーランが隅の金属製の椅子にすわり、そのかたわらでふたりの男が煙草を吸っている。三人は笑い声をあげ、カントリークラブの大瓶をまわし飲みしている。

パディは言った。「クリスティ、大丈夫か？」

「わからない」カラムは言った。

洗濯室の中は空気がよどんでいて暑く、洗剤のにおいが鼻を突く。

フィンタン・ウォルシュが指を鳴らすと、革のジャケット姿で汗を掻いているブルマスティフのような首の太い男が、ボスのために部屋の隅から椅子をもう一脚持ってきて、壁ぎわに置いた。ウォルシュはジャケットを脱ぎ、チェックのシャツを整えてから腰をおろした。

「よし」と言う。「これでいい」

年配の男が足を引きずりながら階段をのぼって視界から消え、ウォルシュは手を振ってもうひとりの用心棒にモルトリカーの瓶を持ってこさせた。

「もうニガーとスペ公しかこんなものは飲まないと思ってたぞ」と言ってひと飲みする。「昔は味覚がおかしかったな。娼婦の小便よりはましか、パディ？」

ドゥーランは微笑した。疲れて見える。

「パディとおれはガキのころからこれを飲んでた」ウォルシュは言った「生まれ育ったところで。ヘルズ・キッチンだ。あのころのヘルズ・キッチンはまだアイルランド人の街だった。ジミー・クーナンやミッキー・フェザーストーンやその手下たちがいた。悪事を働くのもアイルランド人だったし、港湾労働者もアイルランド人だったし、商売するのもアイルランド人だった。いまではあの目障りなワールドワイド・プラザが建ったが、だれも住んでいない安アパートメントや女のホームレスも目につく。開発業者のために街を浄化しようと、古くからの住民は一ブロックまた一ブロックと追い出されてる。市長は心を痛めてると思うか？ジュリアーニは立ち小便をした老人をブラットン本部長に逮捕させるのに忙しくて、おれたちにかまってる暇などない」

　酒をもうひと口飲む。

「ダウンタウンのイタ公を見てみろ。中国人《チンク》どもの勢いが止まるまでに、三、四ブロックでも守りきれれば幸運だろうな。チャイナタウンは何年も前からリトル・イタリーを浸食してる」太い指をカラムに向ける。「だが、あのチンクどもは頭が切れる」

　椅子のそばの床に瓶を置いた。

　カラムは言った。「いまでもヘルズ・キッチンに住んでいるのか？」

「まさか。あそこにはもう何も残されてない。何本かの通りはおれたちの縄張りだが、スペ公と不動産屋が移ってきてる。ともあれ、おれはいまウッドサイドに住んでる。パディはがんばって居すわってたが、住んでるアパートメントを街が売ったせいで、おまえがベッドと引き換えに掃除してたぼろホテルへ追い立てられた。いまはホモだらけのヴィレッジに移ってるが」


　パディは階段のほうを見ている。カラムはトルココーヒーを吐き戻しそうになるのをこらえた。Tシャツが背中にへばりつき、腋が汗で濡れているのを感じる。脚に力がはいらない。しかし、カラムの中の何かが、ウォルシュやドゥーランやそのほかの男たちを冷静に観察させている。

　気力が出ない。恐れているが、この男たちを恐れているわけではない。

　階段から足音が近づいてきたとき、気づいた。リングへ歩き、かがんでロープをまたぎ、戦う前に観衆のわめき声や罵声《ばせい》を聞いているときと同じ恐怖だ。みずからの弱さに怯えている。

　年配の男がウォルシュの用心棒のひとりと若者を連れて進み出た。若者はカラムより五歳ほど年下で、スウェットパンツを穿き、バスケットボールチームのフィラデルフィア・セブンティシクサーズのタンクトップを着ている。

ウォルシュが言った。「いまでもボクシングは少しやるんだろう?」

カラムは言った。「しばらくやっていない」

「これからここでこの暴れん坊と十ラウンド戦ってもらうから、準備しろ」

カラムは若者のロープのように筋張った腕を観察した。薄い口ひげを生やしているが、その下の厚い唇は恐怖と混乱で開いている。長身、痩せ型の体からタンクトップがだらりと垂れさがっている。髪を狭い額《ひたい》から後ろに撫でつけていて、左眉に白くて細いミミズのような傷跡がある。

ウォルシュは言った。「このディランはおれたちがまだ縄張りにしてるヘルズ・キッチンの通りで商売をしてたんだよ」若者を身ぶりで示す。「ニューヨークでフィラデルフィアのバスケットボールチームのタンクトップを着るとはな。だいたい、おまえはプエルトリコ人だろうが」

若者は無言でセブンティシクサーズのタンクトップを見おろした。

「ここに来る途中で、プエルトリコ人の小娘たちを見かけたぞ」ウォルシュは言った。「おまえの国の女は、実にいい体をしてる。アイルランド人の女のように、ジャガイモを一生食いつづけるのはやめておけ。さて、おまえがこいつに勝ったらどうなるか。おれといっしょにイースト・ハーレムに行ってドミニカ人の小娘たちとファックする。負けたらどうなるか。それでも女たちはおまえを気に入ってくれるさ。歯のない口でプッシーにむしゃぶりつくのが得意になるだろうからな」

ディランは血走った目で見返すことで答えた。

カラムは空腹を感じた。この若者も怯えている。自分と同じように。戦う前のボクサーの全員と同じようにに。そこにつけこめ、と思った。集中しろ。戦う前の派手なパフォーマンスはない。判定に影響を与える観客もいない。いるのはフィンタン・ウォルシュだけだが、勝負のすえには何がある？　仕事？　命？

ウォルシュの笑い声が聞こえた。部屋にいる男たちと、どちらが勝つかで賭けをしている。ドゥーランは〝アイルランド人〟に五十ドルを賭けている。

ディランを見つめた。贅肉はなく、体重は百二十ポンドぐらいだろう。こちらより軽いが、たぶん動きはこちらより速く、リーチも長い。知ったことか。気後れするのは向こうのほうだ。上着を脱いで体をほぐし、かかとを浮かせてジャンプした。素手でボクシングをやったことは一度もない。だが、基本は同じのはずだ。恐怖の低いうなりが体内にとらわれた虫のように全身を震わせているが、それも最初の一発をもらうまでだ。あとはスパーリングと同じになる。守る。殴る。動く。

スニーカーを履いてきてよかったと思った。ブーツだと錘《おもり》になっただろう。ジャブを宙に放ったが、遅い。何カ月も戦っていないし、汗を流して減量もしていないし、このためのトレーニングも積んでいない。体がなまっている。

男たちは笑っている。年配の男がカラムとディランに洗濯室の中央で向かい合うよう身ぶりで示した。ひげ面の用心棒がプエルトリコ人に三十ドルを賭けている。

カラムは言った。「こいつを三ラウンドで沈めたら、四十ドルもらうぞ」

ウォルシュを感心させるためのはったりだったが、愚かな行動だった。鋭いジャブを浴びてよろめいた。頬がうずき、一瞬だけ方向感覚を失った。プエルトリコ人が追撃に出るには充分な隙で、ボディブローのコンビネーションをもらった。空気を求めてあえいだ。脇腹が痙攣《けいれん》している。体をまるめて腕を引き寄せると、プエルトリコ人のパンチが肘にぶつかった。

ざまあ見ろ、こぶしを痛めたな。

代わりにおれは今夜、血尿が出るだろうが。

頭の中を低いうなりが満たしている。若者を押しやると、よろめくのが見えた。カラムは体を折り曲げ、右に動いた。若者はまっすぐに立ったまま前進し、カラムは足を踏ん張った。ジャブを打たなければならない——ジャブは距離を測るものだ。左を放つと、プエルトリコ人はさらにコンビネーションを浴びせ、三発のパンチが肩と前腕と鎖骨を連打した。四発目が右のテンプルに命中し、うなりが一段階大きくなった。このプエルトリコ人は速い。暴力に慣れている。

頭を低くし、パンチを掻いくぐった。若者の腕がシャツをこすり、生地に皺が寄るのを感じる。腹にコンビネーションを放ち、最初の一発は腰に当たったが、二発は左の腎臓に命中した。そこで距離をとった。

プエルトリコ人はあとずさった。体がこわばって目に動揺の色が浮かんでいる。カラムは片手をあげ、Tシャツを脱いだ。地下室のよどんだ熱気が押し寄せ、肌を覆い包んだが、解放感を覚えた。相手もセブンティシクサーズのタンクトップを頭から引き抜いている。引き締まった胸からキリストの顔が見返し、トースト色の肌に黒く浮かびあがっている。

若者はグレイハウンド並みに痩せ、コンビネーションが速く、動きもなめらかだ。渾身《こんしん》の一撃を打ちこまなければならない。フェイントだ、と思った。早くからそういう渾身の一撃を狙えば、勘づかれる。防御しながらパンチを繰り出しても、反撃を食らうだけだ。このプエルトリコ人のリーチは長い。懐に飛びこみ、ぶちのめせ。

半ばしゃがんだ姿勢で突っこんだが、右の強打をもろに食らった。首がのけ反《ぞ》り、頬の皮がむけるのを感じた。目は見えるし、鼻も無傷だが、反射的に両手を顔の前に持ってきてしまい、ボディにまたコンビネーションを浴びた。胃がむかつき、脇腹がうずく。こういうずきずきとする激痛はしだいに増して体力を奪い、ダウンに至らしめる。

くそ、と思った。プエルトリコ人は右手を引いて構えていたのに、そこに夢遊病者のように飛びこんでしまった。腎臓のあたりが痛む。肺もボディブローとこの暑さで焼けついている。

しかし、この野郎は構えを解いている。おれがダメージを食らったのを見て。これから猛攻撃するつもりだ。

若者の胸からキリストが悪意に満ちた視線を送っている。左の上腕にもタトゥーがあり、ギャングのロゴか何かが彫られている。この野郎は毎日戦っている。ほかのチンピラや、ウォルシュのようなろくでなしと。警官と。

肩をまわし、脇腹が悲鳴をあげるのを感じながら体をまるめた。

リングから出て路上に行け、と思った。汚い手を使え。

若者が距離を詰めた。殴っては動き、カラムの体力を完全に消耗させようとしている。相手が迫ったとき、カラムはつかみかかり、手を滑らせそうになりながらも爪を食いこませた。若者の引きつった顔に頭突きを浴びせると、分厚いアイルランド人の頭蓋骨が何かを砕いた。若者が叫び、クリンチ状態で手を振りまわしている。どちらかが声を発したのはこれがはじめてだ。

カラムは背筋を伸ばした。香港でロシア人船員がこういう構えで戦うのを見たことがある。プエルトリコ人の鼻に鋭いジャブを二発叩きこんだ。すでに涙が浮かんでいた目が閉じられ、カラムは肩を入れて左の強打を放った。こぶしが若者の右耳の上を直撃する。刈りこんだ髪がこぶしをこすり、汗の酸っぱいにおいが鼻を突き、自分の手首にパンチの衝撃が伝わった。頭が右に勢いよく傾き、若者はよろめいた。

カラムは若者を見おろし、その後頭部にこぶしを振りおろしはじめた。コンクリートの床に向かってパンチを繰り出し、プエルトリコ人の頭を連打する。これでは倒しきれないことはわかっている。頭蓋骨を叩いても、たいしたダメージは与えられない。プエルトリコ人のほうがボクサーとしては格上だ。反撃の準備ができたら、またカラムのボディにコンビネーションを浴びせ、動けなくしてから仕上げに取りかかるだろう。

しかし、若者の頭が低く、視線が床に向けられているうちに、カラムは横に動いて膝をその顔に叩きこんだ。顔から離れたジーンズは湿っていて、若者はへたりこんだ。

プエルトリコ人は両手を掲げてブロックしようとしたが、手遅れだった。カラムは強打に切り替え、若者の側頭部を何度も殴った。若者の両手が押しやられ、カラムのこぶしが眉と、目の下の骨と、潰れた鼻の脇にめりこむ。こぶしが血でぬめっているが、自分と若者のどちらの血なのかはわからない。プエルトリコ人はスペイン語で叫び、カラムはその頭にもう一度膝蹴りを入れた。

カラムに抱きついたのはパディ・ドゥーランで、恋人が抱擁するように自分の胸にカラムを引き寄せた。カラムの後頭部に手をまわし、抱き締めている。

「よくやった」パディは言った。「よくやったぞ、クリスティ」

カラムは体の力を抜いた。耳鳴りが消え、暑い洗濯室で男たちが何かしゃべっているのが聞こえる。首をめぐらすと、だれかがプエルトリコ人をかかえ起こして、遠くの隅に置かれた、フィンタン・ウォルシュがすわっているのと似たような金属製の椅子に連れていくのが見えた。床は血だらけだ。年配の男が戻ってきて、舌打ちをした。

「いいぞ!」ウォルシュが言った。「戦うアイルランド人だな」

前に立つようカラムに身ぶりで示す。ドゥーランが連れていき、並んで立った。

「パディから聞いたが、ベルファストで警官をぶちのめしたらしいな」

手下のひとりが歩み寄り、水のボトルと皺だらけになったカラムのＴシャツを差し出した。カラムは水を長々と飲み、Ｔシャツで顔を拭《ぬぐ》った。顔から離したそれは赤く染まっていた。

「ああ、暴動があったんだ」カラムは言った。荒い息をつきながら。「おれは瓶を何本か投げてから、近づいて防護盾を殴ったり蹴ったりした。つかまりそうになったが、友達が引き離してくれた。暴動は工場の隣で起こっていた。おれは屋上にのぼり、ブリーズブロックをおまわりのひとりの上に落とした。そいつは人形みたいに倒れた。ヘルメットで防ぎきれずに頭蓋骨が砕けたんだろう」

「ブリーズブロック？」ウォルシュは言った。「おれにもわかることばで言ってくれないか？」

「コンクリートブロックのことだ。だれか煙草をくれないか？」

ウォルシュがマールボロを差し出し、ライターをほうった。そして言った。「どんな気分だった？　警官をぶちのめして後悔したか？」

「くたばればよかったんだ。警官はどいつもこいつもくそったれだ。世界からひとりぐらい減っても、悲劇じゃない」

「あそこのディランについてはどうだ？　痛めつけてもなんとも思わないのか？」

「あいつは赤の他人だ。ろくでなしかもしれないし、聖歌隊員かもしれないが、どうでもいい。おれは四十ドル稼いだのか？」カラムは煙草に火をつけ、深々と吸った。

ウォルシュはドゥーランと顔を見交わしてから、金属製の椅子に少し深くすわった。

「ああ、今夜、おまえは小金を稼いだ」と言う。「これからもっと稼げると思うぞ。もう帰っていいから、パディに酒でもおごってもらえ。また会おう、クリスティ」

カラムは煙草をもう一度吸い、燃える先端を見つめた。

「運送の仕事中、おれがふざけた依頼主を痛めつけようとしたらパディが止めた」と言う。「パディは依頼主が警察に通報して、おれが強制送還されるのを心配していた。いま、あんたはおれを戦わせて、仕事をくれると約束したが、それは社会保障番号が要らない仕事だよな。何をさせるつもりだ？」

ウォルシュは微笑した。

「おれがやらせる仕事は、どこかの阿呆の尻を蹴っ飛ばすのとはちがう。おれのファミリーが警察からおまえを守ってやるし、五十ドルとチップよりもたくさん稼げる。さあ、パディのおごりで酔っ払ってこい、クリスティ・バーンズ。また連絡する」

パディ・ドゥーランがカラムの肘を持って階段に連れていった。一段目に足を掛けたとき、カラムは立ち止まった。

「あいつは何者なんだ？　あのプエルトリコ人のことだが」と言う。

「あのガキは麻薬の売人だ」ドゥーランは言った。「ヘルズ・キッチンの売ってはいけないところで売ってた。おまえに痛めつけられたことで、おれたちから教訓を叩きこまれたわけだ」

「フルネームは？　ディラン何という名前なんだ？」

「さあ……アコスタだったかな。そんなことより、飲みにいくぞ」

背後でフィンタン・ウォルシュが言った。「あのラテン女たちはおれがひとりでファックすることになりそうだな、ディラン」

9

七番の女はダンスフロアに視線を固定している。ほかの女とちがい、うつろな目をしていないし、麻薬や酒に無頓着のようにも見えない。むしろ告解者の表情で、服を脱ぎ捨ててみずからの罪を衆目にさらしている。トニー・ラウは安物のウォッカを飲み、下腹の熱を静めた。

ラウにとって、バンコクのナナ・プラザはタイの嫌いな部分が凝縮されている場所だ。中庭のまわりに、ストリップクラブやバーや時間貸しのホテルが連なっている。三合会《トライアド》の仲介役であるパイナップル・ウォンが、首領の嫌悪の表情に気づいた。ウォンは響き渡るダンス音楽に声が掻き消されないよう顔を寄せ、その熱い息がトニー・ラウの耳にかかった。

「ご不快になるのはわかります、首領。しかし、タイ人と仕事をするためには必要な代償です。歓待されているのですから、我慢しないと」

ウォン自身もタイ人だが、ラウはその事実を指摘しないことにした。もっとも、この仲介役の言っていることは正論だ。それに、タイ人は大いに役立ってくれた。香港に密輸するために、タイ人がクン・サ将軍の収穫物を国境からバンコクに運んでくれたおかげで、三合会は何億ドルもの金を稼いだ。

〈タイ・ティーズ・ゴーゴークラブ〉の店内にピンクと紫の光が渦巻き、Tシャツとランジェリーとハイヒールという恰好の女たちが、ステージに向かって三段に並んだボックス席のあいだを歩きまわっている。男たちはいやらしい目つきで呼びかけ、ステージで踊っている女を中庭の向かいのホテルに連れこもうと、酒で勇気を奮い起こしている。ラウは執拗にリズムを刻む音楽に合わせて体を翻《ひるがえ》すトップレスの女たちの列を眺めた。ビキニボトムやショーツに番号札が取り付けられている。

目を背《そむ》け、現地の部族民が馬やロバを連れて曲がりくねった長い列を作り、クン・サの民兵に護衛されながら、タイとの国境に向かってシャン州を進むところを思い浮かべた。あの老いた麻薬王と交渉したあと、何日もかけておこなわれたはずだ。そこからは潮州《ティウチウ》の三合会と地元のごろつきが数週間かけて荷をタイ国内に密輸し、バンコクの南に運んだのだろう。米を積んだトラックで。トラックのリムやギヤボックスに荷を隠し、ルート一号線をたどって。以前話した男は、密封できる袋にモルヒネを入れ、燃料タンク内に浮かべて運んだことがあると言っていた。

接待役のスパイクヘッド・チャンが、ステージに向いたボックス席のU字形のソファに横歩きで近づき、隣にすわった。

ラウは今夜は女をほしくなかったが、拒んで接待役のチャンの顔を潰したくはなかった。チャンは意気揚々としている。麻薬を香港まで運ぶ一連の作業でみずからの任務を果たしたため、タイ側はかなりの報酬を得た。タイ人たちはこれから何年もうまいものが食えるだろう。十四Kとアメリカの堂《トン》の会計士たちは、ワシントンやアトランタやシカゴといったアメリカの大きな市場で、少なくとも一グラムあたり七百ドルで売れると試算している。ニューヨークでも。

〈タイ・ティーズ・ゴーゴークラブ〉のTシャツを着た女が近づいてきた。ほかの女よりも年上で、二十代半ばあたりか。フロアマネジャーか何かだろう、とラウは思った。

「お好みの子はいる?」女は言った。ほかの女よりも魅力的だ、とラウは思った。目に知性の色があり、どうすればこちらの欲求を満たして金を稼げるかを計算している。三合会でも活躍できるかもしれない。

「お飲み物は？」

「そうだな、もらおうか」

「あたしはカクテルが好きなんだけど、かまわない？」

「ああ、かまわない」ラウは手をあげてウェイトレスを呼ぼうとしたが、Tシャツ姿の女がマニキュアを塗った二本の指をラウの手首に当てた。

「くつろいでて」と言う。「あたしが注文してくるから」

ラウは女がファッションショーのモデルのようにバーへ歩いていくのを見送った。別の女がボックス席のそばを通った。照明でピンク色に染まった黒い目が見えた。女は床にその目を向け、ステージに戻ろうとしている。

七番の女だ。告解者。ラウは立ちあがり、ボックス席から出た。女が左のピンヒールをステージにのぼる階段の一段目に掛けたところで、追いついた。


「待ってくれ」と言う。「一杯おごらせてくれないか？」

女がしばらく見返し、ラウはクラブのルールを破ってしまったことに気づいた。Tシャツ姿の女が左に現われた。

「お客さん、何してるの？　あたしにおごってくれると思ってたのに」

「おごるよ」ラウは言った。「カクテルはきみのものだ。だが、この子にもおごりたい」

「この子は新人よ。経験がない。いつもぼうっとして夢のようなことを考えてる。ほかの国で暮らすとか、タイから出ていくとか話してる。ここにいるのが不満で、ほかのタイ人に自分は釣り合わないと思ってる。あたしのほうがいいわよ。お客さんにふさわしい」

「きみはとてもきれいだ」ラウは言った。「美人だ。だが、この子をとても気に入ったんだよ」

脚を前後に重ねて立ち、また床に目を向けているダンサーの女を身ぶりで示した。

「悪いが、この子にたくさんおごってやりたい。かまわないか？」

Ｔシャツ姿の女の声が険《けわ》しくなった。

「この子は飲まない。踊るだけ。この子の時間がほしいのなら、中庭の向かいのホテルに連れていって。部屋はこの子が知ってるし、お客さんはそこで過ごす時間のぶんだけお金を払う。お客さん、わかった？」

ラウは段を作っているボックス席に目を走らせた。パイナップルのような乱れた髪を紫のストロボライトで照らされているウォンを見つけた。仲介役の耳に甘いことばをささやいている痩せた女の前に身を乗り出し、ダンサーのひとりとしばらく過ごしてくると伝えた。

「それでしたら」ウォンは大声で言った。もうアルコールが血管の中を駆けめぐっているようだ。「いっしょに行きますよ」

ラウはことわろうとして思い直した。部下とは仲間意識を持たなければならないし、大きな仕事の締めくくりにこの潮州の男は淫《みだ》らな祝いを期待しているから、それを裏切るわけにもいかない。作り笑いを浮かべ、いっしょにクラブを出た。ウォンの連れは、千鳥足のウォンに骨張った肩を抱かれ、その酔っ払った重みでふらついている。

ホテルは消毒剤のにおいと、何かが燃えるかすかなにおいが漂っている。ロビーにいたジーンズとサッカーシャツ姿の細身のタイ人たちが会釈してきた。ラウたちは階段をのぼり、二階に行った。ダンス音楽の低いリズムが外から壁を震わせている。

ウォンはよくしゃべる女を連れて何もない廊下を進み、ふたつ先の部屋に行った。ラウは脇に寄り、Ｔシャツ姿の上役からもらった鍵で七番の女がドアをあけるのを待った。カーペットが敷かれた部屋は実用重視だ。大きなベッド、チェスト、ランプを載せたベッドサイドテーブル、ドアの左側にはトイレとシャワーのある小部屋。窓の横型ブラインドから、外の通りの色とりどりの明るいネオンサインの光が差しこんでいる。くぐもって聞こえるトゥクトゥクのエンジン音や甲高いサイレンの音が、にぎやかな大通りがすぐそこにあることを教えている。

「先にシャワーをどうぞ。あたしはあとから」女は言った。女がことばを発したのはそれがはじめてで、ラウはそのかすれた声質に驚いた。

うなずき、服を脱いだ。ラウがシャワーを浴びるあいだに、女はトイレで用を足し、ラウは気まずくて赤面した。女がシャワーを浴びるあいだ、ベッドに腰掛けていた。ひとりになったラウは目を閉じてため息をついた。肩にずっしりとした重みを感じ、まるでそうすれば罪悪感を涙腺から絞り出せるかのように、目をいっそうきつく閉じた。いまごろ妻は末の子と寝ているはずだ。息子はまだ暗闇への恐怖を克服できず、両親の寝室で寝ている。娘は自分のベッドで夢を見ていることだろう。かすかな寝息に合わせて、肩を上下させながら。

妻子の姿を頭から追い出し、腹の中で騒いでいる白々しい恥の意識を抑えこんだ。香港に戻ったら司祭に会い、魂を清めよう。トイレとシャワーのある小部屋から換気扇の音が聞こえる。この女を選んだのは、女がためらい、もしかすると恥じ入っていたからだ。下腹が熱くなるのを感じた。

女が小部屋のドアのところに立っている。どれくらい前から見ていたのだろう。女は裸だ。痩せて骨が浮かびあがっている。

この一時間の運命を受け入れたのだろう、と思った。女が抱かれたくないのはわかっている。先ほどは欲望の炎を感じた下腹に、冷たいわびしさが広がるのを感じ、自分でも驚いた。

女が歩み寄り、ラウの手を取ってそっと引き、立たせた。細い腰を触らせながら、身を寄せる。ラウは目《め》眩《まい》に襲われ、自分に毒づいた。体が言うことを聞かず、頭が苦しんでいる——女にさわられても、ペニスが反応しない。

その代わりに、師の死体が脳裏によみがえった。三合会の首領だったスタンリー・チャオが——実の父よりも親らしかった——香港島にある湾仔《ワンチャイ》の売春宿の入口から運び出されていく。自分がだれよりも敬愛していた先代の龍頭《ドラゴンヘッド》が、たかが肉欲のためになぜこれほど頻繁に娼婦の快楽にふけるのか、不思議だった。自分もチャオと同じくらいの高齢になれば、金目当てで老人に体を差し出す女を受け入れるようになるのかもしれない。

そこでカラム・バークの顔が心の目に映った。

あのアイルランド人は路上に立ってこちらを眺めていた。偉大な指導者たるチャオの死体が救急車の患者室に乗せられても、まったく顧《かえり》みていなかった。それでトニー・ラウは、バークがチャオの死に関与していることを知った。龍頭のチャオが死んだおかげで、この警察官はかつての罪を帳消しにした。人々と光がバークのまわりで渦を巻き、ラウが無意識のうちに自分の指で記号を作っても、バークの表情は変わらなかった。

血闘《シエドウ》。復讐。

「あたしのこと、好みじゃないの？」

女が話しかけたので、ラウはびくりとした。

こう言った。「好みだ」

恥ずかしくなり、広東語で話せればいいのにと思った。

「きみの名前は？」無意味な質問で、女はどうせ嘘をつくだろうが、どうにかしてただの番号ではない存在として扱いたかった。

「あたしの名前はジュリア」

「いい名前だ」ラウは言った。

女は萎えたままのラウのペニスを見た。

「その気になれない？　恋人がいるの？」

「妻がいる」

「その気になるために、奥さんとは何をするの？」

「キスをする」

「キスはできない。それだけはやらない」女は微笑し、その小さな歯がブラインドの隙間から差しこんだネオンサインのきらめきで赤く染まった。「でも、ここにならキスできる」

女が優雅な動きで下にずれ、ラウはこの〝ジュリア〟がクラブで不安そうにしていた七番の女から熟練のプロに変わったので驚いた。天井を見あげながら女が触れるのを待ち、深く息を吸った。

廊下から消毒剤のにおいが漂っている。カーペットのかびくさいにおいも感じる。焦がした赤砂糖のようなにおいも。濃くて甘いコーヒーかもしれない。そのにおいの正体に気づき、点と点を結びつけた――女の変化、小部屋の換気扇、甘く焦げたようなにおい。ラウがベッドに腰掛けているあいだに、女はバスルームでナンバー3ヘロインを吸ったにちがいない。しかも、においがかなり強いから、上物だ。下を見て、女の顎を持ちあげた。その目つきやけだるげな笑みに、麻薬の効果が見てとれる。

女は左手でラウを握っている。

そして言った。「あたしのこと、好みじゃないのね」

「きみはとてもきれいだ」ラウは言った。「だが、今夜はだめそうだ」

女は膝を突いた姿勢から立ちあがった。

「それならおしゃべりしましょう。昔、ロンドンの学校で英語を勉強したの」ジュリアは微笑した。「グレートブリテン島とアイルランド島を訪れるのがあたしの夢。ここでたくさんお金を稼げたら、移り住むつもり」

グレートブリテン島か、とラウは思った。アイルランド島。カラム・バークはアイルランド人だ。カラム・バークは自分の人生の害悪だ。

　女が忍び笑いをしながらふざけてペニスを撫でている。その目は猫を思わせ、麻薬の快感が体内を駆けめぐっている。ナンバー3ヘロインを吸うことは、〝龍を追う〟とも言う。自分の龍のことを考えた——龍頭だったスタンリー・チャオのことを。窓から差しこむ光で女の顔が赤く染まり、あの湾仔の通りでネオンサインの光を浴びていたカラム・バークを思い出した。女の笑みがバークの笑みと化し、妖怪《ヤオグアイ》のようにあざ笑っている。

　気がつくと、女が悲鳴をあげていた。気がつくと、床の上で馬乗りになって女の気管を両手で締めあげ、殺しかけていた。気がつくと、タイ人の警備員ふたりによって壁に押しつけられ、女がベッドの向こうの隅で縮こまっていた。そのとき、パイナップル・ウォンがよろめきながら部屋にはいってきて、警備員たちを怒鳴りつけ、三合会十四Kの幹部を解放するよう命じた。

　頭の中で、カラム・バークを何度惨殺したかはわからない。しかし、心の底では、あの人殺しを自分の手で始末する日が来るのを確信していた。

10

　カラムは二十九歳という実年齢よりも何十歳も老けたかのような動きで、トラックのキャブからおりた。先週の戦いは短時間だったが、若いプエルトリコ人のディラン・アコスタのせいで、なまった体を酷使させられた。アッパー・ウェスト・サイドの地下室を出たあと、氷風呂にはいるべきだったが、ブッシュミルズのオン・ザ・ロックを何杯か飲む羽目になり、結局パディ・ドゥーランと飲み明かしてしまった。一週間も経つのに、まだ腎臓のあたりが痛む。

　ディラン・アコスタ。カラムは公衆電話でオコンネルとミルバンに何度か連絡を入れた。そのたびにヘルズ・キッチンでアコスタの姿は目撃されていないかと尋ねたが、そのたびに否定された。マッティラは第十五分署と第十八分署の知人に問い合わせ、秘密情報提供者からアコスタという男についての情報があったと告げた。そして、まだはっきりしたことはわからないが、行きつけの酒場やたむろしている通りを見張っておくだけの価値はあると伝えた。収穫はなかった。狼《ろう》狽《ばい》したアコスタの姉が三日連続で第十五分署に電話をかけてきただけだった。

　ソル・グランディ殺しの捜査は行き詰まっている。施条痕《しじょうこん》が一致する銃はなく、犯行現場にほかの手がかりは残されていなかった。

　ひとつわかったのは、ガブリエル・ムニョスがシロだったことだ。〈アンジェリカズ〉で従兄弟《いとこ》が何をしているのであれ、ムニョスは関与していない。少なくとも、麻薬取締局《DEA》が調べあげたかぎりでは。

　きょうのニューワールド運送の仕事はオフィスの移転で、戸棚や机をミッドタウンから、シーポート近くのウォーター・ストリート沿いにある改装された倉庫に運んだ。お供はウィリーとJJだった。ウィリーは恋人と喧嘩《けんか》し、メサドンに加えてモルトリカーの大瓶を二、三本空《あ》けていた。ひどく酔っていて、ウォークマンを落として壊してしまったほどだ。おれが電器屋に持ちこんで修理してもらうよ、とカラムは言った。

カラムはジミー・マリガンを頂点とするニューワールド運送の階層構造を把握するに至った。ジミーは新たなソル・グランディであり、ブルックリンのユダヤ人がヘルズ・キッチンのアイルランド人に代わったわけだ。この運送会社のオーナーであるビルは、すべての決定をジミーに任せ、自分はおのれの王国のお飾りの王様になっている。

あす、カラムは〈ホテル・ベルクレア〉からブリーカー・ストリートのパディ・ドゥーランの狭いアパートメントにバックパックを運び、ドゥーランのルームメイトとしてはじめての夜を過ごすことになる。

トラックを施錠し、詰所の守衛に鍵をほうってから、キャメルに火をつけて五十番ストリートを渡った。デリの前に立ち、酒を買いたくなる衝動と戦いながら、フィルターまでキャメルを吸い、スニーカーで踏み消した。道を行く人々はみな急いでいる。午後は心地よい陽気で、路上の換気口から地下鉄の熱されたゴムのにおいが漂っている。薄手のコートを着てきたが、きょうの気温では暑いくらいだ。

外は人が行き交っているにもかかわらず、フライドチキンを売っているデリに客はいなかった。店内にはいったカラムは、カウンターの向こうでアラニス・モリセットについての雑誌記事を読んでいる女に微笑みかけた。

「やあ」と言う。「コーヒーを買いたいんだが、その前にトイレを使わせてもらえないかな。ちょっと緊急なんだ」

女はガムの塊を口の隅に押しこんだ状態で、顔をほころばせた。

「いい訛りね」と言う。「ラッキーチャームのＣＭに出てる子みたい」

「あいつとは遠縁なんだよ。トイレの案内板があるけれど、客用かい」

「かわいい一族ね。もちろん、いいわよ」

カラムはウィンクをした。「ありがとう。すぐに戻って、コーヒーをもらうよ」

トイレの案内板があるドアを抜け、狭い廊下に出た。一方の壁ぎわに、箱や缶飲料のケースが積まれ、バケツに入れたモップが立てかけられている。廊下の突き当たりには建物の裏口があり、右側にトイレと手書きで記された別のドアがある。そのドアの脇に上へ延びる階段があり、カラムはそれをのぼった。

二階には狭い空間に別のドアがあり、カラムはそれをノックした。

建物の配管がきしんでいる。足もとでゴキブリがどこかに隠れようと逃げている。

「早くあけろ。どうして小便に十分もかかるのかと、下の若い娘がいぶかしむかもしれない」

ラッチボルトが引っこみ、錠がはずされる音が聞こえた。ドアがあき、テキサス・レンジャーズの帽子と青いＴシャツとジーンズという恰好の青白い顔の男が中へ招いた。

「あんたがガリンスキーか？」

「バークだな？　これを持ってきた。ちょっと待ってくれ」

カラムは情報課の警察官が壁のフックから吊されたバッグの中を掻きまわすのを見守った。窓ぎわに女が膝を突き、望遠レンズで向かいのトラック用駐車場を見張っている。髪はきつめのポニーテールにまとめられ、トレーナーがずりあがり、脚は尻の下に押しこまれている。ジョージーナ・ルイースだろう。トラック用駐車場に向けられた望遠レンズのすぐ上まで窓のブラインドがおろされている。向かいの小さな詰所で新聞を読んでいる老人を観察したところで、たいしておもしろいことはなさそうだ。

　ガリンスキーがソニーのテープレコーダーを渡した。

「なんだ、これは？」

「ドゥーランといっしょにいるときに身に着けてくれ」

「最悪の方法だ」カラムはテープレコーダーをひっくり返し、目をくるりとまわした。〝ニューヨーク市警《NYPD》備品〟というシールが貼られている。だれかが剥がそうとしたらしく、シールの一部が破れている。

　ガリンスキーはシールを一瞥《いちべつ》した。

「剥がせばいい」と言う。

「ブロートーチでも使うのか？　だいたい、体のどこに隠せばいい？」

「想像力を働かせるのよ」ルイースが振り向かずに言った。

　カラムは言った。「NYPDがこの捜査で、おれを利用《ファック》しているのは知っているが、さすがにこれは尻の穴にはいらないと思うぞ」

　ルイースは首をめぐらし、片方の眉を吊りあげた。

「ドゥーランのSM女王に連絡すれば。手伝ってくれるわよ」

　その台詞《せりふ》にカラムは笑った。だが、ガリンスキーがドアを閉めたあと、テープレコーダーを見ると、笑顔が凍りついた。


　用を足し、店内に戻った。

　テープレコーダーをコートのポケットに突っこんで、コーヒーを買ったとき、カウンターの向こうに栓をあけたペプシの缶と食べかけのドラムスティックの箱があるのに気づいた。ピンク色のナイキのバッグから缶がもう何本かはみ出ているようだ——ボスがいないとき、この女は勝手に役得にありついているのか？

商品に手をつけるのは気をつけろよ、と思った。ニューヨーク市警の警官が上にいるのだから。

そもそも、この女は上にだれかがいるのに気づいているのだろうか。確かめたいという突然の衝動に襲われた。

女はチューイングガムを歯から歯へと転がし、犬歯に刺している。

心配しすぎだ、カラム、と思った。女に挨拶して店を出たところで、パディ・ドゥーランと鉢合わせした。歩道にコーヒーがこぼれる。

「よう、クリスティ」ドゥーランは言った。「コーラを買ってきてくれればよかったのに。中にいるのは知ってたぞ」

カラムは一秒だけ固まっていたが、それは十分にも感じられた。「コーヒーが飲みたかったんだ。へとへとで」

「コーヒーを買うのにそんなに時間がかかるのか？

駐車場で五分も待ってから、通りを渡ったんだが」

「トイレに行きたかったんだよ。店員が奥のトイレを使わせてくれた」

アインシュタインのような髪形の、チェックのぼろぼろのスーツを着た男が、近くでホットドッグの屋台を開いている大柄な口ひげの男に向かって、独立宣言を何度も暗唱している。

「かわいそうなやつだ」ドゥーランは言った。「あいつみたいなのが精神科の病院からどんどん追い出されてる。街はああいう連中だらけだ」

革のジャケットを着た若者が卑猥なことばをつぶやきながら通り過ぎた。頭がおかしいか、酔っているのだろうと思ったが、近くを巡回するパトロールカーが見えた。NYPDに対する意見を表明した一般市民のようだ。

ドゥーランは言った。「おまえに会えてよかった。片づけなければならない用がある。いっしょに来てくれ。大事な用だ」通りの向かいのトラック用駐車場を顎で示しながら言う。「運転を頼む。おれはビールを何杯か引っかけたばかりなんだ。どこかの阿呆によけいなことをされて、酒酔い運転だと通報されたらまずい」

アントン・ガリンスキーは言った。「トラックに戻っていくぞ。くそ」

「くそ」ルイースはおうむ返しに言った。「ドゥーランにテープレコーダーを見られたら、バークは処刑される」

「報告しないと。車はどこだ？」

「四十六番ストリート。わたしたちが尾行するのは間に合わない。くそ」

ガリンスキーは無線機を使い、ルイースはトラックがカラムの運転で夕方の車の流れに乗るのを見つめた。

「報告した」ガリンスキーは言った。「トラックのナンバーはわかっているから、追跡できる」

ガリンスキーには、ルイースが老けて見えた。髪を後ろに撫でつけているので、隈《くま》ができた眠そうな目があらわになっている。唇は固く結ばれ、まわりに皺が刻まれている。

ふたりは装備をつかんで部屋から出ると、ドアを施錠した。建物の裏口から出て、車へ小走りで向かっているとき、ガリンスキーが言った。「あいつを気に入ったのか？」

「気に入った？　知りもしない人よ。あの人は警官だし、警官がやられるのを見たくないだけ」

ふたりはレンタカーを停めてあった場所に着き、中に乗りこんだ。ルイースが運転席にすわった。少しのあいだ、ハンドルを撫でている。ガリンスキーは仕事中にそんなルイースの姿を見たことがなかった。とはいえ、これまでふたりとも、視察中の高官のための栄えあるおかかえ運転手以上の役目を務めたことはない。

だが、ルイースは疲れているし、バークの身を案じているから、ガリンスキーは気になった。

「心配するとは感心だ」と言う。「痩せて見えるとバークに言って、すかさずブリトーを食わせてやるといい」

ジョージー・ルイースは車のギヤを入れた。目が爛々《らんらん》としている。ガリンスキーを一瞥してから、車を出して流れに乗った。「ウォッカをがぶ飲みしてソーセージにかぶりついているポーランド野郎は黙ってて」

アントン・ガリンスキーは微笑した。こうでないと、と思った。

カラムは二番アヴェニューを左折し、青いフォードに怒鳴った。ラジオでどこかのバンドがブルース・ロックを歌っていて、押し寄せる不安の波を無視するためにその歌詞に耳を傾けた。パディ・ドゥーランは座席にだらしなくすわり、ブーツの底をダッシュボードに載せている。ドゥーランはコーヒーのほとんどを窓の外に捨てていた。そしてラジオの音量をさげた。

「ポケットに何がはいってる？」と言う。

カラムは心臓が早鐘を打つのを感じた。そもそも、こんな暑い日にコートを着るのは馬鹿げている。くそ！

「なんだって？」と言う。

「ポケットだよ。おまえが店から出てきたとき、何か重いものでもはいってるみたいに垂れさがってた」

「そうだったか？」

「ああ」愚か者に話しかけるように、ゆっくりとドゥーランは言った。「そうだった」

カラムはミラーに目をやった。トラックはアルファベット・シティを走っているが、このあたりには土地鑑がない。NYPDのテープレコーダーがポケットの中から肌に焼きついているように感じる。

ドゥーランは煙草を吸った。

「五十番ストリートで会ったとき、おまえはそのポケットに何度も手をやってた。まるで何か大事なものがはいってるみたいに。それか、何か隠したいものが」

「勘ちがいだよ」カラムは言った。声の震えに気づかれないことを祈った。「アコスタにやられたところがまだ痛むだけだ」

「一週間も経つのに？」ドゥーランは言った。「あのガキはホウレンソウでも食ってたにちがいないな」

「このあたりか？」

「ここで停めろ」ドゥーランはカラムのコートのポケットをまた見たが、何も言わなかった。

カラムは、東五番ストリートとアヴェニューAの角の近くにある古いタウンハウスの前にトラックを停めた。歩道はひび割れ、アスファルトの塊が路肩に散らばっている。トラックのタイヤに踏まれた瓦礫《がれき》が砕けた。ふたりはキャブの左右におり、パディが運転席側にまわりこんで歩道に行き、カラムはドアを閉めた。しばらく立ったまま、ドゥーランは二、三人のホームレスと、ピンク色のビニール素材のミニスカートを穿いて右脚に実物大の蛇のタトゥーを入れた女に視線を走らせ、カラムはタウンハウスを見あげた。幅が狭く、高さのある建物で、壁がゆがんで見える。建設業者が手抜きをしたか、左右の建物のあいだに収まるようにねじこまなければならなかったかのように。

短い階段の先にドアがあり、スモークガラスの窓が設けられている。階段をのぼり、ドゥーランがブザーを押して、壁に設置されたカメラを見た。ガチャリという音が解錠されたことを教え、ふたりは個室めいた狭い空間に歩み入った。ペンキを塗った別のドアがある。錠がまわされるような音が聞こえ、ドアが手前に開いた。カラムは、木製のドアの裏が鋼板で補強されているのを見てとった。ドアの向こうに黒人と白人の大男がひとりずついる。壁の漆喰《しっくい》がところどころ剝がれ、もろい木製の構造材があらわになっている。上のほうから音楽が響いている。

ドゥーランが小声で用心棒たちにひとこと言ってから、カラムについてくるよう合図した。御影石《みかげいし》を組んだ汚い階段へ向かう。かすかなにおいが上階で後ろ暗い活動がおこなわれていることを教えている。

「案内してやるよ」ドゥーランは言った。

上階に行くと、においが人間の汗と小便の鼻を突く悪臭とごみの腐臭に変わった。部屋がまっすぐに連なる一戸のアパートメントがこの階全体を占め、部屋と部屋のあいだのドアはすべて撤去されている。ひびのはいった壁には何もなく、漆喰にあいたぎざぎざの穴から、中の構造材が一階よりももっと多くのぞいている。家具は染みができた床板の上に、薄汚いソファと毛布が散らばっているだけだ。建物の内側に竜巻が吹き荒れたかのようだ、とカラムは思った。いくつかの人影がごみや自分の排泄物の中に横たわっている。

「ここは」ドゥーランは言った。「ジャンキーのたまり場だ。アイルランドでこういうところを見たことはあるか？」

「いや」

だれかが激しく咳きこみ、隅で小さな光が灯《とも》った。

「あそこの新入りのように煙を吸うやつもいる。針を使うやつもいる――注射のことだ」

「おい！」ソファの前に敷かれたラグの上で寝そべっている体の塊の中から、叫び声がした。「ホモと同じ針は使わねえぞ」

ドゥーランはカラムに顔を寄せた。

「ホモと同じ注射針を使ったら、エイズになると思ってるんだよ」煙草を差し出す。「吸うといい。においをごまかせる」

煙がカラムの喉に引っかかり、漂う悪臭を強めた。

「ニューヨーク州ニューヨーク市」ドゥーランは言った。「二回も繰り返すのはすてきだ、という歌詞があったが、よく言ったものだな」

一階の奥の部屋にカラムとドゥーランが歩み入ると、チェックのシャツとジーンズを着たフィンタン・ウォルシュがすわってコーヒーを飲んでいた。

「よう、ベルファストのブリーズブロック。おれたちの友人のディランと何ラウンドか戦ってから、調子はどうだ？」

「大丈夫だ」

「何か飲むか？」

「結構だ」

「上のありさまを見たあとだと、吐かずにいるのはむずかしいか？」コーヒーカップを掲げる。「どいつもこいつも好きな麻薬をやってるからな」

ウォルシュの後ろに机があり、その席でジミー・マリガンがコンピューターのキーを叩き、まわりにプリントアウトした紙が散らばっている。マリガンは大男で、紙の上に身を乗り出しているさまは、昔の童話に出てくる人食い鬼のようだ。小部屋に通じる別のドアがあり、その中で影が動いているのが見えた。

ウォルシュは言った。「先週はよくやった。地下室で何人もの知らない男たちに囲まれてる中で、おまえは若造を叩きのめした。度胸がなければできないことだ」

カラムはうなずき、背中をまるめて机の上の紙を見つめるマリガンの頭の禿げた部分に目をやった。ソル・グランディが出勤しなかった日、ニューワールド運送の事務所に男がふたり来たとブロンクス出身のＪＪが言っていたが、そのひとりがマリガンであるのはまちがいない。糸のような眉で、肌荒れがひどいフィンタン・ウォルシュがもうひとりだ。

「パディがおまえの人物を保証してる。信用できるし、ルームシェアもすると言ってる。パディは祖国から来た行くあてのない連中をひいきにするところがあるが、もう少し安心材料が要る。服を脱げ」

小部屋で影が動いた。

カラムは言った。「それはもうやらなかったか?」

「だんだんアメリカ人らしい話し方になってきたな。この偉大な国家で努力してるのはいいことだ。だが、それでも服を脱いでもらう。おまえがシロか確かめなければならない」

パディ・ドゥーランが安心させるように微笑みかけている。が、しかめ面に近くなっている。鋼鉄のドアのところにいた用心棒のひとりが部屋にはいってきた。

カラムはコートをのろくさと脱いだ。ポケットの中の重みを感じる。不安で緊張し、服をむしり取って叫び出したい衝動に駆られる。胃がよじれ、何か悪いことが起こるのを待っている物騒な男たちに囲まれて、この部屋で孤立している自分の姿を俯瞰《ふかん》した。汗が噴き出し、息が荒くなっている。ポケットの中の重みが床に落ちて音を立てないように、コートから腕をゆっくりと抜いた。コートをたたんで隅の椅子に置き、Tシャツとジーンズとボクサーパンツを脱いだ。

ウォルシュが言った。「やり方はわかっているな。まわれ」

パディが笑った。「冷たい目で見られてるぞ、フィンタン。ここが寒くなるほどに」

カラムは気力を奮い起こした。「くたばれ」

裸で立っていると、先週の殴り合いでできた脇腹の薄れかけているあざを、用心棒とパディ・ドゥーランとフィンタン・ウォルシュが見つめた。しばらくして、ウォルシュが用心棒に指示した。

「服を調べろ」

カラムは椅子の上にきれいに重ねられた服の前に割りこんだ。力を振り絞り、脚を動かして。

「おれの持ち物をいじりたいのなら、おれを倒してからにしろ」

パディが言った。「クリスティ――」

用心棒が言った。「お望みなら痛めつけてやる」

カラムは恐怖による狂乱に身を任せた。逆上し、体をこわばらせて叫んだ。「きょうの仕事中、おれはずっとこの服を着ていた。隠しマイクとかの警官が映画で使いそうなものをおれがここに隠しているとでも思っているのか？　それとも、何か仕込んでここでおれを警察に逮捕させる気か？　あのプエルトリコ人が死んだから、おれにその罪を着せるつもりか？　おれは身代わりか？　そんなことになる前におまえたち全員をぶちのめしてやる！」

用心棒が毒づいたが、パディ・ドゥーランがその肩をつかんだ。アイルランド訛りのおかげだ、とカラムは思った。犬笛と同じだ。それを聞いたとたん、パディは守りたい本能に駆られる。

ウォルシュが拍手した。

気を抜き、本心から笑っている。

「まあ、いいだろう」と言う。「おまえはおもしろいやつだな、クリスティ。パディの見る目は正しいのかもしれない。おまえが根っからのアイルランド人であるのは確かだ。もういいぞ、リーオ、さがれ。パディも落ち着け。おまえの裸を二回見たな、クリスティ。それはおれがファックしたラテン女の何人かよりも一回多い。話は終わりだ」

右手を後ろにまわした。前に戻されたそれは、トーラスのM85リボルバーを握っている。

「さて、麗しきベルファスト出身のミスター・バーンズ」と言う。「ポケットの中身を調べるから、服を持ってこい」

11

部屋が縮んだように思える。カラムはおのれの恐怖が毛穴から染み出すのを感じた。マリガンの椅子のきしむ音は絶叫のようで、小部屋の床板のうめく音は苦しげなわめき声のようだ。

信頼できない犬に近づくときのように、パディ・ドゥーランがカラムのほうへ一歩進んだ。

「早くしろ、クリスティ。フィンタンに服を渡せ。そう怒るな。おれたちだっておまえと同じくらい警官が嫌いだし、警官はおれたちの仕事にときどき興味を持つ。おまえが信用できるか確かめたいだけだ」

「あんたたちを信用できるとどうしてわかる？」

「まだこの引き金を引いてないからだ」ウォルシュが言った。

カラムは自分が恐怖で激昂《げきこう》し、度を超えて怒っているのを悟った。声を落とした。

「おれは何も隠し持っていない」

ジミー・マリガンの声がコンクリートを削り、ブラックソーンのコーヒーカップを砕いた。

「おまえの目はそう言っていない」

マリガンは椅子に近づき、服を手に取った。カラムにさげすみの視線を向けてから、フィンタン・ウォルシュに服を渡す。

ウォルシュはそれを受けとって、コートを床にほうった。コートはぞんざいにたたんだ状態で床に落ち、ポケットの中の重みを吸収した。トラックの鍵が床に落ちる。ウォルシュはジーンズをくまなく調べ、用心棒がそれを眺めている。

潜入捜査官だとばれたら、時間をかけていたぶられるだろう。二度と娘にもアイリーンにも会えなくなる。

二度とピザを食べたり、ビールを飲んだり、ファックしたりできなくなる。ほどなく何時間も灼熱の痛みに襲われ、失神するだろう。

ウォルシュはパディ・ドゥーランにジーンズをほうり、コートを拾いあげた。左のポケットを探っている。つづいて内ポケットを。コートの重さを量り、右側に偏っているのを感じた。カラムを見ながら右のポケットに手を突っこみ、パディ・ドゥーランに顔を向けた。

ドゥーランは言った。「なんだ？」

「それはおれの台詞《せりふ》だ」ウォルシュは言った。「こいつはいったいなんだ？」

ポケットから引き抜いた手には、カセットテープを収めた灰色の機械が握られていた。いまにも爆発する爆弾のように、ウォルシュはソニー製のそれを体から遠ざけている。

カラムはウィリー・シモンズの壊れたソニー製ウォークマンを見つめた。

ニューヨーク市警《NYPD》のマイクロカセットテープレコーダーは、外に停めたトラックの運転席の下にある。このジャンキーのたまり場の前でキャブからおりるとき、ウィリーのウォークマンと入れ替えておいた。パディがトラックの運転席側にまわりこんだとき、すり替えをもう少しで見られるところだった。危なかった。

パディ・ドゥーランが笑いながら、そのプレイヤーはウィリーのウォークマンだと言っている。アドレナリンが緊張を洗い流し、カラムは部屋の中ほどに戻って、シモンズがウォークマンを落としたとき、善きサマリア人のようにふるまうことになったいきさつを説明した。

ウォルシュは言った。「自腹を切ってこのニガーのがらくたを修理してもらうつもりか？」

「おい」パディが言った。「ウィリーはいいやつだぞ」

「やれやれ、おまえもだよ。おれの手下にソーシャルワーカーがふたりもいるとはな。服を着ろ、クリスティ。おまえはシロだ」

　カラムは服を着た。うなずき、笑い、ウォークマンをポケットに戻した。パディの隣の椅子にすわってウォルシュと向かい合い、用心棒が立ち去って、三人とマリガンと小部屋の影が残されるのを見守った。そして、ファミリーの首領であるウォルシュが、パディ・ドゥーランだけでなく自分もアイリッシュ・マフィアのファミリーに数え入れているのに気づき、腹の中で何かが震えるのを感じた。


「呼び出して」

「待てとの指示だ」

「待て？　わたしは犬か何か？」

「無線で聞かれるぞ」

「聞かれたら、わたしの豊満なラテン女のお尻にキスさせてやるわよ。どうせそれくらいしかできないんだから」

　麻薬取締局《DEA》に指図され、マッティラに顎で使われていることがルイースは気に入らなかった。カラム・バークがテープレコーダーをポケットに入れ、応援もない状態でイースト・ヴィレッジのジャンキーのたまり場にいることが気に入らなかった。先ほど、たまり場の前に立って煙草を吸っていた大男の見た目も。ヘルズ・エンジェルスのニューヨーク支部が西に数ブロックのところにあり、その構成員がアルバイト代わりにさまざまな犯罪活動の用心棒を務めていることは知っている。

「こんなのはおかしい。バークはドゥーランと知り合ってまだ数週間なのに、アルファベット・シティのジャンキーのたまり場に連れていかれたのよ？　もっと簡単な仕事をやらせながら、徐々に仲間に引き入れるのがふつうでしょう？　数当て賭博とか、みかじめ料の取り立てとか」

「おれにはわからないよ」緊張でうわずった声でガリンスキーは言った。「あのふたりは親友になったんだろうな。おまえだってアイルランド人の排他的な性格は知っているはずだ。市警でさんざん苦労させられているじゃないか」

「こんなのは納得がいかない」

「いや、納得がいかないのは、おれたちは情報課で働いているのに、フランスの代表団とかを国連に送るおかかえ運転手ばかりやらされていることだ。これは本物の警察の仕事をするチャンスなんだぞ。いまいましいお供の代わりに、警官になれる。だから無線の指示に従って、待機するんだ」

ふたりの車はバークのトラックから百メートルほど離れたところに停めてある。ガリンスキーは強がっているが、自分と同じように心配しているのをルイースは知っていた。九十五番ストリートでソル・グランディが絶命するのをまのあたりにしてから、ふたりとも神経質になっている。街のこのあたりでは自分たちが目立ちすぎることにも、ルイースは苛立っていた。車内にいる自分たちをじろじろと見てきたホームレスがすでにふたりいる。一九八八年にトンプキンズ・スクエア・パークで起こった暴動の記憶が脳裏にちらついている。

ルイースは言った。「バークが中にはいってから、どれくらい経つ？」

「だいたいで？　三、四十分だろう。東十番ストリートから尾行した連邦捜査官によると、トラックは五時二十分ごろに路肩に停まったそうだ」

「あの建物の裏には何がある？」

「ごみとか、木とか、ごみ箱とか。おれが知っているわけがないだろう？」

「あんたはほんとうに街の警官向きよね、ガル。わたしに運転させていたのに、このあたりに来たときに周囲を確認しなかったの？」

「やれやれ、おまえの子供じゃなくてよかったよ。子供たちがティーンエイジャーになったら、おまえは苦労するぞ」

「そうね、アントンおじさんがわたしの子供たちとデートしたがっているし。あんたのみじめなお尻をポーランドまで蹴っ飛ばすことになりそう」

「出てきたぞ」

バークが入口前の階段をパディ・ドゥーランといっしょにおりてきた。ドゥーランはバークの背中を叩きながら笑い声をあげている。バークの顔は青ざめ、やつれて見えるが、無事だし、煙草を吸っている。

ルイースは言った。「数時間で数年も歳をとったように見える」

ふたりが見守る中、ドゥーランがトラックの荷台のシャッターをあけ、中にはいって養生マットや箱を荷台の両脇に寄せた。それからふたりで建物の中に戻った。ルイースはビュイックのハンドルを軽く叩きつづけた。ガリンスキーはトラックを無言で見つめた。五分が経った。通りの向かいで、ドレッシングガウン姿の男が若い女にフードスタンプがどうとかと叫んでいる。子供たちが自転車でアヴェニューBへ向かっている。ハトがビュイックのフロントガラスに糞を落とした。

カラムとドゥーランがふたたび出てきて、木製のドレッサーを階段の下へ苦労しながら運んでいる。アラジンの世界に出てきそうな代物で、アラブ様式か北アフリカ様式のアーチ形の部分は彫刻が施され、一部が針金の格子で覆われている。ふたりはそれをトラックの荷台に積み、養生マットで包んだ。ドゥーランが荷台に残ってドレッサーを紐で固定するあいだに、バークはキャブに行った。運転席の下を探ってから、乗りこむ。ドゥーランも助手席に乗った。

トラックが路肩から発進すると、ルイースは車のエンジンをかけた。

「あいつは大丈夫だ」ガリンスキーが言った。「尾行する必要はない。ドゥーランに勘づかれるかもしれない」

ルイースはその意見を無視し、通りに車を進めた。車トラックは左折してアヴェニューAを進んでいる。車三台をあいだにはさむようにしながら、南へ二ブロック尾行した。

ハウストン・ストリートとの交差点の手前で、ガリンスキーが叫んだ。

「待て！」

「どうしたの？」

「運転席の窓から何か落ちた。停めてくれ」

「見失ってしまう」

「あいつは潜入捜査官なんだから、単独行動が原則だ。停めなくてもドアをあけるぞ」

トラックはハウストン・ストリートの車の流れに呑みこまれた。ルイースが左にハンドルを切ると、後ろのタクシーがクラクションを鳴らし、通り過ぎざまに「馬鹿野郎！」と叫んだ。

ガリンスキーはレンタカーから飛びおり、小走りで角へ行った。身をかがめて何かを拾いあげ、歩いて戻ってくる。

その手が掲げたのはソニーのマイクロカセットテープレコーダーだ。カラム・バークがニューワールド運送のトラックから投げ捨てたせいで、ケースにひびがはいっている。

男たちはDEA支局の狭い地下室にいた。ボビー・ホーはテープレコーダーを持ちこみ、堂《トン》の構成員の電話を盗聴した録音テープを聞いていた。マッティラは包括的犯罪取締・街頭安全法に基づく録音のことを、〝虫を閉じこめる〟ということばで呼んでいた。ニークー・マッティラによれば、いずれは携帯電話の位置も追跡できるようになるとDEAは考えているらしい。

アメリカの法執行機関が享受している膨大な資金を目にしたあとでは、それも不思議ではない。天井に張りめぐらされた配管やケーブルを見あげ、巨大なミミズがビルの深部を掘り進んでいるさまを想像した。

　ジェームズ・ミルバンは通話記録を手にしてテーブルの向かい側にすわっている。ふたりは数カ月ぶんの記録を手ずから調べ、その作業の大部分を終わらせていた。これでホーは電話連絡の盗聴をつづけられる。録音でも聞けるし、チャイナタウンの監視部屋に中国人警察官がうまく隠れ潜めたときは、リアルタイムでも聞ける。

　ふたりは、一定の頻度で出てくる番号がいくつかあるのを突き止めていた。ひとつは香港のもので、三つはニューヨークのものだ。香港の番号は、香港警察の記録と照らし合わせたところ、銅鑼湾《コーズウェイベイ》にある剝製店兼製革店のものだった。中環《セントラル》を走る路面電車の中で射殺されたデイヴィッド・チョウが働いていた店だ。王立香港警察《RHKP》は殺人の捜査との関連でその番号をデータベースに入力していた。

　ニューヨークの番号のうちふたつは、堂の複数の構成員の代理人を務めている弁護士のものだった。三つ目はＢＯＪガーメンツという名の、ソーホーにあるファッションのデザインと製造をおこなっているスタジオのものだった。

　ミルバンはＤＥＡとＦＢＩに連絡をとり、ＮＹＰＤの麻薬捜査・常習犯による密売取締ユニットのデータベースで、そのファッションスタジオの番号を調べた。五年前の一件がヒットした。ＮＹＰＤとＦＢＩは組織犯罪事件との関連でその番号を調べていた。当時、その番号は、イタリアン・マフィアのボス、ヴィンセント・〝チン〟・ジガンテの精神疾患を治療しているとされるセラピストのものだった。法執行機関はジガンテがそのセラピストのオフィスをマフィアの会合のために使い、医療従事者の守秘義務を悪用していると疑っていた。が、何も立証できなかった。セラピストは昨年廃業し、オフィスのあった物件はしばらく空《あ》いていたが、二カ月前にこのファッション会社が移ってきたらしい。

「ボビー」ミルバンは言った。

「イエス・サー」

「このソーホーにあるBOJとかいうファッションスタジオの番号がよく出てくるな。オフィスの所番地はどこだった?」

ホーは手帳をめくった。ミルバンが興味を持ってくれたことに興奮しているせいで、細い指の動きがもどかしく感じる。

「グランド・ストリート百七十九番地です」

「チャイナタウンの端から数ブロックのところだな。そして、電話番号は一度も変更されていない」

「イエス・サー」

ミルバンは立ちあがり、手を後ろにまわして体を前後に揺らした。ホーは軍艦の甲板に立つ男を連想した。本人のオフィスにトラファルガーの戦いの絵が掛けられていたが、そこに描かれた木造の古い戦艦が似合う。

「よし」ホーにはわからない結論に達したらしく、イギリス人は言った。「作業をつづけてくれ、ボビー。わたしはオコンネル巡査部長に連絡する。そのあと、きみとわたしがこの健康的な環境からいったん離れて、足を使う仕事ができないか確かめよう」

ミルバンはウィンクをした。

ボビー・ホーは顔を赤らめて微笑し、ニューヨークのチャイニーズ・マフィアの会話を盗聴する作業に戻った。

カラムはふたたび九十六番ストリートとブロードウェイの角に来ていた。地下室でディラン・アコスタと戦った建物があるところだ。ドゥーランと業務用エレベーターのそばに立ち、管理人が来て鍵を貸してくれるのを待っている。ドゥーランは飛び跳ねている。アルファベット・シティを離れてから、しゃべりどおしだ。トラックで移動中、ドゥーランは上の空で、カラムがハウストン・ストリートの角でNYPDのテープレコーダーをつかみ、窓の外に投げ捨てるだけの隙があった。いま、パディはウォルシュのことやクリスティ・バーンズのことやこれから稼ぐ金のことをしゃべっている。

ジャンキーのたまり場で、ウォルシュはカラムを仲間に迎え入れた。ファミリーの構成員はクイーンズのウッドサイドにいるほか、マンハッタンのヘルズ・キッチンの古い地区にも少しいる。そしていくつかの違法行為をおこなっている――港湾労働者組合の代表をずっと務めていることを利用した窃盗や、みかじめ料の取り立てや、賭博や、最も儲かるヘロインの密売などだ。

ウォルシュにはこう訊かれた。「麻薬を売るのに抵抗はあるか、クリスティ？」

カラムはウォルシュの手に握られたリボルバーを指差した。

「まるでことわってもかまわないみたいだな」と言った。

重々しい沈黙の中、タンブルウィードが床を転がっていくのが見えた気がした。小部屋の影が動いた。

「やるよ」と言った。「抵抗はない。それでいいか？」

ウォルシュとマリガンは緊張を解き、全員で握手を交わした。それからカラムとパディはエントランスホールの奥にあったドレッサーを運んでトラックに載せ、出発した。

九十六番ストリートに老いた管理人が現われ、苦しげなため息をつきながら、ドゥーランに鍵束を渡した。その鍵のひとつで、業務用エレベーターを解錠できた。最上階でドアがあくころには、ドゥーランは菓子屋の入口にいる子供のようになっていた。興奮してその場で飛び跳ねている。ドアの先は狭い業務用スペースになっていて、掃除道具が置かれ、右側に椅子一脚と《アメリカン・ヘリテージ》誌と《ニューヨーク・スポーツマン》誌の束が置かれた倉庫がある。ドゥーランが別のドアをあけると、四角い空間に出た。右側に住民用エレベーターがあり、正面に閉ざされた金属製のドアがある。

ドゥーランがそのドアを叩くと、頭の高さにあるのぞき窓が開いた。

「パディ・ドゥーランとその友達だ。ナースに荷物を届けにきた」

のぞき窓が閉まり、ドアが開いて、鋤《すき》で耕した畑並みに肌が荒れている黒いスーツ姿の大男が脇に立って言った。「ナースは接客中だ」

カラムとパディはドレッサーを運びこんだ。カーペットが敷かれた廊下の左右に、等間隔でドアが並んでいる。ホテルのような印象を受けるが、照明は地獄めいた赤で、廊下の突き当たりでは照明が落とされて黒い虚空《こくう》になっている。おまけに、ときどき叫び声が聞こえる。

カラムは一瞬、死んで自分専用の地獄に落ちたのではないかと思った。左から聞こえた大声に跳びあがってしまい、ドゥーランが笑った。背中をまるめ、面長の顔に大口をあけて。

右側の、突き当たりから三つ目のドアの前で足を止めた。ドゥーランがノックする。悲鳴とうめき声を重ね合わせたような声が聞こえ、つづいてヒールの鋭い足音が聞こえた。ドアが開くと、ドゥーランの顔に高校生の恋人が浮かべそうな笑みが広がった。女がドアから出てくる。ピンヒールブーツを履いていて、パディの鼻のあたりまで上背がある。黒い髪は後ろに撫でつけてきつめのポニーテールにしてあり、こめかみからオレンジ色のひと房が垂れている。目にはクレオパトラじみたアイシャドウが塗られ、鼻は幅が広い。唇をすぼめ、もとから厚めの唇をさらに膨らませている。革のボディスに合う赤のグロスが塗られている。

典型的な女王様だ、とカラムは思った。

「やあ、ベイビー」ドゥーランは言った。「荷物を届けにきた」

女は言った。「ベイビー、いまは仕事中よ。わかってるわよね」生粋のブルックリン訛りだ。

「おれもだよ。どこに置けばいい？」

女はドゥーランからドレッサーへ、そしてカラムへと視線を移した。

「こいつはクリスティ」ドゥーランは言った。「前に話した男だよ」

カラムはうなずいた。

「ハイ」女は言った。「はじめまして。トリニティと呼んで」

「ナース・レーヴィンではなく？」

女は忍び笑いし、澄んだ高い音が暗がりに響いた。

「本名はトリンだけど、トリニティのほうがいい。ナースうんぬんというのは昔に観たドイツのホラー映画からとったのよ」

「ドレッサーはどうする？」ドゥーランが言った。

トリニティは言った。「中にお客様がいるの。五分待って。あの人を真空パックに入れるから。パックから出す前に、荷物を中に置いていって」

「客はだれだ？」

「ベニーよ」

「虫男のベニーか？　くそ、おれたちがはいったとき、ゴキブリがうろついてるのはごめんだぞ」

トリニティは身を寄せ、ドゥーランと長いディープキスを交わした。ドゥーランはトリニティの尻をつかみ、トリニティはドゥーランの股間に手を滑らせる。やがてふたりは体を離し、トリニティは部屋に戻った。

カラムは言った。「虫男？」

「建設作業員なんだがな。瓶に虫を入れて持ちこみ、床の上に寝るんだよ。するとトリニティが虫を放し、あいつの体じゅうを這いまわるようにする。その間、トリニティはヒールで踏みながら体の上を行ったり来たりする」

「驚《ジーザス》いたな」

「イエス様《ジーザス》はここの会員じゃないぞ」

ふたりは少しのあいだ、黙って立っていた。

カラムは言った。「このドレッサーには見覚えがある」

「そうか？」

「クイーンズでの仕事で運んだ。アラブ人の夫婦が大喧嘩《げんか》していた。女はすごい美人だった。このドレッサーはおれたちがブルックリンの保管施設に運んだ家具のひとつだ」

「なるほど」ドゥーランは言った。

「女は感じがよくて、フィンタンの仲間とかかわりがあるようなタイプには見えなかった。上品すぎて」

「女はかかわりがない。だが、その弟はある。おれたちに一万ドルの借金があるんだよ。女は弟の借金を返すために、おれたちに手を貸すことにし、ドレッサーを寄付してくれたのさ。物を運ぶのに使えるように」

「中には何がある？」

「四万ドルぶんの白い粉だ」

「くそ《シット》」

「ああ。アルファベット・シティのたまり場で、あのゾンビどもが静脈に注射してたヤク《シット》だ」

カラムは歯のあいだから息を吐いた。「トリニティは知っているのか？」

「トリニティならオーケーだ」

「オーケー」

「オーケー」ドゥーランも返した。それからこう言った。「トリニティのこと、どう思う？」

「いい女だ」

「おれの人生で最高の出来事がトリニティと出会ったことだ。以前、おれはほかの女と付き合ってた。祖国から来た泣き妖怪《バンシー》みたいな女だった。あいつはおれに腹を立てると、寝室に閉じこもることがよくあった。三日間もドアをあけなかったと思ったら、いきなり出てきておれの胸に飛びこむんだぜ。仲直りのセックスはすごくよかったが、しばらくするとまた同じことの繰り返しだ。おれも疲れきってたよ、クリスティ。そんなとき、ヴィレッジの近くのバーに行ったら、トリニティがいた。何人かの女友達といっしょで、おれたちはことばを交わし、気がつくと結ばれてた。同棲してたサイコ女にばれて、パン切りナイフを持ったあいつに追いかけられた」

「どうしたんだ？」

「一目散《いちもくさん》に逃げた」ドゥーランは笑った。「女を殴る趣味はないからな。たとえ身を守るためでも。そういうわけで、アイルランド女はおれのもとから去り、トリニティとおれは付き合いはじめた。トリニティはここで週にふた晩働いてるが、条件が悪いんだ。ここの女王様たちは契約社員のようなもので、オーナーに売上の一部を納めなければならない。個人で客と会えるように、おれはトリニティのためにローンを組んでやり、アッパー・イースト・サイドに家を用意した。東九十五番ストリートに。あそこなら、公園を突っ切って近道ができる」

「ここのオーナーはだれなんだ？」

「うちのファミリーがこの建物のオーナーだ。トリニティは副業でおれたちのためにちょっとした仕事をしてくれてる」

「トリニティがほかの男たちと会っているのに、気が変にならないのか？　拘束プレイとかしているのに」

「トリニティがほかの男に何をしようと、それはセックスじゃない」

セックスにかなり近いのに、とカラムは思った。

そして言った。「だが、トリニティはそういう行為が好きなんだろう？」

「行為は好きだが、相手を好きなわけじゃない。それに、しょせんはただの仕事だろう？」

「まあ、そうだな、納得はいく。それなりに」

「トリニティはおれを愛してる」ドゥーランは言った。「ほかの男とは寝ないし、客とはデートもしない――おれだけだ。それに、おれたちは拘束プレイとかやらない。ただ映画を観にいって、食事をして、酒を飲むだけだ。トリニティは信じられないくらい体が柔らかいんだぜ」パディは得意げな笑みを浮かべた。「まるで曲芸師だ。その気になれば、体を折りたたんでこのドレッサーの中にだってはいれる。ベッドではすごいことになる」

カラムは眉を吊りあげた。

「ときどき、〈ウェブスター・ホール〉まで踊りにいくんだ」パディは言った。「友達を連れてきてもらうから、おまえも来るといい。トリニティはおれの知ってるどんな女よりも誠実だ。それに、あの体格にだまされるなよ。トリニティは強い女だ」

カラムはドゥーランの顎の下を撫でた。

「ファック・ユー」パディは言った。スコッチのストレートのように熱っぽい声で。

ドアが開き、トリニティがシーッと言った。「汚いことばはだめよ。前にも言ったけど、お客様の体験を安っぽくしてしまうから」

パディは言った。「すまない、ベイビー」

カラムも言った。「すまない、マーム」

「さあ、これを片づけてしまうわよ」

ふたりはドレッサーを部屋の中に運びこんだ。あまり物がない空間で、端に金属製の鎖のカーテンがある。一方の壁には棺が、もう一方の壁には木製の十字架が立てかけられている。ドアの脇には中世を思わせるさらし台がふたつ置かれ、棺のそばにはえり抜きの革の鞭類が吊られている。潰された虫が隅に掃き寄せられている。部屋の中央で、紐で吊られているのは、頭からつま先までゴムに包まれた人体だ。口のあたりのゴムにチューブが差しこまれ、人工呼吸器のようなものがこの真空パックされたボディスーツの中にいる客に酸素を送りこんでいる。

トリニティが部屋を横切り、カラムは床がタイル張りなのにピンヒールでどうしてこれほど静かに歩けるのだろうと思った。トリニティが軽やかな金属音とともに鎖のカーテンをあけ、男たちはドレッサーを乳首クランプの山の横に置いた。トリニティが人差し指を唇に当て、男たちはドアのほうへ戻った。さらし台のそばで、ドゥーランがトリニティをつかみ、ふたりはまたディープキスを交わした。パディが抱擁をほどいてウィンクすると、トリニティはいたずらっぽくにらみつけた。ゴムに包まれた人体が何かつぶやきはじめた。

カラムとパディが部屋から出て、ドアが閉まると、トリニティの罵声《ばせい》が聞こえた。「お黙り！　おまえのかわいそうな虫みたいに、潰されたいの？」

パディ・ドゥーランは閉ざされたドアを少しだけ見つめてから、カラムの肩を抱いた。

「よし、行くぞ」と言う。「どう思う、クリスティ。トリニティは天使じゃないか？」

12

アントン・ガリンスキーとジョージー・ルイースは、その部屋でニークー・マッティラとマイク・オコンネルの向かいにすわっていた。ジェームズ・ミルバンとボビー・ホーは、狭いオフィスの壁ぎわに置かれたソファにすわっている。ここは十番アヴェニューにある麻薬取締局《DEA》ニューヨーク支局だ。壁にはチャイナタウンのポスターや、中国の掛け軸や、東南アジアの地図が張られている。地図には、DEAのタイ北部支局長がこの街に来たときに記した書きこみがある。

　警察官たちはみな疲れ果てている。夜明け前の外気は肌を刺すように冷たく、一時間もしないうちにハドソン湾の上に朝日がのぼるだろう。

マッティラが言った。「つまり、バークはひと晩中大忙しだったわけだ」

「最後に見たのは」ガリンスキーが言った。「〇四〇〇時に千鳥足で〈ホテル・ベルクレア〉にはいっていく姿でした」

「ドゥーランの家に引っ越す前に、あのホテルでの最後の夜を過ごしたのか。きみたちはわれわれの捜査官とともに尾行していたんだな？」

「DEAとはずっといっしょでした。問題はないですよね？」

「ああ」マッティラは言った。「それに、アルファベット・シティは第五分署からかなり離れているから、署員を遠ざけておける。警官がおしゃべりなのは知っているはずだ」

　オコンネルが片方の眉を吊りあげた。「警官の全員が悪徳警官だとでも？」

「そういうことを言っているのではない。ただ、第五分署は比較的静かなところだが、その理由のひとつはチャイナタウンだ。中国人同士で犯罪があっても、その大多数は警察に通報されない。中国人は警官を呼ぶのを怖がる。警官を信用していないか、ここの法律を理解できるほどの英語力がないかのどちらかだ」

「とはいえ」ミルバンが言った。「現時点では、ウォルシュ・ファミリーと堂《トン》のあいだに直接の接触があったとは考えられない。それぞれの側からひとりかふたりが接触することはあっても、堂はこの段階ではウォルシュと取引しているところを見られたくないはずだし、逆もまたしかりだ。カラムはこの取引の中国側からは切り離されたままだろう。だからおそらく大丈夫だ」

ルイースが言った。「おそらく？　今夜にでもバークがごみ箱に捨てられる羽目になったらどうするわけ？」

「少なくとも、葬式に備えてバグパイプはもう用意してある」オコンネルが言った。

ルイースは何か言おうとしたが、ガリンスキーがその腕を押さえた。ルイースは、地元の安酒場から夜遅くに帰ってきた父親を見るような目でガリンスキーを見ると、その手を振りほどいた。

「そろそろ」マッティラは言った。「この仕事のメインディッシュの話をしよう。サミー・オングと協勝堂《ヒップシントン》の件だ」

ルイースは目をくるりとまわして言った。「この仕事のメインディッシュ？　警官が潜入しているのに――」

「ルイース、きみに理解してもらいたいことがある」マッティラは言った。「フィンタン・ウォルシュとその手下は、ただの原始人だ。チャイナタウンの堂とその仲間である香港三合会《トライアド》は、ニューヨーク市で随一の犯罪シンジケートだ。五大ファミリーもおよばない――この中国人たちのほうがはるかにまさる。家族や名誉や信頼や義務によって結びつき、それはわたしが知るほかのいかなる組織よりも強固だ。さらに、頭が切れ、忍耐強く、忠実で、統制がとれ、目立たない」

ルイースは言った。「だったら自分も入れてもらえば。何を言っても、バークの優先度を低くする理由にはならない」

ミルバンがソファの上で身を乗り出し、脚を組んだ。

「カラム・バークはいま特別捜査官が言った話をすべて承知しているのだよ、ルイース刑事」

ボビー・ホーにうなずきかける。

ホーは言った。「三合会は尋問されてもけっして口を割りません。この秘密結社に加入するとき、兄弟を裏切ればむごい死を迎えるとさんざん脅されるのです。問い詰められて自分の罪を認めることはあっても、単独行動だと断言します。堂も同じようなものです」

マッティラが立ちあがり、壁に張られたチャイナタウンの地図の前に行った。

「われわれは協勝堂を追っていますが、堂はほかにもありますよね」ガリンスキーが言った。「ほかのストリートギャングを従えた堂が。たとえば、安良堂《アンリャントン》と鬼影幇《ゴースト・シャドウズ》です」

「協勝堂のほうが香港三合会と関係が深い。ウォルシュとその手下を使っている。実働部隊はほかにもいる――突くべき弱点がほかにもあるということだ」

「バークはただの駒じゃない」オコンネルが言った。

「バークがウォルシュとそのファミリーの犯罪を密告できるのは確かだが、ウォルシュ・ファミリーとサミー・オングの堂がつながっていることをあいつが証明できれば、威力脅迫行為をおこなったとしてウォルシュを訴追することで、協勝堂をRICO法違反で立件しやすくなる。共犯だとして訴追できるわけだ」

ルイースは言った。「わかった」

マッティラが言った。「さらに――」

「わかったってば！」

ガリンスキーは自分の爪を眺めている。顔は無表情だが、固く閉じた顎の血管が脈打ち、怒りを伝えている。マッティラとミルバンから講義を受ける羽目になり、恥ずかしいのだろう。ガリンスキーはこの任務にやりがいを持っている。

ボビー・ホーが立ちあがり、盗聴内容の報告をおこなった。

「電話では、事業についての会話が盛んにおこなわれています」と言う。「ご存じのとおり、堂の構成員はそれが新しいレストランであるかのように話していますす。使われていることばは、食品や食品の仕入れに関するものが多いですね。これはまぎらわしい――三合会は不法移民のことを豚と言ったり、ヘロインや娼婦のことを鶏と言ったりしますので」

ホーは顔を赤らめ、自分を滑稽に感じた。自分の英語がやたらと堅苦しく、大げさに聞こえる。

「香港で射殺されたのは剝製師でしたね」ガリンスキーが言った。「このレストラン事業とどんな関係が？」

ミルバンが言った。「わたしは剝製の権威ではないから、まったく見当がつかない。しかし、ボビーが盗聴内容に関連する通話記録を調べ、たびたび電話がかけられている番号を突き止めた。オコンネル巡査部長と相談したが、ホー巡査部長も交えた三人でその会社を訪れるつもりだ」

「なんの会社？」ルイースが言った。

「BOJガーメンツという名の、ファッションのデザインと製造をおこなっている会社だ。設立されて二、三カ月しか経っていない」

「すてきなドレスを何着か見繕ってもらったらどうだ、ジョージー」ガリンスキーが言った。「家でズボンばかり穿いているのは飽きただろう？」

「本題に戻ろう。ボビー？」マッティラが言い、ルイースはガリンスキーに向かって中指を立てた。

ボビー・ホーは目の脇に垂れたひと筋の汗を拭《ぬぐ》い、咳払いした。

「協勝堂では談判《タンパン》、つまり交渉が話題になっています。オングの同僚の電話を盗聴したところ、〝親戚〟がこちらへ来て昔話をしたいと言い張っているのだとか」

オコンネルは鼻筋をつまんだ。二十四時間以上寝ていないし、連絡を入れなかったから妻は怒っているだろう。デクランはピアノの発表会の練習があり、オコンネルがきょうの午前中に車で教室まで送ってやることになっている。ピアノの発表会というのがいまいましい。どうしてリトルリーグに夢中になってくれなかった？　サッカーでもいい。さっさと話を終えて、新鮮な空気が吸いたかった。

こう言った。「三合会十四Kが会議のためにニューヨークに来るのか？」

「いいえ、現在のところ、この交渉は電話でおこなわれていますが、オングは香港行きの飛行機を予約するという話をしていました」ホーは言った。「協勝堂のほうが三合会を訪ねるつもりですね。十四Kはチャイナタウンに対する直接の影響力を高めようとしているのかもしれず、サミー・オングは不満をいだいています。オングの右腕で腹心のパパ・ンも盗聴した電話で同じことを言っていました。フェニックス・インヴェストメンツ――十四Kだと思われますが――によるユナイテッド・オリエンタル銀行への預金は頻度が増しています」

「頻度は増しているが、金額や種類は増していない」マッティラが言った。「金融犯罪取締ネットワークによる捜査の開始条件は満たしていない」

ルイースが言った。「つまり、十四Kは海外に現金を移している。九七年の返還が心配で」ボビー・ホーを見る。「三合会と堂は衝突コースに乗っているの？それとも乗っていないの？」

ホーはソファの上で身じろぎした。直接質問をぶつけられ、一瞬だけ不安で固まった。だがそこで、マッティラが励ますようにうなずきかけるのが見えた。

「国際的には、三合会は堂よりもずっと規模が大きいのです」と言った。「しかし、堂はチャイナタウンを牛耳《ぎゅうじ》っています――いまのところは。ストリートギャングの飛龍幇《フライング・ドラゴンズ》は残忍な悪党です。堂は人々に貢献しているため、その影響力は大きいですし、サミー・オングは賢明な首領です。最高顧問のパパ・ンは理想家で、堂を中国人社会に役立てたいと心から願っています。現在、競争相手の安良堂とのあいだに、大きな揉め事はありません」

　ホーは唇を舐《な》めた。

「しかし、協勝堂は三合会十四Kの後ろ盾を必要としています。三合会ははるかに多くの構成員を持ち、香港やマカオなどのアジア地域に浸透しています。堂の巨額の資金源であるヘロインは、三合会から仕入れています。チャイナタウンで働いている不法移民も、三合会がアメリカまで連れてきています」

　ルイースは言った。「どちらの側も戦争は望まないということね」

「自分もそう思います」

　ミルバンが骨張った体を伸ばした。

「しかしながら」と言う。「クーデターがあれば話は別だ」

　オコンネルはあくびをした。「サミー・オングに対しての？」

「可能性はあるぞ」ミルバンは言った。「協勝堂の通信を盗聴し、ペル・ストリート周辺を監視しているボビーに、堂に内部対立の兆しがないか、耳を澄ましておくよう提案しておいた。オングは首領になって長いはずだ。中国人のあいだでは、年齢や年功が大いに尊ばれるし、それは中国人の美点のひとつだ。しかし、アメリカ生まれの中国人《アメリカン・ボーン・チャイニーズ》――ABCと自称しているが――の一部や飛龍幇は、もし反オング感情を持っていたら、もっと遠慮がないかもしれない。オングの友人のパパ・ンも危険にさらされるかもしれない」

ボビー・ホーはうなずいた。集まった警察官たちは伸びをしたり、赤く腫《は》れた目をこすったりしている。

香港はすでに夕方で、中環《セントラル》や湾仔《ワンチャイ》や九龍《カウルーン》の生活のテンポは、商売に精を出す慌ただしい日中から、うまいものを飲み食いしたり、三合会の日々の収入源となっているひそかな快楽を味わったりする時間へと変わりつつある。ニューヨークでは、カラム・バークがビールとウィスキーで朦朧《もうろう》としながら、殴り合いや女や崩れかけた不潔な建物にいるジャンキーたちの夢を見て寝言を言い、ようやく深い眠りに落ちつつあった。

13

カラムは夕方にドゥーランのアパートメントに着いた。

ふたりでブリーカー・ストリートを見おろす非常階段にすわり、ビールを飲みながら、店の看板やバーのネオンサインが瞬《また》きながら灯《とも》るのを眺めた。きょうは木曜日で、もう週末が近いから、通りは早くから食事をする人や酒を飲む人でにぎわっている。通りの向かいの小さなピザ屋で、疲れた顔の父親が子供にピザを買ってやっている。カラムの脳裏を、浜辺で遊ぶタラの姿がよぎった。モルソンでその記憶を洗い流した。

昨夜は仕事の話をほとんどせず、ひたすら飲んで騒ぐばかりだったので、いまになってパディはウォルシュ・ファミリーにおけるカラムの役割を簡単に説明した。

「運送の仕事はつづけろ。街じゅうにブツを届けるうえで恰好の隠れ蓑になるし、日中は忙しく動きまわれる。ゆうべ見たものや、おまえがフィンタンのためにやってる仕事のことはだれにも言うな。JJやウィリーたちはニューワールド運送の裏稼業をまったく知らないからな。ヤクは家具に隠されてるときもあるし、荷物の箱に隠されてるときもある。ふつうの荷物《バニラ》もある――麻薬がまったく隠されてないという意味だ。それから、店やバーからの金の取り立てもやってもらう。フィンタンはおまえがアコスタとやり合ったときの戦いぶりを気に入ってて、ヘルズ・キッチンの店から金を取り立てるのに役立つと思ってる。たまにウッドサイドに来て、だれかの頭をかち割るよう頼んでくるかもしれない。かまわないな？」

「頭をかち割られても仕方がないやつがいるのなら」

「いっぱいいるさ」

夜の帳《とばり》がおりる街を見渡すために、パディはカラムを屋上に連れていった。沈む日が給水塔のある褐色砂岩の建物を影絵の城のように見せ、連なる屋根の隙間に、遠くダウンタウンの墓石じみた高層ビルが見える。世界貿易センターのツインタワーが天に伸びる避雷針のようにそびえている。

「ここは夏の終わりの眺めもよさそうだ」ドゥーランは言った。「すごい雷雨に襲われてるときは見物《みもの》だろう」

カラムは言った。「どうしてこれほど汚くて、うるさくて、ごちゃごちゃしたものが、これほど美しく見えるんだろうな」

「ここが気に入ったか？」

「ああ」カラムはビールを飲んだ。「ああ、気に入ったと思う。少なくともいまは」

「祖国と比べてどうだ？」

「比べ物にならない。見かけは似ているが、中身は全然ちがう」

「月とすっぽんか？」

「そうだな。ここと比べるとベルファストはちっぽけな街だが、ブラックマウンテンやカッスルレイ丘陵や湖がある。ダウン県でカッスルレイやクレイガントレットのほうへ車を走らせ、丘をくだると、街の明かりで空がこんなふうに琥珀《こはく》色に輝いて見え、もうすぐ家だと実感できる。おおぜいの人々がラガン・ヴァレーで眠ったり話したり酒を飲んだりファックしたりしている。それか、喧嘩《けんか》している。ここの人口のほうが何百万人も多いが、どういうわけか現実感がない」

ドゥーランはカラムの顔を見つめた。

カラムは肩をすくめ、咳払いした。

「よくわからない」恥ずかしくなって言った。「星のせいかもしれない。ここは星がひとつも見えない。明るすぎて」

香港もそうだ、と思った。香港島や九龍《カウルーン》の夜空は雲を背にした薄い灰色の半球になる。湾仔《ワンチャイ》や中環《セントラル》の色とりどりの光のショーがヴィクトリア・ハーバーの水面に映りこむさまを思い浮かべた。クリーヴランドにいるアイリーンとタラの姿を思い浮かべた。この件が片づいたら、オハイオ州に行こう。どんな土地かを見にいこう。

「とにかく、心の宿るところこそ故郷だ」と言った。

ドゥーランは残ったミラーをがぶ飲みした。

「だが、おまえの故郷は厄介なことになってるぞ」と言う。「イギリス人やら何やらで」

ベルファストのことを話しているのだとカラムが気づくまでに一瞬かかった。

「確かに」

「チャッキー・アー・ラー」パディは下手なアイルランド語の発音で言った。「〝いずれわれわれの時代が来る〟。そうだろう？」

「そうか？　あれほど混乱しているのに、だれかが完全な勝利を収めるとは思えない」カラムはベルファスト北部で紙のようにくずおれていた死体を思い返した。スナイパーに狙撃された結果しか見ていないが、ジミーは警察署の門のところにいて、巡回を終えた兵士たちが戻ってくるのを待っていたはずだ。ジミーはカラムの親友であり、妹がふたりいる兄であり、一日が長くて記憶に苛まれるときはいまでも折に触れて涙を流す物静かな夫婦の息子だった。

カラムは言った。「なんらかの形で解決するまで何年もかかるだろうし、そのころにはおれは死んでいるだろう。いつか暴力はやむかもしれないが、問題はなくならない」

「そうだな。いずれわれわれの時代が来る」ドゥーランは言った。カラムが何もしゃべっていないかのように、笑みを浮かべてひとりごとを言っている。

街の喧噪《けんそう》に包まれながら、ふたりは無言で立っていた。ダウンタウンの上空をヘリコプターが飛び、消防車がクラクションとサイレンを鳴らし、下の通りでだれかが叫んでいる。

「あんたはヘルズ・キッチンで育ったんだよな」カラムは言った。

「そのとおりだ。フィンタンやほかの連中の多くはウッドサイドやブロンクスに移った。スタテンアイランドに移ったやつもいた。おれはどこにも行かなかった。昔からマンハッタンが大好きなんだよ」

パディは連なる屋根の南に目を向けた。バッテリー・パークのそばに商業の象徴たる建物がいくつもそびえ、遠くて見えないバワリーを睥睨《へいげい》している。チャイナタウンも。

「この島には何百万もの人が住んでる。それに加えて、毎日何百万もの人が仕事や観光でやって来る。それでも、ここは村に似ている」ドゥーランは言った。「三番アヴェニューに車を走らせ、二十九番ストリートのあたりまで来るたびに、同じホームレスを見かけるんだ。ショッピングカートを押し、飛行帽をかぶってる。昔ながらの、パイロットがかぶるゴーグル付きの革の帽子だよ。ワシントン・スクエア・パークには、テーブルでチェスを指してる子供がいる。一日が本格的にはじまる前の早朝、ときどきコーヒーを持ってあの公園に行くんだが、するとその子供がいる。たぶん登校する前に指してるんだろうな。七十六番ストリートとブロードウェイの角には、〈バーンズ&ノーブル〉で働いてそうな女がいる。色っぽい司書のようなタイプで、眼鏡をかけてプリーツのスカートを穿いてる。〈グレイズ・パパイヤ〉でホットドッグと飲み物を買い、ブロードウェイのど真ん中で、中央分離帯のベンチにすわって食べるんだよ。行き交う車や土埃や排ガスのど真ん中にすわって。食べ終えると歩道に痰《たん》を吐く。小学校教師みたいな見た目で、いつも必ず痰を吐くんだ。〈ホテル・ベルクレア〉に泊まってたときは、よくその女を眺めてた」

ドゥーランは尻を掻いた。

「ある夜、トリニティに届け物があってあのSMクラブに行ったら、なんとその司書女がいた。部屋のドアがあけっ放しだった。見られるのが好きな連中もいるからな。女は革のビキニと腿までのブーツという姿で、もうひとりの裸の若い女を鞭で打ってた。おまけに、歩道に痰を吐くときと同じように、その女に痰を吐きかけてた。これぞマンハッタンだ。お上品なビジネス街らしく見えるし、恰好よくも見えるが、中身は辛辣《しんらつ》で、陰険で、下品にすらなる」

「そしてあんたはそういうところが大好きなんだな」

「そうだ。トリニティの前にファックしてたアイルランド人のサイコ女に似てる。たぶんおれにとっては害があるんだろうが、少なくともけっして退屈しない。トリニティにこれほど惹かれるのもそれが理由だと思う。トリニティはほかの連中のいかれた部分を見抜くが、おれはそんなあいつの穏やかで、善良な部分を理解してる。だが、あいつの中に、いかれた女がいることも知ってる」

　カラムは笑った。「それはまったく筋が通らないぞ、パディ。その言い方だと、あんたはいかれた世界から逃避させてくれるからトリニティを愛している。だが、いかれた世界だからこそマンハッタンを愛している」

「それこそがニューヨークなんだよ」ドゥーランは言った。「筋が通らなければならないという決まりはない」

　ふたりはビールをもう少し飲んだ。背後の屋根の向こうで、エンパイア・ステート・ビルディングのてっぺんが紫色に照らされ、カラムは展望台にいる観光客が、ファミリーの悪事や、堂《トン》や、アルファベット・シティで麻薬にふける迷える魂のことなど知らずに、自分とパディ・ドゥーランを見おろしているさまを想像した。

　そこで言った。「どこから麻薬を仕入れているんだ、パディ」

「それが重要か？」

「わからない。どうでもいいかな。どうでもよくないかも。わからない。こういうのをやったことはないんだ」

「抵抗はないと言ってたぞ」

「抵抗はない」カラムは言った。ビールをあおる。「ただ、どこから麻薬を仕入れているかが気になっただけだ。イタリアン・マフィアとかか？」

　ドゥーランは屋上の端から下のはしご酒をしている人たちにビールを噴き出しそうになった。

「それならまず連中を捜し出さなければならないぞ」と笑う。「五大ファミリーのジョン・ゴッティが逮捕されてから、マンハッタンのイタリアン・マフィアはなりをひそめ、ほとんどの商売をブルックリンやスタテンアイランドでやってる。とはいえ、金を稼いでないわけじゃない。トラックを使った運送業とか、ごみ収集業者の組合とかで儲けている。だが、おれたちとは取引してない」

　パディは言った。「よく聞け。おれはおまえが気に入ってる、クリスティ。祖国から海を渡り、ひと旗あげたくて大都市にやって来たわけだからな。そういうところは尊敬してる。おまえは戦士だし、最初のアメリカ人と同じ開拓者だ」

　最初のアメリカ人が先住民族であることは指摘しないほうがいいだろう、とカラムは思った。ニューヨーク市警《NYPD》のバッジの右側に描かれているのも先住民族だ。

「おれはおまえを家に迎え入れ、フィンタンにおまえの人物を保証した。それは軽々しくできることじゃないよな？　それでも、おれの言うとおりにしておけ。よけいなことは訊かず、言われたことをやれ。朝のコーヒーの豆の産地がどこか気にするか？　ピザの生地の産地がどこか気にするか？　だからヤクの仕入れ先や、それを使ってる哀れな連中のことは考えるな。おまえの仕事はこの街で段ボール箱を家代わりにしてない連中と同じで、金を稼ぐことだ。そのために他人を利用しなければならないのなら――いやな話だが――それはニューヨーク市の食物連鎖なんだよ」

　カラムはビールを飲み終えた。うなずき、パディの肩を叩く。

「わかったよ。ビールのお代わりを持ってきて、食物連鎖に乾杯しよう」

　ドゥーランは笑みを浮かべた。まわりの街の明かりに照らされたその笑顔は少し悲しげに見える。

「いい案だ」と言う。「だが、いまはだめだ。行かなければならないところがある」

　カラムがこのアパートメントに泊まるのははじめてで、ここはドゥーランの家だし、ルールはドゥーランが決める。それでも、カラムは驚かされたい気分ではなかった。

パディとともに瓶をごみ箱に捨て、アパートメントを出た。西へ歩くあいだ、カラムはメッツやヤンキースをこきおろし、メジャーリーグはストライキのせいでファンの信頼を大いに失ったと語った。やがてハドソン川のほとりに着いた。対岸でニュージャージー州が豆電球のストリングライトのように輝いている。北へ向かい、巨大な建物の前で足を止めた。十九世紀の工場か何かが、荒れ果てるままになっている。通りに人の姿はないが、車は走っているし、一ブロック北の角にある安酒場の明かりが見える。遠くでサイレンが鳴りはじめた。

パディ・ドゥーランは立ち止まったまま、ポケットからマールボロの箱を出した。

「吸うか?」

「いや、大丈夫だ」

「クリスティ、ほんとうにいいのか?」

パディの口調はひどく真剣だ。

カラムは背筋に寒気が走るのを感じた。

ドゥーランは近づいてカラムの顔を両手ではさんだ。

「おまえはいいやつだ。それを忘れるな。おまえはいいやつだ」

「ビールを何本飲んだんだ、パディ」

ドゥーランは笑顔になったが、まるで痛みに襲われたかのように、笑みは消えた。

「こっちだ」と言い、放棄された建物の角をまわりこむ。

カラムは懸命に鼓動を抑え、平静な声を保った。

剝げかけた非常口の表示がある金属製のドアの前に行った。南京錠で施錠されている。パディはポケットから鍵束を出し、くわえたマールボロの紫煙を透かし見て、錠に合う鍵を見つけた。ドアがうめきながら開き、ふたりは暗闇に歩み入った。

古い製造作業場に古い木机が並んでいる。壁の漆喰《しっくい》はひび割れている。幅木のそばの残骸のあいだを何かが走り抜けた。

高窓から街の明かりが差しこみ、基本構造が浮かびあがっている。天井はアーチ形で、漆喰塗りには装飾が施されており、産業施設ではなく銀行だったとしてもおかしくない。

「数年前まで港湾労働者が使ってた」パディが言った。「いまはこのありさまだ。残念だよ」

カラムは言った。「時はだれも待ってくれない」

「聖書に出てくるたわごとか？　フィンタンはそういうのが好みだからな。おれはちがう」

銃声が鳴り響き、カラムはびくりとして身をかがめた。パディに目をやる。被弾したらしく、胸を押さえ、マールボロがどこかに消えている。だれかに顔をまるめられているかのように、目や鼻や口が中央に押しこまれて見える。

カラムは声を潜めて言った。「パディ！」パディ・ドゥーランのために強い正義感が湧きあがるのを感じた。

すると、何かがパディの顔ではじけたように見え、パディは大笑いした。また胸を押さえ、半ば笑い、半ば咳きこんでいる。また銃声が鳴り響いたが、今度はその正体に近い音が聞こえた。手を強く打ち鳴らしただけだ。よどんだ空気をフィンタン・ウォルシュの声が切り裂いた。

「お嬢さんがた、手伝いにきたんじゃないのか？」

パディは体を伸ばし、カラムに歩み寄った。カラムの肩を叩く。

「おれが言ったとおりだな、クリスティ。おまえはいいやつだ」

カラムの顔が火照《ほて》り、目が殺気立った。それでもこう言った。「ここは気味が悪いな」

「おいおい、幽霊列車はまだはじまったばかりだぞ」

ふたりでテーブルと椅子の山をまわりこみ、染みのついた長いエプロンを掛けたウォルシュが腕組みをして立っているドアのところに行った。

「なぜ肉屋のエプロンを掛けている？」カラムは言った。

「趣味さ」

カラムは言った。「アイルランド人の妻が肉屋で言った。〝ショーケースに羊の頭があるわね〟。肉屋は言った。〝奥さん、あれは鏡です〟」

男たちは笑った。

「傑作だな」ウォルシュが言った。

三人はロッカーが将棋倒しになっているもっと狭くて暗い空間を抜け、曲がりくねった廊下を進んで、トイレの個室がいくつかとシャワー室がふたつあり、壁にシンクが並んでいる部屋に行った。高窓から青白い光が差しこんでいる。やはりエプロンを掛けたジミー・マリガンが壁ぎわに立っている。足もとの床に大きなバッグが置かれている。ビニールシートが床の一部を覆い、ドアの脇のフックに別のエプロンが掛けられている。パディ・ドゥーランがそれを手に取った。紐を結んでいるあいだに、マリガンがバッグをあけ、鉈《なた》と大きな肉切りナイフと弓鋸《ゆみのこ》を取り出した。どこか冒《ぼう》瀆《とく》的な雰囲気がある薬品臭が漂っている。警察官ならだれでも知っているにおいだ。

カラムはパディを見て、表情を読みとろうとしたが、ドゥーランは目を伏せている。

「パディ？」カラムは言った。

「いま、おまえが従うのはパディじゃない」マリガンが言った。弓鋸で声帯を鳴らしているような声だ。マリガンは過去のどこかの時点で左耳の大部分を失っていて、大酒飲みの鼻は常軌を逸した地下鉄の路線図さながらに、破裂した静脈が乱雑に浮き出ている。

カラムは言った。「これはどういうことだ」

マリガンが巨体を壁から離した。ウォルシュが手を掲げてマリガンを制止し、言った。「おまえはよくやってる、クリスティ――二打数二安打だ。九十六番ストリートでスペ公のガキを相手にひと働きしたし、ジャンキーのたまり場で自分がシロだと証明して、アッパー・ウェスト・サイドの見世物小屋にドレッサーを届けた」

トリニティを侮辱されてパディが体をこわばらせているのにカラムは気づいた。

マリガンがトイレの個室に行き、ドアを押してあけた。においが強くなり、カラムの鼻を突いた。

「旧友に挨拶したらどうだ」

ディラン・アコスタが便座にすわっている。裸で、捕食中のサメのように目が黒い。腐敗して肌が灰色と青緑色に変わっている。頭を撃たれている。眼球から出血している。

カラムは空《から》えずきし、口に酸っぱい唾液が満ちた。頭が重くなり、アコスタの死体のガスが詰まった腹のように膨れるのを感じた。顔が火照り、体を折り曲げた。

「クイーンズで葬儀屋を経営してる友人に頼んで、おまえのためにこのささやかな贈り物を新鮮に保ってもらったが、薬品はかぎられた時間しか効かない」ウォルシュが言った。「そういうわけで、おまえが童貞を捨てるときが来たぞ」

マリガンが銃を差し出し、カラムに渡した。そしてパディがカラムの背中に手をあて、個室のほうへ押しやった。カラムは何度も唾を呑みこんだ。目を拭《ぬぐ》い、銃の重みを感じながら、老人のようにゆっくりと背筋を伸ばす。ウォルシュが《ザ・フィールズ・オブ・アセンライ》の鼻歌を歌いはじめた。カラムは頭の中でその古いアイルランドの曲にしがみつき、ほかのすべてを追いやろうとした。パディに目をやり、うなずきかける。

パディとカラムはアコスタの死体の足首を片方ずつつかみ、便座から引きずりおろした。頭が床のタイルを打つ。

パディはカラムにウィンクをした。

「家具を運ぶときと変わらないだろう、クリスティ？」

ふたりで死体をシャワー室のほうへ引きずった。カラムは自分がこの地獄で苦しんでいるあいだも、ニューヨークやニュージャージーでそれぞれの生活を送っている何百万もの人々のことを考えた。鼻歌がコーラス部分に近づき、ウォルシュの歌声がしだいに大きくなっていく。

カラムはドゥーランを見て言った。「前にもやったことがあるのか？」

「おまえも慣れるさ」

パディは死体を引きずりながら二、三度目をしばたたいた。

「ほんとうか？」

ウォルシュがコーラス部分を歌いはじめた。

カラムは耐えきれなくなった。

《スター・オブ・ザ・カウンティ・ダウン》をいきなり大音量で歌いはじめた。酔っ払っているかのように、世界に対して激怒しているかのように歌った。〝低く広がるアセンライの地〟を掻き消し、涙を誘う嘆きの声を打ち消した。アセンライのあるゴールウェイ県にはダウン県ほどの美女はいないと挑発する歌を歌いながら、フィンタン・ウォルシュとその静かなサディズムに対して、くたばれと思った。このひどい扱いに対して、くたばれと思った。これにどんな意味があるのかはわからないが——入会儀式？　カラムの処刑の前座？　ウォルシュのたちの悪い冗談？

そしてジミー・マリガンに対しても、くたばれと思った。マリガンは目をぎらつかせて飛び出した。顔が般若《はんにゃ》の面のように引きつっている。

パディがマリガンをつかんだ。アコスタの片脚がタイルに落ち、カラムは肩をまわして体に力を入れ、頭の中でふたたびリングにあがった。ウォルシュがドゥーランとともにマリガンをなだめているあいだも、歌いつづけた。マリガンは暴れ、悪態をつき、脅し文句をわめいている。ウォルシュがその顔に手を当てると、ようやく静まった。

ウォルシュはカラムに顔を向けた。

「おい」と言う。

カラムはマリガンをにらみながら、歌いつづけた。

「おい！」

カラムは口をつぐんだ。ウォルシュが声を荒らげるのを聞くのははじめてだった。

ウォルシュは言った。「いったいどういうつもりだ？」

カラムは目に涙がこみあげるのを感じ、腕で顔を拭った。

「あんたはおれをここに連れてきた。こんなぞっとするところに」と言う。「あんたは食肉処理場で働いているみたいに、ナイフとかを持ってそこに立っている。あんたはおれが先週戦った男の死体を見せた。これからおれはそいつを切り刻まなければならないのか？　そのあとは？　おれも殺されるのか？　来週、細切れにされたおれが川で発見されるのか？　ジグソーパズルみたいになったおれが」

カラムはわれに返りつつあり、タイルの上の死んだアコスタの頭のように打ちのめされていた。しくじった。恐怖で正気を失い、怒りに呑みこまれてしまった。

おれは警官なんだぞ、と思った。死体を見るのははじめてではないし、自分がアコスタを手にかけたわけでもない。ドゥーランを頼れ。この部屋で味方はドゥーランだけだ。頭を冷やし、自制心を取り戻さなければならない。警官なのだから。

ブランコに乗っているタラの姿が心に浮かんだ。財布の中の写真のように、この狂気がおよばない頭の中のどこかにその映像をしまいこんだ。

笑い声をあげた。耳障りで、甲高い。ほかの三人が凝視している。

「おれを殺すんじゃないのか？」

「何を言ってる？」ウォルシュが言った。「おれはおまえを雇ったばかりだぞ。パディ、こいつはどうしてしまったんだ？」

パディは鼻を鳴らした。

「ただのいかれたアイルランド野郎だと思うぞ」

「いかれたやつは好きだ」ウォルシュは言った。「ちゃんと手綱を握られてるときはな。おまえはこのいかれたやつを正しく扱っているのか？　おまえなら大丈夫だろうが」

カラムに歩み寄り、頬を軽く叩く。

「おれの一族はモナハン県の出身だから、おれはなんとも思わない」と言う。「だが、このジミーはゴールウェイ県の出だ。おれの鼻歌をおまえが掻き消したから、ジミーは怒ったんだよ」

マリガンは壁ぎわに戻って腕組みをしている。何か怪しいと勘づいているかのように、カラムを見つめている。目にどす黒い悪意が宿っている。

カラムは言った。「聞いてくれ、ミスター・マリガン。おれが悪かった。他意はなかったんだが、怒らせてしまったのなら謝る」

ウォルシュがカラムのうなじをつかんで握った。

「それでいい」と言う。「だが、ミスターとかのくだらないことばは使うな。ジミーとフィンタンだ。わかったな？　さあ、ここに来た目的を果たすぞ」

あとになっても、酒盛りをしたあとの安酒混じりの汗のように、においが体にへばりつき、鼻孔に染みこんでいた。ひと箱のキャメルでどれほど追いやろうとしても消えない。カラムはブリーカー・ストリートのアパートメントにいて、トイレの近くでマットレスに横たわり、寝室のドア越しにパディのいびきを聞きながら、犯行現場で焚《た》かれるフラッシュのように心の目に映るスナップ写真を眺めていた。集中し、険《けわ》しくなっていたマリガンの顔。紫煙越しにその落ちくぼんだ目が見え隠れしていた。ぬめる手袋を肉屋のエプロンで拭いながら、川に沈めた死体が浮きあがってこないように、肺を取り除く方法を教えるウォルシュ。テレビに出ているロペスという名のラテン系女優について、卑猥な話をしていた。ひっきりなしにしゃべったりしたり皮肉を言ったりしながら、目を血走らせ、肘まで血に染まっていたパディ。そして音——濡れた音、鋭い音、高張力鋼《こうちょうりょくこう》が骨にあたってきしる音。

解体が済み、ディラン・アコスタのばらばらになった残骸をビニールシートで包み終えると、パディとカラムは静かな通りを歩いて帰った。ドゥーランが口を開き、うつろな空間にその声がやけに大きく響いた。

「よくやったな、クリスティ」

「なぜ前もって教えてくれなかったんだ、パディ」

「終わったいまでも、教えてもらいたかったかと思うか？　つまり、何が待ち受けているか、知りたかったと思うか？」

カラムはドゥーランを見てから、屋根のはざまの空を見あげ、かぶりを振った。

「あれがフィンタンのやり方だ」パディは言った。「仲間になりたいのなら、手を汚さなければならない。あそこでやったようなことは、けっして忘れない。一種の保証になる」

「おれは一週間前にあいつと戦った。おれたちがあの地下室を出た直後に、あいつは撃ち殺されたのか？」

「いいか、クリスティ。おまえがあいつを殺したんじゃない。アコスタの自業自得だ。あいつはそこがフィンタンの縄張りであることを承知のうえで、麻薬を売ってた。おまえはあいつを叩きのめしたが、あれは警告だった。あの阿呆は家まで送り届けてやって、車から通りにほうり出した。母親があいつを見つけたらしい。あの馬鹿はどうしたと思う？　つぎの夜も同じ場所に行って、麻薬を売ってた。そんなことをしたら、結果はひとつしかない」

「だが、あんたはあいつの頭をおれに渡したんだぞ」カラムは言った。「いまいましい頭を。おれはあいつの黒い目を見つめながら、頭にハンマーを振りおろす羽目になった」

「フィンタンの命令だ。そうすれば、おまえにとっていっそう強烈な体験になるからな。いいか、フィンタンの仲間をおまえが殺すことはけっしてないはずだ。これは一日おきに死人が出る映画とはちがう。おまえはせいぜいだれかを痛めつけるだけだ。フィンタンには、もっときつい仕事をやらせるための手下がいる」

「ジミー・マリガンのような？」

「ああ、マリガンのような手下だ。だが、おまえもおれたちが手をくだした結果は見届けなければならない。それに、身元が判明しないように、死体から歯を取り除かなければならない。だからおまえはハンマーを振りおろすことになったんだよ。とにかく、家に帰って少し寝よう。そうすれば気分もよくなるさ」

ふたりは歩きつづけ、カラムはジーンズのポケットに両手を突っこみ、右手の指先で弾丸の破片と欠けた臼歯に触れた。ほかの三人が笑ったりしゃべったりしているあいだに、ディラン・アコスタのめちゃくちゃになった顔から取り出しておいたものだ。

いま、カラムはマットレスの上に横たわって思い返していた。ジーンズのコインポケットに入れてある弾丸と歯のことを考えた。香港でギャンブルのせいではまりこんでしまった泥沼のことを思い返した。スタンリー・バンブー・チャオが死んだおかげで、その泥沼から這い出すことができた。アコスタと戦うときに、賭けをしたことを思い返した。ギャンブルをして、あの男を叩きのめすことで金を稼いだ。もう二度と賭けをすることはないだろう。

そして、アパートメントの手前でパディ・ドゥーランが言った台詞《せりふ》を思い返した。パディはひとりごとのように、だがあれはひどい、とにかくひどいと言っていた。自分たちがオオカミの群れのようにディラン・アコスタをばらばらにした、あの港湾労働者が使っていた建物で、フィンタン・ウォルシュがトリニティのことを——ドゥーランの大切な、美しいトリニティのことを——見世物小屋呼ばわりしたことに対して。

14

船は上下左右に揺れている。トニー・ラウは煙草をトロール漁船の右舷から南シナ海の水の中へ弾き飛ばした。船尾に目をやると、はるか遠くで暗闇に瞬《またた》く牛尾海《ポートシェルター》が見えた。

ラウは首から手術用のマスクを掛けていたが、それが触れている肌がむずがゆく、喉を掻いた。強い海風にもかかわらず、トロール船の中でおこなわれている化学処理のにおいが甲板にまだ漂っていて、煙草を吸ったのを後悔した。紫煙が鼻と口にまとわりつき、精製過程のごみが腐ったような悪臭がひどくなるだけだった。甲板の下で働いている化学者たちは香港と九龍《カウルーン》で売りさばき、外国にも密輸するヘロインを製造している。ナンバー3Hは純度六五から七〇パーセントのヘロインの白っぽい茶色の粉末で、三合会《トライアド》の地盤では非常に人気が高い。ナンバー4Hは注射するヘロインで、気化するために鼻から吸引はできない。化学者たちは労働の対価を充分に与えられているが、作業の悪臭とも戦わなければならない。トイレに小さな仏教の祭壇があり、香が焚《た》かれていたが、あれは悪臭と戦うための供物であり工夫なのだろう。

ここの作業が済んだら、ヘロインはさらに別の化学処理がおこなわれる。麻薬はシンガポールとスエズ運河を経由してニューヨークに運ばれるが、そのための準備作業では、中環《セントラル》の路面電車の車内で射殺されたデイヴィッド・チョウの勤務先だった剝製店が最終段階を担う。

このトロール船はタイを出航した船団の一隻だ。三合会がバンコクに所有する会社の名義で登録されている。タイのトロール船はタイの海事当局に航海計画を届け出る必要がないし、バンコクの会社は無人の部屋に電話が置かれているだけだ。トロール船が海軍や沿岸警備隊に拿捕《だほ》されても、真の所有者は特定できない。

「気分が悪いのですか、首領」執行人のツェが言った。

ラウは微笑し、手を振って心配ないと伝えた。数カ月前にクン・サ将軍の村を訪れ、シャン州のアヘンの委託に関する取り決めを結んで以来、ツェは専属のボディガードのようになっている。ふたりは互いに敬意を払う関係を築きあげた。ツェは忠誠を尽くしている。トニー・ラウが効率と能力に報《むく》いる人間であり、公正かつ公平な龍頭《ドラゴンヘッド》であり、二年後の共産党への返還の先を見据えて計画を立て、みずからの能力を証明した者たちに大きな成功と富をもたらしてくれる指導者であると認識するようになっている。

トニー・ラウは先代の龍頭で父親も同然だったチャオを大いに敬愛しているが、三合会の幹部選びにある程度のひいきがあったことを否定できなかった。ラウはハイという名の愚か者を副首領に昇進させざるをえなかった。最古参の人物をその地位に就けなかったら問題になっただろうが、ハイがここまで出世できたのは、別の強力な秘密結社で親戚が重要な役割を務めているからにほかならない。政略結婚と同じように、先代は商売敵と親交を結ぶために愚か者のハイを取り立てたわけだ。

だが、ラウには腹案があった。ハイは短期間しか役に立たない。あの愚か者に利用価値がなくなったら追い出し、みずからの執行人に副首領の地位を与えるつもりでいる。折に触れ、遠まわしな言い方でツェにもそれをほのめかしている。執行人が周囲に流されにくく、この秘密結社の伝統や価値観を充分に考慮する人物であることがわかってきたからだ。それは三合会に新しく加入した若い世代のあいだでは消えかけている美点だ。

そういう美点のひとつに、苦痛の無視がある。首領は船酔いで苦しんでいる姿を見られてはならない。

ラウは言った。「大丈夫だ、ツェ。香港の大気汚染に慣れていると、強い潮風は刺激が強いな。だが、すがすがしい」

「そうですね、首領。この縦揺れと横揺れは若い女たちを連れこんだら大いに役立ちそうです」

冗談にふたりは笑ったが、龍頭がほかの女を呼ぶのはこの前のタイ訪問のような外国にいるときだけだとツェは知っていた。

「作業に不満はありませんか？」ツェは言った。

「すべて順調のようだ」ラウは言った。「こんなところまで付き合ってくれて感謝する」

「いつもながら、同行できて光栄です、首領。船をおりる前に、あの祭壇で軽く祈りを捧げてはいかがですか。きっと加護がありますよ」

ラウはため息をついた。

「確かにな、ツェ。しかし、こんな環境では、祈るのにふさわしい心の平穏と仏陀《ブッダ》への信仰心を持てるとは思えない。代わりに、あす洪聖宮《ホウシン・テンプル》を訪れて僧侶と話すつもりだ。だが、気遣いには感謝する」

ツェはこうべを垂れた。首領が信仰心を内に秘め、このうえない心の平穏を得るために街の寺社をひとりで訪れると言って譲らないことは知っている。

よくないと思いつつ、ラウは煙草をもう一本吸うことにした。

「さあ、ボートで戻る前にここで最後の一服をしようか」

ツェは煙草を差し出し、龍頭のために火をつけてから、自分も煙草を吸った。ふたりとも、しばらく無言で立っていた。船体に水が打ち寄せ、膨張した木を撫でている。ジェット機が頭上を通過して啓徳《カイタック》空港へ向かい、スリル満点の着陸をおこなおうとしている。

ツェが空を見て言った。「啓徳空港が閉鎖されるのは残念ですね」

「すべては移ろいゆく」ラウは言った。「新しい空港が郊外にできる」

「新しい空港が完成するころには、イギリス人はいなくなっています」

「そうだ。イギリス人はいなくなっている」

「ときどき思うのですが、共産党はそこまでビジネスの妨げにはならないのではないでしょうか」ツェは言った。「結局のところ、共産党も金はいくらでもほしいでしょうから」

ラウは煙草を長々と吸い、海を見渡した。水平線の向こうには台湾とフィリピンがあり、さらには広大な太平洋がある。そして果てにはアメリカ合衆国がある。黄金の山が。

「だとしても」と言う。「われわれの資金の多くを外国での計画に投資するのは賢明だ」

ツェはうなずき、吸い終えた煙草を船外に投げ捨てた。

「ニューヨークの堂《トン》とトップ会談をおこなうための場所を探しています」と言う。「九龍によさそうなホテルがありました。街はずれにあり、安全です。承認をいただくために、のちほど詳細をお伝えします」

「安全か。そうだな、安全であることが何より重要だ。残念ながら、アメリカの同胞たちは、第二の祖国の傲慢さをいくらか受け継いでしまっているからな」

現在、三合会十四Kのフロント企業であるフェニックス・インヴェストメンツが、オングの縄張りの近辺で不動産を買いあさっているため、堂は不安になって香港による蚕食《さんしょく》に懸念を示しはじめている。それでも、堂は香港とのビジネスや、香港からの輸入品に依存している。香港からのヘロインにも。

ツェは言った。「われわれが世話をしているあいだ、堂の首領は完全に安全だと保証します」

ラウは煙草の吸いさしを南シナ海にほうりこんだ。「信頼しているぞ」と言う。煙草の光る先端を黒っぽい水が呑みこむのを眺めた。

ニューヨークの堂の首領であるサミー・オングは老人で、狡猾《こうかつ》だが頑固だ。けっして縄張りを手放さないだろうし、敵が現われたら警察や政治家の人脈を使って対抗するだろう。三合会十四Kはフロント企業であるフェニックス・インヴェストメンツを通じて、ゆっくりと着実にチャイナタウンの銀行に金を注《つ》ぎこみ、ニューヨークのチャイナタウンの不動産に投資しはじめている。暗黙の法により、三合会の建物に入居する会社や商店が増えるほど、堂とそのストリートギャングが集められるみかじめ料は減る。銀行に三合会の資産が増えるほど、金融機関は堂の金よりも香港の金を歓迎するようになり、三合会による投資を協勝堂《ヒップシントン》に明かさなくなる。巧妙な策略であり、その目的はオングを引っ張り出し、オングの権力や指導力に関して、堂の構成員が――特に若者が――疑念を持つように仕向けることだ。

そういうわけで、協勝堂の首領が交渉のためにラウに会いにくる。

　ラウは遠く離れた海岸の明かりを見て、笑みを浮かべた。

　執行人を連れておぼつかない足どりで甲板を歩き、ボートへ向かった。小さな船のところにたどり着き、乗りこんだ。操縦士がボートを出し、波を飛び越えながら岸へ向かった。

　ツェが龍頭に身を寄せ、エンジン音に負けまいと大声で言った。

「こういうボートに乗るのは、オング首領にはきついかもしれませんね」

　ラウは言った。「確かに」

　ツェは座席の背にもたれ、ボートの動きに合わせて体を揺らしながら言った。「歳を重ねた知者には敬意を払うべきですが」

　トニー・ラウはうなずき、腕組みをした。


「父がいつも言っていた」と語気を強めて言う。「人は歳を重ねて長生きしなければ、ほんとうは人生がいかに短いかを理解できない、と」

　牛尾海の明かりが同意するように瞬いた。

15

「そういうことだ。おれはおりる」

「どういうつもりだ」

カラムは両腕を広げた。

「おれは死体の解体に加わった。その男は処刑されていた。証拠を持ってきた。死体から取り出した弾丸と歯だ。おれも証言する。潜入捜査官の証言だ。あんたはウォルシュとマリガンとドゥーランを刑務所送りにする。ゲームは終わりだ」

マイク・オコンネルは肩をすくめた。ウェルチをひと口飲み、長々と大きなおくびをする。

「それだとまだゲームの終盤にもなっていないぞ、バーク。アイルランド人を刑務所送りにしたとして、中国人はどうなる？　麻薬取締局《DEA》は堂《トン》を潰したいし、おれたちの全員が三合会《トライアド》を潰したい。だれもあんたが制服姿に戻ることは望んでいない」

ふたりはクイーンズのロングアイランド・シティにある廃倉庫の中にいて、空《から》の木箱のそばに立っていた。

カラムは木箱を蹴った。つま先を打ちつけた。

「おれは犯罪行為にかかわったんだぞ。あんたはおれをしょっ引かなければならない。あんたの捜査全体が台無しになりかけている」

「ちがうな」オコンネルは言った。ウェルチの缶を木箱に叩きつける。グレープソーダが飛び散った。

「おれの捜査を台無しにしかけているのは、半人前の警官で、ちょっと血を見たくらいで震えあがって泣き言を言っているどこかの意気地なしだ」オコンネルは手を掲げ、指を曲げながら一点ずつ指摘していった。

「あんたは素手で戦うもぐりのボクシングをやって、その試合に金を賭けた。違法薬物を買ったりやったりしている場所に行った。射殺死体の解体に加わった。ひとつ目とふたつ目については、あんたは何日も経ってから報告した。三つ目はおとといの出来事だ。あんたは監督役に違法行為を知らせなかったんだよ、バーク。おれはこの件であんたを逮捕し、香港警察から追い出すことだってできる。刑事告訴されるかもしれないな」

一歩進み出たカラムは、オコンネルのまぶたが緊張で痙攣《けいれん》しているのを見て、体が熱くなるのを感じた。「くたばれ！」と言う。「報告できなかったのは、潜入中で、会って話す機会を作れなかったからだ。だいたい、ミルバンはどこだ？」

「ホーにつきっきりだ」オコンネルは言った。「あんたが会えるのはおれだけだ」

オコンネルの唾がカラムのTシャツに点々と散っている。「この潜入捜査からおりたら、二度とまともにくそができないくらい尻を犯してやる」

カラムはこぶしを握り締めた。「ふざけやがって。あいつらを殺人罪で一生刑務所にぶちこめるのに、見逃すのか？　あいつらがまた殺しをやったらどうする？　それでもかまわないのか？」

オコンネルはポケットから車の鍵を出した。

「来い」と鋭く言った。

ふたりは倉庫を出て、レンタカーの青いフォード・サンダーバードに乗りこんだ。オコンネルの運転で、イースト川を右手に見ながら南へ向かった。ブルックリンのダンボに着くと、ランプに乗ってブルックリン橋を進み、川を渡った。シヴィック・センターとフィナンシャル・ディストリクトの明かりが水面に映りこみ、ラジオから《スウィート・ジェーン》が流れはじめた。つかの間、カラムはニューヨークが大好きになった。

ずんぐりとしたニューヨーク市警《NYPD》本部庁舎の脇を抜

けると、通りが暗くなったように感じた。市庁舎はまるでお化け屋敷で、厚いカーテンの向こうに薄明かりが点々と灯《とも》っている。フォーリー・スクエアと裁判所の建物は人けのない通りに建つ廃墟を思わせ、時を経ても残っている滅びた帝国の遺跡のように見える。

キャナル・ストリートの一ブロック手前からネオンサインが灯りはじめ、まっすぐに延びるセンター・ストリートに看板が曳光弾《えいこうだん》よろしく連なっている。サンダーバードはネオンサインにふさがれた狭い道路を何度か曲がった。青果店からこぼれた水で歩道がきらめき、消火栓の隣に魚を入れる空箱が積みあげられている。通りは中国人だらけで、ぶらついたり、夕方から開く店を冷やかしたり、叫んだり、笑ったり、水餃子や麵の食堂の前に並んだりしている。カラムは自分の中で何かが湧きあがるのを感じた。違和感だ。車外の光景は九龍《カウルーン》や香港島と変わらない。ただし、店の上に目をやると、非常階段がニューヨークの煉瓦に雑然と貼りついている。娘を抱き締めたくなった。アイリーンといっしょに寝たくなった。現実が、本物がほしかった。確かなものが。

「安良堂《アンリャントン》の本部だ」オコンネルが言った。

モット・ストリートの角にある大きなコンクリート製の建物の窓を指差している。柱やバルコニーだらけで、仏塔ふうの派手な屋根を備えている。車は走りつづけ、カラムは曲がるたびに方向感覚を失っていった。オコンネルはペル・ストリートにゆっくりと車を進め、窓の外に親指を突き出し、正面にジグザグの非常階段を備えた、エレベーターがない五階建ての地味な煉瓦造りの建物を示した。

「協勝堂《ヒップシントン》だ。あまり似ていないだろう?」

さらに曲がる。さらにネオンサインに迎えられる。カラムは座席の上で身じろぎした。車からおりたら、襲われたり、弾丸を浴びたり、もしかしたら自然発火したりするのではないかと思ってしまう。潜入捜査官に付き物の極度の疑心暗鬼に陥っている。

オコンネルがハンドルを切り、エリザベス・ストリートの狭い脇道にサンダーバードを進めた。路肩に二台のパトロールカーが駐車中で、オコンネルは玄関の左右に緑のランタンが灯っているタウンハウスから二十ヤード離れたところに車を停めた。

カラムは言った。「第五分署か？」

「第五分署だ」

「中で紅茶とビスケットでも楽しむのか？」

「牛乳とクッキーだろうな」

カラムはポケットから煙草の箱を出した。

「車の中では吸うな」オコンネルは言った。「家に帰ったときに灰皿みたいなにおいがしていたら困る。四年前に禁煙したんだが、また吸いだすんじゃないかと女房が心配していて、服の煙草のにおいを嗅ぐんだよ。子供たちにも煙草のにおいは嗅がせたくない」

「いい話だ。あんたには家族がいて、子供もいる。あんたは妻子を気にかけている。つまりどこかに人間の部分が残っているということだ」

「ああ、おれは家族を気にかけている。だからチャイナタウンであんたと車に乗っていて、残業手当を稼ぐ機会に飛びついている。勤務が終わったらマッティラと飲みにいき、家に帰って二、三時間だけ眠っている」オコンネルは運転席の背にもたれ、分署の壁に取り付けられた緑色のランタンを見た。暗がりで光を反射する猫の目のようだ。「おれは家族を愛しているが、しょせんは犬だ——このくそみたいな仕事も大好きなんだよ。駆けずりまわって銃を撃つ仕事が。ジミー・ソラーノと同じように」

カラムはこめかみを揉んだ。分署から警察官たちが出てくるのを眺めた。

「わかったよ、訊いてやる」と言う。「ジミー・ソラーノというのは？」

「二年前、麻薬課のマンハッタン南部方面担当だった。

潜入捜査官として、マルベリー・ストリートで麻薬を買い、もっと金を持ってくるから商品をとっておいてくれと売人たちに頼んだ。そして応援を呼び、売人たちを逮捕しに向かった。食料雑貨店で待ち合わせるという話になっていた。店にはいったとたん、ソラーノは撃たれた。二発食らい、一発が頸動脈に当たった。救急車で病院に搬送される前に失血死した」

「激励《げきれい》しているつもりなら、少し的はずれだぞ」

「おれはジミーと組んだことがなくて、顔見知りじゃなかった。ジミーの妻やふたりの息子とも顔見知りじゃなかった。だが、その食料雑貨店の店主とは顔見知りだった。店主は仲間が店で逮捕されるのを傍観したという理由で、飛龍幇《フライング・ドラゴンズ》に喉を切られた。さて、飛龍幇はどこの傘下《さんか》のストリートギャングだ？」

「協勝堂だ」

「大当たりだ。あの連中は――」オコンネルは第五分署を指差した。「――ソラーノを殺したガキどもの背後にだれがいるかを知っていた。市庁舎も知っていたが、この町ときたら、むかつくほど厳重に守られている」


カラムはうなずいた。

「言いたいことはわかる」と言う。「九龍も同じだった。引き金を引く馬鹿は表面に浮いた滓《かす》で、ボスどもは大物や善人と昼食を食べるのに忙しい。龍頭《ドラゴンヘッド》が元凶だとわかっているのに、手出しできなかった殺人や麻薬がらみの事件は何度もあった。その裏で、香港警察の幹部は演壇で悪党と握手を交わしていた」


オコンネルはサンダーバードを路肩から出した。

ふたりは無言で車に乗ったまま、窓の外の街の喧噪《けんそう》に耳を傾けた。通りがしだいに広く、明るくなっていき、オコンネルは西へハンドルを切った。ペンシルヴェニア駅の脇を抜けると、ポルノショップやのぞき見ショーの店やストリップクラブが八番アヴェニューに並びはじめ、四十二番ストリートまでつづいている。

二、三ブロック先では、街娼がリンカーン・トンネルの入口に立ち、ニュージャージー州からやって来る客をつかまえようとしているはずだ。
サンダーバードは、褐色砂岩の建物やタウンハウスや安アパートメントや老朽化した建物の骨組みが並ぶ一角にはいった。カラムは、ブロードウェイへ向かう人波のあいだを縫うように進む女のホームレスを数えはじめた。西五十番ストリートでオコンネルが車を停めると、腹の中で疑心暗鬼の虫がうごめくのを感じた。ニューワールド運送の駐車場は二、三ブロックしか離れていない。

オコンネルは言った。「一－八があっちにある。ミッドタウン北分署のことだ。そこのブライアン・フラナガンという刑事と顔見知りだった。あんたにとっては心地よいアイルランド人名だな。三年前、ブライアンは男たちを尾行して、すぐそこの五十番ストリートにあるワールドワイド・プラザの近くの建物にはいった。そして同じエレベーターに乗り合わせ、至近距離で銃を撃ち合った。ブライアンは四発も食らったが、それでもどうにか男のひとりに傷を負わせた。撃ったやつらがどこの連中かわかるか？」

「フィンタン・ウォルシュの手下だな」

「そのとおりだ。ウォルシュはウッドサイドに移り、ドゥーランはヴィレッジに住んでいるが、あいつらの毒はいまでもヘルズ・キッチンをむしばんでいる。確かにあの地区は変わりつつあるさ。クリントンはたわごとを言っていて、地区の名前を変えれば過去を消し去れるように思っている。金持ちが引っ越してきて、労働階級は出ていっている。黒人とか、ヒスパニック系とか、アジア系とか、ポーランド系とか、正真正銘のアイルランド系とかは。だが、だれもがアイリッシュ・マフィアのウェスティーズのことは覚えているし、マンハッタンでアイルランド人がやった犯罪の名残がいまでもヘルズ・キッチンにはびこっていることは知っている」
カラムは顎を掻き、手が震えているのを隠した。
そして言った。「あいつらはディラン・アコスタが
このあたりの角で麻薬を売っていたから殺害したらし
い」
「街角の売人が惨殺されたわけだ。だが、あのろくで
なしどものせいで苦しんでいる堅気の人々がどれだけ
いると思う？　みかじめ料を払わされたり、子供を麻
薬漬けにされたり、イースト川に死体が浮かんでいた
りする。しかも、そういう人々はおれの同胞だ。アイ
ルランド人で、この国に来て、ひどい扱いをされなが
らも身を立て、居場所を守るために戦い、足がかりを
得るために戦い、政治的影響力を獲得した。おれたち
はこの街の治安を維持し、街の大部分を作りあげた。
観光客はおれたちのバーに来て、酒を飲む。聖パトリ
ックの祝日には、ニューヨークのだれもがアイルラン
ド人だと自称するか、アイルランド人になりたがる。
いまでもおれたちは上をめざしている――おれだって
自分の子供を警官にはさせたくないくらいだ。ホワイ
トカラーとか、医者とかをめざすことになるだろう
な」
オコンネルは身を寄せ、唇を舐《な》めた。
「だが、フィンタン・ウォルシュが何かやるたびに―
―商売をつづけるためだけに、食料雑貨店の店主がウ
ォルシュの手下に金を渡すたびに――おれは恥じ入っ
ている」
「だったら、アコスタ殺害の罪で刑務所送りにすれば
いい」カラムは言った。
「殺人の容疑で逮捕できるかもわからない。殺害後の
現場にいた容疑しかない。あんたは歯と弾丸を手に入
れたが、凶器の銃がいまごろ川底に沈んでいるのはわ
かっているはずだ」
オコンネルは自分の胸に指を当てた。
「おれはあのくそ野郎どもにすべての罪を負わせたい。

殺人も、ゆすりも、麻薬も、威力脅迫行為も。あいつらをそのすべてで逮捕できれば——全容を明らかにできれば——RICO法違反で立件できる。RICO法違反で立件できれば、中国人どもをしょっ引ける。共犯だとして起訴し、マスコミの前で全世界向けに盛大なショーをやれる」

カラムは笑い声をあげた。それは頭のおかしな男の忍び笑いのように聞こえた。

「そのあいだに」と言う。「潜入捜査官は死に、返送先もわからない。おれの死体をどこに送るつもりだ？　香港？　ベルファスト？」

自分の台詞《せりふ》に真実味があったせいで、肩甲骨のあいだに寒気が走った。オコンネルの確固たる自己認識がうらやましかった。アイルランド人としての。ニューヨーカーとしての。正真正銘の警察官としての。窓の外を見た。ホームレスの女がぼろ切れの詰まったショッピングカートを押し、安酒場の前に立って紙袋に包んだ瓶の中身を飲んでいる若者のそばを通り過ぎていく。

「酒が飲みたいな」と言った。通りを見つめたまま。

カール・シュルツ・パークの脇を歩いていたひと組の男女が、身をかがめて木々のあいだを抜け、中にはいってきた。起伏のある芝生や、舗装された歩道や、石造りの構造物を街の明かりが照らしているが、夜は人けがない。

「まるでカナダだな」男のほうが言った。ふたりは腕を組んで、イースト・エンド・アヴェニューを南へ歩きつづけた。ハーレムから離れていく。

カラムはビールをひと口飲んだ。缶を包む紙袋が、静かな公園の中でガサガサと音を立てる。アッパー・イースト・サイドのヨークヴィルの端にあるここまでは、街がざわめく低いホワイトノイズがほとんど聞こえてこない。隣の芝生にマイク・オコンネルがすわり、スナップルの瓶から中身を少しずつ飲んでいる。イースト川の上では、トライボロー橋に沿って光が連なり、木の枝越しにそれが揺らめいている。何週間か前、ウィリーとＪＪをトラックに乗せてあの橋を渡ったことを思い返した。キャブでヘロインを吸引したあのふたりを叱りつけたことも。

オコンネルが草の上に散らばったビールの空《あ》き缶五本と、カラムが持っているもう一本に目をやった。

「早くあんたをヴィレッジまで送り届けないとな。どこにいるのかとパディ・ドゥーランが怪しみはじめるかもしれない」

「まさにこんなことをしていると思うはずだ」カラムは缶を掲げた。「どうせどこかで飲んだくれているのだろう、とな。請け合うが、寝ずに待っていたりはしないさ」

カラムはビールを飲み干し、〈モートン・ウィリアムズ〉のレジ袋から新しい缶を出した。オコンネルがそれを手に取って紙袋に入れ、空き缶を集めた。カラムはこの警察官が片づけをするのを眺めながら、新しいラバットのプルタブを引っ張った。

「この街は大好きだ」カラムは言った。

「ビールを何本飲んだんだ？」

「まじめに言っている。ここではだれにでもなれる。日ごとにちがう人物になれる」

オコンネルはスナップルをひと口飲んだ。「だれだって日ごとにちがう人物になっているのでは？」

カラムは隣の芝生に置いた煙草の箱から一本抜きとった。

「だが、ここは人種のるつぼだろう？　それがでためであるのはわかっているさ。それぞれの人種が集まる地区があるからな。スパニッシュ・ハーレムとか、チャイナタウンとか、リトル・イタリーとか、ブライトン・ビーチとか。それでも、ほとんどの人は移民やら何やらをしたあと、長い年月が経つうちにたぶん三つか四つの血統が混じっている」

「何やら？　何やらとはなんのことだ？」

　カラムは煙草に火をつけた。オコンネルのほうに流れないように注意して煙を吐く。

「あんたはどうなんだ？」オコンネルは言った。「あんたの血統は？」

「おれのファイルを読んだはずだ。おれは雑種だよ。母方はイギリス人のプロテスタント。父はアイルランド系アメリカ人でカトリック。ベルファストではよくある組み合わせだ。祖父はイタリア系アメリカ人で、第二次世界大戦中にレンジャー部隊の一員としてベルファストに来た。そして地元の女性と出会い、ボストンに連れ帰った。ふたりは結婚し、父が生まれた。父は若いころにベルファストを見物するためにアイルランドに戻り、クイーンズ県の学生だった母と恋に落ちた。おれはそこで生まれた」

「それなら、あんたはイギリス人なのか？　アイルランド人なのか？　いまはアメリカ人なのか？」

「おれはアイルランド人だ。北アイルランド人と言ってもいい。好きに呼んでくれ。だが、どうしてもうまくなじめない。アイルランドで王立アルスター警察隊に勤めていたころ、同じ署のある男から――友人だったんだが――よく傷物呼ばわりされた。傷物のアイルランド人と。笑い飛ばしていたが、少し腹も立った。しばらくして、その友人はスナイパーに射殺された」

「それは災難だったな」オコンネルはカラムを見た。街の明かりに照らされたその目は、大きくて澄んでいる。

　カラムは言った。「おれはどうしたと思う？　逃げたんだよ。葬式に行って、半年も酒浸りで、仕事でへまをやった。自分か若い同僚が死ぬところだった。ひどい目に遭ったのに、だれも支えてくれず、ブッシュミルズと時間だけが頼りだった。そんなとき、テレビで香港のニュースを観て、これが逃げ道になると思った」煙草を吸う。「それで逃げた」

申請手続きを思い返した。車爆弾や迫撃砲や弾丸によって短い一生を終えるだけの時間はまだ充分にあると思いながら、王立アルスター警察隊を辞めるまであと何日かを数えた。東洋に飛び立つ前日は、ロンドンの友人宅に泊めてもらった。そして朝、ヒースロー空港に向かう前はひとりで過ごし、部屋の中を歩きまわりながらひとりごとをつぶやいた。選択肢を比較検討するうちに、心が冷え、体が空っぽになっていった――孤独感が募って。それでも、何かに背中を押されて空港までの列車に乗り、出国審査を抜け、飛行機に乗った。

地下室でアコスタと戦ったときも同じ孤独感を覚えたが、それは蒸留酒のようにもっと強烈だった。シャワー室でアコスタを切り刻んだときも。

オコンネルは言った。「それで、香港は逃げ道になったのか？」


カラムは川の向こうのクイーンズを眺めたが、心はスタンリー・バンブー・チャオが窒息死するのを眺めていた湾仔《ワンチャイ》の部屋に戻っていた。若い娼婦はカラムを見つめ、カラムは龍頭が血管をヘロインに焼かれ、極度の苦痛に襲われるのを見つめていた。少女を部屋から連れ出すときは何も感じなかったが、いろいろなことを考えた。チャオの甥の顎を砕いたこと。十四K相手のギャンブルで負けがこみ、その甥に借金をしていたこと。自分の弱さと愚かさゆえに怒りに呑みこまれ、三合会の若い構成員であるその甥に盾突いたこと。香港警察の警察官を金で手なずけるために、チャオがカラムの借金を肩代わりしたこと。あの老人が湾仔の売春宿で息を引きとってくれなければ、その週のうちに情報を直接流しはじめるところだったこと。

手袋をはめて龍頭のジャケットからアドレス帳と手帳を抜きとったときも、考えた。いま、自分のギャンブルや、借金や、十四Kとのつながりを示す唯一の証拠を、三合会の龍頭の死体から入手したこと。老人は昔かたぎだった。ビジネスをじきじきに管理していた。紙の記録は、カラムが制服のポケットにしまった二冊がすべてだった。十四Kは真相に気づくだろう——甥や、トニー・ラウや、ほかの何人かは。しかし、証拠はカラムのチュニックのポケットの中で、あとは燃やすだけだった。部屋から忍び出ると、娼婦が廊下ですすり泣いていた。救急車を呼ぶさいは、その嗚咽《おえつ》に負けじと声を張りあげなければならなかった。

いまやあの甥もチャオと同じくジャンキーとして死に、トニー・ラウは何千マイルも離れたところにいる。

マイク・オコンネルを見つめ、すべてを打ち明けたらなんと言うだろうと思った。ミルバンが知ったらどうするだろう。

ビールをもうひと口飲んだ。

「香港はディズニーランドだった」と言う。「現実らしくなかった。白人の警察官の一団が中国で中国人の警官隊を指揮しているのだから」

「あんたの相棒のミルバンのように？」

「ミルバンはましなほうだよ。正直に言えば、最高の上司のひとりだ。ことばをいくらかでも学び、中国人警官を高く評価し、敬意を払っている。ボビー・ホーのために時間を惜しまない」

オコンネルは言った。「ミルバンはあのどもってばかりのやつ以来、おれが見た中でいちばんイギリス人らしい男だ。あいつの名前はなんだった？ヒュー・グラントか」

カラムは聞いていなかった。祖国を捨てて香港にいたころの日々にまた戻っていた。

「異常な世界だった」と言う。「バーの女たち、深酒、ないに等しい責任。善人だってたくさんいた。だが、あのころは望めば下劣な本能に身を委ねることもできた」

煙草を吸った。オコンネルはカラムから目をそらさずにいる。

「おれはアイリーンに出会った。そしてタラという女の子をもうけた。すると突然、すべてが現実に戻った。神がパンケーキよろしく世界をひっくり返したかのようだった。すべて同じに見えるのに、自分がふたりになったかのようだった。夜、家に帰ると、自分の半身が自分の腕の中で眠るわけだ。あんたも子供がいるならわかるはずだ」

「ああ、言いたいことはわかる」

「あんたは家族のために正しいことをしたいと思っている。家族にできるかぎりのことをしてやりたいと思い、無理をしているんだろう？　警官の給料は……まあ、わかるよな」

「そこは完全に理解できる」オコンネルは言った。穏やかな低い声で。

ヘリコプターがクイーンズの岸に沿って川の上を飛び、機首の赤いライトが点滅している。カラムが空き缶を投げ捨てると、それは公園の暗がりの中に消え、芝生の右のほうにある舗装面に落ちて軽やかな音を立てた。

オコンネルは首を横に振った。

「それだけで逮捕できるぞ。割れ窓理論に基づく取り締まりというやつで。あそこの邸宅に住んでいる男のおかげだ」

公園の北端の近くの、ルドルフ・ジュリアーニ市長の官邸であるグレイシー・マンションが建つあたりを親指で示す。

「おれは容疑者を登録するダウンタウンのセントラル・ブッキングで残業手当を稼ぐことになる」オコンネルは言った。「あんたは拘置所のザ・トゥームズで何時間が過ごすことになる。ウォルシュとその手下からいっそう信用されるかもしれないな」

カラムは新しい缶のプルタブを引っ張った。

「つまりここに来れば、市長の芝生で小便ができるのか？」

「小便をしたいのなら、木陰でやれ。最悪なのは、通りかかった警官に見つかることだ。おれはいろいろと説明することになり、にわかに第二十三分署はアイルランド人の阿呆がNYPDの知恵者と会っていたという噂で持ちきりになる」

「あんたの顔は潰さないさ」カラムは言った。ビールをひと口飲む。ひどくまずくなりはじめている。「市長はどれだけの権力があるんだ？」

オコンネルは肩をすくめた。

「この街のボスだと言っていいだろうな。もしここが世界で最大の、最高の街なら、ジュリアーニは世界で最も重要な市長になるだろう。だが、現実を見れば、ニューヨークはうんざりするような街だ。おれなら責任を負いたくないね」

「ジュリアーニはチャイナタウンの市長でもあるのか？」

「サミー・オングがチャイナタウンの市長だと言いたいのか？」

「香港には総督がいる。いまはパッテンという男だ。だが、尖沙咀《ツィムサーツイ》や旺角《ウォンコッ》や元朗《ユンロン》ではなんの力もない。三合会の大物たちがいるからな。龍頭たちのことだが」

「老バンブー・チャオのような？」

カラムは新しい煙草に火をつけた。東を見ながら話し、女王に進講するかのように煙草を宙に突き出した。

「スタンリー・バンブー・チャオ。なぜあの老いぼれに竹《バンブー》というあだ名がつけられたと思う？ 竹の棒で殴られたことはあるか？ とてつもなく痛い」ビールを長々と飲む。「あいつは三合会の犯罪全般を仕切っていた。みかじめ料、麻薬、売春、密輸、盗品。あいつの組織は貧しい地区の路上で女の子をさらっていた。そして計画的にレイプし、それを商品の刻印と呼んでいた。信じられるか？」

オコンネルは暗い目になり、暗がりで上体を後ろに傾けた。

カラムは鼻をすすり、ビールをもうひと口飲んだ。

「どんな女の子でも世界が終わったように感じるだろうが、中国人にとってはレイプされるのは恥だ――想像できないだろうが。そこで三合会は女たちを無理やり娼婦として働かせる。売春宿に売り飛ばし、その代金は女の借金になる。女は借金を返さなければならないが、稼ぎの一〇パーセントしか返済にまわせない。完済するには少なくとも十年はかかる――十年間も体を売りつづける生活が、ティーンエイジャーの女の子にどんな影響を与えるか、理解できるか？」

空気が冷たくなっていて、オコンネルは体をまるめてコートにくるまった。カラムは缶を空中で振り、ビールがこぼれた。

「男の子も同じだ。弱い子なら三合会は東南アジアやヤクザに売り飛ばす。強い子なら入会させる。オコンネル、あんたに訊くが、売春宿をガサ入れして、震える十三歳の子供を毛布でくるんでやったあと、どうして家に帰って幼い娘と人形遊びやティーパーティーごっこができる？」

オコンネルは言った。「わからない」

とまどい、気まずそうに暗い芝生を見つめている。

カラムは泣いていた。

「結局は」目を拭《ぬぐ》い、煙草を指にはさんだまま、カラムは言った。「ベルファストで爆破に巻きこまれた子供の遺体を掘り出すのと何も変わらない。罪なき者への冒瀆《ぼうとく》だ」苦々しげに大声で笑う。「言いえて妙だな。ビールをしこたま飲んだにしては」

背後の通りでだれかが叫び、甲高いサイレンの音が悲嘆に暮れる母親の泣き叫ぶ声のようにハーレムから響いてくる。

「もう行くぞ」オコンネルは言った。「ドゥーランのアパートメントに戻ってひと眠りして酔いを覚ませ」

カラムは首をめぐらし、ニューヨークの警察官を見た。街の明かりを受けたカラムの目が腫《は》れ、頰に涙のあとが光っている。いつの間にか煙草を落としていた。眉根を寄せ、ゆっくりとことばを紡《つむ》いだ。自分の言いたいことをなんとしても伝えたくて。あるいは、オコンネルは理解してくれないと思ったのかもしれない。

「おれはただ、いいことをしたいんだよ、マイク」と言った。「自分が幼い娘にふさわしい父親だと思えるようなことを。アイリーンに自分の価値を証明できるようなことを」

オコンネルは立ちあがった。カラムはその肩をつかんだ。

「ウォルシュとその手下をつかまえるぞ。それから、中国人も。暴力はもうたくさんだ。麻薬も。子供の売り買いも。まとめてつかまえるぞ、マイク。NYPDの標語のように」

垂れた洟《はな》を拭った。

「死に至るまで忠誠を尽くして」

16

ジョージー・ルイースは手帳に目を通した。バークは現在も任務中だが、ジャンキーのたまり場で危うく難を逃れて以来、盗聴器やテープレコーダーを身に着けるのを露骨に拒否している。マッティラとオコンネルもそれを受け入れた。バークはオコンネルに会って最新情報を伝えつつ、必要に応じて連絡を入れ、マッティラが潜入捜査報告書を書きあげることになっている。これだと、カラム・バークのことばに大きく頼ることになるが、刑事司法制度で警察官の証言はいまも重みがある。いまのところは、と言うべきか。

ルイースはガリンスキーとともに定期的にバークを見張っている。何週間もバークに付きまとい、何ページもメモをとった。バークの正体がばれそうになったことといえば、せいぜいバーでの喧嘩《けんか》を止めたことぐらいだし、あきれたことといえば、バークの顔の切り傷が喧嘩の結果かもしれないことぐらいだ。

　自分がバークの立場だったら、人前での行動のほとんどをだれかに観察されている証拠を見たくはないだろう。潜入経験を持つ警察官と話したことはあるから、そういう生活が疑心暗鬼をもたらすことは知っている。それに、この仕事にはのぞき魔のような面があるせいで、自分が少し汚れたように感じるときがある。

　夜になると、バークはしょっちゅうパディ・ドゥーランと連れ立って、グリニッジ・ヴィレッジやタイムズ・スクエアやアッパー・ウェスト・サイドのバーに飲みにいく。バークがドゥーランといっしょにみかじめ料を取り立てるために訪れた店のリストは作ってある。ふたりは店にはいると、中で五分から十五分ほど過ごし、笑顔で出てくる。店から出るときに、ドゥーランがポケットに封筒を滑りこませるときもある。店はデリや食料雑貨店やコインランドリーや煙草屋だ。その大半はウェスト・サイドの八番アヴェニューとハドソン川のあいだの、ミッドタウン寄りにあるが、ほかにも点在している。西七十九番ストリートの地下鉄駅の近くのコンビニエンスストアや、西七十番ストリートのピザ屋や、西九十六番ストリートとブロードウェイの角にある褐色砂岩の大きな建物だ。ここには、ドゥーランの恋人が働くSMクラブがある——恋人ことナース・レーヴィンは、射殺されたソル・グランディがその夜に会いにいった女だ。

　メモを走り書きしていないとき、手帳はポケットの中にしまってあるし、書いているときは、ガリンスキーから見えないように手帳を傾けている——観察結果を油断なく守っているわけだ。無関係の細かいことまで記録してある。カラム・バークが痩せたとか、ストレスを感じているように見えるとか、怒っている様子だとか、疲れきっている様子だとか。ときどき、バークは仕事仲間に怒鳴り、つづけざまにコーヒーを飲んでいる。喫煙量も増えた。運送の仕事でマンハッタン以外の行政区にある保管施設に行ったときが、最悪の状態に見える。

　肩入れしすぎだとはわかっている。

　ガリンスキーが笑うのが想像できる――〝おいおい、あいつのママにでもなったつもりか？〟。

　けれども、地方検事がこの事件を法廷に持ちこみ、バークの証言を使うことになったら、当人の心理や感情の状態はきわめて重要になる。それに、カラム・バークの状況の孤独さを深く理解できているとは言えない。家からも、愛する人からもこれほど遠く離れ、あのけだものたちにひとり囲まれているというのは想像もできない。ウォルシュ、マリガン、ドゥーランのことだ。

　ある名前が頭に浮かんだ。ジョセフ・〝ジョー〟・ペトロジーノ。ニューヨーク市警《NYPD》でただひとりの、外国で職務中に殺害された警察官だ。一九〇九年、シチリア・マフィアの捜査中に、パレルモで射殺された。バークが不気味な抜き打ちテストの答にならないように神に祈った――〝香港警察でただひとりの、アメリカで殺害された警察官は？〟。

　ＢＯＪファッションスタジオはソーホーにあるしゃれた会社だ――内壁は剝がされて煉瓦があらわになり、床は何も敷かれてなく、四百ドルのジーンズとＴシャツを着たきざ男がいた。マイク・オコンネルには、その服がリーバイスや〈ターゲット〉で売っているトップスとまったく同じに見えた。

「それで、ここは比較的新しいスタジオなのかね？」ジェームズ・ミルバンが男に尋ねた。

「比較的新しいですね」きざ男は言った。エミールという名の痩せ細った三十歳の男で、伊達眼鏡を見せびらかし、量の少ない黒髪を肩まで伸ばしている。声は大きく、鼻にかかっていて甲高い。

エミールは手を打ち鳴らし、ミルバンに向かって恭《うやうや》しく頭をさげた。「こんなことはしょっちゅう言われていると思うんですが、すてきな訛りですね。ロンドンで六カ月働いていたんですが、とても楽しかったんですよ」

「それは光栄だ」

一同はロビーの脇にある小さなオフィスですわっていた。エミールの机の後ろにある壁は煉瓦がむき出しで、BOJガーメンツのロゴがこれ見よがしに飾られている。残りの壁のうち、二面はコンクリート製で、廊下に面した一面はガラス張りだ。衣料品のデザインと製造はここではなく、ソーホーの南のどこかにある広いスペースでおこなわれているのだろう。

「ええ、おっしゃるとおりです」エミールは言った。「ぼくたちは新顔です。ガーメント・ディストリクトではなく、ここで開業したのはそれが理由のひとつなんですよ。競合店はいつもスパイし合って、スタッフをヘッドハンティングしていますから。野蛮なものです」

「原始時代並みなのだろうな」

「ここでさえ、最も優秀なスタッフを先月引き抜かれました。ケヴィン・ズークという男です。ある日、出勤したと思ったら、五時には辞めると言いだしまして」

「転職先は？」

「教えてくれませんでしたが、見当はつきます。最近はダ《D》ナ・キ《K》ャラン・ニ《N》ューヨ《Y》ークが盛んに販促活動をおこなっていて、湯水のように金を使っているんです。広告板が至るところにありますよ」

「ここだって安くはないはずだ」オコンネルは室内を見まわしながら言った。

「ええ、でもハウストン・ストリートから遠く、キャナル・ストリートに近いので、賃料が少し割り引かれているんです」

「うかがいますが」ホーが言った。「衣料品のデザインと製造をおこなっているんですよね？」

「そのとおりです」エミールは言った。「動物や植物や合成の繊維を使い、デザインから製造までおこなっています」

オコンネルは言った。「開業して何ヵ月か経っているな。なぜ電話番号を変えなかった？」

「前のテナントは一年以上前に退去したんですが、ビルのオーナーがここの番号をそのまま残したんですよ。ぼくらとしては、はじめから番号があったほうが開業しやすくて」

「ビルのオーナーが番号をそのまま残すのは奇妙だと思わないか？」

「そうかもしれませんが、どうですかね。でも、それがセールスポイントだったので」

「前のテナント宛に連絡は一度もないのか？」

「いま申しあげたとおり、前のテナントは一年以上前に退居しています。何ヵ月も営業していなかったと思いますよ。だから問題にはなっていません。こちらとしては、このままやっていくことになるでしょうね。あのう」エミールは身を寄せ、声を落とした。「あなたたちは警察のかたなんですよね。ここで殺人事件でもあったんですか？」

オコンネルは言った。「まだないな」

ミルバンが言った。「この会社や所番地だけを調べているわけではないのだよ。このブロックのほかの物件が建築基準法違反の疑いで捜査されている。違反者を起訴することになったら、比較して違法行為の論拠とするために、同じ通りにあるほかの物件やテナントからも話を聞く必要があるだけだ。あなたに供述やそれ以上の行動を求めることはない。証言の裏づけが必要なのだよ――われわれが確信するために」

トライベッカのワインバーで犯罪実録を語る夢が泡と消え、エミールは落胆している。オコンネルは片方の眉を吊りあげ、〝嘘つきめ〟という目つきでミルバンを見た。

「念のために言っておくが」ミルバンは言った。「この会話は、あなたと法執行機関のわれわれ三人とのあいだだけにとどめなければならない。この部屋で話したことを口外したら、あなたはニューヨーク州の守秘義務法に背《そむ》いたとして、逮捕、起訴される可能性がある」

オコンネルはミルバンの警察官らしいはったりを聞いて、椅子の上で身じろぎした。

エミールの表情が明るくなった。もっと低俗で好奇心をそそられる話だったからだろう。

「わかりました」エミールは言った。

ミルバンはうなずいて言った。「ビルのオーナーの名前はなんだったかな？」

「トゥー・シックス・スリー・ホールディングズです」

「賃料はどうやって払っている？」

「BOJガーメンツはオーナーの法人口座に振りこんでいます。ちょっと待ってください、銀行名を思い出すので」

エミールは眼鏡をはずし、こめかみを挟むように親指と人差し指を当てた。

「経理のデニースなら知っているんですが」と言う。「いや、待ってください、思い出しました。ユナイテッド・オリエンタル銀行です。刑事さんのおかげで思い出しましたよ」ボビー・ホーに微笑みかけた。が、すぐに笑みは消えて怯《おび》えた表情になった。

「しまった」と言う。「いまのは人種差別でしたか？　い、い、いや、オリエンタルというのは。すみません！」

「気にしないでください」ホーは言った。「ユナイテッド・オリエンタル銀行というのは確かなんですか？」

「まちがいありません。重要なことなんですか？」

「全然重要じゃない」オコンネルは言った。

「もうひとつ聞かせてください」ホーは言った。「動物や、植物や、合成の繊維を扱っていると言っていましたね。リストを見せてもらえますか」

エミールは目を険《けわ》しくした。「火災の危険があるという話ですか？」と言う。

「ただの職業上の好奇心ですよ」ホーは言った。「兄が香港で仕立屋をやっていましてね。兄もさまざまな生地を扱っているもので」

ミルバンは不安げにホーを一瞥《いちべつ》した。この中国人警察官の兄弟が三人とも空港に勤めているのを知っていたからだ。税関と航空管制と警備でひとりずつ働いている。

「もちろん、かまいませんが」エミールは言った。

「ちょっと待ってください。でも、ありふれたものばかりですよ。コットンや、シルクや、麻や、ウールや、革です。社内で革製品も扱っていまして」

オコンネルは言った。「なるほど。それがどうかしたか？」

「革製品を作るためには、まず革を柔らかくしなければならないときがあるんです。仕入れ先によっては、ひどくごわついて見えるときがありまして。加脂剤を使って、油を塗り直すわけです。プルアップレザーにも使うときがあります。水をはじいたり、表面につやを出したりするために」

ボビー・ホーは身を乗り出した。

そして言った。「その油には何が含まれているんですか？」

「加脂剤ですか？　原料は魚油やワニ油や豚の脂肪などの油です。パーム油やココナッツオイルや蜜蠟《みつろう》が使われるときもありますね」

「アルコールも？」

「ここの製品には使っていません。加脂剤《ファット・リカー》という名前ですし、脂肪《ファッティ》アルコールのような合成原料を使っているブランドもあるのですが、ここでは天然物しか使っていません」

「感心だな」ミルバンが言った。

「ええ、まあ」エミールは言った。「リストを持ってきます」

「協力に感謝する」

エミールはドアから出て、廊下を歩いていった。

オコンネルは言った。「加脂剤か」

「皮をなめすときに使う」ミルバンは言った。「剥製師ならそういう作業の知識をそれなりに持っているかもしれない」

「たとえば、香港の路面電車で死んだ男なら」

「デイヴィッド・チョウですね」ホーが言った。

三人は無言ですわったまま、おのおのが事実をひとつひとつ確認し、考えられるつながりを探っていた。

三合会《トライアド》が所有するフェニックス・インヴェストメンツと、トゥー・シックス・スリー・ホールディングズを結ぶ線があり、さらにこのオーナーとBOJガーメンツを結ぶ線がある。このファッションスタジオはソーホーにあるが、キャナル・ストリートに近く、チャイナタウンのちょうど端に位置している。

加脂剤か、とオコンネルは思った。まさかそう来るとは思わなかった。警察官でいると、サンディ・コーファックスが投げたよりも多くのくせ球に出くわすのはまちがいない。ジェームズ・ミルバンとボビー・ホーの目が輝いている。悪党どもに何歩か近づけたかもしれなくて、喜んでいる目だ。

「香港のあんたの管轄を経由して密輸されるヘロインは何度も見たことがあるんだろう？」

「ああ」ミルバンは言った。「包まれて魚やコーヒーの荷の中に隠されていた。牛の糞の中に隠されていたときもあった」

「ベビーパウダーに混ぜこまれていたときもありました」ホーは言った。「米に混ぜこまれていたときも」

「アルコールに溶かして瓶詰めしたヘロインを見たことがある」オコンネルは言った。

　ホーは言った。「ええ、ヘロインは溶けやすいので」

　ミルバンは言った。「そしてあとから抽出できる」

　よし、とオコンネルは思った。真相に近づいている。試しに言ってみた。

「この加脂剤にもヘロインが溶けるとしたら？　加脂剤の主原料は油だ。それが難題になるか？」

「たやすくはないだろう」ミルバンは言った。「しかし、母がいつも言っていたが、たやすくできたら価値はない。油だけでなく、酸や水も含まれているにちがいない」

「だったら、だれかが方法を考え出したとしてみよう。どうなる？」

「酒から抽出できるのなら」ホーは言った。「加脂剤からもおそらく抽出できるでしょう」

「消えたケヴィン・ズークが皮なめし職人で、それをやっていたのかもしれない」ミルバンは言った。「つまり、ニューヨークの路上で売るために、皮なめし用の薬剤としてここに運ばれ、抽出されるわけだ」

　三人はふたたび無言ですわったまま、この可能性と、固まりつつある仮説に対する反論を熟考した。

「マッティラに伝えるべきだな」オコンネルは言った。「麻薬取締局《DEA》には、この件で意見を訊ける化学者がいるはずだ。ビルのオーナーであるトゥー・シックス・スリー・ホールディングズも調べたほうがいい。ユナイテッド・オリエンタル銀行に口座を持っているし、この銀行は——おれたちの読みでは——三合会十四Kがひいきにしている」

　ホーは言った。「この会社もなんらかの違法行為に関与していると思います？」

「BOJガーメンツが？　ここでおれが見た唯一の犯罪は、ロビーの見本に付けられた値札だな。調べてもかまわないが」

「そうだな」ミルバンは言った。「ケヴィン・ズークという男が先月辞めた話は引っかかる」

「確かに」オコンネルは言った。「だが、おれの推理を言おうか？　エミールのコロンに耐えられなくなったのさ」

ジェームズ・ミルバンは苦笑した。

ボビー・ホーは笑い声をあげた。

カラムはニューワールド運送の事務所で不機嫌そうなジミー・マリガンからポケットベルを受けとり、朝食のサンドイッチをつまんだ。JJとウィリー・シモンズはメサドンを飲んでなく、気付けにモルトリカーのカントリークラブを一クォートずつ買っていた。おかげでカラムの脳裏にディラン・アコスタとの戦いがフラッシュバックした。ふたりが安酒をつまらなそうに黙々と飲むのを、カラムは眺めた。仕事仲間が噂していたが、JJは女に家から追い出されたらしい。

仕事はジャクソン・ハイツでの運び出しだ。メトロに勤めるピーター・カーソンという男が、ウォルシュの胴元から借金を重ねた。それで家具をハンターズ・ポイントの保管施設に運ぶことになっている。保管はおそらく、ドレッサーやチェストのどこかに麻薬が隠されていることを意味する。だから保管はカラムにとって苛立ちの種を意味する。

保管施設に行き、カーソンの世俗の財産を巨大な鋼鉄製のロッカーに運びこんだ。どれに麻薬が隠されているのだろうとカラムは思った。そのとき、ポケットベルが鳴った。

「くそ！」

最後の仕事はひとりでやるバニラだ——ヘロインと関係がない運送をドゥーランはこう呼んでいる。依頼主はウッドサイドの夫婦。ウォルシュの縄張りだ。いまの戸建てから数ブロック離れたアパートメントに引っ越すためにトラックを借りたのだが、荷積みと新居での荷おろしを手伝ってもらいたいらしい。

面倒な！　依頼主は自前でトラックを用意している。それなら、ニューワールド運送のトラックを西五十番ストリートに戻してから、七系統の地下鉄でクイーンズまで引き返さなければならない。

四十分後、七系統の列車はイースト川のクイーンズ側の地上をのろくさと走り、シルバーカップ・スタジオの看板の脇を通り過ぎた。川の向こうにマンハッタンのでたらめな棒グラフのような輪郭が空に浮かびあがっている。六十一番ストリート－ウッドサイド駅に着くころには、カラムの機嫌はその日の天気並みに悪くなっていた。目当ての家はピーター・カーソンの家とよく似ていた。夫婦は四十代後半で、カラムが家にはいったとたん、アイスティーを出してくれた。妻が家の中で忙しく働いているあいだに、夫とカラムはボックストラックに荷物を積み、世間話をした。夫のフィルはアイルランド系アメリカ人三世だが、妻のサマンサはサンフランシスコ出身のユダヤ人で、六十年代が終わるころにニューヨークに引っ越してきたらしい。ふたりにはラーダーというひとり娘がいて、この名前はヒンドゥー教の女神にちなんでサマンサが名づけた。アパートメントに引っ越すのは、ラーダーの大学の学費で三年前に貯金を使い果たしてしまい、金を節約するためだった。

カラムとフィルが家の中に戻ると、手伝うために裏口からはいっていたラーダーが、キッチンのカウンターに寄りかかってサマンサと話していた。ラーダーは二十七歳で、母親のカラメル色の肌と漆黒の髪を受け継いでいる。ホットパンツから伸びるその脚を見て、カラムは染みのついた作業用Tシャツと汚れたジーンズを着ている自分が恥ずかしくなった。ラーダーは笑みを浮かべ、サマンサはせかせかと動きまわって全員を狭いリビングルームに導いた。四人は床にすわってレモネードを飲み、手作りの小さなクッキーをつまんだ。カラムはアメリカの市民生活を描いた人気画家のノーマン・ロックウェルがイーゼルを立てていてもおかしくないと思い、窓に目をやった。それでも、満足していた。きょう一日の中でいちばん心が晴れている。ここまで晴れるのは数週間ぶりかもしれない。

ニューヨークにも満足していた。ラーダーを見つめ返していると、母親がそれに気づき、来週ブライアント・パークで白黒映画が無料で上映されるから、ふたりで行ってきたらどうかと提案した。作業が終わり、フィルとサマンサが最後の所持品を荷造りしているとき、カラムとラーダーは電話番号を交換した。

「楽しみ」ラーダーは言った。「映画は好き?」

「もちろん。ほんとうに連絡してくれるのかい」

「しないわ」ラーダーは言い、軽く笑みを浮かべて、リコリス菓子の色をした髪を翻《ひるがえ》した。「あなたがわたしに連絡するのよ。そうやって会いましょう」

カラムは親子の転居先を見て、悲しくなった。どこにでもあるような七階建てのアパートメントで、壁は薄いだけでなんの魅力もない。フィルとサマンサは慌ただしいが愛情にあふれたまともな生活を送ってきた善人なのに、娘を援助した報《むく》いは思い出の詰まった小さな家から出て、隣人の騒音が壁を震わせる無情な煉瓦の塊に移ることだった。フィンタン・ウォルシュやジミー・マリガンやパディ・ドゥーランは、フィルが何カ月もかけて掻き集める金よりも多くの金を一週間で稼いでいるのに。しかも、他人から搾りとり、働かせ、酒浸りにさせることで。

荷おろしは一時間で終わった。数えきれないほどの飛行機がラガーディア空港に着陸するために頭上を飛んでいった。作業が終わると、フィルとサマンサが巻いた二十ドル札の束をカラムの手のひらに押しつけた。

「いただけませんよ」カラムは言った。「食べ物と楽しい話だけで充分なチップです」

「とっておきなさい」フィルが言った。「この街はわが家も同然だが、野蛮な面も持っている。いつかこれが必要になるかもしれない」

「いえ、貯金がありますので。それでも、お気遣いいただいて感謝します」

サマンサが真剣な表情でカラムを見た。

「よく聞いて、クリスティ。いつかあなたも子供を大学に行かせることができて、わたしたちのように誇らしい気分になるかもしれない。そのためにはお金がかかるのよ。善意から差し伸べられた手を拒んだら、それが実現できるだけのお金は得られない。チップを受けとって、わたしたちの厚意をむだにしないで」

真剣な表情が和《やわ》らぎ、笑顔になる。

カラムは金を受けとった。タラのことを考えた。この件が片づいたら、娘の人生にもっと深く関わろうと誓った。アイリーンとも仲直りしよう。そうすれば人生はもっとましになる。

ラーダーが外まで送ってくれた。ふたりはアパートメントの前に立ち、ドウボーイ・プラザを眺めた。小さな台座の上に第一次世界大戦の兵士像が立ち、向かいの高い旗竿を見つめている。ボーイング747が轟音をあげながら頭上を飛んでいる。

「手伝ってもらえてよかった」ラーダーは言った。

「会えてよかった」

「ほんとうに？」

「ほんとうだ」

ラーダーは微笑んで言った。「じゃあ、またね」

アイリーンの顔が心に浮かんだが——何せ、まだ既婚者だ——カラムはいまここで自分の目の前に立っている女に何かを感じた。二度と感じることはないと思っていた、旅がはじまる予感のようなものを。簡潔で、強固で……純粋な何かを作りあげるチャンスを。馬鹿げているだろうか。そうかもしれない。ウォルシュやマリガンのせいで神経を逆撫でされているから、ラーダーにまた会うことがとても大切に思えるのかもしれない。

それに、そんなことをしたら、オコンネルとミルバンは激怒するはずだ。潜入任務の真っ最中に、民間人と付き合いはじめるわけにはいかない。だとしても、どんなふうに感じるのだろうと考えずにはいられない。ラーダーに体を寄せ、顔を近づけ、唇を軽く触れ合わせたら……。

ポケットベルが鳴っているのに気づくまで少しかかった。ラーダーはまだ微笑している。服を脱ぎ捨ててこの黒っぽいチョコレート色の目に飛びこんでしまいそうだ。

ポケットベルを無視した。

ラーダーがカラムの腕に手を当て、指先を袖に滑らせる。

「ようあんた、ピンクのシャツを持ってるか？」

カラムは言うべきことばを探した。ラーダーを笑わせ、つぎにつながる台詞《せりふ》を。困った顔で立っていると、ラーダーは一歩近づき、その笑みが大きくなった。少し顔を赤らめ、歩道に視線を落としている。

「ようあんた、ピンクのシャツだよ」

ラーダーはためらい、少しあとずさった。カラムは顔をしかめた。

「よう、そこのロミオ、ピンクのシャツだって言ってるだろ」

振り返ると、背後の角に痩せた白人の男が立っていた。だぶだぶのTシャツ、ぶかぶかのデニムの膝丈の半ズボン、ナイキのスニーカーという恰好だ。長い髪はクリスマスから洗っていないように見えるし、左腕には注射痕が点々と曲がりながら連なっている。

「いいか」カラムは言った。「だれと勘ちがいしているのかは知らないが、なんの話かわからない」

男は腕を掻いた。「わかってるはずだ。あの番号に電話したら転送されて、ウッドサイド・アヴェニューと五十六番ストリートの角に行くよう言われたんだよ。着いたら連絡しろ、シャツを持ってる男のポケットベルを鳴らすからってな。だから通りの向こうの電話ボックスから連絡したら、あんたのポケットベルが鳴るのが聞こえた」

「おれじゃない」

「まちがいなくあんただ。ポケットベルの音が聞こえた」

「いいから失せろ」

「頼むぜ、金ならあるし、すぐに使いたいんだ。ストローをくれよ」

カラムは男に近づき、声を荒らげた。「失せろ。さもないと、二度と歩けなくしてやる」

痩せた男は少しのあいだ、茫然と立ち尽くしていた。それから金切り声で言った。「ふざけやがって！ジミーに電話して、ぶちのめしてやるからな！おまえはジミーの商売とおれの貴重な時間をむだにしたんだぞ、くそったれ！」

カラムはラーダーのほうを振り返った。

ラーダーはいなくなっていた。

カラムは何をするべきかも、どこに行くべきかもわからず、少しのあいだ立ち尽くしていた。そして赤い霧に包まれた。

「くたばれ！」と言う。「おまえこそぶちのめしてやる、くそったれ！」

痩せた男はあとずさった。血走った目を大きく見開いている。

「おまえをぶちのめして、注射する腕をもぎ取ってやる！指の骨を一本残らず折ってやる！」

痩せた男は低い声で言った。「サツだ」

通りの向かいの、兵士像に通じる小道のそばに、パトロールカーが停まった。車内の制服警官ふたりがカラムと男を見つめている。助手席の警察官が車からおり、パトロールカーに寄りかかった。

「ああ」カラムは言った。「またあとでな」

男はうなずき、ウッドサイド・アヴェニューを歩いて逃げていった。

警察官たちはカラムを見つめたままだ。カラムは煉瓦造りのアパートメントに目をやり、エントランスのガラス戸の向こうからこちらを見ているラーダーに気づいた。体をこわばらせていて、その顔に浮かんだ表情が剃刀のように胸に突き刺さった。カラムは五十六番ストリートを西へ歩いた。ラーダーと二度と会うことがないのはまちがいなかった。

ニューヨーク市警《NYPD》　文字起こし（翻訳　ボビー・ホー巡査部長　王立香港警察隊《RHKPF》）

一九九五年六月十九日午前七時十五分に、ミッキー・チウ（協勝堂《ヒップシントン》）と未詳男性のあいだでおこなわれた通話の文字起こし

呼び出し音

未詳　もしもし。
チウ　ミッキーです。
未詳　大丈夫ですか？　声がおかしいですよ。
チウ　こちらはまだ早朝ですからね。そちらの家族の調子はどうですか。

未詳　上々です。父は自分の兄と会うのを楽しみにしていますよ。アメリカにいる伯父上はいつ来てくれるんです？

チウ　二、三カ月後でしょう。こちらで処理しなければならない仕事がたくさんあるので。エメラルドのネズミはかなりの投資でしたから、伯父は不安視しているんです。オーナーがスタッフを効率よく管理できていないのではと心配していまして。われわれのスタッフより信頼できないんですよ。

未詳　当然ですね。父も同じ懸念をいだいています。しかし、外国人労働者はそんなやからばかりだとはいえ、アメリカ人の顧客を知り、理解しているのも事実です。だから家族の友人を新しいレストランのオーナーと働かせているんですよ。彼らはすでに、新しいオーナーのほかの事業もいくつか視察していまして、このベンチャー事業におけるわれわれの利益を代表しています。したがって、あなたがたの利益も代表していますから。なんと言っても、われわれは家族ですから。とはいえ、伯父上が強い懸念を持っているのなら、もっと早くこちらへ来ることを考慮するべきでしょう。伯父上の不安を和《やわ》らげるため、協力できます。

チウ　話してみますが、伯父はとても賢明です。もっと若い会員が役割を引き継ぐまでは、こちらの一家は伯父の望みに従います。

未詳　当然です。

チウ　まもなく開業しますが、いつつぎの注文品を受けとれますか？　スタッフはここアメリカの客をもてなしたがっていますし、中国の食材はわれわれのセールスポイントです。アジア産は質がずっといいので。

未詳　父と話してみます。

チウ　お手間をとらせて申しわけないとお伝えくださ

い。

未詳　もちろんです。

チウ　従兄弟《いとこ》よ、もうひとつあります。われわれは新しい事業の賃料を懸念しています。チャイナタウンに大金が投資されていますよね。もちろん、これはこのコミュニティに大きな恩恵を与えるものです。しかしながら、この金の大半は香港から出資されています。われわれ協会としては、地元の企業が倒産に追いやられるのではないかと心配しているのです。この問題は伯父が父上と会ったときに話すはずですが、もし何か助言があれば、ぜひ教えていただきたい。理解してもらえると思いますが、われわれはチャイナタウンの全住民の幸福を守るという義務があるのです。

未詳　理解していますとも、従兄弟よ。このような慈悲深い組織が自分たちの利益のために骨を折ってくれて、チャイナタウンの人々は幸せですね。ご懸念は父に伝え、なんと言うか確かめておきましょう。

チウ　ありがとう、従兄弟よ。では。

未詳　では。

通話終了

17

カラムは言った。「マリガンのくそったれが」

パディは言った。「その阿呆を寄越したとき、マリガンはどうしておまえが外でその尻軽女といっしょにいるのを知ってたんだろうな」

「知らなかったはずだ。どこかのジャンキーを使っておれを苛々させたかっただけだ。それに、あの子は尻軽女じゃなかったぞ。いい子だった」

「いまは小娘と付き合ってる余裕なんてないだろうに」

そのとおりだ、とカラムは思ったが、それでも望みを絶たれたように感じていた。マリガンに機会を奪われたように。愚かだとわかっていても、恨みは忘れられない——おかげで仕事の意欲が湧いた。このくずどもを刑務所送りにする理由がもうひとつできた。

パディは微笑してから、ピザをかじった。調味料ラックにナプキンや粗挽きのチリペッパーとともに置いてあるガーリックパウダーで、どうしてパディがいつもペパロニを台無しにしてしまうのか、カラムにはわからなかった。

「あの能なしはおれを舐《な》めている」カラムは言った。

ソーセージのピザを食べながら。

「声を落とせ。ジミー・マリガンの悪口は言うな。わかったか？」

「なぜ？　あいつはつぎの教皇《きょうこう》にでもなるのか？」

「マリガンはフィンタンとは古なじみだ」

「あんただってそうだ」

「マリガンほどじゃない」パディは紙皿の縁にかじりついた。ピザが端から垂れている。「フィンタンはおれより年上だろう？　ジミー・マリガンはそのフィンタンより二、三歳上だ。子供のころは、ウェスティーズとつるんでやばいことをしてた。噂によると、ミッキー・フェザーストーンやジミー・クーナンに頼まれて、いくつかの死体の始末を手伝ったらしい。アパートメントで切り刻み、その一部を自転車で岸辺まで運んだそうだ。よりによって自転車でだぞ。それくらいの歳の子供がそんなことをしたら、どんな影響があると思う？」

「アコスタの死体をあんなふうにしたのも、そこからフィンタンが思いついたのか？」

「そうかもしれない。マリガンは〈デュエイン・リード〉で盗みを働いて逮捕され、ライカーズ刑務所に二年間ぶちこまれた。まだ十六歳だったのに、人殺しやサイコ野郎や売人やポン引きや変態といっしょにライカーズ島で過ごしたわけだ。ちょっと考えてみればわかるだろう、クリスティ。そんな地獄がつづいたら、結果はふたつしかない。自分の脳みそを吹き飛ばすか、自分の中で何かが目覚めるかのどちらかだ。何かが壊れるのかもしれない」

「あんたはマリガンが怖いのか？」カラムはピザを頬張りながら言った。

「そのとおりさ。おれはマリガンが怖いね。おれだって前科持ちだが、せいぜいバーでの喧嘩《けんか》でふたりの鼻を折った程度だ。フィンタンはそこまでおれを重んじてない。おれをそばに置いてるのは、おれがヘルズ・キッチンの出で、言われたことをやり、忠実だからだ」ドゥーランはペパロニのピザをかじった。

「あんたは頭もいいぞ」カラムは言った。「おれを引き入れたぐらいだからな」ナプキンをまるめ、ドゥーランの顔に投げつけた。

パディは笑った。「折った鼻のスコアボードで三点目をめざしてもらいたいのか？」

ふたりはピザを食べ、グレープソーダを飲みながら、ピザ屋の大きな板ガラスの窓の向こうに目を向け、角にいる建設労働者や、カウンターに注文しにくる女を眺めた。店はミッドタウンにあり、外では車が走り、ときどきクラクションの音が入口から流れこんでいる。夏の終わりの午後で、街の暑さは灼熱のかまどから蒸し暑い毛布程度にまで落ち着いている。まだ店主たちは店の前の歩道に水を撒いているし、立っている警察官たちは水色の半袖シャツ姿で、制帽で顔を扇ぎながら、ミラーサングラス越しに通行人を観察している。

カラムは言った。「ポケットベルのことをもう一度聞かせてくれ」

パディの説明によると、常連や、重度の麻薬中毒者や、ジャンキー仲間のためにまとめ買いをする客には、いくつかの電話番号を教えているらしい。番号はウェスト・サイドの無人のアパートメントに置かれた携帯電話のもので、かけると追跡できないように転送される。転送先の人物は客に所番地を教え――通りの角である場合が多い――売人のポケットベルを鳴らして、客が向かっていることを伝える。売人はヘロインを小分けにして持っているが、これはシャツと呼ばれ、ストローを一インチの長さに切りとって両端を熱溶着させたものだ。こうすれば口や袖の中に隠せるし、警察官を見かけたらすぐに捨てられる。捨てたらあとで回収するか、最悪の場合でもそのまま損失として処理すればいい。カラムに話しかけた痩せっぽちはピンクのシャツをほしがっていた。ピンク色のストローに小分けされたヘロインがほしかったわけだ。

「ジミー・マリガンがおまえに渡すポケットベルをまちがえただけだ」パディは言った。

「ジミー・マリガンはおれに渡すポケットベルをまちがえたと言っているだけだ」カラムは言った。

ジミー・マリガンやフィンタン・ウォルシュやその手下は、街角でまったく同じ方法で密売している三合会《トライアド》十四Kから、この手口を学んだのだろう。だとすれば、アイリッシュ・マフィアと香港の中国人犯罪組織は、実際のところどれくらい密接な関係にあるのかと気になった。

　回線がつながった音は、聖パトリック大聖堂のそばを走る消防車の音で掻き消されそうになった。

「もしもし《ウェイ》」

　ミッドタウンの喧噪《けんそう》の中では、その声はあまりに小さく、あまりにか弱かったから、受話器をすり抜けてことばを歩道に撒き散らすのではないかと思った。

「やあ、ダーリン」カラムは言った。

タラ・バークは言った。「ハイ、パパ」

娘の声に喜びを聞きとり、カラムは胸が躍った。

「あたし、劇に出たのよ、パパ」

「ほんとうか？　すごいな。どんな劇だい」

「春の劇。学校でやったの」

「春の劇？　びっくりだ！　劇でどんな役を演じたのかな？」

「お花の役」

　何かの衣装を着て舞台に立ち、きれいで、恥ずかしそうで、かわいらしくて、誇らしげな娘の姿を思い浮かべた。

　もう少し話すうちに、タラとアイリーンと暮らしていたころ、家庭生活に無関心だった自分を殴りそうになった。あのころは家で娘と過ごし、妻と寝ながらも、頭と心は通りをさまよい、証拠や容疑者を検討したり、つぎの勤務がはじまってまた現場で悪人を追いかけるのを心待ちにしたりしていた。そして、借金に悩まされて横になっても眠れず、もう一度だけ大金を賭けて――大儲けして――清算しようと誓ったりしていた。

　いまなら、家で穏やかに過ごす時間が人生の現実なのだとわかっている。つまり、部屋から部屋に移動しながら声を張りあげ、タラをなだめすかして支度させ、きょうの予定をアイリーンと話し合い、家族で朝食を食べながら笑い、キスを交わして、手を振って別れる慌ただしい朝こそがそうなのだとわかっている。そんな別れは、夜にはまた会うという約束でもある。

　今夜は、パディ・ドゥーランとトリニティと飲むことになっているが、朝に目覚めたときには、自分が父親として絶対になりたくないと誓ったような男になりさがっていると感じることだろう。

　電話から聞こえるタラのことばのひとつひとつを胸に刻み、間や抑揚のひとつひとつに意味を汲みとった。タラはクリーヴランドで暮らしているせいで、アメリカ訛りを覚えつつある。いまでも父親がいなくて寂しいと思ってくれているだろうか。いまでも娘のささやかな幼い生活で不可欠な部分を占められているだろうか。いまでも愛してくれているだろうか。そのとき、タラの母親の声が交じった。タラが懇願し、認める声が聞こえる――〝パパから〟。

「電話をかけるなら、わたしに言ってくれないと」アイリーンの声は平板だ。ごくわずかなきっかけで、金切り声付きの激怒になりそうに感じられる。懸命に自制しているように。「この前電話をもらってから、ゆうにひと月以上経つのよ。タラはずっと心配している。寂しがっている」

　カラムは言った。「すまない。最近は……おれも手一杯で――ここのところ、生活が手一杯なんだ。ただ……タラの声を聞きたかっただけだ。きみの声も」

「大丈夫？　声が変よ」

　胸のうちに切ない希望の光が灯《とも》るのを感じた。アイリーンの声には、久しく聞いていなかった何かが含まれている。

　カラムは言った。「ああ、寂しいだけだよ。きみたちに会いたい」思いきって言う。「家に戻りたい」

　回線が沈黙する。背後で街がざわめいている。

　聖パトリック大聖堂の向かいで、バスに接触されそうになった自転車便の男が怒鳴っている。

　電話を替わったタラの声はささやき声に近かった。

「バイバイ。パパ」

「バイ、ダーリン」カラムは言い、急いで伝えた。「愛しているよ、タラ」

「あたしも愛し――」

回線は切れた。

〈ウェットランズ・バー〉で飲んだが、週末にセントラルパークにたむろしている、観光地で目立ちたがるヒッピーたちが店にはいってきて歌いはじめたので、退散した。四人でハドソン・ストリートに出た――カラム、パディ、トリニティ、それからサンライズという名の、鼻にスタッドをはめてへそにピアスを着けた赤毛のイギリス人の四人だ。

「どこに行きたい、ベイビー？」パディが言った。

トリニティは肩をすくめた。

カラムは言った。「お開きにしてもいいんじゃないか」

「チャイナタウンが近くにあるわよ」サンライズが言った。「寄ってもよさそう」

「今夜はだめ」即座にトリニティが言った。

カラムはトリニティを見た。トリニティは首を傾け、気まずそうな笑みを浮かべた。

「毎日鏡を見てるから、アジア人は見飽きてるのよ」と言う。

パディは指を鳴らし、片手を突きあげた。

「申しぶんのない店があるぞ」と言う。「タクシーをつかまえよう」

「冗談だろう？」カラムは言った。

二十三番ストリートと六番アヴェニューの角にある〈ビルズ・トップレス・バー〉。左の壁に沿ってカウンターがあり、スキンヘッドのたくましいバーテンダーがいる。右にはステージが設けられ、ビーズのカーテンが掛けられたドアが両端にある。空港の手荷物受取所のヌードバー版のようだ。三人の女が踊っているステージの前に、テーブルや椅子が並んでいる。女たちはドラッグをやっているか、退屈しているか、その両方に見える。アニメのスーパーヒーローのような顎で、マンソン・ファミリーの遺伝子プールをそのまま受け継いだような目をした男がステージの前に陣どり、房の付いた青いバタフライを穿いて上の空で回転している栗色の髪の女を見つめながら、舌を出し入れしている。

カラムと三人はステージの右側にすわった。

「それに、この音楽はなんなんだ?」

「何を飲む?」パディは言った。「ビルはガース・ブルックスが好きなんだよ」

「ストリップバーで《ザ・サンダー・ロールズ》か?」

「文句があるならビルに言え」

「その男はどこにいる?」

「左から二番目の、ストロベリーブロンドの巨乳の女だよ。ビリー・グレインジャー、別名ストロベリー・ビルだ」

パディは煙草に火をつけ、トリニティの体に腕をまわした。トリニティはパディの肩に頭をもたせかけた。

「落ち着けよ、クリスティ。おれは常連だ。フィンタンがこの店に出資してるから、自腹を切るのは女へのチップだけでいい。いい子たちだぞ」

四人はすわって酒を飲みながら、O・J・シンプソンとそのテレビ報道をこきおろしたり、トリニティがフーティー・アンド・ザ・ブロウフィッシュを毛嫌いしていることを話したりした。

ストリッパーたちは交代制で、一度に三人がステージにあがっている。ストロベリー・ビルがカウンターの後ろにいるバーテンダーの隣に来た。パディは席をはずし、ストロベリー・ビルと話しにいった。サンライズはステージの前に行った。

トリニティはカラムを少し見つめてから、二杯目のピッチャーからビールをカラムに注《つ》いだ。「こういう店はあまり落ち着かない？」

ふたりはビールを飲んだ。サンライズは忍び笑いしながら、マンソンの目をした男と話している。バーカウンターでは、パディがバーテンダーとおしゃべりをはじめている。

トリニティは言った。「あなたとは馬が合うとパディは思ってる」

「きみたちこそお似合いだと思うが」

「意外とそうでもないわよ。パディはかわいいし、やさしいし、あたしに夢中だと思ってる。でも、こういう仕事をしてると、人の心が読めるようになるのよ。パディはあたしを求めてるというより、ほかのだれも知らないあたしの一面を知ってるのが好きなだけ」

トリニティの体は柔らかいとパディが言っていたのをカラムは思い出し、体をねじ曲げてさまざまな体位をとるその姿が頭に浮かんだ。咳払いして言った。

「おれの心も読めるのかい」

「あなたのことはよく知らない」

「もう四、五回《ファッキン・タイムズ》は会っただろう？」

「そういう話し方をすると、あの人たちとそっくりね」

「あの人たち？」

「パディやその怖い友達のことよ。ウォルシュやマリガン。あなたはニューヨーカーみたいにしゃべり、汚いことばを使ってる」

「前はどんな話し方だった？」

「ちがうことばを使うか、ちがう言い方をしてた。田舎かどこかから出てきたみたいだった。なんて言うか、ちょっと純朴な人に見えた」

「いまはちがうわけだ」

「いまは自分じゃない何かになろうとしてると思う。あなたは演じてる」

カラムは罪悪感が背筋を這うのを感じ、顔が熱くなった。それでやり返した。

「きみだってチャイナタウンに行くのが怖いくせに」

まるでストロボライトを顔に投げかけられたかのように、トリニティの表情が一瞬で変わった。目つきが険悪になり、唇の端が吊りあげられて丈夫な歯があらわになる。いまにも喉を嚙みちぎられそうだ。カラムがトリニティを凝視している自分に気づいて、テーブルの上のビールに視線を戻すまで、何秒かかかった。

パディが戻ってきて、テーブルから煙草をつかみとり、トリニティにキスをしてふたりにウィンクをしてから、またバーに行った。

「ごめんね」トリニティは言った。

「いいんだ」カラムは言い、懇願するように両手をあげた。「ただの冗談だ。だが、これは訊いておきたい。きみこそ演じているのでは？　つまり、きみはパディのことを知り尽くしていて、ふたりに未来はないと思っている。パディの傷が浅いうちに別れたほうがいいんじゃないのか？」

「パディが幸せなら、あたしも幸せ。それだけでたいていの人たちより恵まれてる。もっと大きな幸運が訪れてもいないのに、どうしていまの幸運を手放さなきゃならないの？」

カラムは肩をすくめ、グラスを持ちあげてトリニティのグラスと打ち合わせた。新しいピッチャーがテーブルに届く。ふたりがバーカウンターのほうを見ると、パディが手を振っていた。

カラムはキャメルに火をつけた。

「おれが純朴な人に見えたと言っていたな。ということは、きみはフィンタンとマリガンのことを知っているわけだ。あのふたりは純朴じゃないと思っている」

「ねえ、あたしはそこまでうぶじゃないわよ、クリスティ。SMの女王をやってるのを忘れないで」

「ソル・グランディのことはどうなんだ？　知り合い

だったのか？」

音楽がブラック・クロウズの曲に変わり、カラムは気をよくしてうなずいた。トリニティは酒を飲んだ。

「ええ、ソルとは知り合いだった」

「なあ」カラムは言った。「だれもそいつの話はしてくれないんだよ。おれがニューワールド運送で働きはじめる少し前に殺されているのに。変だと思わないか？」

「知ってる」トリニティはテーブルの端に指先を這わせた。「わたしの家の前で撃ち殺されたの」

「まさか」

「ほんとうよ。ソルは客だった。赤ちゃんのひとりだった。赤ちゃんの恰好をした客の世話をあたしがするのよ。おしゃぶりをあげたり、遊んであげたり、寝かしつけてあげたりするの。楽なセッションだし、そういう客はとてもおとなしい」トリニティは眉をひそめた。「おむつは替えてあげないけどね。授乳もしない」

「とんでもない連中だ」

「ソルはセッションの予約のためにあたしに会いにきたんだけど、それは御法度《ごはっと》なのよ。まず電話をかけるよう客には伝えてあるし、いきなりあたしの家に来るのはだめだって伝えてある。でも、ソルは接待か何かで友達と近くまで来てて、少し飲みすぎてたんだと思う。それであたしの家に寄って、管理人に敷地内に入れてもらった。管理人もそんなことをしたらいけなかったのに。ソルはあたしの家の呼び鈴を鳴らした。あたしはパディと外出してた。友達の誕生日パーティーが直前に決まって。あたしが留守だったから、ソルは外を歩いてたんだけど、そこでだれかに殺された」

トリニティは酒を飲んだ。

「帰ると、家の前が警官だらけで、あたしは怖くなった。警官が三人以上いたら、厄介事があったに決まってる。家にはいりたいと言ったら、警官たちはあたしの身元を確かめた。そのあと、刑事たちに事情を聴取されたけど、それで終わり」

額《ひたい》からひと房の髪を払う。

「この街はときどきまるで……マンハッタンは島だし、こういう特別な場所だから、日によっては監獄のように感じてしまう」

「そしてきみは、ニューワールド運送でグランディの後釜にすわったジミー・マリガンに会った」

「パディを通してね。ソルが死んだ直後に、クイーンズの社交クラブのようなところでおこなわれたパーティーに行ったのよ。港湾労働者のクラブだったのかもしれないけど、覚えてない。パディはまだアッパー・ウェスト・サイドのぼろホテルに泊まってた。フィンタン・ウォルシュが来てた。マリガンも。あまり話さなかったけど、ウォルシュがニューワールド運送の株主になって、マリガンがソルの仕事を引き継ぐことはわかった」

カラムに視線を向ける。

「あなたも用心したほうがいいわよ、クリスティ。マリガンにあまり好かれてないことはあたしも知ってる。あなたを見る目つきでわかる」

カラムは言った。「マリガンとおれがいっしょにいるところは一度も見たことがないはずだ。どうしてわかる？」

トリニティは首を傾け、悲しげな目でカラムを見た。

「ちょうどいま、マリガンがこのバーの入口に立ってて、穴でもあけそうな目つきであなたの背中をにらんでるからよ、ベイビー」

18

「すべて摘発しただと?」

オコンネルは何かが内側から爆発するのを懸命にこらえているように見えた。

マッティラは言った。「当然だ。ウォルシュの犯罪活動についての情報を入手したので、わたしはそれに基づいて行動する。バークがジャンキーのたまり場とみかじめ料の情報を提供したので、われわれは威力脅迫行為を摘発する。われわれは法執行機関であり、わたしは法を執行する」

「まるで麻薬取締局《DEA》のアクションフィギュアだな。ニューヨーク市警《NYPD》がみかじめ料の取り立てを邪魔していると知ったら、ウォルシュやその手下はどう思う? アルファベット・シティのたまり場が手入れを受けたうえに、そんなことになったらどう思う? ネズミがいると疑うはずだろう? そしてすべての手がかりが新入りであるバークを指し示しているんだぞ」

ボビー・ホーはジェームズ・ミルバンを見た。ミルバンはハドソン川を見渡す窓のそばにすわっていて、部屋の反対側にいるホーはそちらに行って黒い川を見つめ、悪夢のようなイメージを頭から追い出せればいいのにと思った。ウォルシュ・ファミリーに疑われたために、頭を撃ち抜かれて処刑され、アメリカの路上に倒れているカラム・バークのイメージを。

マッティラは立ちあがって背筋を伸ばした。

「よく聞け、オコンネル。言っておくが、このチームのリーダーはわたしだ」

「あんただってよくわかっているはずだぞ。おれがサブリーダーに甘んじているのは、あんたが連邦政府の金を握っていて、書類仕事に長《た》けているからだということは。だが、おれはこの街を知っている。現場の知識を持っている。その知識からわかることだが、もっと強固な証拠をつかまないうちにフィンタン・ウォルシュの商売を邪魔しつづけたら、遅かれ早かれウォルシュはネズミがいるのではないかと疑う。そうなれば、アイルランド系の香港の警官がひとり殺害される。だからウォルシュがまだ〝激怒して何人かの頭をかち割る〟程度の段階にいることを願ったほうがいいぞ。さもないと、あんたのせいで潜入捜査官が死ぬことになる」

マッティラは唾を呑みこみ、腕組みをした。

オコンネルはまるで撃たれたように、椅子に身を沈めた。

ボビー・ホーは不吉なイメージを頭から振り払おうとした。

ジェームズ・ミルバンは窓ぎわで何も言わずにすわったままで、眼下ではハドソン川が泡立ちながら流れていた。

道路の敷石はなめらかで、カラムはクライスラー・レバロンからおりたさいに足を滑らせた。深夜のミートパッキング・ディストリクトは人けがない。ひとつ先のブロックにある地下クラブは夜は閉まっていて、倉庫や食肉処理場は静まり返っている。シャッターがおろされた荷おろし場の上から、腐食した金属製の日よけの骨組みが突き出ている。ウェスト・サイド・ラインの廃線になった高架鉄道が通りの端に架かり、鳥の糞やポスターがその鉄骨を覆っている。

向かいのずんぐりとした空《から》っぽの産業施設のてっぺんにある広告板から周囲を見おろしているマールボロマンを眺めていると、パディとマリガンが車からおりてきた。

ミートパッキング・ディストリクトか、と思った。ハドソン・ピアーズが近い。DEA支局はここから二、三ブロックも離れていないはずだ。

マリガンはパディの行きつけの酒場のいくつかに電話をかけ、ふたりを捜していたらしく、〈ビルズ・トップレス・バー〉で当たりを引いた。そしてここに連れてくると、顎を振ってついてくるよう指示した。三人はポルノ写真に覆い尽くされた電話ボックスの脇を歩き、錆びた線路の下をくぐって、十一番アヴェニューの二十ヤード手前まで行った。落書きだらけの煉瓦の壁と傷のついた金属製のドアのそばに男がひとり立ち、煙草を吸っている。

「ジミー」男は言った。

「ドナル」

ドナルはパディにうなずきかけ、カラムには注意深い視線を向けてから、手を差し出した。

「クリスティだ」カラムは言った。

みかじめ料の取り立てにまわっていたとき、パディから説明を受けている。ファミリーの一員であるドナル・モリスにはホーボーケン市警に勤める従兄弟《いとこ》がいて、この従兄弟はヘルズ・キッチンを管轄とする第十八分署の女性警察官と寝ているらしい。フィンタン・ウォルシュは第十八分署の捜査情報を知るために、モリスを通じてこの従兄弟とその愛人である悪徳警官を買収している。

マリガンは金属製のドアを手ぶりで示した。

ドナル・モリスは言った。「鍵はもうあけてある」

男たちはドアを押した。甲高い抗議の声をあげながらドアは開いた。

中にはいると、蛍光灯がちらつきながら点灯し、石の床とタイルを貼った壁があらわになった。いくつかの長い金属製の台が部屋の横方向と平行に置かれている。一方の壁の基部に排水溝があり、天井を一周するレールのところどころに肉を吊りさげるフックが数個ずつぶらさがっている。フックは錆と血で暗褐色に染まっている。

カラムは速射砲のような心臓の鼓動を落ち着かせようとした。何かおかしい。マリガンは〈ビルズ・トップレス・バー〉でパティと自分をつかまえて以来、不機嫌そうに黙りこんでいる。フィンタン・ウォルシュの指示で、話し合わなければならない緊急の用件があると言っていた。ドナル・モリスも呼び出されたのなら、第十八分署がらみの用件だろう。

光の中でモリスを観察した。背は高く、汚れた金髪は乱れ、大きな口と荒れた唇の下の顎は長い。青い目は小さく、深く落ちくぼんでいる。モリスは煙草を吸い終え、吸い殻をブーツで踏みにじった。

マリガンは言った。「いったいどうなってる?」

「あの女は何も聞いてなかったんだと思う」モリスは言った。

「おまえの従兄弟が女と最後に会ったのはいつだ?」

「ゆうべだが」

「だったら、ふたりは手紙の交換でもしてたのか? ボードゲームのスクラブルでもやってたのか?」

「あいつは従兄弟なんだぜ。寝室で女の警官と何をしてるかなんて知りたくもない」

「おまえの従兄弟だって、警官だろうが。おまえをこけにしてる《ファック・ウィズ》わけじゃないと言いきれるのか?」

「あいつがファックしてるのはあの女だけだ、ジミー。おれたちは家族なんだぞ」

「おれたちがなんのために金を払ってると思う? 手入れが迫ってるのに、おまえの従兄弟は女から何も知らされず、おれたちに警告できないのか? みかじめ料を取り立てるために寄った店の真ん前にパトカーが停まってたんだぞ。盾のワッペンを付けた青いシャツ姿の連中が、一度の勤務中に三回も四回もデリや食料雑貨店を見まわってる。おまえの従兄弟のお気に入りはこの展開を知らなかったのか?」マリガンはキャンディを口にほうりこんだ。「女はおれたちが払ってる金の分け前をもらってるんだよな?」

「そういう取り決めになってる」モリスは言った。「従兄弟のロイは、おれが渡した金の一部を女に渡してる」

「女に金を渡してないんじゃないのか？　分け前をもらってないから、女はおまえの従兄弟を懲らしめようとしてるのかもしれない」

ドナル・モリスはひるんだ。「それはない、ジミー。ロイは真っ正直な男だ」

カラムから二、三フィート離れて立っているパディは、照明の下で気分が悪そうに見える。怒った教師から罰を与えられるのを待っている生徒のように、両腕が脇に力なく垂れている。マリガンに名前を呼ばれ、その体が縮みあがった。

パディは言った。「なんだ、ジミー」声が弱々しい。

「おまえとこのジャック・デンプシーは、しばらく前から取り立てをやってるな」マリガンは親指でカラムを指し示した。「この二、三週間で何か妙なことはなかったか？」

「何もなかったよ、ジミー」

マリガンはカラムに顔を向け、一歩近づいた。

「おまえはどうだ」

「何が妙で、何が妙じゃないかわかるほど、長くこの仕事をやっていない」

マリガンは床に唾を吐き、黄ばんだ歯をのぞかせた。

カラムは憎悪が湧きあがるのを感じ、リングで相手を見据えるときの無表情な顔を保とうとした。手遅れだった。カラムの殺気立った目を見たマリガンの笑みが大きくなる。醜い鼻が広がる。マリガンはさらに近づき、カラムを上から下までねめつけた。

「おまえが行ったアルファベット・シティのたまり場が手入れを食らった。おまけに、警官どもがウェスト・サイドでのみかじめ料の取り立てを邪魔してる。ネズミが潜りこんでると思うのが自然だ」

「おい、ジミー――」パディは言った。

「おまえは黙ってろ」マリガンはパディを指差したが、視線はカラムに注《そそ》いだままだ。「おまえはフィンタンとの付き合いが長いから大目に見てやってるんだ、ドゥーラン。いいかげんにしないと、おれも我慢できなくなるぞ」

「少なくとも、パディはいまでも古巣に足を運んでいるぞ」カラムは言った。「あんたが最後にブロードウェイの西に行ったのはいつだ?」

マリガンの顔が青ざめた。まだ笑みを浮かべているが、死後硬直を思わせる引きつった笑みに変わっている。「何が言いたい?」

「パディはヘルズ・キッチンでみかじめ料を取り立てるために駆けずりまわっている。カモの店主たちと交渉し、金を払わせている。もう少し敬意を払うべきだと思う」

「ほう、そうか?」

マリガンの声がうわずり、小さくなった。二本の静脈が額《ひたい》にゆがんだVの字を作り、バーボンとオールドスパイスのにおいが漂う。両手が脇に垂らされる。上着のへりで手が見えなくなったのがカラムは気に入らなかった。

後ろでパディが哀れっぽく訴えはじめ、ドナル・モリスが面倒はごめんだと言っている。カラムはその声を頭から追い出し、マリガンの荒い息遣いを聞き、その体が発する熱を感じた。

「おれはヘルズ・キッチンで育った。あそこではじめて人を殺した」マリガンは言った。「生意気なやつだ。おまえはいったい何様のつもりだ」

「生意気?」カラムは言った。「あんたはおれの父親か何かか?」

マリガンは目と鼻の先に立っている。その唾がカラムの頬に飛び散っている。全力で鎖を引きちぎろうとしているかのような語気で、マリガンは言った。

「おまえは――」

パディが言った。「ジミー、落ち着いてくれ」

「──いったい──」

モリスが言った。「おれは厄介事には巻きこまれたくないぞ、ジミー」

「──何様の──」

マリガンの片腕が脇から持ちあげられる。

「──つもりだ！」

マリガンはスナブノーズのコルトの銃口をカラムのこめかみに押しつけた。マリガンの体温で金属が熱を帯びている。部屋が傾き、カラムは少しだけ目を閉じてバランスをとろうとした。唾を呑み、パディとモリスの狼狽した叫び声に耳を傾ける。目をあけるとジミー・マリガンの顔が間近にあり、そのひび割れた唇が引き伸ばされて、虫歯があらわになっている。また目を閉じたくなった。幸せな記憶を呼び起こし、これで最期なのだから安らかに死にたくなった。しかし、ジミー・マリガンをにらみつづけた。まるでリング中央でレフェリーの声に耳を澄ましながら向かい合っているかのように。部屋に響く叫び声が熱狂しつつある観客であるかのように。

マリガンはうなるように何か言ってから、吠えた。

四歩でドナル・モリスに迫り、五発撃った。銃声が金属製の台に反響し、室内を数秒のあいだ満たした。カラムとパディは膝を突き、カラムはモリスがくずおれるのを見てとった。モリスの体が石の床に倒れこむ途中で台にぶつかるくぐもった音が聞こえた。

そして静寂が訪れた。

銃声はしだいに消えていき、右耳に薄い脱脂綿が詰まっているように感じる。

マリガンが苛立たしげにうなった。

「自業自得だ」

パディがふらつきながら立ちあがった。手が震えている。

「なんてことを、ジミー」と言う。「ドナル・モリスを撃ち殺すなんて」

マリガンは右手にスナブノーズを持ったまま、台に寄りかかった。「痛めつけるだけにするつもりだったんだがな。おまえとバーンズにやらせるつもりだった。こいつの従兄弟がリー・ドハーティにうっかり漏らしたんだよ。ドナルと組んで、女の警官の取りぶんをくすねてることを。バチェラー・パーティーか何かで、ホーボーケンで飲んでたときに」

「ドク・リーのことか？　クイーンズの売人の？」

マリガンはうなずいた。「ドクはウッドサイトのバーでその話をフィンタンに伝えた。おまえとバーンズをここに連れて来たのは、ドナルを小突きまわして、ファミリーの金をちょろまかしてたことで警告を与えるためだ」

カラムは立ちあがって死体を見た。首の傷からまだ血が少し噴き出ている。

「警察がヘルズ・キッチンでのみかじめ料の取り立てを邪魔しているというのは？」パディは言った。「何が起こってるのか、わかってるのか？」

マリガンは言った。「市庁舎だ。新たな浄化作戦らしい。アップタウンの連中がシアター・ディストリクトや五番アヴェニューのもっと近くに引っ越せるようにするための。ジュリアーニのふざけたゼロ・トレランス方式のせいだ」

マリガンはカラムに向かって苛立たしげにコルトを振りまわした。

「これを片づけろ」と言う。「薬室にはまだ一発残ってるからな。口答えしておれを怒らせるなよ。またあんな口の利き方をしたら、つぎはおまえが床に寝そべる番になる」

カラムは親指の付け根を掻きはじめ、体を忙しく動かして震えを抑えようとした。心臓が胸郭にぶつかりつづけているように胸が痛み、脚に力がはいらない。しゃべれる自信がない。

パディはマリガンに言った。「何人か手伝いを呼んでくれないか？」

「おまえたちふたりでやれ。ナイフや斧や鉈があるはずだ。ごみ袋も。やり方は知ってるな」

マリガンはスナブノーズを上着のポケットに突っこみ、歩き去った。キャンディを口にほうりこみながら、外に通じるドアをあける。

「食肉処理場で殺してもらってよかったな」マリガンは言った。「きょうのおまえたちはついてるぞ」

マッティラは机の端に腰掛けた。

「慎重に裏で手をまわした」と言う。「市長がヘルズ・キッチンでの警察活動の強化を望んでいるという噂を流したんだよ。よくある話だ――不動産開発をさらに進め、投資を呼びこむための政策だな。第十八分署の警官が知るかぎりでは、パトロールや地元の店と連携を強化する地区が、フィンタン・ウォルシュがみかじめ料を取り立てている地区と重なっているのは、ただの偶然だ」

オコンネルは、物わかりの悪い教え子が実はそれなりに利口だったことをいま知った教師のように、マッティラを見た。

「悪くない案だ」と言う。「バークを窮地から救えたかもしれない」

ジェームズ・ミルバンが言った。「それでも、われわれのうちのだれかがブリーカー・ストリートまで出向き、パディ・ドゥーランのアパートメントを見張ったほうがいいだろう。バークとドゥーランが無事にベッドに潜りこめば、われわれも安心して眠れる」

「そうだな」オコンネルは言った。「おれが行こう」

「その前に」ミルバンは言った。「トゥー・シックス・スリー・ホールディングズの件を聞いておくべきでは？」

「ああ、そうだった。ファッション会社のビルの件だったな」マッティラは言った。「調べておいた。あのビルには四社が入居している。そのファッション会社と、マーケティング会社二社と、美術品の卸売業者だ。ほかの階は空《あ》いている。BOJガーメンツとトゥー・シックス・スリー・ホールディングズのあいだに、賃料の支払い以上の関係はない。しかしながら、トゥー・シックス・スリー・ホールディングズの親会社といえば……？」

ボビー・ホーは発言する前に挙手しそうになった。

「フェニックス・インヴェストメンツです」

「そのとおり」

ミルバンは言った。「ユナイテッド・オリエンタル銀行との関係は？」

「それについては財務省に連絡をとった。一度の入金はつねに九千ドル未満だから、金融犯罪取締ネットワークによる捜査の開始指示は出されていない。財務省に推測できるのは、香港の何者かがアジアやヨーロッパのダミー口座を通じ、為替動向をコンピューターで計算したうえで金を動かしているということだけだ。アメリカに金が届く前の最後の経由地はチューリッヒだ。ニューヨークに届くころには、金はきれいになっている。アメリカの法律にはいっさい違反していない」

ミルバンは言った。「そしておそらくその金は一部にすぎない」

「なぜ？」オコンネルは言った。

「中国の地下銀行システムですよ」ホーは言った。「両替商、地金商、貿易会社。アジアや外国のチャイナタウンのどこでも、多くの小企業が利用しています」

「どんな仕組みになっている？」

「小企業を通じ、密輸業者は信用状を発行してもらいます。暗号化された電話回線や、運び屋や、秘密の無線網を使って、送金するのです」

ミルバンは言った。「必要なら、通貨を金やダイヤモンドに換えることもできる。おまけに、記録はほとんど残されない」

オコンネルは鼻を鳴らした。「だったら、どこにいくら移されたかがどうしてわかる？」

「われわれは」ホーは言った。「つまり香港警察は、象の絵が描かれた紙片を発見しました。捜査により、その紙片が中環《セントラル》の地金商で発行された三百万ドルの受領書であることがわかったのです」

「このシステムは」ミルバンは両手を広げながら言った。「民族的、歴史的信頼関係に基づいている。同胞の絆に。そして中国の違法な商業活動を支えている」

マッティラはうなずいた。「つまり、銀行と持ち株会社は判明している。後者は三合会《トライアド》傘下《さんか》の投資会社が後ろ盾になっていて、書類上はまったく問題がなさそうに見える。調べても何も出てこない。しかし、知ってのとおり、トゥー・シックス・スリー・ホールディングズは十四Kだ。現在、この会社はフェニックス・インヴェストメンツのために、BOJガーメンツが入居しているビルのような不動産を買収している。チャイナタウンの地価が高騰していることはわかっている。われわれがチャイナタウンの名門銀行を調べていることに対し、ニューヨーク市のアジア課長がいい顔をしていないこともわかっている」

オコンネルは言った。「加脂剤の件は？　あんたの部下は試験管の作業を終えたのか？　三合会がヘロインを溶かし、あとで抽出することはできそうなのか？」

「DEAとしてはまだ断言したくないのだが、理論上は可能だ」マッティラは言った。「三合会の化学者が化学物質を加えたり減らしたりして、商品からヘロインの出どころをたどれないようにできるのはわかっている。ビルマ製のサンプルを調べたらメキシコ製のように見えるわけだ。加脂剤にヘロインを溶かすことができるなら、三合会はその方法をもう編み出しているだろう」

一同は立ちあがり、腕時計に目をやったり、あくびをしたりした。時刻は〇一〇〇時過ぎで、ビルは静まり返っている。

ボビー・ホーの頭に浮かぶカラム・バークの姿は、もう銃弾で蜂の巣になった死体ではなくなっていた。いま思い浮かべるバークは、バーで飲み明かし、胸の豊かなアメリカ女とおしゃべりしたり、カウンターでギャングから情報を引き出したりしている。監視、文字起こし、盗聴といった単調で骨の折れる長い仕事ではなく、ハリウッド映画を思わせる華やかな犯罪捜査だ。

そう、カラム・バークはいまこのときもニューヨークのどこかのナイトクラブにいて、アメリカのギャングらしい放蕩三昧《ほうとうざんまい》の生活を送っているのだろう。

世の中には幸運な人もいるものだ。

19

トニー・ラウは茶を飲み、エアコンの冷気にもかかわらず、汗でシャツが背中に貼りつくのを感じた。自宅である香港のコンドミニアムと九龍《カウルーン》湾のあいだに建つビルの中央にある穴の向こうに目をやり、水面を切って九龍側へ向かう小さなボートを眺めた。

正面のビルに設けられた巨大な四角い穴は、龍のエネルギーが流れこんで住人を不幸から守ってくれるように設計された門だ。こうした工夫をイギリス人が嘲笑したり、見せかけだけの風変わりな代物だと見なしたりしているのはまちがいない。アメリカ人ならどう思うだろうか。ニューヨークは自然や神にこのような譲歩はしない街だが。

茶を飲みながら、副首領のハイが報告を終えるのを待った。三合会《トライアド》はマンハッタンのチャイナタウンの銀行に金を注《つ》ぎこみつづけ、不動産をさらに取得している。サミー・オングは十四Kによる投資に立腹しているが、用心深くて強欲な男だから口をつぐんでいる。試作品はニューヨークに少しずつ運ばれていて、アイルランド系アメリカ人が試しに配っているが、大成功を収めている。ウォルシュの組織の名が出たので、ラウは苛立った。カラム・バークもアイルランド人だ。カラム・バークは老チャオを殺害した。カラム・バークは香港から逃げ出し、ラウが知るかぎりでは、まだ生きている。どういうわけか、最近はあのアイルランド野郎を思い浮かべることがますます増えている。

いずれ時が来る。復讐の鍵は忍耐だ。

ラウは言った。「ニューヨークにいるわれわれの友人に関して、何か懸念点は？」

友人か、と思った。むしろスパイに近いし、スパイはだれかの真の友人になれるのだろうか。スパイの仕事にはうぬぼれた利己心が必要になる。おおっぴらに堂《トン》と組ませている者たちはたくさんいるが、友人は——スパイは——その性質上、人を欺く。

「引きつづき動向を報告してくれています、首領。友人はウォルシュの組織が商売をおこなっている場所のいくつかに行ったようです。ジャンキーのたまり場や、オフィスや、バーですね。協勝堂《ヒップシントン》とわれわれの利益は別だと助言しています」

「ニューヨークの警察や、それがウォルシュにちょっかいを出していることについて、このスパイはどう考えている？　ジャンキーのたまり場が摘発され、みかじめ料の取り立ても妨害されているようだが」

「許容できる損失です、首領。堂以外で、マンハッタンのハーレムの南側に利害関係を持っている犯罪組織はわずかで、ウォルシュの組織はそのひとつです。イタリア人はＦＢＩによって弱体化されましたが、協勝堂やウォルシュ・ファミリーはそのかぎりではありません。堂に比べると、アメリカ人は節度あるビジネスができないので、警察がたまに勝利を収めるのは当然だと、われわれの友人は考えています」

われわれの友人は二枚舌のいけ好かないやつだ、とラウは思った。だが、使い道はある。

そこがハイとはちがう。この副首領は湾仔《ワンチャイ》の娼婦と似たようなものだ――トニー・ラウの前だともっともらしいことと言うが、陰では文句を言ったりあざ笑ったりしている。副首領が堂に対するいかなる手出しにも反対し、ウォルシュやアメリカ人と直接取引する見通しを嫌悪していることは知っている。この男は、先代の龍頭《ドラゴンヘッド》であるチャオを引き合いに出して、ラウをひたすらこきおろしている。とりわけ、お気に入りのホステスとベッドをともにしているときに。このホステスは狡猾で野心に富んだ女で、ハイの愚痴を好んで友人に漏らしている――中環《セントラル》のミッドレベル・エスカレーターの近くで働くなまめかしいストリッパーに。ハイの気まぐれな愛人は、この友人兼仕事仲間が、トニー・ラウの執行人であるツェの元情婦であることを承知している。かくして、欺瞞と裏切りの連鎖はトニー・ラウにまで行き着いたわけだが、その果ては海の向こうにありそうだ。

ハイはつづけた。

「われわれが提案しているウォルシュとの提携はそのような懸念とは無縁だそうです。ウォルシュの組織も、それゆえ警察も、最初の相当量のヘロインが街にいつ、どのようにして運ばれるのかはまったく知りません。そしてニューヨークの警察は、現在のところ総じて、チャイナタウンにほとんど注意を向けていません」

湾を進むボートの窓に金色の光が映りこみ、ラウは腕時計に目をやった。もうすぐ午後四時だ。そろそろハイの報告を切りあげなければならない。じきに客たちがここに来るし、その前に少し時間をとって心を静めておきたい。

「よろしい」と言った。「引きつづき、フェニックス・インヴェストメンツの金を、ユナイテッド・オリエンタル銀行とチャイナタウン周辺のマリタイム・ミッドランド銀行に預けてくれ。最新の報告に載せておいたふたつの物件を、トゥー・シックス・スリー・ホールディングズに購入させるように」

　ラウはハイに微笑みかけた。

「もうひとつある、副首領」と言う。「サミー・オングがわれわれとの会議に参加する前に、日本に何日か滞在するという話を聞いた。協勝堂の首領は天然温泉にはいってみたいらしい」

　ラウはソファに歩み寄り、腰をおろした。

「オングは温泉リゾートの部屋を予約している。オングが温泉で過ごしたあと、きみが東京で合流して、日本でのわれわれの事業を簡単に紹介してくれるとありがたい」

　ハイが顔に貼りつかせていた穏やかな服従の表情が消え、器は小さいが悪意のある本性がのぞいた。ハイが日本人をまったく好いておらず、よく日本狗呼《リーベンゴウ》ばわりしていることは知っている。東京行きはさぞ気に食わないことだろう。だが、オングはこの旅程で立ち寄り先を増やしたのだから、この動きに対して手を打たなければならない。堂の首領が日本にいるあいだ、部下を貼りつかせておかなければならない。

「協勝堂は日本でのわれわれの事業に関心があるのですか？」ハイは言った。

「われわれは香港でオングと交渉する。いかなる交渉も、強い立場で臨《のぞ》まなければならない。サミー・オングの権力と影響力はニューヨーク市にかぎられるが、東京におけるわれわれのビジネスは繁盛していて、ヤクザをその心臓部で脅かしつづけている。われわれの勢力圏の広さを見せつければ、来たるべき交渉を有利に進められるだろう」

ハイの目に浮かんでいた怒りの色が服従へと戻った。

「承知しました、首領」

「きょうはここまでにしよう。あす、わたしは午前八時に中環のオフィスにいる」

ハイは一礼し、ことさらにゆっくりと恭《うやうや》しく退室した。ラウは立ちあがり、窓ぎわで茶を飲み終えた。左右では、ほかのコンドミニアムが大まかな段を作りながら湾に向かってくだっていて、墓石が並ぶ広大できらびやかな仏教徒の墓地を思わせる。

ラウはときどき歩いて新界《ニュー・テリトリーズ》へ行き、山にのぼって、南シナ海に散らばる島々を眺めている。何頭もの巨大な獣が海に沈んでいて、その凹凸のある背骨が水面の上に突き出ているように見える。

中国も遠望できる。

返還までもう二年しかない。

自分たちは本土の人々とはちがうのだと、住民がどれだけ信じていようとも――確信していようとも――香港は中国の領土になる。中国人の干渉に対する保険とするため、三合会十四Kはアメリカやパリやロンドンやロッテルダムにさらに投資することになる。ニューヨークにも。

ラウの妻は中環で買い物をしているが、夫の作る夕食に間に合うように夕方には帰宅する。それはラウが最も厳重に守っている秘密のひとつだ――夕食を自分が作っていることは。龍頭であるラウは屈辱を受け入れることはできない。妻が夫婦の義務を果たしていないという陰口を受け入れることはできない。どれだけ些細な問題でも、どれだけ家庭内の問題でも、そんなふうにメンツを失えば体面にひびがはいり、しかるべき人々につけこまれたらそういうひびからすべてが崩れかねない。この点では、三合会も人生と似たようなもので、政治で動いている。

キッチンに行き、素足をくすぐるリビングルームのカーペットが、冷たくて厳《おごそ》かな硬材のキッチンの床に変わる感触を楽しんだ。ティーカップを洗い、水切りラックに置いた。あすの朝、執行人のツェと軽く打ち合わせをするから、メモを書いた。副首領のハイの件と、サミー・オングの日本への立ち寄りの件と、それに関するタイミングの件を話し合うつもりだ。

ドアがノックされた。

狭い玄関ホールに行き、のぞき穴を見てから、ドアをあけて一礼した。午後の暑さにもかかわらず、その男はロングコートのボタンを首まで留めている。男は微笑し、一礼を返した。ふたりは挨拶を交わし、ラウの頬に赤みが差した。

ラウが客に示した敬意や、明らかに客のほうが上の力関係は、ラウの手下が見たら仰天し、もってのほかだと思ったことだろう。客は地味な黒いローファーを脱ぐと、ラウとともにリビングルームに行った。ラウは茶をすすめたが、客はことわった。客が眺めを楽しんでいるあいだに、ラウはキッチンから椅子を持ってきて、寝室とバスルームに通じる廊下へのドアの脇に置いた。ドアを手前に半分ほど引き、別の椅子を廊下へ運んだ。ドアの前後に二脚の椅子が置かれ、互いに見えない形になる。ラウが腰をかがめて身ぶりで椅子の一方をすすめると、客は小さくうなずいた。ハイネックのコートのボタンをはずし、ソファに置く。白い立ち襟は染みひとつない。客は椅子に腰をおろした。

トニー・ラウは客の膝の前をまわりこんで、ドアの向こう側にすわった。

これも秘密だ、と思った。三合会内の競争相手は、ラウが〝外国〟の神を信仰していることを、つけこむべき弱みと見るかもしれない。しかし、部下たちが眉をひそめようとも、このひそかな信仰が自分の力の源であることをラウは知っている。

「お許しを、神父様。わたしは罪を犯しました」と言った。間を置き、告解はいつぶりだろうと計算した。そうしながらも、告解を終え、祈り、カトリックの司祭に別れを告げるまで、四十分しかないことを確かめた。四十分後には最後の客が来る。
最後の客は、娼婦だ。

一九九五年七月十九日午後七時五十六分に、ブリーカー・ストリート二百三番地のアパートメントの七号室で、パトリック・ドゥーランとカラム・バークのあいだでおこなわれた会話の文字起こし

ドゥーラン　あしたはディレイニーの店に行くぞ。金を取り立てて、ジャクソン・ハイツの近くまで持ってくるようジミーに頼まれてる。
バーク　ディレイニーの店はフィンタンの近所だ。なぜポーリー・ムーニーにやらせない？
ドゥーラン　ポーリーはもういないからだ。
バーク　いない？

ドゥーラン　いや、そういう意味じゃない。二週間前、ポーリーは〈ザ・パーティング・グラス〉で飲んでたんだが、そこにフィンタンの娘のひとりがはいってきたんだよ。

バーク　ローズか？

ドゥーラン　アン・マリーだ。父親に何かの伝言があって、ゲリーにそれを頼むつもりでいたらしい。ゲリーは知ってるよな。土曜にバーテンダーをやってるやつだ。ゲリーはアン・マリーがこんなところにいるのが不安だったから、カウンターの端のこぢんまりとしたボックス席に案内した。公衆電話があるところだ。

バーク　汚い絵が壁に貼られている店だな。

ドゥーラン　そうだ。そんなわけで、ポーリーはそこにいるアン・マリーに目を留めた。あんな見た目の子だから、ポーリーは近くに行って口説きはじめた。ジェムソンをしこたま飲んで、ムラムラしてたらしい。酔っ払って、自分が何をしてるかわかってなかったんだよ。

バーク　いかれてる。

ドゥーラン　いまごろはすっかりしらふになってるさ。とにかく、アン・マリーはボックス席から出られず、ポーリーにさわられそうになったときに、ゲリーが来てあいつをどやしつけた。まだ十五歳なのに、百キロ以上もあるゴリラに体をまさぐられそうになったわけだからな。ゲリーは仲間といっしょにポーリーをつまみ出し、小突きまわしてから、タクシーに押しこんだ。

バーク　だが、その程度じゃフィンタンは納得しないだろう。

ドゥーラン　当たり前だ。ポーリーは起きても、酒のせいで記憶が飛んでた。日曜だったから、フィンタンは聖セバスチャン教会のミサに行った。ポーリーはケネディの店で朝食を食べながら新聞でも読もうと考えた。そしてケネディの店にはいったとき、ちょうど通りの向かいでミサが終わった。

バーク　やばいな。

ドゥーラン　ああ。フィンタンはポーリーに気づいて、ウッドサイド・アヴェニューを走って渡った。ポーリーは〝よう、フィンタン〟みたいな感じだったらしい。結局、フィンタンはポーリーをケネディの店に引きずっていき、奥のキッチンに連れこんで、あいつの金玉をフライヤーに突っこんだ。

バーク　嘘だろう？

ドゥーラン　いや。チキンボールの唐揚げのできあがりさ。

バーク　マヨネーズに何がはいっているかは考えたくもないな。

笑い声

ドゥーラン　ポーリーは退院すると、ロードアイランド州の妹の家に引っ越した。哀れなやつだ。もともと、フィンタンは機嫌が悪かったんだよ。ニューワールド運送の事務所でだれかが盗みを働いてるせいで。ホッチキスとかの事務用品がなくなってるんだ。ブロンクスの連中が犯人で、小遣い稼ぎに売ってるとフィンタンはにらんでる。朝、トイレを使うためにはいってきたとき、そのへんのものをポケットに突っこんでるのかもしれない。フィンタンが大嫌いなことのひとつはごまかしなのに。

バーク　わかったよ。あしたはディレイニーの店に行かないとな。祖国ではそういう揚げ物のことをソーセージの衣揚げと呼んでいた。自分がジャンクフードになってメニューに載るのはごめんだ。

一九九五年七月十五日午前十一時五十四分に、チャーリー・リン（協勝堂《ヒップシントン》）とフレディ・ウォン（飛龍幇《フライング・ドラゴンズ》）とのあいだでおこなわれた通話

の文字起こし

ウォン　こんなのはおかしい。いつまでこんな状況に耐えればいいんだ？

リン　気持ちはわかる。おれたちはまるで腰抜けだ。

ウォン　香港の連中にもそう見られてる。湾仔《ワンチャイ》の路面電車でダニー・ユエンがネズミを始末して逮捕されて以来、おれたちは協勝堂にこけにされてる。あいつらはまるで売女《ばいた》だ。あいつらの銀行は外国の金ばかりで、モノポリーみたいに不動産を失ってる。

リン　電話でそんなことは話さないほうがいい。

ウォン　警官が盗聴してるかもしれないからか？　警察なんてくそ食らえだ。よう、おまわりども！　調子はどうだ？　最近、飛龍幇のだれかに有罪の判決をくだしたか？　くだしてない？　ああそうか、チャイナタウンのだれもおまえらまぬけどもを信用してないからだな！

リン　よせ、フレディ。

ウォン　知るか。いまは蛇（註・不法移民の売買）も扱えない。子豚ども（註・密航した外国人）を収容しておく空《あ》きビルを失ったからだ。堂《トン》の老人どもはいくつかのカジノまで営業を停止してる。

リン　おれは堂では若者だぞ、フレディ。おれたちも状況を改善しようと努力しているが、それには時間がかかる。おまえも内情はわかっているはずだ。老人たちは第一世代だから、敬意を払わなければならない。理事会のＡＢＣ（註・アメリカ生まれの中国人）は声を大にして叫ばなければ話を聞いてもらえない。

ウォン　ああ、あんたたちはもう少し大きな声で〝叫ぶ〟必要がありそうだな。ミスター・オングがけっして忘れないようなメッセージを〝叫ぶ〟必要がありそうだ。

リン　手は打ってある、兄弟。辛抱しろ。香港から助けが来る。とにかく辛抱しろ。
ウォン　辛抱しても飛龍幇の稼ぎにはならない。

一九九五年七月二十六日午後八時四十七分に、チャーリー・リン（協勝堂）とフレディ・ウォン（飛龍幇）とのあいだでおこなわれた通話の文字起こし

呼び出し音
ウォン　もしもし。
リン　フレディか。
ウォン　ミスター・オングはいついなくなる？　パパ・ンは？
リン　おまえにはまだ教えられない。
ウォン　だれもが望んでることだ。
リン　老人の何人かは望んでいない。
ウォン　老人どもは指導者に従うはずだ。特にンがいなくなれば。なあ、おれと手下たちはここで飢え死にしかけてるんだぞ。
リン　おまえはキャナル・ストリートに店を持っているだろうに。この件が片づくまで、もっとブルックリンで稼げ。
ウォン　鬼影《ゴースト・シャドウズ》幇はブルックリン以外でも商売ができるのに。あいつらはおれたちを笑ってるぞ、チャーリー。おれたちはトンネルまで失いつつある。手下のひとりが入国したばかりのかわいい子豚（註・不法在留外国人）を気に入って、ドイヤーズ・ストリートの近くのトンネルに連れていって、ちょっと楽しもうとしたんだよ。ＨＫ（註・香港、すなわち三合会《トライアド》十四Ｋ）がそこのビルを買ったせいで入口が封鎖されてやがった。
リン　だれかがそのビルを買っただけで、だれが買ったかまではわからないはずだ。
ウォン　何を言ってるんだ、チャーリー。何が起こってるのか、チャイナタウンのだれもが知ってるぞ。安良堂《アンリャントン》だってまちがいなく知ってる。噂によると、安良堂と鬼影幇は高笑いしながらも、HKがチャイナタウンに進出してきたのにびびってパンツを濡らしてるらしいぞ。

リン　なんの話かわからない。

ウォン　チャーリー、ふざけ——

回線切断

通話終了

一九九五年七月二十六日午後十時四分に、チャーリー・リン（協勝堂）とミッキー・チウ（協勝堂）とのあいだでおこなわれた通話の文字起こし

リン　もしもし。

チウ　チャーリーか、こんばんは。

リン　深夜に電話をかけてすみません、ミッキー。

チウ　かまわないさ。映画を観ていただけだし、一時停止した。何かあったのか？

リン　フレディ・ウォンのことが気がかりです。最近、ビジネスのことで騒ぎ立てているので。父の旅のことをしょっちゅう訊いてくるし、このあたりに外国から投資がおこなわれていることにも文句ばかりです。問題は、そういう話をするとき、あいつがあまりにも軽率なことです。

チウ　あいつは子供だ。あそこの連中は全員がそうだ。

リン　それでも、状況が落ち着くまで、あいつを黙らせておく必要があります。

チウ　あいつはレストランの話もしているのか？

リン　エメラルドのネズミの？　いいえ。知っているかどうかもわかりません。いまのところ、あのビジネスはわれわれと外国の家族だけの秘密です。

チウ　それならいい。よし、アッパー・ウェスト・サイドであいつができそうなちょっとした仕事がある。

あす、ペル・ストリートで相談しないか。しばらくあいつも満足してくれるはずだ。
リン　ありがとう、兄弟。映画を楽しんでください。
チウ　お休み。
通話終了

一九九五年七月三十日午後九時十八分に、ブリーカー・ストリート二百三番地のアパートメントの七号室で、カラム・バークとパトリック・ドゥーランのあいだでおこなわれた会話の文字起こし

ドゥーラン　なぜ非常階段にすわるのがだめなんだ？
バーク　雨が降っているからだ。
ドゥーラン　だから？　この階より上なら水浸しにはならないさ。前にすごい雷雨に襲われてるときは見《み》物《もの》だって話しただろう？　これがその雷雨だよ。外ですわって、ビールを飲みながら、雷を眺め、消防車の音に耳を澄まそうぜ。どうして中で飲まなきゃならない？　ここに隠しカメラでも仕込んであるのか？
バーク　なんだって？
ドゥーラン　隠しカメラだよ。おれを録画してるのか？
間
バーク　何を言っている？
ドゥーラン　録画しながらおれを酔わせ、おれが潰れたらいかがわしいことをするんだろう？　それを録画しておいて、あとからマスをかくわけだ。ほら、レンズはどこにある？
バーク　ふざけるな！　くだらないことを言いやがって！
ドゥーラン　わかった、わかったって。やれやれ、落ち着けよ、クリスティ。ただの冗談じゃないか。
バーク　おもしろくなかったぞ、変態め。

ドゥーラン　わかった、わかったよ。ビールでも飲んで気を静めてくれ。
間
ドゥーラン　乾杯《スランチャ》。
バーク　乾杯《チアーズ》。
間
バーク　怒って悪かったな。
ドゥーラン　いいさ。この街にいるとだれだって気が立つからな。
バーク　おれはただ、自分が立ち往生しているように感じているんだよ。つまり、あんたを手伝って金の取り立てをずっとやっているが、それも少し景気が悪くなっている。おれはドレッサーやワードローブを街のあちこちに運ぶ以上の仕事をしたい。ポケットベルと電話にはうんざりだ。おれはもっと稼ぎたい、パディ。トリニティは自分の拷問部屋でHを売っているのに。あの子はおれより責任のある仕事をしている。
ドゥーラン　おまえとトリニティはちがう。
バーク　それはわかるが、おれだってファミリーの中でもっと出世したい。アコスタの件で自分の実力を証明したし、まじめに働いている。取り立てでは用心棒役を演じているが、だれにも指一本触れずに済んでいる。おれはジミー・マリガンを怒らせてしまったのかもしれないし、あいつがおれを怒らせたのかもしれないが、それはもう済んだことだ。フィンタンの機嫌を損ねたとも思えない。アコスタを切り刻んだとき、歌うべきでない歌を歌ってしまったことを除けば。
ドゥーラン　まあ、そうだな。
バーク　ドナル・モリスのときだってそうだ。ジミーがあいつを撃ち殺して、おれのジーンズが脳みそまみれになったときも、おれは文句を言わなかった。
ドゥーラン　いかげんにしろ！　やれやれ、おれはおまえの女房か何かか？

バーク　なぜ今度はあんたが怒っている？

ドゥーラン　自分が何を言ってるか、わかってるのか？　おれと知り合ったとき、おまえはこの国に来たばかりの、ジャガイモばかり食ってるアイルランド人だった。クリスティ、おまえはがさつなところはあったが、汚れを知らなかった。それなのに、いまではHや取り立てや死体の解体をくそでもするくらい簡単なことのように話してる。

バーク　なぜおれがウェスト・サイドのあの哀れな連中から儲けを脅し取ったかはわかるだろう？　なぜ街じゅうにHを運んだのかも。なぜアコスタを叩きのめしたかも。

ドゥーラン　おまえはあいつを叩きのめしたわけじゃないぞ。あいつのほうが先におまえを痛めつけたんだ。

バーク　疲れさせただけだ。消耗作戦というのを聞いたことはないのか？

ドゥーラン　ああ、確かにおまえは痛めつけられることであいつを疲れさせたな。

バーク　おれはあいつを打ち負かしただろう？　あんただったらマスもかけなくなって、トリニティでもどうにもできなかったはずだ。おれが言いたかったのは——なんの話だった？

ドゥーラン　なぜおまえがああいう厄介事を引き受けたかという話だった。街じゅうに麻薬を運んだりしたことだ。

バーク　そうだった。おれはあんたのためにやったんだ。あんたがあの肥溜めみたいなホテルでおれを見出し、チャンスをくれたからだ。おれはびびったが、自分にそれだけの価値があることをあんたに証明したくて、最善を尽くした。

ドゥーラン　すまない、クリスティ。

バーク　なぜ謝る？

ドゥーラン　おまえをこんなことに引きずりこんで、すまないと思ってる。おまえはジミーやフィンタンやおれとはちがう。トリニティともちがう。おまえは善人だ。おれが金を取り立ててるとき、それが伝わってくる。おまえは金を払わされてる連中に同情してる。おれにとっては、いつもの仕事にすぎない。おまえは？　感情を動かされてるのが伝わってくる。

バーク　おれは全然後悔していない。あんたが言ったんだぞ、パディ。これがニューヨークの食物連鎖だって。おれは祖国にいたころのクリスティとはちがう。この食物連鎖で、もっと上に行きたい。おれには全幅の信頼を置いていい。だれがソル・グランディを殺したかをあんたから聞かされても、だれにも言わない。

ドゥーラン　それは大昔の話だ。

バーク　とにかく、期待には応える。

間

ドゥーラン　大きな仕事が控えてる。提携のようなものがおこなわれる。出世したいのなら、深入りしなければならない。ほんとうにやりたいのか？

バーク　ほかにすることがあるか？　ビザは期限切れだ。まともな仕事には就けない。いまさら祖国で何をする？　やらせてくれ、パディ。

ドゥーラン　そうか。

バーク　そんなに悲しそうな顔をするな。あんたはおれの人生を変えた。やらせてくれ。

間

ドゥーラン　わかった。フィンタンに話してみる。ジミーはおまえにチャンスをやりたがらないだろうが、フィンタンはおまえを気に入ってる。

バーク　恩に着る！　後悔はさせない。

ドゥーラン　おまえは後悔するかもしれないぞ、クリスティ。

バーク　さあ、外ですわって雷を見ようぜ。窓の外に稲光が見える。もう消防車の音も聞こえてきたぞ。

ドゥーラン　そうだな。外ですわって、雷に焼かれる街を見よう。

会話終了

20

メキシコ料理の店で、フィンタン・ウォルシュはカラムを向かいにすわらせ、指を舐《な》めながら伝票をより分けていた。店のレイアウトはテキサス州やニューメキシコ州のバーをイメージしていて、飾り気がない。リノリウムの床にテーブルが並べられ、壁は板張りで、一方に長いカウンターがあり、いくつかのビールタップを備えているが、ほかにたいしたものはない。隅のキッチンは仕切りがほぼなく、ふたりの男がフライヤーやホットプレートを使っている。カウンターの後ろのテレビには南米のサッカーの試合が映っている。

店はIRT線の六十一番ストリート－ウッドサイド駅近くの角にある。陽光が金属製構造物の隙間から差しこみ、通りを走る車に光と影の縞模様を作っているのが窓越しに見える。警察官の一団が六十一番ストリートの店の前に立ち、紙コップからコーヒーを飲んでいる。全部で五人いて、近くにパトロールカーが一台停まっている。

カラムはアイリーンに電話をかけたかった。その声を聞きたくてたまらなかった。学校の話をいくつかタラから聞いて、ここ数週間で頭の中に溜まった膿《うみ》を洗い流したかった。

ドナル・モリス殺しが応えている。アコスタを切り刻んだときよりも。カラムはマイク・オコンネルに電話をかけ、いまこそ合同捜査班が動くべきであり、ウォルシュとドゥーランとマリガンを逮捕するべきだと迫った。だめだ、とオコンネルは言った。もう終わったことだし、ドナル・モリスが生き返るわけでもないし、点と点を結んで中国人に行き着くためにはもっと情報が要る、と。オコンネルは笑ってもいた。ＲＩＣＯ法違反の捜査で犠牲者が出るのは、麻薬取締局《DEA》だろうとアルコール・煙草・火器局《ATF》だろうとＦＢＩだろうと、連邦捜査機関は慣れきっている、と言って。捜査中に弾丸を撃ちこまれた情報提供者はたくさんいるし、殺しをやった情報提供者もたくさんいる。ボストンには手をバケツ何杯もの血で染めながらＦＢＩの秘密情報提供者を何年も務めた男だっている。

おれはこの肥溜めにはまる一方だ、とカラムは思った。くそ、ゆうべの酒がまだ残っている。

今回は録音機器を身に着けることをみずから申し出た。アパートメントに仕掛けた盗聴器では不充分だが、このフィンタン・ウォルシュとの話し合いは、ＲＩＣＯ法違反の事件の捜査を全面的に開始するだけの証拠の中核となりうる。それで入手できるかぎりでは最も小型で軽量のレコーダーを持ちこんだ。外は三十度以上あり、サウナ並みに蒸し暑いが、いつものＴシャツではなく、軍の放出品のシャツを着て、ポケットにレコーダーを隠せるようにした。ポケットが垂れさがらないように、シャツの胸の上にテープで貼りつけてある。少なくとも、シャツの前を開いて着られるし、何も貼りつけていないことを示せるが、疑心暗鬼にとらわれて酒くさい汗が腋に染みを作り、顔を覆っている。裏切り者だと目玉にネオンサインで書いてありそうだ。

キッチンに目をやった。金属製の冷蔵庫の戸に何かおかしなものが映っていなかったか？　だれかが隠れているのでは？　よせ――潜入捜査官が陥る疑心暗鬼だ。しっかりしなければ。

それでも、アルファベット・シティのジャンキーのたまり場で、奥の部屋にいた影のイメージが脳裏をよぎってしまう。あのときは盗聴器を探すために裸に剝かれた。もし、また裸に剝かれ、服を調べられ、今回は警官のレコーダーが見つかったら？

ウォルシュと会う日時をパディが決め、ファミリーにもっと深入りする段どりをつけてくれたとき、カラムはオコンネルにそれを知らせた。マイクは何も身に着けないよう指示した。盗聴器の心配は、ウォルシュ・ファミリーで出世してからでも遅くないと言って。ルイースとガリンスキーもそれに同調し、自分たちは通りの向かいにいると伝えた。マーニーの店でコーヒーでも買うか、シャツをコインランドリーに持っていくから、と。だめだ、とカラムは言った。それでは充分ではない。何か録音しなければならない。

ウォルシュが書類仕事を終えて顔をあげ、剃刀負けした顎を搔いた。

あらゆる癖が、あらゆる瞬間が、あらゆる視線がカラムに逃げろと叫んでいる。カラムがレコーダーを身に着けていることも、警察官であることもばれているぞ、と。はじめからばれているぞ。

麻薬。暴力。不正行為。秘密。嘘。そのすべてが腹の中で沸き立ち、神経を刺激し、五感を敏感にし、どんな麻薬よりも頭を混乱させている。

それで、なぜここに来た？

「え？」

「それで、なぜここに来た？　なんの用だ、クリスティ」

フィンタンがまぶたの重そうな目で見つめている。鉛筆のように細い眉が額《ひたい》の上で吊りあがっている。

「景気はどうだ？」カラムは言った。

「それは礼儀正しく訊いてるだけの〝調子はどうだ〟という質問のたぐいなのか、それともほんとうに知りたいのか？」

「礼儀正しさはおれの長所じゃない。興味がある」

「ヘルズ・キッチンでは締めつけられてる。警官がパトロールを増やしてるから、店から金を取り立てるのはむずかしくなってるが、たいした問題じゃない。問題は、第十八分署が街角の売人にまで覆面捜査官を接触させてることだ。そっちのほうが厄介だな」

まるで録音されているのを承知しているかのような説明だ、とカラムは思った。頭の中で声がしゃべりはじめる。こいつは知ったうえでおれを振りまわしているのか？

どうでもいい、最後まで演じ抜け。

ウォルシュは右手の太い指に挟んだボールペンをいじっている。

いつやるかを見計らっているのか？　いつおれを殺すかを。

ウォルシュは言った。「パディとの暮らしはどうだ？」

「順調だ。マッソーとレモンほどじゃないが」

「なんの話だ」

「あまり映画は観ないみたいだな」

ばかなことを言うな。こいつは映画通じゃない。落ち着け。

ウォルシュはペンをテーブルに置いた。

「うまくやっている」カラムは言った。「パディはいいやつだ。ニューヨークは最高だ」

「もっと責任のある仕事をしたいとかで、おまえがおれと話したがってるとパディから聞いた。知ってるだろうが、おれとパディは古なじみだ」ウォルシュは椅子の背にもたれ、ハリトスのライムソーダを注文した。「チポラータ・ステーキを食ってみろ。ここのは絶品だぞ」

「大丈夫だ、ありがとう」

ウォルシュはハリトスをもう一本頼み、メキシコ人の店主がそれを持ってきて、カラムにうなずきかけながらテーブルに二本目のソーダを置いた。

この気の毒なやつは自分のレストランをここでつづけていくために、いくら払っているのだろう。おれがこのけだものたちを刑務所送りにしたら、感謝してくれるだろうか。くそ、この件が片づいたら、またここに来てメニューを全部頼もう。

ウォルシュはソーダを一気に飲み、おくびをした。

「おれとパディは古なじみで、近所に住んでた。パディは前からちょっとやわで、いつもだれかが守ってやらなければならなかった。あいつだって荒っぽいところはある。ヘルズ・キッチンで育てば、街での立ちまわり方を学ぶものだ。それでも、あいつにはおれやジミー・マリガンにはない弱点がいくつかある。そのひとつ目は、人間の善なる本性を信じてることだ。生まれながらの人情とか、そういうくだらないものを」

「だが、あんただって通りの向かいの教会にかよっているんだろう?」カラムは言った。「神は偉大なり、汝の隣人を愛せと言われているんじゃないのか?」

「それがカトリックであることの美点なんだよ。何事も解釈しだいだからな。ローマで老人たちが、何千年も前に書かれた本を解読してるだけだ。そいつらは賢い。大金が稼げるから、いつだって解釈の余地を残し、自分らの話を微調整できるようにしてる」

「つまり、パディは仲間思いで、それが弱点だと?」

「そのとおりだ」ウォルシュは言った。「だまされやすくなるからな。まわりに利用される」

くそ。

ウォルシュは言った。「ソーダを飲め。一度味わったら、コーラは二度と飲みたくなくなるぞ」

飲んで懐に飛びこめ。図々しく押し通せ。

「確かにうまいな」カラムは言った。「それなら、おれがパディを利用していると思っているのか？」

「いや」ウォルシュはまたペンを手に取り、前にあった紙の一枚にいたずら書きをはじめた。「いや、そうは思ってない。だが、あいつの女に関してはわからない。おまえはパディより賢い。どう思う？」

「信じやすいから馬鹿になるとは思わないが」

「だが、やわになる。あのトリニティという小娘には目を光らせておけ、いいな？　問題になりそうだと思ったら、教えろ」

「わかった、フィンタン。そうする」

ウォルシュはペンを水平に持ち、肌が荒れている人差し指と親指で両端からはさみこんだ。しばらくそれを見つめ、プラスチックをふたつに折ろうとするかのように歯を食いしばる。が、そこでボールペンを置いた。

そして言った。「パディのふたつ目の弱点は、過去を吹っ切れないことだ。おれたちが嫌われるようになってからも、ずっとウェスト・サイドにとどまってた。ジュリアーニはあの一帯を浄化して再開発したがってる。なぜ警察がおれたちを追いまわしてると思う？　それなのに、パディは靴にへばりついたくそみたいにあそこにしがみついてたし、いまだって川を渡りたくないから学生やホモだらけのヴィレッジに引きこもってる。いまでもヘルズ・キッチンに手下が住んでるのは確かだ。兵隊がな。使い捨ての連中だ。気にかけるまでもない。だがパディときたら、マンハッタンを吹っ切れずにいる。もうあそこは金持ちやニガーやスペ公やホームレスの手に落ちたのに」

ウォルシュはソーダを飲んだ。

「それから中国人の手に」

来た！　カラムは思った。口を滑らせるだろうか。

ウォルシュは言った。「中国人《チンク》どもには未来がある。黄金の三角地帯でヘロイン一キロがいくらだか知ってるか？　四万ドルぐらいだ。ニューヨークに届くころには、一キロあたり十一万ドルで売れる」身を乗り出し、テーブルが揺れた。「おれたちがそれを売れる。堂《トン》はチャイナタウンを牛耳《ぎゅうじ》ってるが、キャナル・ストリートのずっと北では商売したがらない。だからイタリア人や黒人に卸売りしてる。そこらじゅうで売りさばいてくれる連中ならだれでもいいわけだ。だが、時代は変わる。ニューヨークはけっして止まらないんだよ、クリスティ。おれが聞いた話だと、大物たちが香港からニューヨークに移りたがってるらしい。ブルース・リーもどきの三合会《トライアド》のことだ。あいつらはもっと大きな計画を立ててる」

唇を舐め、ハリトスの瓶をつかんで、ライムソーダを飲み干す。

「おれたちはいまでも街角でにらみを利かせてて、ニューワールド運送は五つの行政区に商品を運んでる。いくつかのSMクラブでも少し売ってるが、変態どもがいたぶり合っているだけで、われを忘れて本番をしてないかぎりは、風紀課の警官も手入れはできない。おれたちはいまでもウェスト・サイドで用心棒の仕事をしてる。ニュージャージー州やスタテンアイランドだけが縄張りじゃないから、香港の連中はイタリア人たちよりもおれたちと取引協定を結びたがってる。おれたちはブルックリンの港湾労働者を押さえてるし、ラガーディア空港の組合員の一部も押さえてる」

「ハーレムはどうなんだ？　ブロンクスは？」

「チンクどもは人種差別主義者なんだよ。ニガーを嫌ってる。あのまぬけたちとは組まない」

「ドミニカ人は？」

「コカインの取引で手一杯だ。いいか、おれの言ったことはほんとうだ。市庁舎はヘルズ・キッチンがほしくてたまらない。ブロードウェイやミッドタウンやアクターズ・スタジオが近くにあるからな。おれたちが中国人と組んで金を稼いでも、たぶん十年もしないうちにヘルズ・キッチンはクリントンという名前になって、ウォール・ストリートや信託基金のやつらがはびこることになる。ジュリアーニはニューヨーク市をディズニーランドに変えたいのさ。おれたちは残された時間を最大限に活用しなければならない」

ウォルシュは笑みを浮かべた。

本音を打ち明けている、とカラムは思った。胸を掻き、レコーダーを収めたポケットに軽く触れた。

頭の中で声がささやく――録音したぞ。

カラムは言った。「なるほど、楽しみだな。だが、おれは何をすればいい？」

「弱点の話をしたよな、クリスティ。おまえの弱点はなんだ？」

おれはギャンブルの借金を帳消しにするために香港のマフィアのボスを見殺しにした。幼い娘と仲たがいした妻をもう一度抱き締める前に死ぬのを恐れている。

「おれはいつだって楽天家だ。いつかワールドカップのトロフィーに緑と白のリボンが結ばれる日が来ると信じているくらいさ」

「ほら、まさにそういうところがおまえの問題だ。軽口を叩きやがって」ウォルシュは言った。「おまえの問題は、クリスティ・バーンズ、何も信じてないからけっして楽天家にはなれないことだ。おまえは心から信じてない」

「教会に行けと言っているのか？」

「信じろと言っているんだよ。おれを信じろ。おれがやろうとしていることを信じろ。ここはアメリカであってアイルランドじゃない。ここではやる気を示さな

けれ ばならない」

「それなら、おれも仲間であることをどうやって証明すればいい？　言ってくれれば、それをやるよ。お望みなら、ニューヨーク・メッツがワールドシリーズに出られるよう応援だってするぞ」

ウォルシュは腹を立てたふりをしてペンを落とした。椅子の背にもたれ、腕組みをして言う。「おまえが怒るのを見た。アコスタを始末したとき、おれとジミーに殴りかかりそうになっていたな」

幾晩もあのときの映像が脳裏で再生されたよ、とカラムは思った。

「だが、おまえの根性も見届けた」ウォルシュは言った。「あのときのおまえはひたむきだった。おれがあのスペ公のチンピラを撃ち殺す前に、おまえが殴り合ったときのことだ。あの夜のおまえは火の玉のようだった。自然の猛威のようだった。あのプエルトリコ野郎を切り刻む場に、なぜおまえを連れてきたと思う？　それなのに、おまえは泣き言や文句や不満ばかりで、ジミーと言い争った」

「失望させたのなら謝る、フィンタン」

「おまけにおまえは酔っ払って運送の仕事をしてるし、意欲を失ってる。いまだって酒くさいぞ。おまえはおれに会いにきて出世したいと言ってるが、おれが不安に思うのも当然だろうが」

内なる声がカラムに指示した。

焦るな、強気に出すぎるな。

「いま言ったじゃないか、フィンタン。おれのことを賢いって。おれはもっと手に入れたい。この街にはいろいろな楽しみがあるが、金がかかるから、おれは――どうしても――もっと稼ぎたい。実力を証明させたいのなら、どうすればいいか言ってくれ」

フィンタンはカラムを険《けわ》しい目で見つめた。薄い唇を無骨な指ではさみ、鼻で息をしている。

やがて言った。「戦え。この前と同じように。十日後だ。酒を抜いて、戦え」

「だれと？」

「ボストン出身の前科二犯の男だ。名前はボビー・クーパー。来週、ミートパッキング・ディストリクトでイベントをやる。ルールなしの試合だ。六戦やるが、一戦にクーパーが出る。対戦相手は決まってたんだが、逃げやがった。おまえが代わりにクーパーと戦え。あいつの鼻をへし折ったら、考えてやる」

「だれが戦うはずだったんだ？」

「ケニー・ムーニーだ」

「ポーリー・ムーニーの兄弟だよな？　なぜ逃げた？」

「よけいなことは訊くな」

「やるよ」

ウォルシュは顔を寄せた。

「そう言うと思ってたぞ」

「階級は？」

「クーパーは中量級で、体重は七十五キロぐらいだろう」

「わかった、おれはいま七十三キロぐらいだ」

コンディションは最悪だが、とカラムは思った。酒を飲みすぎだし、煙草も吸いすぎだ。それでも戦ってやる。なんとしても勝つ。負けたら床の上で失血死することになるのだから。

「それから、クーパーはボストンのボスに借金してる」ウォルシュは言った。「ボストン・レッドソックス好きで、ギャンブル好きなんだよ。ボスのデシー・マッギヴァーンに三万ドル近く借りてる。クーパーにとって、これは借金地獄から抜け出すチャンスだ。マッギヴァーンの手下たちはクーパーが勝つほうに賭ける。クーパーが勝てば、借金はチャラになる。おまえが勝てば、マッギヴァーンはクーパーの頭に銃弾を撃ちこみ、ボストンに戻る。クーパーの死体は十年後にロードアイランドのごみ処理場で見つかることになるだろう。クーパーを叩きのめすのは、引き金を引くのと同じだぞ、クリスティ」ウォルシュはウィンクをした。「おれはそういう根性が見たい」

カラムの頭の中の声がささやいた。こぶしを握れ、震えを止めろ。

「任せてくれ、フィンタン。勝ったらおれを紹介してくれよ。どこで戦う？」

「まだ場所は決まってない。チャイナタウンから中国人も何人か来る。試合が終わったら飲むことになってるから、おまえを紹介して、どうなるかを見てみよう――クーパーに勝ったらの話だが。負けたら、それもどうなるかを見てみよう」

「おれは勝つよ、フィンタン。圧勝する。連中はI－八四号線を走る車の後部座席でまだ伸びているそいつを撃ち殺す羽目になるだろう。クーパーとかいう男の頭のてっぺんに、やる気を叩きこんでやる」

21

カラムはメキシコ料理店を出ると、スニーカーで歩道に踏み出したとたんに煙草に火をつけた。ジョージー・ルイースは通りの向こうからそれを眺め、ルーズヴェルト・アヴェニューのデリの前で安いコーヒーをひと口飲んだ。メキシコ料理店の窓には〝ブリトー――四ドルで二個！　何を注文してもタコスが無料でついてくる！〟と手書きで記したカードが貼られていて、立ちあがるフィンタン・ウォルシュがその隙間から見えた。ウェイターがテーブルの上を片づけるために駆け寄っている。ウォルシュがキッチンのほうを向くと、人影が現われた。ジーンズとTシャツ姿で、暗がりにとどまっている。ウォルシュはその人影に歩み寄り、会話をはじめた。

ルイースはルーズヴェルト・アヴェニューに停めたレンタカーのホンダ車の運転席に乗りこみ、望遠レンズを持って後部座席にだらしなくすわっているアントン・ガリンスキーに声をかけた。

「バークは七系統でマンハッタンに戻るはず。車をおりて列車に乗り、バークと合流して録音内容を確認して」

「《女刑事キャグニー&レイシー》でもやっているつもりか？　いつからおまえがおれに指図するようになった？」

一度でいいのに、とルイースは思った。一度でいいから、パートナーが文句や当てこすりを言わずに何かしてくれたら、感激するのに。

「美人のブロンドの役をやらせてあげる。とにかく、バークのあとをつけて、いいわね？　わたしはウォルシュに貼りつくから」


「ウォルシュに貼りつく？」ガリンスキーは言った。「あいつは二、三ブロック離れたところに住んでいたよな」

「だから、高速に乗って車を返しにいくという悪夢をあんたは味わわなくて済む。カラムが駅の階段をのぼっているわよ。アント。さっさと動いて」

ガリンスキーは座席の上で身じろぎし、咳払いした。「バークはおまえが担当するべきだ」と言う。「おまえはウォルシュの目を引いてしまうかもしれない」

ルイースは運転席で体をひねり、ガリンスキーのほうを向いた。

「目を引く？」

「バークから聞いた話だと、ウォルシュはラテン女が好みなんだろう？　おまえに目を留めるかもしれない。おれはどこにでもいる尻の青白い白人の男だが、おまえはとても目立ちやすい。ウォルシュの好みからするとな」

ルイースはうなじが熱くなるのを感じ、ゆるいポニーテールにまとめた髪の下に手を入れてそこをこすり、ほてりが頰にまで広がらないようにした。通りに視線を戻すと、バークは高架鉄道の下に設けられた改札階への階段を途中までのぼっていた。煙草を吸い終えてから、駅にはいっていく。バックミラーに映る顔をガリンスキーに見られないようにうつむき、笑みを浮かべた。

「わたしも髪を染めようかな。ブロンドの役のほうをやれるから」

「思いあがるなよ」ガリンスキーは言った——ルイースはその声に笑みが含まれているのを聞きとった。「ブロンドじゃないほうのレイシーはそこまで美人じゃなかったぞ」

　ガリンスキーはウォルシュを待ちながら、頭の中で筋書きを考えた。昔の三文小説の表紙のように、古い工場でウォルシュとマリガンを逮捕し、隅で縛られていたセクシーな赤毛の女を助け出す。ドゥーランの恋人のボンデージ女も——ナースなんとかも——不健全な生活から解放してやり、女はガリンスキーの腕の中に飛びこんでくる。事件を解決し、国防総省の受付にいた新任の女将校の目に留まり、ふたりで朝まで愛し合う。それか、地方検事のオフィスにいた女と。それか、近所に引っ越してきたコロンビア人の熟女と。

　しかし、ルイースはそういう対象にはならない。ルイースがいい女なのは確かだが、妹とファックするようなものだ。夫のアーサーが幸運な男であるのはまちがいない。ああいう女だし——美人で、すばらしい母親で、馬鹿正直で——もし自分たちがパートナーでなかったら、ジョージー・ルイースに出会えたのは大当たりだっただろう。もしルイースが結婚していなかったら、という条件もつくが。もし自分が母親と暮らしていなかったら、という条件も。いっしょに働いていているとき、自分がいやなやつになっているのはわかっているが、それが警察官の流儀だし、ルイースは女だから、どうしてもきつい態度をとらなければならない。特別扱いをしていると見られるわけにはいかない。それが本人のためでもある。

　とはいえ、ルイースがバークを気に入っていることに苛立っているという部分もある。本人はけっして認めないだろうが、目や声にそれが表われている。

　しまった！

　ビュイックが脇を抜けてルーズヴェルト・アヴェニューを西へ向かっている。ウォルシュが運転し、もうひとりが背中をまるめて助手席にすわっている。野球帽、サングラス。目鼻立ちははっきりとはわからない。

　ガリンスキーは慌ててホンダ車の運転席に移り、イグニッションキーをまわして、ルーズヴェルト・アヴェニューを進みながらギヤをあげていった。ビュイックは珍しい色で、メタリック・ブルーのロードスターだ。ガリンスキーはハンドルを叩き、加速したくなる衝動と戦った。愚かにも高校生じみた淫《みだ》らな妄想にふけっていた。ウォルシュの車は高架鉄道の下を進んでいる。ルーズヴェルト・アヴェニューはクイーンズ・ブールヴァードに直結している。ブールヴァードの手前で追いつければ、片側四車線の道路で尾行できる。ひとりごとをつぶやいた。

「メタリック・ブルー、メタリック・ブルー、メタリック……よし！　追いついたぞ」

　ビュイックは信号につかまっていた。ガリンスキーはその三台後ろで停車し、尾行の準備を整えた。

　ルイースは列車のドアの脇に立ち、窓の外を流れていくクイーンズを眺めた。高架鉄道沿いに平たい四角形を作って並ぶ店や倉庫を見おろす。錆や埃や落書きだらけだ。線路から離れたところでは、安アパートメントが狭い通りに密集し、幅のある歩道に正面を向けている。

　バークは隣の車両ですわっている。それぞれの車両の端にある窓越しに、見え隠れしている。脚を広げ、床を見つめている。

　通路をはさんでルイースの後ろ側に痩せた男がすわっていて、四十番ストリート‐ロウリー・ストリート駅からずっと、人種差別の暴言をつぶやき、O・J・シンプソンについてまくし立てている。少し離れた席に身長が六フィート以上ある黒人がすわり、窓の上の詩が書かれたポスターを見つめ、深呼吸している。ルイースは、黒人が自制し、自分が介入せざるをえないような事態にならないことを望む気持ちと、制止する間もなく黒人が痩せた男を叩きのめすことを望む気持ちが半々だった。

　ふたりともコート・スクエア駅でおりた。痩せた男が足早に歩いていき、長身の黒人がそれを追って改札口へ向かう。下の二十三番ストリートに警察官はいるだろうかとルイースは気になった。

　ブルックリン‐クイーンズ・エクスプレスウェイにはいったとき、ガリンスキーはビュイックのロードスターを見失ったと思った。だが、道路は半マイルにわたって渋滞していて、車線を変更しながら強引に進むうちに、ウォルシュの四台後ろにたどり着いた。しばらくは三層からなる高速道路の最上層をゆっくりと進んだ。右手にイースト川をはさんで、煙草の脂《やに》のような空に覆われたマンハッタンが見える。車の流れが速くなり、ブルックリン海軍工廠《こうしょう》のあたりでまたビュイックを見失いかけたが、パトロールカーが何台か走っていたので、ウォルシュは速度を落とした。

　合同捜査班は人手が少なく、オコンネルやマッティラを呼び出すにしても時間がかかりすぎるが、何台かの車でビュイックと抜きつ抜かれつしながら交代で尾行できればいいのに、とガリンスキーは思った。

それでも、こうでないと、と思った。これこそ、自分がやりたかった仕事だ。グランディが射殺されたときは動揺したが、酒とセックスのおかげでそれがまぎれると、自分が現場の警察官になった空想にふけり、頭の中で筋書きを組み立てた――弾丸がボンネットを打ち鳴らす中、車の陰にしゃがみこむ。助けてという視線をジョージーが送ってきて、ガリンスキーは撃ち返して殺し屋を仕留める。第一取調室でアントン・ファッキン・ガリンスキーに電話帳スペシャルを浴びせられたウォルシュが縮みあがるのを眺める。

尾行をつづけ、ビュイックを追ってブルックリン橋の近くで高速道路をおり、ダンボへ行った。一般道路にはいったのでアクセルペダルを戻し、丸石が敷かれた人けのない通りをゆっくりと抜け、くぼみやごみの上を進んだ。ウォルシュとは充分な距離を保ちながら。通りは寂れていて、産業施設の外壁にはひびがはいり、とうの昔に潰れた店の色褪せた看板が、そびえ立つ煉瓦の壁から剝がれそうになっている――〝ロビンソン&マッカーガンのバターナッツパン〟、〝家具修理と高級室内装飾のエース〟、〝マーゴイルのトニック〟。マーゴイルか、と思った。マーゴイルなんて名前のやつがいるのか？

二、三ブロック先にイースト川が見え、ブルックリンの岸辺に散らばる割れた岩の塊や、ねじれた金属や、ごみの山が見えた。高速道路をおりてから、自分たち以外のだれも見かけていない。市庁舎は企業から金を出させるためにヘルズ・キッチンを根こそぎ破壊しようとしているのかもしれないが、これを見るかぎりでは、ダンボは荒廃した都市になることを運命づけられている。

ビュイックが右折し、ガリンスキーは数秒間停車した。通りにほかの車がないときに、だれかを尾行するのはむずかしい。ウォルシュがまだ気づいていないことを祈った。ホンダ車をそろそろと出して角を曲がると、ビュイックが通りの端へ進み、マンハッタン橋の巨大な花崗岩のアンカーブロックの前で曲がるのが見えた。影に包まれた橋の基部にテールライトが赤く反射し、そこで静止した。

ガリンスキーはホンダ車を停めて静かにおりた。ドアが閉まる音に身をこわばらせる。

これだ、と思った。こうでないと。

しかし、早鐘を打っていた心臓が凍りついた。ヒップホルスターに入れたグロックに手を伸ばすと、ソル・グランディが射殺された夜にこれを歩道に落としたときの音がよみがえった。声が聞こえ、跳びあがった。四人だ。ウォルシュとほかに三人。声は小さくなってから大きくなり、反響している。訛りがある。笑っている。

アンカーブロックの下のアーチ形通路にいるようだ。通りの端の暗闇へ忍び寄った。


料理を注文し、窓越しに十番アヴェニューを眺めた。ルイースはソーセージと卵のサンドイッチのフライドポテト添えを頼み、カラムはコーヒーを頼んだ。カラムは落ち着かなかった。〈エンパイア・ダイナー〉はチェルシーの名所で、アート好きに人気が高く、窓から離れた隅の席にすわっていても、人目につきやすい。

「何か食べたほうがいい」ルイースは言った。

「あとで食べる」

「食べて、おごるから」

「大丈夫だ」

ことわったとき、カラムは自分を恥じて顔が赤くなるのを感じた。ルイースは一瞬だけ傷ついた表情を浮かべた。

「すまない」カラムは言った。

レコーダーを出し、テーブルの下で持った。ここでのやりとりを終えたら、北へ歩いて駐車場に行き、トラックに乗ってＪＪことジョニー・ジョンソンを拾い、百マイルほど北のハートフォードで引っ越しの仕事をすることになっている。マリガンからポケットベルで呼び出されたので、グランド・セントラル駅の公衆電話から連絡したら、この仕事を指示された。メキシコ料理店での会話について、フィンタンとマリガンとパディの三人で相談できるように、追い払われたのだろう。

マイク・オコンネルが〈エンパイア・ダイナー〉にはいってきて、ボックス席のルイースの隣にすわった。歯磨き粉とデオドラントのにおいを漂わせている。

そして言った。「おれを待たずに注文したのか？」

ルイースは言った。「バークは食べないそうよ」

「おれはチーズバーガーをもらう。あんたは体力をつけなければならないから、軽くでも食べろ」オコンネルは言った。「それから、醸造所みたいなにおいをさせているぞ」

「ママ、パパ、おれはもう大人なんだが。だが、決めた。もうやけだ。ステーキ・アンド・エッグを食べてやる。あんたのつけで」

「勘定を持つのは連邦捜査官だ。デザートにチーズケーキも食べよう」

ウェイターが来て、新しい注文を聞き、カラムの仏頂面にはまったくふさわしくない笑みを向けてから、カウンターに戻った。

「時間は三十分ある」カラムは言った。「そのあと、引っ越しの仕事でコネティカット州まで行かなければならない」

オコンネルは声を落とした。「商品も運ぶのか？それともバニラ？」

「わからない。JJといっしょだし、あいつは蚊帳《かや》の外のはずだ」

「気の利いた皮肉だよな。ブロンクスのジャンキーたちが、おめでたくもそうと知らずに街じゅうにHを運んでいるとはね。ウォルシュにユーモアのセンスがあるのは確かだ」

「あいつらはまともだ」カラムは言った。「ほかの人たちと同じように働いているだけだ」

砂糖の隣にあったメニューを立てて持ち、テーブルの下からレコーダーを出して、メニューで隠した。前面のライトの上にテープが貼られたままだ。

レコーダーの上面にもテープが貼られたままだ。マイクにもテープが貼られたままだ。

カラムは顔から火が出そうになった。体が椅子の中へ沈みこみ、墜落して街の下のどこかに激突するかに思える。

ルイースが言った。「どうしたの?」

オコンネルはカラムの顔とレコーダーを見比べた。目つきが険《けわ》しくなり、磨かれた鋼鉄製の天板よりも硬くなる。

「何をやった?」

カラムはテープを剥がした。

「くそ!」と言う。「くそ、緊張していたせいだ。怯えていたせいだ」

再生ボタンを押した。

くぐもった雑音が聞こえる。聞きとれない無意味なことばが。

オコンネルは真っ赤になった。

そして言った。「この馬鹿野郎!」

ルイースは言った。「何か録音できていないの?」

カラムはかぶりを振り、レコーダーを見つめた。

オコンネルは立ちあがり、カウンターに行った。

「ああ、カラム」ルイースは言った。

オコンネルはウェイターのペンと紙の束を持ってふたたびすわった。

「ウォルシュと何を話したか、さっさと教えろ。あんたに残っている最後の脳細胞がはじける前に」

ガリンスキーは角にとどまっていた。マンハッタン橋の巨体が通りに大きな影を投げかけている。四人の声が聞こえるが、三十ヤードほど離れたアンカーブロックの下に設けられたアーチ形通路の入口には、五人の人影が円を描くように立っている。ウォルシュと、車に乗っていたその連れと、ほかの三人だ。

声を潜めているので内容までは聞きとれないが、あとから来た三人はウォルシュの連れに敬意を払い、卑屈な身ぶりをしている。ガリンスキーはゆっくりと呼吸しながら、ホンダ車にカメラを置いてきたことに胸のうちで悪態をついた。顔立ちまではとらえられなくても、少なくとも体型やウォルシュと比較しての身長は記録できたのに。いまごろルイースはどうしているだろうと思った。

くそ、と思った。ひとりぼっちじゃないか。

悲鳴が響き、ガリンスキーは跳びあがって肩を排水管にぶつけた。その音が頭の中で雷鳴のようにとどろき、ガリンスキーは角で小さくしゃがみこんでグロックに手を当てた。頭の中に蒸気のように噴き出したアドレナリンの昂《たか》ぶりを抑えこんで耳を澄ますと、スペイン語の叫び声が聞こえた。グロックをホルスターから抜き、強烈な尿意と戦った。手の震えを止めるために、グリップをきつく握る。

ひそかに車に戻って、一目散《いちもくさん》に逃げることもできる。だれにも知られないだろう。それから家に帰って、母親と話し、ビールを何本か飲む。そしてニュースを聞く——ブルックリン側のマンハッタン橋の下で、死体が発見されたという夜のニュースを。もっと飲む。悩む。受け入れようとする。

だが、おまえは知っている。

ちくしょう！

膝を突き、グロックを地面の近くで持ったまま、角の向こうをまたのぞきこんだ。

ウォルシュは煙草を吸いながら、ビュイックに乗っていた人物と話している。ほかの三人のうちのひとりがひざまずき、祈るように両手を組み合わせて何か言っている。残りのふたりはアンカーブロックのアーチ形通路の真ん前に立って、ひざまずいた男を見おろし、両手を脇に垂らしている。

　何をやっているのか知らないが、頼むから見逃してやれ、とガリンスキーは思った。フィンタン・ウォルシュと正体不明の連中が、ひざまずいている哀れな野郎を小突いて罵倒《ばとう》するだけで逃がしてやることを祈った。車の行き交う音が上から聞こえる。数ヤードしか離れていないところで、一分ごとに何百もの人がブルックリンに出入りしている。無線機は車の中だ。いまここにあれば、〝警官を支援せよ〟を意味する無線コードの10‐13を伝え、第四十八分署の警察官の半分を連れてこられるのに。なぜ持ってこなかった？

　死ぬほど怯えているからだ、と思った。脳みそが腐っている。

　車に戻って——通りのすぐ先に停めてある——連絡し、応援が到着するまで何も起こらないよう祈ることもできる。それがいい、ルイースだってわかってくれるだろう。

　向きを変え、戻ろうとした。上の橋を走る消防車がサイレンを鳴らし、銃声をほぼ掻き消した。

　ガリンスキーは毒づき、アンカーブロックのほうをまた見た。

　ウォルシュと、ビュイックに乗っていた人物は、ほかのふたりから離れて立っている。ひざまずいていた男が横に傾き、アスファルトの上に倒れこんでも、ほかのふたりはまだ死体に拳銃を向けている。ガリンスキーはグロックを掲げ、脳が喉の動きに追いつく前に叫んでいた。

「警察だこの野郎さっさと銃をおろせ！」

　ビュイックに乗っていた人物がウォルシュをつかみ、袖を引っ張った。

「ニューヨーク市警《NYPD》だささっさと銃をおろせ動くな！」

けたたましい声が響き、発砲炎が三つ光った。男たちがアーチ形通路の暗がりへ向かうあいだに、ガリンスキーは三発撃ち返し、物陰に隠れた。自分めがけてさらに四発が放たれるのを聞き、向かいの壁から粉塵が噴き出すのが見えた。角の向こうに目をやると、ウォルシュがビュイックに乗っていた人物とともに暗闇に消えていくのが見えた。ほかのふたりはアーチ形通路の入口に立ち、銃を構えて前のめりになっている。何か小さなものが銃からぶらさがっている。空薬莢《から》を回収するためのサンドイッチ用の袋だ。ガリンスキーは息を吐いてグロックを持ちあげ、四発撃った。当てずっぽうであるのはわかっていたが、興奮して頭に血がのぼっていた。男たちはじりじりと後ろにさがり、一斉射撃を放ってから、向きを変え、アンカーブロックの下の暗くうつろな空間へ駆けこんだ。銃声が暗闇へとふたりを追いかけているように聞こえた。

くそったれくそったれくそったれくそったれ。

上の道路から響いたトラックのクラクションに驚き、歩道を撃ちそうになった。路上の死体を見つめる。それが身じろぎし、どうにか立ちあがって、こちらへ歩いてくるのを半ば期待しながら。アーチ形通路はアンダーパスになっていて、ウォルシュとその連れと銃を撃っていたふたりはおそらくそこを抜けて反対側に逃げたはずだが、追いかけられなかった。脚はアドレナリンでむずがゆいのに、一歩が踏み出せない。まる一分経ってから、車に戻って銃撃の無線連絡を入れたうえで、死体を調べようと決めた。

ホンダ車に駆け戻った。

ドアハンドルを握るのに手こずって悪態をつき、無線機をつかんでチャンネルのつまみをいじくり、また尿意と戦った。10‐34を伝え、歩道の上に浮いているように感じながら、アンカーブロックのところに歩いて戻った。

アスファルトの上に死体がひとつ転がっているのは

くたばれ、ブラットンもルディ・Gも、と思った。

どうする？　逮捕するか？


変わらない。

銃を手にしたまま、横向きに歩いて死体に近づいた。銃声も叫び声も聞こえない。腹に撃ちこまれる弾丸もない。

死体は右腕を背後にひねって横たわり、目は空を見つめている。サンドイッチ用の袋のせいで、空薬莢は落ちていない。プロフェッショナルだ。視線をめぐらし、撃ち合った角にある建物を見た。大昔の色褪せた巨大な看板が側壁に描かれている。〝L＆H・スターンの喫煙パイプとホルダー〟。その昔、スターン家とマーゴイル家は親しくしていたのだろうかと、一瞬だけ思った。

それからごみ箱の陰に行き、ズボンのファスナーをおろして、長々と騒々しく小便をした。頭がおかしくなったかのように、甲高い笑い声を漏らす。公共の場での立ち小便は、ルドルフ・ジュリアーニが特に嫌っている行為のひとつだ。

22

午前二時のブロンクス・リヴァー・パークウェイをトラックはのろのろと進んだ。仕事は楽で、依頼主はチップをはずんでくれた。あれだけのチップをもらったにもかかわらず、JJはずっと無気力で不機嫌だった。いま、JJはキャブの助手席でモルトリカーを飲み、カラムは煙草を巻きながらZ100を聴いていた。

JJがラジオを指差して言った。「これはバットマンの曲だな。ブルース・ウェインを選んでおけばまちがいない」

「ブルースの恋人だって選んでおけばまちがいない」カラムは言った。「ニコール・キッドマンのことだ」

「あれは痩せすぎだ」JJは頭を背もたれにもたせかけ、カラムは渋滞した道路でトラックを少しずつ進めた。「あんな痩せっぽちの女のどこを揉めばいい？肉づきがよくなきゃファックできないぜ」

「くだらない話を蒸し返すなよ、ジョニー」

「まじめに言ってるんだ、クリスティ。おれの家の近くまで来てくれたら、シャーリーンを紹介してやるよ。あいつと寝たら、おまえは警察の行方不明者リストに載ることになるがな」

「おまえの家の近くまで来ているぞ。おれがどう思おうと、それはたぶん確かだ」

ジョニー・ジョンソンの家はサウス・ブロンクスにあり、ここから一、二マイルも歩けば着くが、当人はトラックをおりるだけの気力を奮い起こせないように見える。

カラムは言った。「今夜はシャーリーンが待っているのか？」

「今夜はちがう。かえって好都合だ。疲れきってるからナニを勃《た》たせるどころか鉛筆も持ちあげられそうにない」

　確かにひどい様子だ。目は赤いし、ことばがまるで脳から口まで大西洋航路で運ばれているかのように、声もゆっくりだ。朝のメサドンを飲めなかった連中がこんなふうになるのを見たことがある。

「ほんとうにどこかでおろさなくていいのか？　まだブロンクスだぞ」

　JJは肩をすくめた。「実はな、クリスティ、だれにも言うなよ。いまは家に住んでないんだ」

「どういう意味だ？」

「家を失ったんだよ。たいしたことじゃない」

「たいしたことだろうに、ジョニー。ここは路上で寝たくなるような街じゃない」

「路上で寝てるわけじゃない。黙ってろよ、いいな？　言わなきゃよかったぜ」

　気難しいティーンエイジャーのような顔をしている。

　カラムはかぶりを振って笑みを浮かべた。

「おまえは頭のいかれたいまいましい野郎だよ、JJ」

「ああ、おれは頭のいかれたいまいましい野郎だ。いまいましいベッドを失った頭のいかれたいまいましい野郎だ」

「シェルターとかを利用しないのか？」

「シェルターからはおおぜいが追い出されてるんだよ、クリスティ。街は自活できないやつらを相手にしない。それでも、大丈夫だ」

「どこが大丈夫なんだ？」

「寝る場所ならある。屋内だし、濡れないし、冬までに別の場所を見つけられなくても、それほど寒くはない」

「合法なのか？」

　今度はジョニーが笑みを浮かべた。

「まさか」カラムは言った。「夜にどこかに忍びこんでいるのか?」

「鍵を持ってる」

「鍵を盗んだんだな」

JJは憤慨したふりをした。「おれはギャングじゃないぞ」

「どこで寝ている?」

「知らぬが仏だ」

長々と連なった車の流れが速くなったので、カラムはギヤを切り替えた。ジョニーのために割く時間なら余裕があるが、いまはこんな生活だから泊めてやりたくても場所までは余裕がない。

「とにかく、つかまるなよ」と言った。

煙草を巻き終え、ニューヨーク市消防局のジッポーで火をつけた。窓をあける。夜は過ごしやすく、日中の暑熱もこの時間になると和《やわ》らいでいる。煙草を巻いてやろうかと言うつもりで隣を見たが、JJはいつの間にか眠りに落ちていた。


十時間前。揚げ物のにおいがオコンネルのデオドラントとせめぎ合っている。カラムが口にしている極上のステーキは厚紙のようで、卵はゴムのようだった。レコーダーで失敗したせいで胸がむかついていたが、無理やり呑みこんだ。

オコンネルは料理をもうあらかた食べ終えている。獲物の肉を噛みちぎるライオンのように、ハンバーガーを頬張っている。

ルイースはカラムに、ボビー・ホーとジェームズ・ミルバンがBOJガーメンツを調べていることを教えた。このファッション会社に怪しいところはないが、ビルのオーナーであるトゥー・シックス・スリー・ホールディングズとフェニックス・インヴェストメンツとのあいだにはつながりがあること。皮なめし用の加脂剤にヘロインを溶かすという仮説に充分な真実味があること。麻薬取締局《DEA》は税関をあたり、ニューヨーク《NY》

市警《PD》はニューヨーク州とニュージャージー州の港湾管理委員会をあたったこと。皮なめし用の薬剤が来月にサンディエゴとロングビーチに届くが、ニューヨークには何も発送されていないのをDEAが調べあげたこと。カリフォルニア州に送られた薬剤は西海岸とテキサス州に配送される予定であること。税関が陸揚げ時に荷を調べ、アメリカ国内に持ちこまれたらDEAと協力して荷を追跡するが、日本とオーストラリアから発送されたどちらの荷も合法のように思えること。

　BOJガーメンツの従業員で、突然辞めたケヴィン・ズークのほうが、捜査手段としては有望であること。

「ミスター・ズークはBOJで何をしていたと思う?」ルイースは言った。

　カラムは言った。「革関係か?」

「あら、警官になればいいのに」

その台詞《せりふ》にマイク・オコンネルは鼻を鳴らした。

　ルイースはそれを聞き流した。「わかっているのは」と言う。「ズークがジャケットやバッグや財布を製造するために革を加工する専門家だったこと。だから、なんの実用的知識に富んでいたかというと……」

「加脂剤だな」カラムは言った。「溶液からHを抽出する技術を持っていたのか?」

「巡査部長?」

　オコンネルは言った。「元上司のエミールから話を聞いた」ハンバーガーの残りを皿に置く。「可能性はあるとエミールは考えている。ズークがこの素材を扱っていた理由のひとつは、ワイオミング州で皮なめしを学び、さらにスウェーデンで半年間、現地の技法を調べたことまであったからだ。そのうえ、去年、カナダのブリティッシュコロンビア大学で化学の短期講座を受講している」

「カナダ人なのか?」カラムは言った。

「ユタ州の出身だ。カナダには留学しただけだな」

　カラムは椅子に深くすわった。「八十年代とこの二、三年のあいだに、香港の中国人が大挙してヴァンクーヴァーに移り住んだ。あそこは広東人の人口が多い。大きなチャイナタウンもある。十年のうちに北米で最もアジア的な街になるだろうと言われている」

「つまり、ズークは三合会《トライアド》にスカウトされた可能性があると？」ルイースが疑わしげに言った。

「現時点では、三合会がこのズークという男を取りこみ、借金とかを取り立てる形で、ニューヨークに届くHを扱わせようとしている可能性は排除しないほうがいい」

ルイースは片方の眉を吊りあげてうなずき、細い指で髪のひと房を耳に掛けた。

「ねえ」と言う。「もしこの男が皮なめし用の薬剤や革を扱えるのなら、ヘロインの溶液に革を浸し、あとで商品からヘロインを抽出することもできるのでは？」

「ヘロイン入りの液体でジャケットやバッグをコーティングするということか？」カラムは言った。

「そのとおり」

カラムはカウンターで注文を受けているウェイターを見た。

「ありうるな」と言う。「加脂剤にHを溶かせるのなら、商品を浸せる」

ルイースは言った。「だから革の衣服やバッグやアクセサリーも調べたほうがいいかもしれない」

マイク・オコンネルが大きな音を立ててコーヒーをすすった。

「鋭い視点だ、ルイース」と言う。

三人はしばらく無言ですわっていた。

オコンネルが何か卑語をつぶやいて膠着《こうちゃく》状態を破った。

こう言った。「あんたの試合がおこなわれる場所を知っておかなければならないが、あのずる賢いウォルシュの野郎は土壇場まで教えないだろう。あいつの電話に耳を澄ましておく必要がある」

「電話か」カラムは言った。「ウォルシュは家や家族や日常の用事のために一台使っている。だが、きのうパディから聞いたんだが、おれたちが盗聴していない携帯電話を、一台持っているらしい。ファミリーの中でそれを知っているのはマリガンとパディだけだ。あとはウォルシュの何人かの情婦も知っているだろう。パディは番号を知らない。ウォルシュはこの携帯電話でマリガンや女以外のだれかとも話しているらしい。協勝堂《ヒップシントン》の大物だと思う。この電話を調べられれば、共犯関係を証明できる」

「でも、番号がわからない」ルイースは言った。「本体を手に入れることもできない」

カラムは卵の黄身まみれのステーキをかじった。嚙みこなしながら、頭の中でウォルシュの弱点を検討した。戦いと同じだ——順応し、克服しろ。ジャブを打て——ジャブは距離を測る。弱点が見つかるまで探り、相手が消耗するまでそこを攻めろ。

ルイースが言った。「わたしなら番号を突き止められる」

カラムとオコンネルは、ルイースの目に何か閃《ひらめ》いた色が浮かび、顔つきが変わるのを見てとった。眉根を寄せ、唇をすぼめて口を引き結んでいる。それが笑顔になった。

「ウォルシュはその番号を浮気用に使っている」ルイースは言った。「知らない女から家に何度も電話がかかってきたら、ミセス・ウォルシュがいい顔をしないから」

カラムは意図を理解し、眉を吊りあげた。

「そしてフィンタンはラテン女が好みだ」

「そのとおり」ルイースは言った。「わたしに目を留めれば、番号を教えてくれるかもしれない。ファックまでするかもしれない」

「そうならないことを祈ろう」オコンネルは言った。

「だが、考えはわかった。カラム、どこでならふたりを引き合わせられる？」

「ウォルシュはルーズヴェルト・アヴェニューのジムにかよっている」

「露骨すぎる。常連ばかりがいるところにいきなりどこかの女が現われて、言い寄るわけだからな」

「それなら、ジムでやらなければいい」ルイースは言った。「ウォルシュを見張るために、だれかをジムに送りこんでトレーニングさせるのよ。わたしは外にいて、ウォルシュにたっぷり眺めさせ、食いつくのを祈る。試してみる価値はある」

「よほど美人じゃないと厳《きび》しいぞ」カラムは言った。

ルイースは飲み物を口にして、オコンネルとカラムにゆっくりと微笑みかけた。カラムは、サバンナで伸びをしながら唇を舐《な》め、ガゼルがやって来るのを待っている雌ライオンを連想した。

「買い物に行くわよ」ルイースは言った。「連邦捜査官の金を有効活用できる。あのげす野郎を誘惑する案を思いついた」


　カラムは何本目かの煙草の吸いさしをキャブの窓の外へ弾き飛ばし、ダイナーのボックス席にいたジョージー・ルイースの姿を思い浮かべた。髪を結いあげ、目を輝かせ、肌は黄色がかった褐色だった。オコンネルがルイースを気に入るのも当然だ――ルイースのパートナーであるガリンスキーよりもよほど気に入っている。

　流入ランプにはいってから、道をまちがえたのに気づいた。

「しまった」と言う。

　JJが目を覚まし、首をひねって助手席の窓の外を見た。ジョージ・ワシントン橋のケーブルが後ろに流れ、トラックはマンハッタンから離れていく。カラムはトラックのギヤを切り替え、小声で悪態をついた。

JJは言った。「この道はジャージー行きだぞ、クリスティ」

橋をもう渡りかけている。カラムはI－九五号線を進んだが、ハドソン川を渡ってニュージャージー州に至る巨大な吊り橋に車を流しこんでいる、もつれ合った道路に吸いこまれた。

「やれやれ、日の出前にはベッドにはいりたいのに」と言った。

JJは忍び笑いした。「塵になると困るからか？」

「ハイなのか？　たわごとばかり言っているぞ」

「なぜおれがひと晩中気が滅入ってると思う？　活を入れられなかったからだ。とにかく疲れてる」

流出ランプが近づくと、カラムは緊張した。ここからは川沿いに南のリンカーン・トンネルまで行かなければならない。時刻は二時三十分を過ぎている。

「事務所でおまえを拾ったが」と言った。「近くにあるアッパー・ウェスト・サイドの行きつけの食料雑貨店には寄らなかったのか？　〈アンジェリカズ・マーケット〉だったか？　ブックマッチは手にはいらなかったのか？」

JJは脱皮しようとしているかのように腕を掻いた。ヘロインの話が出たから苛つき、そわそわしている。

「店には寄ったんだよ」JJは言った。「あの野郎はいなかった。あいつの勤務時間だったのに。あいつはいつも木曜の夜は働いていて、働いてないときは窓に目印を残してるんだ。でも、何もなかった。カウンターの後ろにはろくに英語を話せないアジア人の男がいるだけだった。黄色人種がな。おかげでひと晩中気が滅入ってる」

トラックはニュージャージー州を進んだ。対岸でマンハッタンが光り輝き、カラムをあざけっている。

「アジア人？」と言った。「中国人か？」

「聞いてなかったのか？　黄色人種だよ、クリスティ。中国人《チンク》に決まってる」

「わかった、わかった」

しかし、わからなかった。ニューワールド運送の事務所からほんの数ブロックのところにある、ヒスパニックとのコネで麻薬を売っている食料雑貨店に、なぜ中国人がいたのだろう。フィンタンは知っているのか？

リヴァー・ロードを進み、リンカーン・トンネルをめざした。このあたりは郊外で、学校や閑静な通りばかりだ。エンパイア・ステート・ビルディングやチャージング・ブルや五番アヴェニューの〈ティファニー〉があるけばけばしい地区から川ひとつ隔てているだけなのに。バワリーやハーレムやアルファベット・シティといったもっといかがわしい一角からも。ヘルズ・キッチンやチャイナタウンからも。

いや、とカラムは思った。〈アンジェリカズ・マーケット〉を中国人が乗っとったことをウォルシュは知っていたにちがいない。ヒスパニックの商売は小規模だが、堂《トン》と提携しようとしているファミリーにとっては苛立ちの種だ。ニューワールド運送の事務所にあまりにも近いから、ヘルズ・キッチンの街角で麻薬を売っていたディラン・アコスタと同じで、体面にかかわる。ドミニカ人を締め出せという指示が堂から出されたのかもしれない。堂はウォルシュ・ファミリーよりも徹底していて、マルベリー・ストリートからイタリア人を手ぎわよく追い出している。新しいパートナーの活動拠点のまわりに緩衝地帯を設けようとしているのだろう。あの食料雑貨店の売人はたぶんもう死んでいる。

そしてあの売人には従兄弟《いとこ》がいる。ガブリエル・ムニョスが。

カラムは右にハンドルを切り、トンネルの入口にまわりこんだ。JJは隣でラジオに合わせて鼻歌を歌っている。

親戚で元売人だったムニョスのことをウォルシュと

堂が知ったら、この〈ホテル・ベルクレア〉の支配人を脅威と見なすかもしれない。ウォルシュと堂の暗殺リストでつぎの標的になるかもしれない。公衆電話を探し、だれかに〈ホテル・ベルクレア〉を見にいかせる必要がある。ムニョスはろくでなしだが、頭に銃弾を撃ちこまれても当然だとは言えない。それに、ムニョスが中国人につかまって、助かるために秘密を漏らしたらどうする？　パディ・ドゥーランと接触するために、自分のホテルに潜入捜査官が泊まりこんでいたという秘密を。

料金所でトラックを停め、ポケットを叩いて小銭を探したが、足りなかったので、ＪＪに出してくれるよう頼んだ。ジョニーが野宿のようなことをしているという話を聞いたせいで、気がとがめる。

ＪＪは不機嫌そうな赤い目を向けてから、数枚の硬貨を差し出した。

「ジャンキーだと何がいちばんつらいか知ってるか？」ＪＪは言った。「麻薬がほしくてたまらなくなることじゃないし、活を入れられなくて苦しむことでもない。自分は地獄に落ちるだろうと思ってしまうことなんだよ、クリスティ」

「まるで旧約聖書だな、ジョニー」

「おれの母親はバプテスト派だった。毎週日曜には聖書と賛美歌集を持ってハーレムの教会に行き、おれも連れていった。おれはそれが大好きだった。まるでパーティーみたいに、一週間ずっと会えなかった人たちに会えたし、だれもが一張羅を着てたからさ。わかるだろう？」

「ああ」カラムは言った。「わかる」

「だが、年ごろになると、罪悪感を覚えるようになった」

「年ごろというと？」

「女の子を意識したり、こっそり煙草を吸ったり、マスをかいたりする年ごろだ。わかるだろう――ろくでもないことをするようになるころだよ。すると、気持ちよくなれるすべてが地獄への切符のように思えた。わかるか？」

「わかるぞ、全能のイエス・キリストにかけて、わかる」

「だから、麻薬に手を出し、麻薬に溺れると――やめられなくなると――何もかもめちゃくちゃにしてしまった。そのときまで、おれの人生で最悪の人間は父親だったし、あいつは九歳の誕生日にはいなくなってた。それなのに、おれが麻薬をやりだすと――本格的にやりだすと――母親が今度はおれのせいで泣くようになった」

　ＪＪは頭で肩から何かをこすり落とそうとするように、首をまわした。

「くそ」と言う。

「わかるよ、ＪＪ。完全にわかるわけじゃないないが、人生から逃避する手段が必要な人間もいる」

　カラムはギャンブルで勝った瞬間や、金を賭けるときの昂揚《こうよう》感を思い出した。賭けに負け、深みにはまっていくごとに世界が少しずつ崩壊していったことも。

　ＪＪの鋭い視線を感じた。

「おまえが地獄に落ちるかどうかはわからない、ジョニー」と言う。「だが、おまえは贖罪《しょくざい》の最高のお手本だよ、兄弟」

　そしてトラックを急加速してトンネルの黒い入口にはいり、自由の女神へ向かって波打ちながら流れる川の下へくだっていった。

一九九五年八月四日午前八時三分に、チャーリー・リン（協勝堂《ヒップシントン》）とミッキー・チウ（協勝堂）とのあいだでおこなわれた通話の文字起こし

リン　もしもし。
チウ　おはよう、チャーリー。
リン　きのう、フレディ・ウォンはあの仕事を片づけたんですか？
チウ　ああ。ごみはブルックリンに置き去りにした。しかし、懸念材料がある。ウォンはグリーン・ジャケット（註・警察官）らしき人物に邪魔された。
リン　参りましたね。あいつは大丈夫なんですか？
チウ　大丈夫だ。しかし、グリーン・ジャケットがごみを見つけた。
リン　あいつをお払い箱にすることを考えたほうがいいですか？　何せ、仕事でへまをやったわけだし、おれたちはプロとしての評判を守らなければなりません。あいつに取って代わりたがっている連中はたくさんいます。
チウ　おまえが心配するのは理解できるが、まだそのような思いきった手段に出る必要はないだろう。その場にはエメラルドのネズミの支配人と、われわれの従兄弟《いとこ》の代理人もいたが、どちらも無事だ。いまは安定を優先するべきだろう。例の日が迫っている。
リン　チャイナタウンの外にまで商売を広げた結果がこれですよ。
チウ　心配するな、チャーリー。エメラルドのネズミ、オング首領、われわれの従兄弟、どれに関しても万事うまくいくだろう。朝食を楽しんでくれ。午前中のうちにまた会おう。

通話終了

一九九五年八月五日午後八時四十七分に、チャーリー・リン（協勝堂）と未詳男性とのあいだでおこなわれた通話の文字起こし

リン　おはよう、従兄弟よ。天気はどうですか？

未詳　蒸し暑いですね。でも、みな元気です。ニューヨークは夜ですか？

リン　ええ。父の便を確認するためにお電話しました。あすの午前九時三十分にJFK空港を発つ便です。

未詳　立ち寄る予定は変わっていないんですよね？東京にはどれくらい滞在するのでしょう。パパ・ンは同行することに決めたのですか？

リン　日本で二泊する予定です。東京に着いたら、香港で兄弟に会う前に、気分転換したがっているんですよ。予想どおり、パパ・ンは同行しません。年齢や健康の問題がありまして。叔父上は父を迎える準備ができていますか？

未詳　準備は万端整っています。父たちはエメラルドのネズミとそのほかのビジネスについて話し合うでしょう。

リン　楽しみにしています。ここ数カ月ほど、われわれの一家は残念ながら団結に欠けていますが、父たちがビジネスをまとめたらそれも解決するはずです。それでは。

未詳　それでは、従兄弟よ。

通話終了

23

ペル・ストリートにタクシーが停まり、薄暗い玄関から年配の男が出てきた。時刻は午前五時で、太陽はニューヨーク市を見おろすべく空へ少しずつのぼっている途中だ。

ボビー・ホーは協勝堂《ヒップシントン》の本部の斜め向かいにいて、薄汚い通りから地下へおりる通路の入口に立っていた。堂《トン》の首領であるサミー・オングが、ふたりの男とともに、タクシーの後部座席に乗りこむのを見守る。ひとりは知っている顔で、五十代後半の堂の幹部であるトーマス・チャンだ。もうひとりは三十代後半のチャーリー・リンで、協勝堂の若手幹部を務めている。ふたりともサミー・オングに多大な敬意を払いながらタクシーに乗るのを手伝い、それから首領の左右に乗りこんだ。

通りの先の明かりがついていない旅行会社の前に、髪をダックテールにした痩せ型の人影が立っているのに目が留まった。人影がジッポーで煙草に火をつけるとともに、見覚えのある飛龍《フライング・ドラゴンズ》幇のギャングの骨張った渋面がオレンジ色に浮かびあがる。堂の首領であるサミー・オングの出発に備えて、ほかに何人の飛龍幇の構成員が警戒にあたっているのだろうと思った。暗がりへもう一歩さがった。

堂の本部の玄関から四人目の男が現われ、深々と一礼した。タクシーに乗った男たちと同じく、皺ひとつないスーツを着て、地味な髪形で、立ち振る舞いが堅苦しい。ミッキー・チウは協勝堂の副首領で、サミー・オングが不在のあいだ、最終決定は首領からの電話での指示に従いつつも、職務を代行するはずだ。オングの旧友で顧問であるパパ・ンもチウに助言を与えるだろう。

タクシーが発進してモット・ストリートへ向かい、ヘッドライトがボビー・ホーの隠れ場所を照らした。目的地はJFK空港だ。

サミー・オングは香港でおこなわれる十四Kとの会合へ向かっている。ミッキー・チウは深呼吸して通りに目を走らせている。

ボビー・ホーは階段をさらにおり、闇にまぎれこんだ。

死体安置所では係員が死体二体を引き渡す書類にサインをしていた。二日前、男女の死体がハドソン川で発見された。どちらも水中にあったために外見が損なわれていたが、男のほうはアッパー・ウェスト・サイドの〈ホテル・ベルクレア〉の支配人、ガブリエル・ムニョスだと警察が特定した。女のほうの身元は不明だった。


ミルバンはうまそうに台湾ふうトンカツにかぶりつき、ボビー・ホーは丼物の米飯に載せられた酸っぱい漬物を掻きこんだ。ニークー・マッティラは紅茶を飲んでいる。一同はチャイナタウンの西の境であるブロードウェイの近くのキャナル・ストリートにいた。フォーマイカのテーブルや、ラミネート加工されたメニューや、天井からぶらさがる提灯《ちょうちん》が目につくレストランだ。カウンターの後ろに仏教のカレンダーが掛けられ、中国の伝説上の人物を描いた金色のポスターが壁のところどころに貼られている。まわりの席には何人かの弁護士や政府職員がすわり、フォーリー・スクエアや市庁舎や裁判所から歩いてすぐのところにあるこの店で食事をしている。

「出発しました」ボビー・ホーは言った。「〇五〇〇時に、チャーリー・リンとトーマス・チャンを連れてペル・ストリートを出ました」

ニークー・マッティラは言った。「オングの旅程に関して、盗聴から何かわかったか？」

「イエス・サー」ホーは言った。「東京に立ち寄って二泊してから、香港へ飛ぶことだけですが。気分転換が目的だとか」

「娼婦と酒だな」オコンネルが言った。

オコンネルはミルバンの隣にすわり、何日もブラシを入れていない髪を手櫛で梳《と》かしている。息を切らしていて、ズボンには泥が飛び散っている。夜明け前のにわか雨のせいで外の通りにはちらほらと水溜まりができていて、通りかかった車に泥をはねかけられたからだ。

マッティラはティーカップを重々しく置いた。いたわりの目をホーに向ける。

困ったな、と香港の警察官は思った。どうか頭はさげないでください。

「正直なところ、わたしも同じ意見だ」ミルバンが言った。「かつて、特に児童売春やポルノの分野で、十四Kと日本のヤクザに接点があったのは確かだが、ヘロインがらみでトニー・ラウの派閥とつながりがあったことはない。日本人と協勝堂の取引はいっそう少なかったはずだ。オングはおそらく、香港で仕事をする前に、ちょっと楽しみたいだけだろう」

オコンネルはマッティラを見た。「連邦捜査官の力を使って、東京の支局に連絡できないか？　日本滞在中のサミー・オングとその手下を見張れないか？」

「連絡しよう」マッティラは言った。「うちの現場捜査官が東京を担当するから、きみたちは香港を担当できるか？」

「ああ。王立香港警察《RHKP》の準備ができているか確認する。指揮系統を一貫させるために、通信はあんたのニューヨーク支局を通せばいい」

一同は通信の管理について、少しのあいだ話し合った。それからミルバンはふたたび台湾ふうトンカツに取りかかり、オコンネルはマッティラから紅茶を注《つ》いでもらった。ボビー・ホーはまた漬物を食べはじめた。

マッティラが言った。「ソーホーのファッションスタジオを辞めたケヴィン・ズークの手がかりはまだない」

「たぶんドイヤーズ・ストリートの地下トンネル内に設けられたラボにいる」オコンネルは言った。「第五分署の知り合いに訊いてみる。腕利きだから、慎重にやってくれるはずだ」

しばらくのあいだ、四人は無言で飲み食いした。

「カラムの様子はどうだ?」マッティラが言った。

「本人は認めようとしないが」オコンネルは言った。「ガブリエル・ムニョスが死体で発見されてからは、ましになっている。自分が飼い慣らしていた売人の従《い》兄弟《とこ》がガリンスキーの目の前であんなふうに撃ち殺されて、びくついていたからな。ムニョスも撃ち殺されて、問題は解決したから、バークも少しは枕を高くして寝られるわけだ」

「なんの罪もない女まで巻き添えになったのは残念だ」

「あのくそ野郎と寝ていたわけだから、なんの罪もないとは言えないさ。おれが気になっているのは、ムニョスが消されたのなら、また麻薬の密売に手を出していたにちがいないということだ。なぜあんたたちはそれを知らなかった?」

「ムニョスのことは調べた。シロだった。だが、ああいうやからはゴキブリのようなものだ。前の生活に戻りたいと思ったら、どれほど躍起になって止めようとしても、方法を見つけてしまう。あるいは、殺し屋たちは従兄弟から麻薬の入手ルートをたどり、ムニョスの仲間にたどり着いたのかもしれない。どちらにせよ、ムニョスはもうわれわれの障害にはならない」

マッティラはボビー・ホーに目をやった。この香港の警察官に、冷酷だと思われたくなかった。

「調査がおこなわれ、手順が見直され、関係者が厳《きび》しく問いただされることになるはずだ」と言った。「保護された情報源の細かな取り扱いについて、連邦保安官から多くを学べるだろう」

腕から糸くずを払う。

オコンネルは言った。「カラムは憔悴《しょうすい》しているから、すぐにでも潜入をやめさせるべきだとジョージー・ルイースは考えている。だが、バークは適切な状態にあると思う」

ミルバンが言った。「それなら、任務には差し支えないな」

「カラム・バークは追いこまれている」オコンネルは言った。「怯え、疑心暗鬼に陥り、来週の試合のために、汗だくになって体を鍛えている。だが、ああいう手合いは前にも見たことがある。あいつはいま、中身のある日々を送っている。濃密な日々を送っている。ニューヨーク市警《NYPD》には違反切符を切る警官ならたくさんいるし、ぜひがんばってもらいたいところだが、必要なのはああいう男なんだよ。バークは攻撃犬であり、重労働の九〇パーセントをこなす一〇パーセントの人間だ。朝、目覚めるたびに、今夜も無事に寝られるよう祈り、その恐怖と昂揚《こうよう》感に突き動かされているが、それが病みつきになっている。潜入捜査にのめりこんでいる」

「その試合についてだが」マッティラは言った。「捜査の妨げになりかねないという気がしてならない。違法活動にまたしても警官を参加させるわけだからな——今回はルールなしのボクシングに。ついでに賭けがおこなわれたり、麻薬が試合中にまわされたりするのは言うまでもない」顔をしかめて言う。「麻薬取締局《DEA》は警官がそのような活動に参加するのを許可できない。おまけに、試合がおこなわれる場所もまだわかっていないから、その夜はバークを守れない」

オコンネルは〝嘘つきをだますのは無理だぞ〟とい

う笑みをマッティラに向けた。が、そこで何かに気づき、顔色を変えた。

「上司に話したんだな」テーブルの上に身を乗り出し、声をとげとげしいささやき声に落とす。「やむをえず部下に麻薬を摂取させたことはないとでも言うつもりか？ 売人の銃を頭に突きつけられたら、コカインを吸ったりHを打ったりしなければならないことだってあるだろう？ さもないと殉職者追悼碑に名前を刻まれることになる」

マッティラは肩をすくめた。「それとこれとはちがう。前もって情報があるわけだし、危険すぎる。第一に、警官が殺人事件に関与している。ミートパッキング・ディストリクトでのドナル・モリス殺しに。引き金を引いたのがマリガンだったのはわかっているが、バークは死体の処理を手伝ったし――死体はまだ発見されていない――ウォルシュ・ファミリー全体を引っ掻きまわすこうした行為に責任を負わなければならないのはわたしだ。そしていまや、札付きの凶悪犯たちに囲まれる非合法イベントの主役をバークにやらせようとしている。イベントの場所についても、危険な重罪犯がウェスト・サイドの十四番ストリートの南だろうと勝手に思いこんでいるだけで、それ以外はわからない。不測の事態が起こっても、バークを助け出して身の安全を確保することができない」

オコンネルは言った。「いまはバークの生活のすべてが、悪党どもに囲まれた非合法イベントだ。悪党のアパートメントで寝泊まりしているんだぞ。どちらが最善で、どちらが最悪だろうな。バークが試合に負けてウォルシュから見放されるか、勝ってボストンのごろつきがドーチェスター湾の近くのごみ収集容器に捨てられるか」

ニークー・マッティラはオコンネルをにらんだ。いまにも叱責するように口を開きかけたが、何か言う前にオコンネルが手を振ってはねつけた。

「全員が一度は思ったことを言っているだけだ」

オコンネルはホーとミルバンを見た。ミルバンはうなずいた。

オコンネルは言った。ホーはテーブルに視線を落とした。「潜入を中止させたら、バークは試合に現われない。そうなるとドゥーランがその場で殺される可能性がある。だからバークは命を守っているのだと解釈することだってできる。あんたはDEAの特別捜査官だ、マッティラ。連邦捜査官の力を使って、組織をうまく利用しろ。協力しないのなら、川の向こうのニューヨーク東部地区連邦検事局に事件を持ちこむと、南部のやつらに言ってやれ。東部のやつらが拍手を浴びているあいだ、南部のやつらは悪徳弁護士を追いかけまわす仕事にでも戻ればいいさ」

バークは法廷で犯罪活動への関与を相殺できることもオコンネルは知っていた。

「どのみち、裁判の半分は人となりで決まる――いまカリフォルニア州でおこなわれているあのくだらない茶番を見ればいい。おれの判決だと、O・J・シンプソンはお咎《とが》めなしだ」テーブルの上に身を乗り出して言う。「カラム・バークは父親であり、アメリカのギャングを訴追するためにみずからの命を危険にさらしたアイルランド人の警官だ。愛情深い家庭人でもあり、懸命に妻子との絆を取り戻そうとしている。いかにも陪審団が好感を持ちそうだ」

マッティラはしばらくティーカップを眺めてから、ホーとミルバンを順々に見た。

「きみたちも続行に同意するか?」

本物の政治家みたいな口ぶりだな、とオコンネルは思った。

香港の警察官ふたりは同意した。

「ウォルシュの携帯電話の盗聴は?」

「予定どおり、あす番号を入手する」オコンネルは言った。「ルイースはこの作戦のために最高級の四十二番ストリートふうの恰好を考えている。もう二、三日待って、試合がどうなるかを確かめよう。試合が近づくほど、ウォルシュがバークに場所を教える可能性は高くなる。携帯電話を調べることができたら、場所もわかるだろう」

「調べることができたらの話だ」マッティラは言った。

オコンネルはにやりと笑った。ボビー・ホーは、オコンネルがメトロポリタン矯正センターにハーレムの売人をぶちこんだときに同じ笑みを浮かべるところを想像した。

ミルバンが言った。「もう二、三日待とう」

ホーはうなずいた。

マッティラは肩をすくめ、床を見つめた。肩を落としている。

「いいだろう」

オコンネルは椅子を後ろに押してうなりながら立ちあがったが、そこで脚に飛び散った泥を見つめた。

「くそ」と言う。「女房にこのズボンを見られたら、殺される」

カラムは言った。「よくおれの目の前でそんなものが食えるな」

「なんだ、シチリア・ホワイトがほしいのか？」パディはピザを頬張りながら言った。

「いやなやつだ」

「落ち着けよ、ビールでも飲め」

「くそったれ」

パディはピザを飲みこみ、両腕を広げた――〝おれは平和の使者だ〟。

「あと一週間だ。そうすれば、おまえはボストンの男をぶちのめし、おれたちは〈キンセール〉に行って大いに楽しむ」

ふたりはブリーカー・ストリートのアパートメントのキッチンですわって食事をしていた。シンクのそばの角でゴキブリが走りまわり、テレビには夕方の番組が映っている。隣の寝室の窓に雨が小刻みにあたっている。

パディは大きなおくびをすると、キッチンのラジエーターの上でバランスをとっているテレビで《ザ・シンプソンズ》を観た。カラムは節制生活を計画的に実践し、ポリッジを食べている。

パディが頭を掻いた。

「職場でフィンタンが怒り狂ってる」

「フィンタンは働いていたのか？」

「おもしろい冗談だな。ニューワールド運送の事務所で、ホッチキスとかスコッチテープとかの事務用品がなくなってるという話はしただろう？　今度は本の収納箱がなくなったんだ」

カラムは伸びをした。「事務所によく出入りしているやつの仕業かもしれない」

「どうだろうな」パディは言った。「あんな箱はポケットに突っこめない」

「社員が外で仕事中に、盗品であるのを隠してどこかで売っているんだろう。シャーロック・ホームズでなくてもそれくらいはわかる」

ドゥーランはピザを口に運んでいた手を止めた。目を険《けわ》しくする。

「おい、おまえは警官なのか？」

カラムは頬が赤くなるのを感じ、外へ急いで逃げたくなった。うつろな目でパディを見返す。

パディは鼻を鳴らして大笑いし、床にピザを落とした。カラムはその腕を殴った。

「ほんとうにいやなやつだ」

椅子の背にもたれ、笑いの発作に襲われているドゥーランを眺めた。

パディは落ち着くと、言った。「怖いのか、クリスティ？　試合が。ごまかすなよ。ほんとうのところはどうなんだ？」

カラムはアパートメント内に仕掛けた装置がこの雑

談を録音していることを思い出し、ルイースやガリンスキーやオコンネルがあとで録音内容を聞いているさまを想像した。

そして言った。「試合のためにトレーニングをしているときは、対戦相手に気を揉ませなければならない。だが、ほんとうのところは？　そうさ、緊張している。それに、このクーパーという男は――本人は怖くないが、もしおれが勝ったらそいつがどうなるかと思うと、怖い。死ぬほど怖い」

確かに怯えている。クーパーには自分と重なる部分がある。借金をつぎつぎに重ね、ますます深みにはまり、その深みにはいずれ最も恐ろしい方法で借金を取り立てる悪人がいる。

「もしおまえが勝ったら、というのは正しくない」パディは言った。「おまえが勝ったときは、というのが正しい。来週、おまえは自分のためだけに戦うわけじゃない。おれのために戦うんだ」

「そうだな、それなのに場所もまだ知らない。フィンタンは会場をまだ教えてくれないのか？」

「まだだ」

パディは立ちあがり、カラムを引っ張って立たせた。カラムの体に腕をまわして抱き寄せ、背中を叩く。トマトソースとビールと煙草のにおいがした。ドゥーランは体を離し、カラムの両肩に手を置いたままにした。天井からぶらさがる裸電球に照らされたパディの目は涙ぐんでいる。

「おまえを引き入れたのはおれだ」パディは言った。「おまえがフィンタンと話し合ってこの試合を組んでもらえるように、おれがおまえの人物を保証した。このクーパーとの試合で、フィンタンがほかにどんな狙いを持ってるのかは知らないが、おまえが勝たなければ、フィンタンは喜ばない。フィンタンが喜ばなければ、ほかの連中も喜ばない。ときには二度と喜ばない」

「やめてくれ、パディ。最悪の展開はなんだと思う？　ジミー・マリガンに痛めつけられて、追加で氷風呂にはいらなければならなくなることだ」

パディはカラムの肩を叩き、目を拭《ぬぐ》って椅子に腰をおろした。カラムもふたたびすわった。

無言がつづいた。テレビでCMが流れている。

カラムは言った。「パディ、あんたは大丈夫だ。フィンタンとは古なじみだからな」

「おまえは善人だが、クリスティ、馬鹿じゃない」パディはまた目を潤ませ、冷蔵庫から新しいビールを取ってくると、腰をおろして栓をあけ、一気に飲んだ。

そして言った。「学校でいじめっ子に立ち向かったことはあるか？　どこにだって、体が大きくて、それを自覚してる子供はいる。そうなる途中で良心を失ってしまった子供が。家や街で殴られてるうちに失ったのかもしれないし、近所を見てるうちに学校で教わるたわごとはまさにたわごとにほかならないと気づいたのかもしれない。正直者は勝てない、苦しむだけだ、と。それでこういう子供はいじめっ子になる。ほかの子供から金を巻きあげることだってできるし、家でサンドバッグ以下の扱いを受けるよりも気分がいいからな。ほかの子供の弱さを憎んでるからかもしれない――強さを憎んでる場合もある。それは見方による。こうしていじめっ子は子分を従えるようになる。子分はいじめっ子の暴力に頼ってるわけだからたちが悪いが、才能や知能がなくてもいじめっ子と同じことができる」

カラムは言った。「いじめっ子に知能は要らないぞ、パディ」

「だったら悪知恵と呼べばいい。なんでもいい。いじめっ子はくずだが、子分は哀れなだけだ。寄生してるんだよ。そしていじめっ子はそれを知ってる。自分たちは友達じゃないが、自分でやりたくないほどひどいことでもやらせられる子分がいると知ってる。子分は捨て駒なんだよ」

パディはビールを長々と飲んだ。垂れてきたひと筋の洟《はな》を手首で拭う。

カラムは身を乗り出し、ポリッジのボウルを押しやった。パディに手を伸ばす。

「パディ――」

「ポリッジを食ってろ、クリスティ。おれはブリーカー・ストリートで追加のビールを買ってくる」

「ピザはどうするんだ？　おれをなぶるために置いていくつもりか？」

パディは立ちあがってドアへ向かった。

「腹はもう減ってない」だみ声で言う。「ゴキブリどもに食わせてやれ」

そして出ていった。カラムは踊り場を歩くその足音に耳を傾けた。スニーカーを打ちつける音が石造りの階段をくだっていく。隠し録りしたやりとりをNYPDが文字に起こしたときの最終行を想像し、ポリッジをまた食べはじめた。会話終了。

24

　その日は夜明けから蒸し暑く、湿気を大量に含んだ空気が街に垂れこめ、高層ビルを呑みこみ、朝の通勤者を苦しめていた。台風が近づいており、トニー・ラウは香港島のヴィクトリア・ピークの頂上へ向かって急勾配をゆっくりとのぼっていくケーブルカーの中から空を見あげた。観光客が写真を撮ったり、山の麓《ふもと》のほうから天へ向かってそびえる鋼鉄とコンクリートと金属の塊を――九龍《カウルーン》湾を見おろすいくつものアパートメントを――眺めたりしている。一週間の労働がはじまり、湾には小さな船が群がっている。

　ここなら都合がいい。頂上には警察官がいて、揉め事に目を光らせたり、観光客が断崖から転落しないようにさがらせたり、スリがまぎれこんでいないか見まわしたりしていることだろう。人の目がある場所だ。

　ピークトラムが山頂駅に着くと、ラウは照りつける八月の日差しのもとに出た。細身の体にゆったりとしたリネンのスーツを着ているが、それでも三十四度の熱気が体を覆っている。湾の向こうを見た。九龍市街の先にある山々は、街にまとわりつく濃くて湿った夏の靄《もや》のせいで、波打つ青い影にしか見えない。ラウの部下である荒事に長《た》けたボディガードふたりが、二、三フィート後ろに控えている。ビジネススーツに身を包んだこのふたりは、ピークトラムに乗車中もふたつ後ろの席にすわっていた。

　ロレックスに目をやった。もうすぐ午前十時だ。ニューヨークは午後九時。東京は午前十一時になる。

　山頂は観光客でにぎわっている。撮影スポットの近くに警察官がふたりいるのが見えた。中国人の巡査と、日に焼けた西洋人だ。西洋人のほうがトニー・ラウとチャオの命とともに消滅した。

観光客のカメラのレンズが陽光できらめき、ラウは現実に引き戻された。

部下のひとりが携帯電話を持ち、連絡を待っている。ラウはふたたびロレックスに目をやった。

時間だ。


サミー・オングは板張りの狭い部屋で服を脱ぎ、昨夜いっしょに過ごしたタイ人の女たちのことを考えた。この脱衣場でシャワーを浴びてから、日本の温泉旅館の風呂に浸かるつもりだった。女たちは上の客室で体を洗ってから、天然の温泉水を満たしたこの貸切風呂に来る。風呂は三方を囲まれている。二方には竹の目隠しがあり、一方に脱衣場とシャワーへの入口がある。伊豆半島の崖ぎわにあるので、開けた側からは相模湾と伊豆大島が望める。

きのう、サミー・オングは成田空港で運転手に迎えを待っていた。バークがギャンブルで負った借金は、

目を合わせ、一拍置いてから無線機に向かって何か言った。

上司がだれなのかは疑いようがない、と思った。イングランド野郎だ。スコットランド人やウェールズ人という可能性もある。

アイルランド人も忘れてはならない。

カラム・バークを最後に見た場所を山頂から見おろした。あの男は湾仔《ワンチャイ》の通りに立っていた。ラウはそこで、龍頭《ドラゴンヘッド》のスタンリー・チャオが死体となって布をかぶせられているのを見た。バークの顔に浮かんだ罪悪感を見た瞬間、真相に気づいたが、そこの宿にいた女のひとりがそれを裏づけてくれた。アイルランド人の警察官は、チャオが発作に襲われている最中に部屋にはいってきた、と。追い払われた女はドアの外で待ち、無線で救急車を呼ぶ声に耳を澄ました。何も聞こえなかった。あの冷血漢は足もとの床で人が死ぬのを待っていた。バークがギャンブルで負った借金は、

られ、歌舞伎町へ向かった。東京に歓楽街はいくつもあるが、歌舞伎町はその中でも最大の規模を誇り、犯罪組織が経営するポルノショップやキャバクラやストリップクラブがそこらじゅうにある。オングは三合会《トライアド》が所有する中華料理店で、トニー・ラウが率いる十四Kの代表と昼食をとってから、上階のストリップクラブでタイ人の女たちを紹介された。オングがその夜に楽しめるように、ひなびた伊豆半島の旅館に女たちを連れていく手配をチャーリー・リンが済ませていた。

その後、オングとリンとトーマス・チャンは車で横浜港に行った。港には寧波《ニンボー》の貨物船が停泊中で、この船は二日後にニューヨークへ発つことになっている。積みこまれた四十キロのヘロインは、膨大な荷のわずかな割合を占めているにすぎない。

オングは石鹸で体を洗いながら、加齢の悪しき産物であるたるんだ肉に目を留めた。肌の染みを数え、ため息をつく。

いま、チャンはバーにいるはずだ。リンは今後の旅行の手配をして香港行きの便を確保するために東京に戻っている。

オングは泡を洗い流した。

三合会の東京支部は一行を歓迎してくれたが、オングも愚かではない。外国の資金がチャイナタウンの銀行に流れこみ、不動産を取得しているのは、トニー・ラウが協勝堂《ヒップシントン》のビジネスに大きな発言権を持とうとしている明らかなしるしだ。チャイナタウンは土地という点でも機会という点でも限界があるが、香港三合会は一九九七年には中国人が香港を支配することを不安に思っている。三合会がニューヨークで勢力を拡大したら、協勝堂は縮小を強いられる恐れがある。だから、向こう数日間の交渉がきわめて重要になってくる。

ドアが開き、日本の浴衣を着たタイ人の女たちがはいってきた。盛んに忍び笑いしながらオングの脇を通り、脱衣場の引き戸を抜けて屋外に出ると、竹の目隠しに指先を這わせている。そしてひとりが地面を掘って作った浴槽の端で浴衣を脱ぎ捨てた。八月の暑い朝、恥ずかしげもなく立つその体はウーロン茶の色をしていて、深みのある黒の髪は陽光を受けて輝いている。

わたしは幸運で愚かな老人だ、とサミー・オングは思った。昨夜の宴会のさい、酔っ払った頭で聞いた女の名前を思い出そうとした。ピティだ、と思い出した。確かそうだ。

陽光のもとに出て、浴槽の縁にゆっくりと重々しく腰掛けた。ジュリアという名のもうひとりの女が浴衣を着たまま、背後から近づいてくる。昨夜、この偽名を聞いたときは、タイ人の娼婦が名乗るにはあまりにも子供じみて馬鹿げた名前だと思って笑ったものだ。ジュリアとはな。

ピティが温泉に滑りこむとともに、ジュリアの浴衣が脱ぎ捨てられる衣擦れの音が聞こえた。ジュリアの体が背中に押しつけられ、小ぶりな乳房が頭を撫でる。ピティが身をかがめ、しなびたオング自身を握った。そしてジュリアを見あげ、笑みを浮かべた。

日曜日の夜が月曜日の未明へとゆっくりと移り変わるころ、ブルックリンのサンセット・パークは静かだった。パパ・ンは足を引きずりながら中国茶の喫茶店から出た。レストランやバーや旅行会社や美容院が並ぶ通りにいくつもある広東人の店のひとつだ。この一角はブルックリンのチャイナタウンと呼ばれ、協勝堂もいくつかの店を持っている。飛龍《フライング・ドラゴンズ》幇は半径四ブロックの範囲でマッサージ店やカジノをいくつか経営しているが、その収入の大部分を堂《トン》に上納している。ンは〈金山茶館《ゴールデン・マウンテン・ティーハウス》〉のウーロン茶と餃子を楽しんだ。現金入りの封筒を渡しにきたストリートギャングの使いに我慢しなければならないことが残念だったが。

弾丸のような形をした頭の横を剃って頭頂部で髪を

高々と逆立て、口もとに冷笑を浮かべ、最低限の敬意しか払わないその飛龍幇の〝兵隊〟は、ンが毛嫌いする若いギャングそのものだった。

パパ・ンは――香港とニューヨークとトロントにいる十六人の天才のひとりと噂されたことからこう呼ばれているのだが――暴力を忌み嫌っている。七十八歳のひ弱な老人で、父親めいたあだ名にはその性格もひと役買っているのだが、暴力の必要性を理解しながらも、実際に暴力を振るう者たちからはできるかぎり距離を置いている。堂はニューヨークの中国人のまさしくためになっていると信じ、いまポケットにある金は被害者なき犯罪の収益だと見なしている。苦労して稼いだ金をギャンブルで失いたいのなら、好きにさせておけばいい。

ンはクライスラーのドアをあけ、崩れるように運転席にすわった。助手席に封筒を置き、エンジンをかける。八番アヴェニューに車を出し、ゆっくりと進めた。西に曲がり、ベルト・パークウェイへ向かう。ブルックリン橋を渡ってマンハッタンに行き、チャイナタウンを抜けて、北の東六十七番ストリートにある自宅アパートメントに帰るつもりだ。

ベルト・パークウェイの一ブロック手前で、バックミラーに警光灯の光が映った。

覆面パトロールカーに乗った警察官だ。ダッシュボードに警光灯が置かれている。

パパ・ンはため息をついた。前にも、ステロイド漬けの警察官から、車の速度が遅すぎると小言を言われたことがある。警察が権力を乱用するばかりで、本物の犯罪者を野放しにしているのなら、税金を払う意味がどこにあるのか。

ベルト・パークウェイの流入ランプのそばにあるオートショップの近くに車を停めた。

現金入りの封筒がある！

封筒をつかみ、バックミラーを見た。ダッシュボードの光でふたりの警官の姿が浮かびあがっている。どちらもドアをあけていない。

おそらくナンバープレートを照合しているのだろう。封筒を運転席の下に押しこみ、運転免許証と車両登録証を探していると、ふたりの制服警官が車からおりて近づいてきた。

制服警官が覆面パトロールカーを運転するというのは、ジュリアーニとブラットンがはじめた新しい取り組みのひとつなのだろう。市長と市警本部長は、この警察官たちのだらしない恰好を見たら眉をひそめそうだ。ひとりはシャツの右裾をズボンの中にたくしこんでいないし、ふたりとも煙草を吸い、偉そうに無頓着な様子でぶらぶらと歩いてくる。ンは運転席の窓をおろしはじめた。

警察官のひとりは車から離れて立ち、腰のホルスターに収めた拳銃に手を当てている。顔は影と紫煙に包まれているが、アジア系なのは見てとれる。もうひとりが運転席に近寄り、身をかがめて窓の中をのぞきこんだ。側頭部を剃っていて、逆立てた髪が金属製のバッジ付きの八角形の帽子に収まらずにはみ出ている。口もとの冷笑が悪魔の笑みに変わるとともに、〈金山茶館〉にいた飛龍幇の〝兵隊〟はサプレッサー付きの拳銃を持ちあげた。

パパ・ンは銃身を見つめた。憤怒で顔に皺が寄る。「くそ野郎《ラン・ヤン》！」と言った。「くたばりやがれ《ディウ・レイ・ロー・モー》！」

ンがこうした卑語を使うのは人生ではじめてであり、それは最後に発したことばになった。


サミー・オングは必死に生にしがみついていたが、男が浴槽にはいってきたとき、それがこぼれ落ちていくのを感じた。少し前、女の乳房の温かさと柔らかさを肩で感じていたら、針で刺される鋭い痛みを感じた。女が後ろにさがると、オングは両手を振りまわして足を滑らせ、しばらく沈んで焼けるように熱い温泉水を肺に飲みこんだ。浮かびあがると、女たちは浴槽の左右で竹の目隠しに背中を押しつけていた。オングは体が動かなくなるのを感じた。筋肉が言うことを聞かず、呼吸が苦しい。そのとき、髪をスパイク状に立てた大柄な男がはいってきた。男はサミー・オングの頭をつかみ、力ずくでふたたび水中に沈めた。

オングの肌が焼け、肺に水が流れこみ、恐怖が押し寄せた。

あらがおうとしたが、女が首に注射した何かの薬物のせいで手足が麻痺し、動かせない。水面越しに男のシルエットを見ているうちに、生命活動が停止した。心臓が屈し、肺に水が満ちる。使い物にならなくなった肉体に閉じこめられた脳が死に、オングは絶命した。

パイナップル・ウォンは浴槽から一歩さがり、水中から見返している老人を見つめた。ジュリアという女はよくやった。サクシニルコリンをうまく注射してくれた。化学者が保証したとおり、筋弛緩剤のサクシニルコリンはサミー・オングの筋肉の動きを止めた。心臓や、呼吸に使われる筋肉も含めて。

老人の肺に水が満ちるように水中に沈めたのは、日本の警察に捜査を打ち切る理由を与えるためだ。サクシニルコリンは分解されてコハク酸とコリンに変わるが、これは通常でも体内に存在する。日本の監察医は、死因は心臓発作が引き起こした溺死だと断定するだろう。ウォンは殺しをやりたくはなかったが、龍頭であるラウの執行人のツェはほかの仕事にたずさわっている。もっと高い地位に就かせるために、ツェは教育されているのではないかと思った。

龍頭がこの仕事をパイナップル・ウォンにやらせたがった――任せた――という事実は、パイナップル自身も昇進する可能性があることを示している。それに、明朝バンコクに飛行機で戻る前に、ピティという女と歌舞伎町で楽しい夜を過ごすことになっている。もうひとりの女のジュリアは、ファーストクラスでロンドンに飛び、ヒースロー空港で迎えられ、三合会が購入したサセックスの家に車で送り届けられる。家ではジュリアの伯母が待っている。

残念だな、と三合会の潮州人《ティウチウ》は思った。竹の目隠しの前に立っているジュリアは祈るように目をつぶり、頬を涙で濡らしている。この女のうぶなところに肉欲を掻き立てられていたが、トニー・ラウからじきじきに命令されている。ジュリアに淫《みだ》らなことはしてはならない、と。

脱衣場で老人の衣服を集めるよう女たちにうなり声で命じ、殺しの成功を香港にどう報告するかを頭の中でまとめた。

東京の中心部にある新宿駅の西口近くのコンクリート製コンコースで、段ボールの山に埋もれていた香港三合会副首領のハイの死体を、ホームレスの男が発見した。トニー・ラウ本人にのみ従う十四Kの構成員に刃物で四十回以上刺され、頭部がほぼ切断されていた。殺しは早朝におこなわれ、死体はホームレスが多いことで知られる駅の一角に放置された。ハイの財布だけでなく、靴までなくなっていた。

警視庁は、ホームレスかそれに近いギャングが訪日中の香港のビジネスマンを強盗目的で襲ったと推測した。

警視庁の警察官たちは本部で取り調べるために、バス一台ぶんのホームレスを連行しはじめた。警察官たちは黙々と働いた。いずれ何人かのホームレスに殺人の罪を着せ、すぐれた犯罪検挙率を維持し、香港領事館を黙らせることができると気楽にも確信していた。

パパ・ンは、ブルックリン・パークウェイの流入ランプのそばにあるオートショップの近くの木立に倒れていた。グレートデンを散歩させていた人が、茂みで糞をさせようとしたところ、ペットが哀れっぽく鳴くのでそこを調べ、死体を発見した。ンは顔面と頸部と胴体に六発の弾丸を浴びていた。ンの車は数フィート離れたオートショップの前に停められていた。警察は車を調べた。現金のはいった封筒はなくなっていた。

伊豆半島の温泉旅館で、従業員が貸切風呂のドアをあけた。三時間も経っていたし、ほかの宿泊客からなぜ〝使用中〟の札がドアにいつまでも掛かっているのかと何度も訊かれたからだ。そして浴槽に裸で沈んでいるサミー・オングを発見した。死体を搬出するために警察と救急隊が呼ばれ、横浜から来たある新婚夫婦は、つぎの長い連休には伊豆ではなく別府の温泉リゾートに泊まろうと決意した。

ヴィクトリア・パークで午前中の明るい日差しを浴びながら、トニー・ラウは携帯電話での通話を切った。サミー・オングと副首領のハイとパパ・ンが日本とアメリカで始末されたとき、ラウがヴィクトリア・パークを散歩していたと証言してくれる目撃者はたくさんいるはずだ。

死体が三つ。それに満足した。三は縁起のいい数字であり、三合会の秘密結社の多くが三角形のシンボルを使っている。これは天、地、人の結びつきを表わしている。

天にいるキリスト教の神も少しは怒りを和《やわ》らげてくれただろうか。バンコクでジュリアという女に対して暴力を振るったことが、妻が早く寝た夜は心に重くのしかかっていた。あの女はお人好しではないが、ラウの血闘《シエドウ》には――バークに対する血の復讐には――なんのかかわりもない。執行人のツェがアパートメントにジュリアを連れてきたとき、ラウは女が自分とは別の世界にいるように感じた。

オング殺しの片棒を担いだことで、ジュリアは血の洗礼を受け、欧米で新しい人生をはじめる自由を得た。

トニー・ラウにとってもいくらかの罪滅ぼしになった。

これから協勝堂の新たな首領との会合に備えなければならない。新首領は、サミー・オングと副首領のハイが始末される前の昨夜のうちに、ニューヨークを発った。じきに九龍にある〈ザ・ペニンシュラ香港〉を出て、湾を渡り、レパルス・ベイの近くの家に行って、堂での部下であるトーマス・チャンや三合会十四Kの最高幹部たちとともに会合の席に着く。むろん、新首領はニューヨークに戻ったら正式に任命される必要があるが、サミー・オングが死亡し、自身はチャイナタウンの協勝堂の現副首領なのだから、当面は首領の役目を引き継ぐにちがいない。今後数日かけておこなわれる交渉でも、その役目を引き継ぐにちがいない。そしてサミー・オングの右腕で、協勝堂の現役の構成員では最長老のパパ・ンがブルックリンで射殺されたのだから、堂の新首領が数週間のうちに正式に役目を引き継ぐのはしきたりにかなっている。

協勝堂の新たな首領はミッキー・チウだ。

トニー・ラウは部下についてくるよう身ぶりで指示し、ピークトラムの頂上駅へ歩いた。協勝堂との交渉に臨《のぞ》む前に、レパルス・ベイで筆頭執行人のツェと会って簡単に報告を聞くつもりだ。ツェはまちがいなく疲れているだろうが、東京への短い旅の話をぜひ聞きたかった。副首領のハイのボディガード兼連れとして飛行機に乗った話も。東京の三合会と協力して新宿でハイを惨殺し、駅にたむろするホームレスたちのあいだに死体を捨てた話も。香港三合会十四Kの新たな副首領としてツェを任命する件も話し合いたい。

そして近い将来には、それがニューヨークのチャイナタウンの三合会十四Kになる件も。

25

カラムはリボルバーを何度も振りおろした。そのたびに衝撃で腕が震えた。悪態をつきながら木製のグリップを打ちつける。

「トレーニングだと思え」オコンネルが言った。

カラムはスミス&ウェッソンのグリップをオコンネルに向けた。

「これはあんたが思いついた名案だ」と言う。「あんたがこの重労働をやったらどうだ」

「銃がほしいのなら、言われたとおりにしろ。それに、マッティラは何も知らない。あんたは麻薬取締局《DEA》捜査官の代役だ――だからといって、頭のおかしなアイルランド野郎が火器を持ってニューヨークの街を走りまわるのを連邦捜査官が望んでいるわけじゃない。これはあんたとおれだけの秘密だ」

「ようやくおれを本物のアイルランド野郎扱いしてくれるのか？」

「いいか」オコンネルは言った。「ウォルシュやドゥーランやマリガンどもがそのリボルバーを見たら、警官の銃だと気づくはずだ。グロックも無理だ。だからそれのグリップを壊して、ハンガーとテープで新しいのをこしらえれば――あら不思議！――不恰好な銃ができる。小物の売人やニュージャージー州のチンピラが持っていそうながらくただ。悪党の銃だよ」

「確かにがらくただな。曲げたハンガーをグリップにするだって？　これを不法に入手したやつからおれが入手したという設定にするのか？」

オコンネルは最後のポテトチップスを飲みこむと、ナプキンで口を拭《ぬぐ》い、ズボンに食べかすが落ちていないか確かめた。

「作り話は単純なものにしておけ」と言う。「それに、そんな銃でも薬室と引き金があるのに変わりはないだろう？　撃てさえすれば、問題はないさ」

　ふたりはＤＥＡがセーフハウスとして使っているラガーディア空港の近くの空《あ》き家にいて、ウォルシュの縄張りであるウッドサイドの上空を行き交っているのと同じ飛行機の轟音を聞いていた。試合に反対するマッティラをオコンネルが説き伏せた件はすでに話し合っていた。

　話を聞いたカラムは激怒した。明けても暮れてもひどく怯えているのは確かだが、この試合は麻薬取引にほんとうの意味で〝加わる〟機会になる。最後まで戦う価値はある。数カ月の恐怖と疑心暗鬼が報《むく》われる。やむなく別人になったことが報われる。

　大きな問題は、ウォルシュがパディに試合会場をまだ教えていないことと、ウォルシュのプライベート用の電話番号がわからないことだ。会場がわからなければ、ＤＥＡやニューヨーク市警《NYPD》が監視すべき場所もわからない。会場がわからずに一日が過ぎるごとに、カラムはますますいやな汗を掻いている。

　それで銃を頼んだ。邪魔になりかねないし、事態が悪化しても使う機会はないかもしれないが、銃があれば少しでも力を取り戻せるし、オコンネルがこうして会って渡す時間を作ってくれた。何かしくじった場合に備え、ポケットに入れて試合に行こうと思っている。オコンネルが持ってきたのはスターム・ルガーの三五七口径だ。いま、そのグリップを金属製のシンクの端に叩きつけている。

「チョコレートバーとかを持っていないか？」オコンネルは言った。「まだ腹が減っているんだ」

「おれのジャケットのポケットにベビールースがはいっているよ」

　オコンネルはチョコレートバーをつかみ、ひと口かじった。カラムがスターム・ルガーをもう何度かシンクに打ちつけるのを見守る。

そして言った。「副首領のハイの死体は東京で日本人が保管しているそうだ」

「三合会《トライアド》にとっては好都合だな」カラムは言った。

「クリーンヒットだ。ハイが東京で殺されると同時に、サミー・オングが田舎の旅館で死んだ。偶然に偶然が重なっている」

「パパ・ンがブルックリンで殺されたことを考えれば、これはナチスが大量粛清をおこなった長いナイフの夜の中国版か？」

「おれはそう考えている。協勝堂《ヒップシントン》の何者かが堂《トン》の主導権を握ろうとした。ミッキー・チウが香港に行くとともに、そのボスが息を引きとったわけだから、ロサンゼルス郡最高裁判所の陪審団でなくても、当然の結論が導ける」

「そして抗議の意思表示として会合の場から退出したように見せかけるわけだ。悪党め」オコンネルは言った。「そうだ、写真を持ってきたぞ」

男女の死体が写った写真をポケットから出す。カラムからよく見えるように、テーブルに並べた。だれが写っているか、カラムは知っていた。しかし、どうしても見たくなかった。肌がむずがゆく、ドアから飛び出して叫びたくなる。代わりに、ブッシュミルズのストレートを飲み干すところを想像した。喉が焼ける感覚を味わい、ウィスキーが少しずつ染み渡って、体を温めてくれるところを。心を落ち着かせてくれるところを。

写真を見た。

胴体は膨張し、目鼻立ちは恐ろしいほどゆがんでいる。

オコンネルは言った。「これを絵に描き写したら、未発見のピカソとしてニューヨーク近代美術館に売れそうだな」

写真の男の髪は黒く、からみ合っている。もつれた長い髪の房が、死んだ鳥の羽毛のように、女の頭のまわりに扇形に広がっている。ハドソン川から引きあげられ、ニュージャージー州の岸辺に横たえられたガブリエル・ムニョスとその愛人だ。

だが、カラムは言った。「わからない。ムニョスかもしれないが、顔立ちが崩れすぎている」

「顔を六発も撃たれて水中に捨てられれば、そうもなる」

「ごみ袋に入れられていたのか?」

「そうだ。〈ホテル・ベルクレア〉で使われているごみ袋だった。検死官によると、水中に沈んでいた時間はせいぜい数時間だそうだ。体内でガスが発生して水面に浮かびあがり、岸に打ちあげられた。ずさんな仕事だ」

「そこが気になる。ウォルシュはこういう仕事の経験が豊富なはずだ」

「おれたちは中国人の仕業だと考えている。報告書は読んだよな」

カラムは殺人課の刑事が作成した報告書を読んでいた。〈ホテル・ベルクレア〉にいた目撃者によれば、被害者ふたりがさらわれたとき、スペイン語と――もしかすると――広東語かもしれないもうひとつの言語が聞こえたらしい。それからはじけるような音が連続して聞こえた――たぶんサプレッサー付きの銃の発射音だろう。音がやむと、肌の色がラテン系で顔を血まみれにした男と、意識を失った若い女が部屋から連れ出されるのが見えた。襲撃者たちはジャケットのフードをかぶり、顔を隠していた。

カラムは写真を見つめた。奇妙なのは、ムニョスが元気だったころの記憶をいくら思い出そうとしても、その顔が頭に浮かんでこないことだ。罪悪感のせいだろう。

自分がムニョスに麻薬の密売をするよう仕向けたわけではない。ムニョスの従兄弟《いとこ》が食料雑貨店で麻薬を売っていると、自分がばらしたわけでもない。しかし、この捜査でまた死体が出たとなれば、いくらかの責任を感じざるをえなかった。男の死体はムニョスと同じくらいの身長で、同じような髪だ。上半身の服と靴はなくなっているが、肌は水で変色し、顔は子供が描いたように形が崩れている。女は下着姿だ。やはり近距離から顔面を撃たれているが、さらわれたあとにどこか別の場所で撃たれたのだろう。

ふたりとも、口がめちゃくちゃになっている。弾丸で歯が砕け、残った歯も引き抜かれている。指紋が劣化して使い物にならないのは知っている。DNAサンプルは採取できたが、やはり水でひどく劣化している。結果が判明するには時間がかかるだろう。DEAはPCR法で分析するためにサンプルをヴァージニア州の本部に送るよう主張したらしい。

「連邦捜査官のくだらないいがみ合いだ」オコンネルはそう言っていた。「六週間から八週間もかかるかもしれない。こいつは死んでいるからな——現在捜査の対象になっている悪党のほうが優先されるんだよ」

そしていま、オコンネルは言った。「いいか、こいつはムニョスだ。女といっしょに、〈ホテル・ベルクレア〉からさらわれた。目撃者は六発の銃声とスペイン語の声を聞いた。ムニョスの雇用主が死体安置所で本人だと確認した」

「どうやって？　こんなありさまなのに」カラムは言った。

「あんたが見ているのは写真だ。〈ホテル・ベルクレア〉のオーナーは実物を見た。気の毒に、いまでも悪夢を見ているだろうな。ムニョスのポケットには部屋の鍵と財布があったが、財布にはいっていた金はDEAが情報提供の見返りとして支払った現金だと特定された」

カラムはシンクの端にリボルバーを叩きつけた。

「よし！」

ルガーのグリップが割れている。銃を両膝ではさみ、グリップと格闘した。

オコンネルは話題を変えた。

「ボビー・ホーはテープの仕事で長時間労働をしている。とんでもない長時間労働を。ホテルの部屋で少し眠るよう言ったんだが、職場でうたた寝をするだけだ」

カラムは笑みを浮かべた。香港のまじめな地元警官にありがちな勤労精神だ。

「ミルバンが手伝えるところは手伝っている」オコンネルは言った。「堂ではサミー・オングの死に関して、噂が飛び交っている。構成員の多くが、心臓発作を起こして溺死したという話を信じていないようだが、だれもたいしたことはできずにいる。パパ・ンの死は大きな衝撃を与えている。堂の後ろ暗い面からは距離を置いていたから、銃弾が雨あられと降り注《そそ》ぐところに行くとはだれも思っていなかったらしい。《スカーフェイス》のトニー・モンタナでもあるまいし」

カラムはリボルバーのグリップがはずれるのを感じた。「十四Kがハイとオングを殺したにちがいないことはわかりきっている。協勝堂が東京でそんなことを実行できたはずがない」

オコンネルはチョコレートバーを食べ終えた。

「十四Kの手が迫っていると心配しているのか？　香港から顔見知りがニューワールド運送にやって来て、あんたの正体に気づくとでも？」

「不安なのは確かだ。なぜおれがこんなことをしていると思う？」

カラムは銃を掲げた。

オコンネルは言った。「二、三時間後にウォルシュに接触して秘密の番号を探る」

チョコレートバーの包みをポケットにしまう。

「ドゥーランがニューワールド運送のトラックで試合会場に送ってくれるという話だったな」と言った。

「それなら、最悪の場合は、前日の晩に、五十番ストリートの駐車場にあるトラックのすべてに盗聴器を仕掛けることになる。四台ぐらいだったか？　そうすればキャブにいるあんたの声が聞けるし、あんたは会場に着いたら所番地を言えばいい。おれたちは急行し、会場外で待機する。可能なら、ボストンの連中が会場にいるときにその車にも盗聴器を仕掛ける。もしボストンに戻る途中でクーパーが殺されそうになったら、交通違反をでっちあげて逮捕できる」

「手間がかかるな」

「確かに。だが、不可能じゃない」

カラムは銃をテーブルに置いた。

「当日の夜、助けを呼ばなければならなくなったときのために、合いことばを決めておくか？」

オコンネルは椅子の背にもたれて言った。「〝阿呆〟はどうだ？」

「集まる面々のことを考えると、そんなことばを言ったら戦争になるかもしれない。どじだな」

「アメリカで〝どじ《バラックス》〟なんて言ったら、外国語だと思われるぞ」

「いや、あんたがどじだと言ったんだ。チョコレートの染みが付いている」

「くそ！」

オコンネルは慌てて立ちあがり、ズボンを調べはじめた。ひとりごとをつぶやきながら。

「やばい、マーシーに殺される。最近、家ではへまばかりなのに。くそ」

カラムは床を見てから、天井を見た。

口を開きかけて閉じ、また開いた。

顔が火照《ほて》るのを感じる。

それから言った。「マイク、家族がかかわってくると、どうしてあんたはそんなに小心者になるんだ？」

「だからなんだ？」オコンネルはズボンを調べるのをやめ、一歩進み出た。「だからどうだと言うんだ？」

「いや、ほんとうに悪気はないんだが、あんたはおれに対しては初日からダーティー・ハリーばりの態度をとっていたのに、妻子の話になるたびにびくついている」

オコンネルは選択肢を検討するかのように、カラムを見つめた。話が通じる可能性を検討していたのかもしれない。

そして、急に老けこんだように見えた。背中をまるめ、やる気がなさそうにズボンの汚れを払っている。それから床を見ながら口を開いた。

「あんたは妻を愛していたか？」と言う。

「まだ死んでいないぞ」

「言いたいことはわかるだろうに。結婚していたときの話だ」

「まだ結婚している。何が訊きたいんだ？」

オコンネルは顔をあげた。目のまわりに新しい皺ができているように見える。

「そうだよな」と言う。「おれだって警官からそんなことを訊かれたら答えたくない」

腰をおろし、椅子の背にもたれた。

「おれは結婚して十二年になる。子供はふたりいる。女房は几帳面な性格だ。家具にはビニールカバーを掛けて、日に四度も埃を払う。子供がスニーカーに付いた泥を家の中に持ちこむと叱りつける。デクランはピアノを習っているが、先週、ほんとうはホッケーをやりたいとおれに言ってきた。リリーは犬を飼いたくてたまらないのに、女房はカーペットやソファに毛が落ちるのをいやがっている」

オコンネルは立ちあがり、カラムからリボルバーを受けとった。重さを手で量る。

「いい子たちなんだよ。子供なりに理解し、最善を尽くしている」

「理解している？」

「母親が警官の妻であることを理解している」

カラムは両手で脇腹をこすった。香港にいたころ、父親が何をしているか、タラは幼すぎてわかっていなかった。ママとパパがしょっちゅう喧嘩《けんか》していることくらいしか知らなかった。

オコンネルはリボルバーを眺めた。

そして言った。「この仕事をしていると、おかしくなるんだよ。だれかが悲鳴をあげたり、泣いたり、喧嘩したりするのをまのあたりにするし、死体やジャンキーもいやと言うほど見るから、自分の中の何かが死んでしまう。いったんその何かを失ったら、扉が開かれる。深酒をしたり、女遊びをしたりするようになる。失った何かを別の何かで埋め合わせようとして。おれは家族をここにとどめようとした」人差し指で額《ひたい》を叩く。「家族のことをもっと考えようとしたわけだが、それは綱渡りなんだよ。子供が殺害された現場にわが子を重ねるようになるし、タクシーの中の死んだ娼婦に妻を重ねるようになるからだ」

リボルバーの銃身に指を這わせる。

「そしてある夜、げす野郎がおれの家に電話をかけてきた。おれは勤務中だったんだが、そいつはマーシーにおれが死んだと伝えた。麻薬の押収に失敗し、撃たれたと。女房は取り乱した。しばらく入院しなければならなくなり、従兄弟に子供たちを預かってもらった。電話をかけてきた野郎は警官で、自分が何カ月も追っていた売人をおれに逮捕されて逆恨みした同じ分署のやつだった。わかるだろう、この仕事をしているとこんな目にも遭う」

オコンネルは銃をポケットに押しこむと、壊れたグリップを拾うようカラムに身ぶりで指示した。

「退院したマーシーは口やかましい潔癖症になった。あの電話で失った何かを埋め合わせずにはいられないんだろう。それでも、警官の給料で子供ふたりを育ててくれているし、ろくに休暇もとれないことや、子供抜きで夫婦で過ごす時間がないことや、おれが残業すそうしなかった。ギャンブルで？　確かにそうした。そして老スタンリー・バンブー・チャオが嘔吐しながら死にかけているのを眺めながらも、まったく助けなかったとき、さらに何かを失った。

そしてもうひとつの死体、つまりディラン・アコスタは、ギャンブル癖を断つのに役立ってくれた。願わくは永遠に断てるように。

どんな逆境でも希望の光は……。

「わかった、マイク」と言った。

オコンネルは言った。「マイキーだ」

「《グーニーズ》に出ていた十歳児か何かか？」

オコンネルは椅子に深くすわって腕組みをすると、首をかしげて言った。「なあバーク、ラッキーチャームのCMに出ている妖精みたいなしゃべり方だと言われたことはないか？」

「うるさい」

ることに——警官の例に漏れず、うんざりするほど多いのに——つべこべ言わない。おれが夜勤のときは、ベッドの脇にキッチンナイフを置いて寝ている。警官の妻の例に漏れず、こういうことにマーシーはうんざりしている。だから馬鹿呼ばわりしたければすればいいが、バーク、おれはせめて息子をピアノの発表会に連れていったり、ズボンをきれいにしておいたりすることくらいはやりたいと思っている。わかったか？　さあ、おれの車に行くぞ。新しいリボルバーのグリップを作る材料がトランクにある」

公衆電話の映像と、タラの小声と、クリーヴランドのアパートメントで娘といっしょに寝ているアイリーンの姿がカラムの脳裏をよぎった。自分もオコンネルが言っていたような何かを失ってしまったのだろうか。そうだ、ベルファストで失った——自分の中の何かが死に、それは二度と取り戻せない。心にあいた穴を酒で埋めようとしたのか？　少しはそうした。女で？

三時間後、オコンネルはルーズヴェルト・アヴェニューの〈ウッドサイド・スウェット・ショップ・ジム〉の向かいに停めたグレーのダッジの中にいた。カラムはイタリアン・ベーカリーの上の、大通りと高架鉄道を見渡せる汚れが染みついた窓のそばにいた。オコンネルがセーフハウスで改造した不恰好なリボルバーの重みをポケットに感じる。フィンタン・ウォルシュはジムの中にいて、通りに面した大きなガラス窓越しに、フリーウェイトに取り組んでいるその姿が見える。ガリンスキーが隅でランニングマシンに乗っている。合同捜査班の中ではいちばん元気なので、貧乏くじを引かされ、ウォルシュが中にいるあいだ、自分もトレーニングをしながら見張っている。どのみち、ダンボでの銃撃戦のあと、ガリンスキーは神経過敏になっていたから、ここでそれを発散したほうがいいとオコンネルは考えていた。橋のアンカーブロックのそばでおこなわれた銃撃戦は、市警本部に対する連邦捜査官の影響力のおかげで、すみやかに捜査がおこなわれた。合同捜査班にはガリンスキーが必要だった。

二、三ブロック離れた、二階建ての建物が並ぶ静かな通りに停めた車の中に、ジョージー・ルイースとニークー・マッティラがいる。車はＤＥＡがフィラデルフィアの麻薬密売人から押収したフェラーリで、新しいナンバープレートを取り付けたうえで、この作戦のためにニューヨークに運びこまれた。

タイトなミニのストレッチスカートを穿き、ゆったりとしたブラウスの前を胸骨の下まであけ、足首の少し上までのピンヒールブーツを履いているルイースの姿を、カラムは思い浮かべた。髪は後ろに撫でつけ、あの色気のある顔をさらしていた。ふしだらに見えてもおかしくないのに、ルイースはまったくと言っていいほどそうは見えなかった——品があった。

オコンネルは警察のポイント・ツー・ポイント方式の無線機を持ちこんでいた。チャンネルはＳＰ‐ＴＡ

C・Kに合わせてあり、やりとりは合同捜査班しか聞けない——パトロールカーや地元の警察官は傍受できない。しかし、合同捜査班はNYPDの無線交信を聞けるので、パトロールカーがこのあたりに来たり、ここへの出動を求める九一一への通報があったりしたら把握できる。これは監視班の存在に犯罪者が気づいたとき、混乱させるためによく使う手だ。フィンタン・ウォルシュが着替えに行ったら、ガリンスキーがジムの窓ぎわでストレッチをして合図することになっている。

このときばかりは、カラム・バークも疑心暗鬼と恐怖を忘れていた。明確な目的を持った集団の一員になっている。盗聴するためにウォルシュのプライベート用の電話番号を入手するのがその目的だ。無線機を掲げた。

「注意せよ。ターゲットが着替えに行った。ガリンスキーが窓ぎわにいる。どうぞ」

「こちらも確認した。どうぞ」オコンネルが言った。

マッティラが言った。「ルイースが向かった。どうぞ」

一分後、フェラーリがゆっくりと角を曲がって、ルーズヴェルト・アヴェニューにはいってきた。エンジン音を響かせ、通りすがりの歩行者の注目を集めながら、ジムの前で停車する。運転席のドアがあき、ルイースが出てきた。縁石に半ば乗りあげているイタリア製の精密機械よりもさらに注目を浴びている。ルイースは車の前にまわりこみ、ボンネットをあけてロッドに立てかけ、中をのぞきこんだ。エンジンのそばの死角に、受信ボリュームをミュートにした無線機が小型のレコーダーと並んで貼りつけてある。

「よし、みんな」ルイースは言った。「配置についた。どうぞ」

「おまえにばっちりの役だな」オコンネルが言った。

ミセス・マーシー・オコンネルはこの評価をどう思

うのだろう、とカラムは気になった。

ルイースがぶらついていると、配送トラックが停まり、白髪交じりのこわい髪をした疲れた様子の年配の男がおりてきて、クリップボードを持って二軒先のレストランへ行った。若い男がキャブの窓から身を乗り出し、振り返ってルイースを見た。発情期の野良猫よろしくキャブからおり、フェラーリに近づいていく。

オコンネルの声が聞こえた。

「注意せよ、ルイース。盛りのついた男が背後から近づいてくるぞ。どうぞ」

フェラーリに隠した無線機から、男の声が聞こえた。

「よう、すごい車に乗ってるんだな」

ルイースは喉を鳴らすように言った。「そうよ」

「ああ、この形ときたら……きっとすごいスピードが出るんだろうな。ゼロから六十までどれくらいだ？五秒とか？」

「速すぎてあなたには扱えないわよ、ベイビー。こういう車を乗りこなせる力もスタミナもなさそうだから」

クリップボードを持った年配の男がレストランから出てきて、同僚が女を口説いているのを見た。苛立たしげに天を仰いでいる。

カラムは無線機から流れる若い男の声を聞いた。

「おれが中に手を入れて、この指を役立てようか？このべっぴんを熱く燃えさせてやれるかもしれないぜ。おれの中の黒人がひいひい言わせてやれるかもしれない」

オコンネルが小声で言った。「くそが」

フィンタン・ウォルシュがジムから出てきて、若い男と話しているルイースに目を留めた。ルイースを上から下まで眺めてから、立ったままやりとりを見守っている。《ルーニー・テューンズ》のキャラクターのように口をあんぐりとあけそうになっているが、口説いている若い男に注がれた視線は険《けわ》しい。

ルイースの声が聞こえた。「仕事に戻って、あそこのおじさんを手伝ってあげたら？　パパは苛々しているみたいよ。それに、チョコレート色の肌にはあまり興味がないの」

ウォルシュに目をやって聞こえよがしに言う。「バニラ色のほうが好みだから」

若い男は両腕を広げた。「もったいないことをしたな、ベイビー。アフリカがおっ立った肉棒と玉袋の形をしてるのは理由があるんだぜ。おれの言ってることはわかるだろう？」

「やれやれ、詩人も顔負けね」

若い男はトラックに戻り、がみがみと指示を出しはじめた年配の男にごねている。カラムはジョージー・ルイースを眺めるフィンタン・ウォルシュを眺めた。ウォルシュがルイースに惹かれているのは確かだが、手のうち以上のものを見せることになるから、いま動くのはためらうかもしれない。

無線機越しにオコンネルが小声で言った。「よし、ルイース、エンジンの上にゆっくりとかがみこめ」

ルイースは文句を言った。「これはテレフォンセックスか何か？」

それでも、一方の足を他方の足の前に出して、オコンネルに言われたとおりにした。大気圏再突入のときに燃え尽きそうなくらい高くスカートがずりあがる。

ウォルシュが歩み寄った。

ルイースの唇からため息が漏れ、つづいて悲しげなうめき声が漏れた。

ウォルシュは咳払いした。

「困ったことになっているのか？」と訊く。

ルイースはエンジンから離れ、腰を横に傾けて両手をくびれに当てた。胸を突き出すのに合わせて、ブラウスが引っ張られる。

そして言った。「わからない。わたし、困ったことになっているの？」

陳腐な台詞《せりふ》だ。求愛のやり方をポルノ映画から学んだウォルシュにはちょうどいい。

ウォルシュは胸を張り、ホイールキャップのそばにジムバッグを置いた。ルイースの真横の歩道に行き、ルーズヴェルト・アヴェニューの路肩に停めたフェラーリの正面に立った。

「見てやろうか?」と言う。

「ええ」ルイースは母音を途切れそうになるまで伸ばした。同時に、エンジンの上でゆっくりと体を反《そ》らし、ブラウスの中のミッドナイトブルーのブラジャーをウォルシュにたっぷりと見せる。ウォルシュが唇を舐《な》めるのがカラムには見えた。

「時間をかけて、ようく見て」ルイースは言った。

ふたりは車のそばに立ち、安っぽいポルノの脚本のような会話をしている。ウォルシュはエンジンをいじくっている。カラムは、オコンネルやマッティラも自分と同じように、無線機やレコーダーが見つかったらどうしようと冷や汗を流しているはずだと思った。どちらもうまく隠してあるが、念入りに調べられたら見つかってしまうかもしれない。

しばらく会話が途絶えた。ウォルシュは好印象を与えようと躍起になっているが、フェラーリの内部構造を見たことはたぶんないはずだ。ひととおり目を走らせ、隅々まで見るだろう。装置を見つけるほど隅々まで見るかもしれない。

ウォルシュの声が低くなるのが聞こえた。

「こいつはなんだ?」

冷たいものがカラムの腹に流れこんだ。

ウォルシュがエンジンの上に身を乗り出し、フェンダーとヘッドライトの裏のあたりをのぞきこもうとしている。無線機を取り付けたあたりだ。

ルイースが言った。「ちょっと!」

配送トラックに乗っていた若い男が戻ってきて、ルイースの尻をつかんでいる。それから腰に手を滑らせて引き寄せた。

男は言った。「このおっさんに紹介してくれないか？」ウォルシュを顎で示す。

長さが足りない鎖につながれた攻撃犬のように、ウォルシュはエンジンから飛びすさった。数秒でゼロキロから六十キロに達する速度で、顔に怒りの色が満ちる。いまにもはじまろうとしている惨劇からカラムは目をそらせなかった。オコンネルは成り行きを見守るだろうが、マッティラからはこの状況が見えないよう願った。あのDEA捜査官は一般人が少しばかり痛い目を見る危険を冒すよりも、なんらかの形で介入して囮《おとり》捜査を台無しにしてしまう可能性が高い。

若い男はルイースに密着し、その背中に自分の胸を押しつけながら笑っている。ルイースは振りほどこうと身をよじっている。トラックのそばにいる年配の男が、まだ配達があるからさっさと戻れと怒鳴っている。ウォルシュが車の前部にまわりこんだ。若い男が何かしゃべり、ルイースはほうっておいてと言っている。ウォルシュは黙っている。

そして悲鳴が響いた。

若い男が一歩さがってへたりこみ、両膝を突いた。ウォルシュは二の足を踏んでいる。ルイースが後ろを向いていて、カラムは若い男と手をつないでいるのかと一瞬だけ思った。が、そこで男の手と指の角度が見え、ルイースのつかみ方が見えた。ルイースの声が聞こえる。

「指を放してほしい？」

「ああ」若い男の声は痛みで金切り声になっている。

「そう、トラックに戻ったら関節をはめ直すのよ。さあ、失せて。聞こえた？」

「ああ、ああ」

ルイースが手を放すと、男はさらに後ろにさがり、通りかかったビュイックにはねられそうになった。そして背中をまるめながらトラックへと走り、キャブに乗りこんだ。年配の男はかぶりを振っている。

ウォルシュはトラックが発進してルーズヴェルト・アヴェニューの車の流れに交ざるのを見届けた。それから歩道に戻り、ルイースを見た。

ルイースはいたずらっぽい目で見返した。

「どこから来た？」ウォルシュは言った。

「ワシントン・ハイツから」

「いや、そういうことじゃなくて……家系のことだ」

「ドミニカ人よ」

「気が強いところは確かにドミニカ人らしいな」

「気に入った？」

「ああ、気に入った」

ウォルシュはルイースのすぐ近くまで来た。腹を引っこめている。ルイースはウォルシュを少し見つめてから言った。「待って、イタリア人じゃないわよね？　昔、イタリア人とはいやなことがあって」

「いや、ベイビー、おれは生粋のアイルランド人だ」

「驚い《マードレ・デ・ディオス》た、アイルランド人なの？　わたしのために奥さんと別れることになるわよ」

ウォルシュはにやついた。顎を突き出して。

「その点に関しては心配は要らない。おれは結婚していないからな」

「それなら、その指輪はなんなの？」

「妻は亡くなった。悲しみを癒《い》やすためにはめているだけだ」

ウォルシュはさらににやついた。

ルイースはウォルシュを上から下まで眺めた。ピンヒールをアスファルトに打ちつけながら、腹を決めたように言った。

「わたしの名前はマリアよ」

「フィンタンだ」

「オーケー、フィンタン、どこかに連絡して車をレッカー移動してもらって、タクシーで母親の家に行くわ。とにかく、手伝ってくれてありがとう」

「気にしなくていい。おれも人に会う用事があるんだ。だが、フェンダーの裏をよく見たほうがよさそうだぞ。何かがはさまっていると思う。エンジンの部品かもしれない」

カラムはまた冷たいものが腹に流れこむのを感じた。ウォルシュがもう一度のぞきこまないように願う。

ルイースが髪をほどき、ウォルシュはそれが顔の左右を滑り落ちて胸の上に垂れるのを見つめた。ルイースが髪を首の片側に寄せると、ブラウスの左側が引っ張られ、ミッドナイトブルーのランジェリーがのぞいた。

「それで、電話は持っているの、フィンタン？」

「ああ」ウォルシュは言った。「ああ、電話は持っている」

ルイースはヘッドライトの前をまわりこんで歩道に行くと、フェラーリのドアをあけ、座席の上に体を入れた。よく見るために後ろにさがったウォルシュが、ルイースの尻を凝視しながら顔を真っ赤にする。ルイースが車からゆっくりと出てきた。ペンと、ワシントン・ハイツの宅配ピザ店のメニューを持っている。

「番号を書いてくれる？」ルイースは言った。

「いいとも」ウォルシュは大きな悪いオオカミでもかなわなそうな笑顔で言った。「いいとも、書こう」

フェラーリのルーフの上に身をかがめる。書き終えると、ルイースは番号を読みあげた。オコンネルが破顔し、マッティラがガッツポーズをするところがカラムの目に浮かんだ。目的の番号が手にはいった。

ルイースは微笑し、うなずいた。ボンネットを閉め、フェラーリを施錠し、運よくすぐにタクシーをつかまえた。ルイースがタクシーに乗りこむとき、ウォルシュは言った。「おい、マリア、おまえは電話を持っているのか？」

「もちろん。三八‐二三‐四七よ」

ルイースはウォルシュに投げキスをしてから、番号を教えた。この番号はきのう用意したもので、かけるとボイスメールに切り替わり、しまいにはDEA捜査官が演じる〝マリア〟の母親が出て、そっけない対応をする。ルイースがドアを閉めると、タクシーは東のハンターズ・ポイントとグリーンズボロー橋のほうへ向かった。

フィンタン・ウォルシュはそれを見送りながら、ジムバッグを拾いあげ、かぶりを振って笑みを浮かべた。

「三八‐二三‐四七？　しゃれた女だな」

「ああ」パディは笑った。「電話をかけても出ないらしい。無視されてるのかもしれないとフィンタンは思ってる」

26

きょうは試合の前日だ。

ふたりはアパートメントの非常階段にすわっていた。カラムはブリーカー・ストリートをはさんで向かいにあるリトル・レッド小学校を眺めた。晩夏の日差しのもとですわっていると、街のざわめきが自分たちのまわりだけ静かになったように感じる。ここ二、三カ月の酷暑は和《やわ》らいでいる。時刻は二時で、子供たちは向かいの校舎の中だ。一階の窓から外を眺めている小さな顔がひとつ見える。カラムはしばらく目を閉じ、どこかの島で自分と手をつないでいるサマードレス姿のタラの映像に頭の中でしがみついた。アルバムに貼った古いポラロイド写真のように映像が色褪せていき、カラムは顔をしかめた。このアルバムには写真が足りない。思い出が足りないからだ。

目をあけると、窓ぎわの子供はいなくなっていた。

「なあ」パディが言った。「あすは試合まで日中は空《あ》いてる。今夜は出かけよう」

カラムは反論しかけたが、パディにさえぎられた。

「おまえに酒は飲ませない。出かけるだけだ。〈ウェブスター・ホール〉に。二、三時間、あのクラブで過ごそう。トリニティに友達を連れてきてもらうし――安心しろ、サンライズじゃない――いい女が来てくれるかもしれないぜ」

「頭がおかしいのか？ 試合がどこでおこなわれるかもまだわからないんだろう？」

「まだわからない。試合を開催するとき、フィンタンは口が堅くなるんだよ。だがな、今夜、ボビー・クーパーの野郎は社交クラブで警備の仕事をしてるはずだし、あすは缶詰工場で半日働いてから車でこちらへ向かうはずだ。あすの試合に出るやつらの半分は、今夜はどこかのバーで警備の仕事をしてる。だから、今夜、たとえ酒は飲めなくても、おまえは恵まれてるのかもしれないぞ。お望みなら十二時までには帰してやる。だいたい、おまえはトレーニング中なのに煙草をまだ吸ってるじゃないか。トリニティに電話をかけるから、支度をしろ」

「おれは休養して体調を整える必要がある」

「いや、出かける必要がある。試合の前の景気づけだ」

「だめだ、パディ、無理を言うな」

「トリニティに電話をかけてくる」

「パディ――」

「トリニティに電話をかける」

パディはあけた窓を抜けて室内に戻った。

カラムは下の通りを見渡した。オコンネルに連絡して、ウォルシュの電話の盗聴によって試合会場がわかったかどうかを確認しなければならない。神経を落ち着かせるために、静かな時間も必要だ。

笑った。静かな時間？　マンハッタンで？　何を言っているのか。

それに、パディに貼りついているのが最善だ。パディが出かけるのに家に残ったら、爪を噛みながら何かの再放送を観るのが落ちで、何も得るものはない。〈ウェブスター・ホール〉にいるとき、パディがなんらかの形で試合会場を知らされたら？　ほかの遊び人が付き合い、自分は重要な情報を逃したら？

単純明快だ。自分も付き合うしかない。

非常階段の鉄製の踏み段にトマトジュースを置き、煙草に火をつけ、「くそ」と言った。


ニークー・マッティラは首を横に振った。麻薬取締局《DEA》支局のオフィスで机の席にすわっていて、向かい側にはオコンネルとミルバンがすわり、ホーはふたりの椅子の後ろに立っている。マッティラは窓の外のハドソン川に目をやった。九月初旬の日差しが輝かしい背景幕となって一帯を照らし出している。

「きみたちはわかっていない」マッティラは言った。「わたしだって粘りたいところだが、この件に関しては上から圧力をかけられている。試合の場所はまだつかめていないし、試合はあすの夜おこなわれる――どこにいるかもわからないのに、どうやってバークを掩護《えんご》するつもりだ？　あすの午後までに場所がわからなければ、潜入を中止し、関係者を自宅でいっせいに逮捕する」

「頭がおかしいのか？」オコンネルが言った。「そんなことをしても、全員が自宅にいるとはかぎらない。

どう見ても、ウォルシュとマリガンは家族と過ごす時間をなるべく少なくしている。もっと時間をくれてもいいだろう？」

「状況は悪化する一方で、わたしもいやな予感がしているんだよ、巡査部長。実際のところ、これ以上バークの命を危険にさらすわけにはいかない。流れを言うが、これはアーリントンのDEA本部とニューヨーク市庁舎からのお達しだ。試合がおこなわれる場所が確定したら、バークは戦うふりをして会場に行く。盗聴器を着けたバークが合いことばを言ったら、われわれはバークがリングにあがる前にそこにいる全員を逮捕する。ウォルシュの一味を麻薬、殺人、強請、違法賭博の容疑でつかまえる。RICO法違反の罪を犯しているのもまちがいない。堂《トン》の幹部数人も、盗聴内容に基づき、RICO法違反の共犯としてつかまえる。連行したら、麻薬の密輸および三合会《トライアド》とのつながりを厳《きび》しく尋問する。差し迫った危機を食い止めるうえで、重要な一歩になるだろう」

「ボビー」ミルバンが言った。

ホーは咳払いして言った。「これをご覧になったほうがよろしいかと」

小さなリュックサックの中を掻きまわし、何枚かの書類を出して、マッティラに向かってテーブルの上に滑らせた。DEA捜査官はホーが盗聴内容を翻訳した、いつもどおりの詳細な文字起こしを読んだ。チャーリー・リンとミッキー・チウとのあいだでおこなわれた会話だ。陳腐な台詞《せりふ》を数行つづけたのち、リンとチウはあすのサミー・オングの葬式の手配について話しはじめている。

リン　厳粛な催しになるのはまちがいないですね。フレディ・ウォンも参列したがっています。

チウ　葬列の端にいるのならかまわないだろう。第五分署や市庁舎の面々も来ることになっている。分署の警部や市長の秘書とフレディをいっしょにする必要はない。
リン　エメラルドのネズミは？
チウ　参列する。電話で支配人と話したが、代理人を行かせるそうだ。

マッティラは紙から目をあげた。

「ウォルシュがサミー・オングの葬式にだれかを行かせるのか」

オコンネルがうなずいて言った。「あの老人はもう火葬にされているが、あすの午前中にチャイナタウンで葬列が組まれる。盗聴している携帯電話で、ウォルシュもマリガンとその話をしていた。あんたはピースがつながろうとしているまさにそのときに、バークの潜入を中止しようとしている」

マッティラは首を横に振った。

「バークを危険にさらしかねない要素が多すぎる」


ミルバンが膝を机にぶつけながら脚を組んだ。

「先を読んでくれ」と言う。

マッティラは紙に視線を戻した。半ページほど先にこう書かれている。

リン　あすの夜が楽しみですか？
チウ　マディソン・スクエア・ガーデンの試合ではないが、そうだな、戦いは好きだ。
リン　おれの好みからすると少し血なまぐさいですね。
チウ　ほとんどのアメリカ人は、われわれのだれもがジャッキー・チェン並みに戦えるように育てられると思っているからな、チャーリー。フレディ・ウォンのようなやからはそういう誤解を悪用している。
リン　ふたりの男が娯楽のためにひたすら殴り合うというのは、夜の余興にふさわしくありません。おれにはボクシングの魅力がさっぱりわかりませんよ。
チウ　アイルランド人はボクシングが大好きだからな。

あすの夜は、文化交流とビジネス関係の強化のための時間だと思えばいい。飲み食いする代わりに、試合を観るわけだ。それと、エメラルドのネズミは新しい従業員をわれわれに紹介したいらしい。その男も試合に出る。われわれがその男を気に入ったら、あさっての夜にレッド・フックで使うのを検討してもらいたいそうだ。

リン　大丈夫ですか？　一度会っただけで、新規事業の仕入れをさせるなんて。

チウ　ネズミのためにしばらく前から働いているから、人柄は知っているし、信用しているようだ。

リン　あいつらを信用するんですか？

チウ　いまさら何を言う。

「驚いた」マッティラは言った。「レッド・フック桟橋のことか。船荷だな」

オコンネルは笑みを浮かべた。「まちがいない」と言う。

「そしてこのふたりはバークの話をしている」

「そうにちがいない」

「税関に連絡する必要がある」マッティラは言った。「港湾委員会や食品医薬品局にも。あさっての夜、レッド・フックに何が運びこまれるのかを確かめよう」

「もうやっている」オコンネルは言った。「いまのところ、薬品や乳濁液や液体のたぐいは何も運びこまれないようだ。衣服やバッグも。もちろん、おれたちが誤った仮説に基づいて動いていた可能性もあるが」

「確かに」ミルバンは言った。「荷の中にはおもちゃがある。中国製の。建築資材や、カーアクセサリーもある。航路はまだ調べているところだ」

ホーは言った。「少なくとも場所はわかりました」

ニークー・マッティラは鼻梁を強くつまんでから、首を軽くまわした。

「ウォルシュが電話でこの件を話しているのは確認で

きたのか?」

「いや」オコンネルは言った。「だが、わかるだろうが、これは捜査の決め手になる」

「試合会場はまだわからない。このままだと、バークに盗聴器を着けさせなければならない」

「それは無理だ。バークは素っ裸にされるにちがいない。盗聴器を着けていたら戦えない。試合までにドゥーランが会場を知ったら、バークが伝えてくれるだろう。ウォルシュの携帯電話はまだ盗聴している。いずれ会場の所番地を漏らすはずだ」

「対戦相手のクーパーが負けたら、そちらも守れるか?」

「ニューヨークを離れるさいに、交通違反をでっちあげて、車を停めさせ、拘束する」

「それでも、この試合は違法だ」

「バークは無理やり参加させられている」オコンネルは言った。「法廷では、たぶん陪審団の評決の七〇パーセントはプレゼンテーションと人柄で決まるし、カラム・バークはフィンタン・ウォルシュやミッキー・チウよりもずっと好印象を与えるはずだ。何せ、正義のためにわが身を捧げたんだからな」

少なくとも、地方検事はそう仕立てあげるだろう。

マッティラは指先を見つめた。ミルバンとホーを一《いち》瞥《べつ》してから、何秒かオコンネルと目を合わせる。このニューヨークの警察官は街で鍛えられ、容赦がなく、有能で、心の底には冷酷な怒りがある。夜、酒に酔ったら妻子を殴りそうなくずだ、と思った。少なくとも心の中では、オコンネルにすべての責任を負わせることに決めると、肩の荷がおりるの感じた。

「マイク・オコンネル巡査部長、きみも頑固だな。やり遂げよう」

オコンネルはにやりとした。

「どんな手段を使ってもやり遂げるぞ、特別捜査官。どんな手段を使っても」

27

ふたりのヨーロッパ人が〈ウェブスター・ホール〉のドアマンと野球帽禁止のルールをめぐって言い争っていて、列の三人後ろにいるトリニティは舌打ちをした。

「迷惑なフランス人ね」ルナが言った。笑顔がとてもすてきなアメリカ系カリブ人で、唇はキスをねだっているようだし、態度はそのフォクシー・ブラウン並みのアフロヘアよりも大きい。パディがうなった。

「ドイツ人だと思う」カラムは言った。

二十分後、カラムたちは店内にいた。アイニ・カモーゼの曲に合わせて揺れ動いている小さいほうのダンスフロアを迂回し、メインホールに行く。人が群がり、バルコニーがまわりを囲み、一方の端のスクリーンには《シャイニング》の巨大な映像が映し出されている。ダンスフロアの天井から吊られた金属製の檻の中で、ストリッパーの衣装を着た女たちがくるくるとまわっている。ジェーンズ・アディクションの曲が流れ、ストロボが機関銃のように人々に浴びせられていて、カラムは床でいちゃついているカップルにつまずきそうになった。

若い東アジア人の――もしかすると中国人の――一団が近くで踊っていて、トリニティの目を引いた。トリニティは軽く踊っていて、体の動きはどこかぎこちない。何かに取り憑かれたような様子で、指は痛々しい関節炎にかかったようにねじれている。トリニティの体の柔らかさをパディが自慢していたのをカラムは思い出した。

若いアジア人たちは離れていった。カラムはルナに集中しようとしたが、ストロボに照らされたその顔は静止画像の繰り返しで、無関心や怒りや軽蔑の表情が切り替わっている。

「トイレに行ってくる！」ルナの耳もとで声を張りあげた。

下の階のトイレには、小便器の上面に広げた粉を吸っている男がいた。個室からはうめき声が聞こえる。爪が六インチもある服装倒錯者の従業員が、シンクの隣でチョコレートバーとコンドームを売っている。カラムは船に乗って荒れた海に揉まれているように部屋が傾くのを感じ、トイレから出て、廊下の壁に寄りかかった。革のミニスカートを穿いた美人が近づき、カラムの腕に手を当てた。

「大丈夫？」女は言った。

カラムは女の顔を見て、感謝の笑みを浮かべた。ルイースは髪を編み、上はシンプルなブラウスを着ている。目を瞠《みは》るほど美しい。

「平気？」ルイースは言った。

「ああ、大丈夫だ」

「電話を盗聴していて、ドゥーランが今夜の手配をするのを聞いたの。それと、ウォルシュの携帯電話から試合会場がわかったわよ、カラム！　ミートパッキング・ディストリクトのリトル・ウェスト十二番ストリート六十六番地。あすの夜、あなたの試合中、わたしたちはすぐ外にいる」

ルイースは腕に当てた手を滑らせ、しばらくカラムの手を握った。

カラムはうなずいた。体の中が冷たくなり、締めつけられるように感じる。会場がわかったせいで、試合に現実味が増している。

ルイースは心を読んだようにカラムを見つめた。

「わたしたちが貼りついているから」と言う。「あなたはひとりじゃない」

「ありがとう」

ルイースは身を寄せ、耳もとでささやいた。

「汗びっしょりよ。ここを出たいのなら、わたしをナンパしたみたいにして、いっしょに出ていくこともできる。少し緊張を和《やわ》らげないと」

カラムはルイースの耳もとに唇を寄せ、向こうも緊張しているのを感じとった。

「ちょっと気が立っているだけだ。すわって少し休むよ。ドゥーランが上にいて、その恋人とルナ・ロビンソンという女もいっしょだ」

「試合のことだけど」ルイースは言った。「ボビー・ホーが電話を盗聴し、ウォルシュが言ったとおりに堂《トン》の構成員もふたり来ることが確認できた。試合の翌日の夜、レッド・フックにHが運びこまれるという話も出ていた。逮捕するのはそのときよ。翌日の夜には一網打尽にする」

カラムはよろめいた。壁に手を突き、首を反《そ》らす。もうすぐ終わる。

「気をつけて」ルイースは言った。カラムの胸に手を当ててから、女子トイレへ歩いていく。

カラムはパディを捜している途中で、別のバーカウンターを見つけた。こちらのほうが小さく、マリファナのにおいが充満している。映画館にありそうなバケットシートが壁ぎわに並んでいて、カラムはソーダを頼むとそのひとつに崩れるようにすわった。

くそ！　恐怖で胸がむかつく。

不恰好な銃と弾薬は、ブリーカー・ストリートのアパートメントのマットレスの下に押しこんだまま、置いてきた。かえってよかった、と思った。こんな気分で持っていたら、ストレス発散のために取り出して天井に何発か撃ちこんでいたかもしれない。とにかくしばらくは動かず、世界が自分抜きで沸き返るままにしておきたかった。すわってレゲエを聴きながら、目を閉じた。

何かが膝を撫で、目をあけた。

腿の上までスリットがはいった膝丈のドレス姿の、

中国人らしい見た目の女が、細い指でマリファナ煙草を持ち、カラムを見おろすように立っている。上で自分とパディとトリニティとルナの近くで踊っていた一団のひとりだろうか。わからない。薄暗い照明とこもった紫煙のせいで、二十二歳にも四十歳にも見える。女は前かがみになり、マリファナ煙草の燃える先端を近づけないようにしながら、カラムの両腿に手を置いた。

そして言った。「ハイ」

「ハイ」

「ひとり?」

「いまは」

女が微笑すると、前歯の一本が口紅で汚れているのが見えた。細めた目は角張った顔にできた黒い裂け目のようだ。

「吹きこまれたい?」

カラムは知らないふりをした。

「なんのことだかわからないんだが」

「あたしが煙を吸ってから、あなたの口に吹きこむのよ。あなたは口をあけて目を閉じ、待ってればいい」

女は顔を近づけ、声を落として耳もとでささやいた。

「気持ちよさそうでしょう?」

カラムは背筋がぞくりとするのを感じた。立ちあがったら震えてしまいそうだ。

「そうだな」と言った。疲れていたから抵抗したり牽制したりする気になれなかったし、どうでもよかった。マリファナを一度吸ったくらいではだれも死なない。自分があすの試合に負けても、ボストンのボビーはギャンブルの借金を帳消しにしてもらえるし、あさっての夜に船荷が届くのに変わりはない。オコンネルはカラムをチャイナタウンの面々に会わせて、さらなる成果を狙っているが、リングにあがったら何が起こるかはわからない。

頼むから負けますように、と思った。恐怖がよからぬ思いをいだかせている。

女が膝の上にすわって体を滑らせ、さらに近づいた。女の顔は影に包まれ、唇が触れ合いそうになっている。女は忍び笑いしながら、顔を寄せてキスをするように首を傾け、カラムはクイーンズの両親の家の前にいたラーダーの姿や、アイリーンの姿を思い浮かべた。こんなことはまちがっていると思うのは、あまりに簡単に事が運んでいるからなのだろうか、それとも女で苦労しているからなのだろうか。

レゲエが店内に響き、壁に反射している。世界がうねり、ビートと反響音が入り混じった音の中に呑みこまれている。目を閉じ、女の唇が触れてくるのを待ったが、一拍置いて、女が金切り声をあげているのに気づいた。

トリニティが女の横に立ってその髪をつかみ、腕に力をこめてボブヘアを後ろに引っ張り、首をのけ反らしている。女の鋭く角張った頬骨が光にさらされ、唇は痛みで引き結ばれている。むき出しになった首の、繊細な格子細工のような腱が見える――トリニティがナイフを抜いて喉を切り裂くのではないかと、半ば期待した。トリニティは恋人のように女に顔を寄せ、その耳もとで何かささやいた。女の目に何かの表情が浮かび、トリニティのほうに向けられる。トリニティがさらに強く髪を引っ張ると、女は悲鳴をあげた。トリニティはまた顔を寄せて女の耳をゆっくりとやさしく舐《な》めてから、髪を引っ張ってカラムの膝の上から女をおろした。

トリニティが髪を放すと、女はしばらくにらみつけた。後頭部の髪が乱れ、背中をまるめている。いまは四十歳近くに見える。女はスカートを少しずりさげ、後頭部の髪を撫でつけると、人ごみの中へ歩き去り、一度だけ振り返ってから店を出ていった。

トリニティは言った。「大丈夫？」

「ああ、平気だ」

「あの女なら上客になってくれそう。電話番号を聞いておけばよかった」

「どういうことなんだ?」カラムは言った。「美人だったのに」

「あの女はあばずれよ。前にもこのあたりで見たことがある。うろうろしてるけど、薬を隠し持ってる。それを男の飲み物に入れ、朦朧《もうろう》とさせてから、外に連れ出すのよ。そして店内で前もって男に目をつけてたやつらが金を盗み、男はポケットの中身が減った状態で路地で目を覚ますというわけ。感謝してよね」

カラムは店のオレンジ色の光に照らされたトリニティの長くて物騒な指と、微笑んだときにのぞいた小さくて鋭い門歯を見た。小動物だとしても、トリニティは被食者ではなく捕食者だ。もしかしたらすでに飲み物に薬を混ぜこまれていたのかもしれない。確かに頭が朦朧としている。

「調子がよくなさそうよ」トリニティは言った。

横にしゃがみこみ、カラムの腕に手を当てる。

カラムは言った。「パディはどこだ?」

「上でルナといっしょにいる」

「外の空気を吸ってくると伝えてくれるか? 少しひとりになりたい」

「わかった、伝える」

カラムは老人のように立ちあがったが、トリニティに手を握られて驚いた。トリニティはもう一方の手でカラムの顔を撫で、口を自分の口の近くへ導いた。

「気をつけて」と言い、深々とキスをした。舌がゆっくりとカラムの口の中に差しこまれる。トリニティはカラムの手を取って自分の尻に当てさせた。カラムは目を見開き、いったい何が起こっているのか考えようとした。トリニティが黒っぽい目を薄くあけてこちらを見つめている。

唇が離れた。

カラムは身をかがめ、トリニティに顔を近づけた。

そして言った。「パディに伝えてくれ」

夜の屋外は暖かくて心地よい。東十一番ストリートと四番アヴェニューの角に行き、壁に寄りかかって首を反らし、郵便局の柱に頭頂部を当てた。煙草を吸おうかとも思ったが、バーに充満していたマリファナの煙のせいで頭も胸も痛む。日中の湿気がまだわずかに街に漂っている。自分が〈ウェブスター・ホール〉を出たことにルイースやガリンスキーは気づいただろうかと思った。

試合会場がわかったとルイースから聞かされたとき、恐怖がこみあげるのを感じた。痛い目に遭わされるにちがいない、と思って。昔、繰り返し唱えた文句が脳裏をよぎった――相手に気を揉ませろ。リングにはふたりの選手しかいない。相手はこちらの実力を感じとっている。相手だってただの人間だ。怯えている。

疲れきっていたが、トリニティに引き寄せられたときは気力が注《そそ》ぎこまれた。身持ちが堅い女だとは思っていなかったが、突然のギャの切り替えには――前戯として顔を撫でられたことには――不意を打たれた。どうしてこうなったのだろう。前にもいっしょに出かけたことはあるが、キスをするどころか浮ついた台詞《せりふ》を言ったこともなかった。くそ、疲れた。もう寝なければ。

時刻は十一時三十分に近い。ナイトクラブのあいだを数人がうろつき、みすぼらしい老人が路上で寝ている。

何台かのタクシーが信号待ちをしている。通りかかったパトロールカーがサイレンを短く鳴らしてそのうちの一台をどかしたあと、制服警官がカラムのほうへ歩いてきた。アジア系の警察官のふたり組で、ひとりは両手で帯革を持ち、もうひとりは水色の半袖から伸びる筋張った腕が羽根をむしった鶏の手羽を思わせ、右手を警棒に当てている。どちらも八角形の帽子はかぶってなく、手羽のほうは量の多いもつれた髪が襟に掛かっている。

どちらも中国人に見える。

「〈ウェブスター・ホール〉にいたな？」ひとりが前傾姿勢で頭を上下に振りながら言った。警察官らしくふるまおうとしているまぬけな新人のように近づいてくる。

「そうだが、おまわりさん」カラムは言った。「新鮮な空気が吸いたくて出てきたところだ」

まぬけな警察官は言った。「中のバーで、中国人らしい見た目の女性と話したか？」

カラムは冷たい不安が募るのを感じた。

こう言った。「ああ、軽く口説かれたよ」

「署まで同行してもらおう」

カラムの腕の毛が逆立った。

「待ってくれ、おまわりさん、どういうことだ？」

手羽のほうが言った。「店内で女性に暴行を働いたという通報があった」

声は甲高く、うわずっている。指は警棒をこすりつづけている。

カラムは恐怖と怒りで頭に血がのぼった。前に一歩踏み出す。

「でたらめだ！　あの女はいきなりおれに近づいて、マリファナをすすめてきたんだぞ！」

「違法薬物を摂取したのか？」

「していない！　女はおれにマリファナを吸わせようとしたが、友達が追い払ってくれたんだ」

まぬけな警察官が言った。「その友達はどこにいる？」

「店内にいる。いっしょに来てくれれば、会わせる。何もかも説明してくれる」

手羽が大声で言った。脚本を暗唱していて、台詞を忘れるのを心配しているかのように、早口になっている。

「同行したほうがいいぞ。通報に対応したことを示さなければならないだけだ。わかるだろう？　たぶんその女性はあんたに振られて腹を立て、仕返しに通報したんだろう。無駄足にはならないから、とにかく署まで来てくれ」

「いやだと言ったら？」

まぬけな警察官の右手がリボルバーのグリップへと動き、そこにとどまって、手のひらを木製の部品に当てた。

もうそれほどまぬけには見えなくなっている。

「頭を冷やしたほうがいい。さっさと署まで来い。店が閉まるまでには帰れるさ。わかったか？」

カラムは警察官の背後の大通りを見た。ふたりが乗ってきた車が見当たらない。

手羽がパートナーを見た。まぬけは銃に手を当てたままだ。

「とにかく同行してもらう」

カラムは手羽の襟章を見て、所属分署を確かめた。第五分署だ。

「どこの分署だ？」

「いいから……」

「どこの分署から来たんだ？」カラムは言った。足を踏み換え、ホルスターに収められた三八口径のリボルバーを一瞥《いちべつ》する。「距離はどれくらいある？」

手羽は答えたが、まるでだれかに首を絞められているかのように、いっそう声がうわずっている。

「第五分署だ。それがどうかしたか？」

「チャイナタウンの？　ちょっと遠すぎるな。そう思わないか？」

「通報した女性はキャナル・ストリートのそばに住んでる。それに、おまえは質問する立場じゃない。さっさと同行しろ」

カラムの脳が落ち着けと体を罵《ののし》っている。

「ここからチャイナタウンまでの距離はどれくらいあ

る？」と言った。「二十ブロックぐらいか？　RMPはどこにある？」

　まぬけはリボルバーのグリップを手のひらでこすっている。視線はカラムに注がれているが、まぶたが痙《けい》攣《れん》している。

　カラムは言った。「〝レギュラー・マークト・パトロール〟、つまり覆面ではない通常のパトカーのことだ。あんたたちの車だよ」

「どうしてそんな呼び名を知ってる？」

「昔、付き合っていた女の兄が警官だったからだ」

　手羽が帯革から警棒をゆっくりと二、三インチ引き抜いた。

「一ブロック向こうの三番アヴェニューに停めてある。さあ、行くぞ」

「この」カラムは言った。「くずどもが！」

　ふたりの警察官は顔を見交わした。その背後の交差点は、信号待ちの車が詰まっている。

　カラムは言った。「RMPは〝レイディオ・モバイル・パトロール〟の略で、無線機を装備したパトカーのことだ、馬鹿め。それに、第五分署はここから通報を受けても出動せず、最寄りの分署に任せるだけだ。おまえたちは警官じゃない。とっとと失せやがれ」

　店内のビートのように心臓が早鐘を打っているのを感じながら、〈ウェブスター・ホール〉の前にたむろしている人々のほうへ歩きはじめた。脚が震えそうで、注《そそ》ぎこまれるアドレナリンが体を乗っとって全力疾走させようとしている。偽警官たちもついてきて、まぬけのほうがリボルバーから手を離し、野生動物をなだめようとするようにカラムに手を伸ばした。

「そうかっかするなって。落ち着けよ」

　サイレンの怒号が爆発の衝撃波のように通りを進んで急速に近づいてきた。カラムが驚いてそちらを見ると、もつれ合う人だかりの近くにパトカーが停まった。ふたりの男が取っ組み合い、その一方をひとりの女がつかみ、もうひとりの女がそばに立って泣き、紙コップから酒を飲んでいるひとりの男が酔っ払い同士の路上の喧嘩《けんか》を見物している。警察官ふたりが車から飛び出し、男たちに組みつきはじめた。カラムはアルコールの力を神に感謝し、中国人らしい見た目の偽警官のほうを振り返った。広い歩道は無人で、ドア枠に押しこまれた皺だらけの《ニューヨーク・ポスト》紙と、夢に出てくる姿のように伸びてゆがんだカラムの影があるだけだった。

偽警官たちは姿を消していた。

28

翌朝、カラムは日の出とともに起きた。睡眠不足だったが、アパートメントの狭苦しい廊下に置いたボックスマットレスから勢いよく足をおろし、服を着た。裸足でキッチンに行き、パディの寝室の前で耳を澄ます。パディの低いいびきと、トリニティの寝息が聞こえる。

昨夜は、偽警官たちがいなくなったあと、まっすぐにアパートメントに帰り、非常階段に一時間ほどすわって煙草をつづけざまに吸い、体の震えを抑えこもうとした。それから外の公衆電話のところに行って、マッティラのオフィスに電話をかけた。だれも出なかったし、オコンネルの番号はすぐさまメッセージに切り替わった。それで仕方なくベッドにはいった。

不恰好な銃と弾薬をマットレスの下から出した。ビニール袋に入れて腋の下にはさみ、共用廊下に出て、スニーカーを履いた。そして階段をのぼって屋上に行った。

がらくたのようなグリニッジ・ヴィレッジとソーホーの屋根の向こうに、朝日で黒く浮かびあがった世界貿易センターが見える。巨大な監房の鉄格子のようだ。フィナンシャル・ディストリクトの高層ビル群の西に、ミートパッキング・ディストリクトがある。今夜、リトル・ウェスト十二番ストリートのコンクリートの床の上で、一度も会ったことのない男と対戦し、叩きのめす。あすも太陽を拝めるよう短く祈った。

銃を屋根に置き、煙草に火をつけ、曙光《しょこう》があげ潮のように少しずつ街を覆っていくのを眺めた。

あの偽警官は飛龍《フライング・ドラゴンズ》幇にちがいない。協勝堂《ヒップシントン》にしては若すぎるし、ずさんすぎる。店内にいた女とぐるだったのだろうか。それとも、今夜に備えて、堂《トン》のためにこちらを前もって調べていたのだろうか。チャイナタウンに車で連れていって、はじめて会ったときにウォルシュがそうしたように、裸に剥いて盗聴器を探すつもりだったのだろうか。あのふたりが店の前に来ることを、フィンタン・ウォルシュは知っていたのだろうか。そもそも、パディが〈ウェブスター・ホール〉に無理やり連れていったのは、それが理由だったのだろうか。

どうだったのであれ、台本にはなかった展開だ。オコンネルに連絡してから、中国人の偽警官たちのことをパディとフィンタンに問いただし、どう答えるかを確かめよう。

銃を拾いあげ、屋上への階段を収めた煉瓦造りの塔屋の隣にある貯水槽に歩み寄った。蓋をあけ、ビニール袋に入れた銃と弾薬を中に沈めた。

煙草を吸い終え、朝の空気を味わった。まだ一酸化炭素や、エアコンの熱風や、幅が最大でも二マイル強しかないこの島で生活する何百万もの人々が放つにおいに満ちてはいない。

パディ・ドゥーランは朝から仕事があるので、もう一時間ほどでアパートメントを出るはずだが、ミッドタウンへ向かって麻薬取締局《DEA》のオフィスに電話をかけ、合同捜査班に昨夜の件を知らせようと決めた。もしパディに何か訊かれたら、早朝から出かけたのはトレーニングで走るためだったと言いわけすればいい。階段をおりてブリーカー・ストリートに出ると、曲がって六番アヴェニューを歩いた。

北に行ってから、東へ行った。ペンシルヴェニア駅のあたりからポルノショップやのぞきショーの店やストリップクラブが並びはじめ、四十二番ストリートまでつづいている。夜の挑発的なネオンサインを剝ぎ取られた四十二番ストリートは、汚く、疲れ、くたびれきって見える。

おれと同じだな、と思った。

セントラルパークの南西の角にあるメイン・モニュメントの向かいで、公衆電話からDEAのオフィスに電話をかけた。右手のコロンバスサークルで車が渦を巻いている。ホットドッグの屋台のそばで、定番のアンソラの青い紙コップでコーヒーを飲みながら、新聞を読んでいる男がいる。

呼び出し音が鳴っている。だれも出ない。

オコンネルの携帯電話を試した。

オコンネルも出ない。

時刻は〇九三〇時になろうとしていて、マンハッタンのクラクションとサイレンの合唱が日に何度かあるクレッシェンドの一度目にはいろうとしている。

カラムはふたつの番号をもう一度ずつ試した。

だれも出ない。

いったいどこに行った？

新聞を読んでいる男が顔をあげた。カラムを見つめる。つづいて、公衆電話から二十ヤード離れて立っている男を見た。その男は腕時計に目をやっているわけでも、タクシーを呼んでいるわけでも、地図を見ているわけでもない。ただ立っている。

朝のこんな時間に、マンハッタンのミッドタウンの通りであんなふうに立っているだけのやつがいるか？　あいつは新聞の男にうなずきかけなかったか？　あの男はホットドッグの屋台のそばに立っているのに、なぜフランクフルトソーセージを食っていない？

受話器をフックに戻した。

馬鹿げている。ふたりとも、通りに立っているどこかのだれかにすぎない。平常心を失っている。それでも、その場を離れた。今夜、合同捜査班は現場に行き、掩護《えんご》すると約束したくせに、だれも電話に出ない。

〇九三五時。

試合は二一三〇時からだ。あと十二時間。

ビニール袋に入れて屋上の貯水槽に沈めたリボルバーを思い浮かべた。グリップは接着剤とテープと針金とゴムバンドで代用品を作った。あれは今夜のリングには持ちこめない。だったら、なんの役に立つのか。

ふたりの男を見た。どちらもその場から動いていない。新聞の男は五分もページをめくっていないように見える。

ここから立ち去ろうと決めた。

セントラルパークを突っ切った。メトロポリタン美術館のあたりで五番アヴェニューに出て、北へ歩いた。コロンバスサークルにいたふたりの男を捜した。尾行している者を捜した。大丈夫そうだ。

男女のランナーが公園の貯水池のほうから走り出てきた。よけいなことを考えないために、ふたりについていくことに決めた。また公衆電話があったら足を止めて電話をかけるつもりで。ランナーたちはアッパー

「そこのアイルランド人、あたしのことを探ってるの？」

驚いて思わず叫びそうになった。トリニティが背後に立っていて、自分の家を見つめるカラムを見つめている。〈ウェブスター・ホール〉にいたときの、ミニスカートと足首までのピンヒールブーツとタイトな半袖Tシャツのままだ。

「やあ」カラムは言った。「ばれたか」

トリニティは笑みを浮かべたが、目は笑っていない。

「ここで何をしてるの、クリスティ？」

トリニティは進み出て、目の前で立ち止まった。

カラムは昨夜のことを思い出し、トリニティの尻のまるみやなめらかな曲線を描いていた肌を思い返した。これほど色っぽく見えるのははじめてだと思った。平常心を失っているのだろうか。〈ビルズ・トップレス・バー〉に行ったとき、あなたは変わったとトリニティから言われた。そのとおりなのかもしれない。ウォ

・イースト・サイドを進み、タウンハウスやファッションモデル並みに細い木々の前を走っていく。パーク・アヴェニューとレキシントン・アヴェニューを渡り、一ブロック北へ行った。それからまた東へ折れ、車が詰まって熱い煙霧が立ちのぼっている二番アヴェニューへ向かった。車のあいだを縫うように進んで大通りを渡り、九十五番ストリートを走った。カラムはついていった。が、速度をゆるめ、立ち止まった。
トリニティの家が目の前にある。

カラムが国の後援で犯罪者生活をはじめた夜、ソル・グランディが失血死した正面の歩道は、汚れを洗い落としてある。グランディが死んだあの場所をあれから何人の人間が歩いたのだろう。何匹の鳥が糞を落とし、何匹の犬が小便をかけ、何匹のネズミが走りまわったのだろう。ブライトン・ビーチにいるひと握りの友人や親戚以外に、グランディを覚えている人はいるのだろうか。

ルシュに使われるごろつきのひとりになるという嘘が、現実に染みこんできたのかもしれない。

「それが」と言った。「自分でもまったくわからないんだ」

トリニティは首をかしげた。目が細められたが、おもしろがっているのか、怒っているのかはわからない。

昨夜、トリニティが女の髪をつかんで後ろに引っ張り、小さな歯をサメのようにむき出しにしていたことを思い出した。

カラムは笑った。「今夜の試合の前に、ジョギングをしようと出かけたんだよ。公園に行くと、貯水池のまわりを走っていたカップルが出てきたから、ついていくことにした。理由はよくわからない。もっと楽しく走りたかったからかもしれない。カップルはここまで走ってきて、おれは気づいたらきみの家の前にいたわけだ」

カラムが微笑すると、トリニティは喉を鳴らすような声を出し、カラムの下腹が熱を帯びた。

「ほら」トリニティは言った。「はじめて会ったクリスティはそういう感じだった。少し内気で、少し不器用で。あのクリスティは大好きだったのに」

トリニティは伸びをし、カラムは体をほぐしている山猫を連想した。

何かおかしい。トリニティはギャングの愛人を演じるギャルのような話し方をしている。まるで死体を入れる棺桶の寸法を測るかのように、カラムを上から下まで眺めている。

「それで」カラムは言った。「きみは何をしているんだ?」

「帰宅中よ。ここに住んでるから」

おれは馬鹿か、と思った。どうしようもない馬鹿だ。疲れているせいだろう。頭がまわらない。

トリニティは長い爪をカラムの胸に当てた。Tシャツ越しでも、鋭さを感じる。

「あたしをだまそうとしてもむだよ」と言う。「あなたが何を企んでるかはお見通しだから」

カラムは朝日のもとで冷や汗を掻きながら瞬《まばた》きし、鉄槌がくだされるのを待った。

「ゆうべ、あなたの顔を見た。あたしに触れたとき、あなたを感じた」

トリニティはカラムをよけてエントランス前の階段を何段かのぼると、腰をおろして脚を組んだ。

「別にいいわよ、ベイビー。あたしだってあなたのことが好きだから。好きじゃなかったらキスしてないし、あんなところをさわらせてもいない」

体を反《そ》らし、踏み段に肘を突いて、長い指を垂らしている。

「ねえ」と言う。「まわりくどい言い方は好きじゃないから、はっきり言うわね。家にあがってくれたら、あなたにクスリをやらせて、頭がおかしくなるくらいファックしてあげる」

「パディがいるのに?」カラムは訊いた。

「ゆうべ、あいつはいちゃついているうちに眠っちゃったのよ。七月の熟しすぎた果物みたいにだめになってた」

またタフな女の話し方に戻っている。昨夜の〈ウェブスター・ホール〉でのトリニティがとてもタフだったのは確かだ。

カラムは建物を見あげ、トリニティが住んでいる階の窓を見つめた。

カーテンの陰で何か動かなかったか?

疑心暗鬼に陥っているだけだ。

トリニティは立ちあがると、スカートを整えながら言った。「そんなに怯えた顔をしないで、クリスティ。客みたいな扱いはしないから」

肩をすくめる。

「こうしましょう。あたしはゆうべのことを後悔してる。あんなふうに迫るなんて、ただの尻軽女だった。

家にあがって、アイスティーでも飲んで。それからブリーカー・ストリートまで走って戻って、試合の前にやるべきことをやればいい。どう？」

カラムは気が進まなかった。トリニティもほかの連中並みに汚れているかもしれない。少なくとも、パディとウォルシュがアッパー・ウェスト・サイドの拷問部屋で麻薬を密売していることをトリニティは知っている。

だが、家にはいれれば、様子を探れる。さっき窓に目をやったときは、疑心暗鬼に陥るあまり、見まちがえたのだろう。カーテンがそよ風で揺れていたか、雲が窓ガラスに影を落としていただけかもしれない。

それでこう言った。「わかった」

トリニティは笑みを浮かべ、ドアをあけた。ふたりは無言で階段をのぼった。トリニティが自分の部屋のドアをあけ、ふたりで狭苦しい玄関に歩み入った。トリニティが靴を脱ぐよううながす。廊下の先は狭いリビングルームになっていて、テーブルと簡易キッチンとソファを備えている。九十五番ストリートを見おろす窓のそばにテレビがある。床は板張りで、ニューヨーク近代美術館の展示品の複製画が何枚か壁に掛けられている。簡易キッチンの近くにビーズのカーテンがあり、その奥に閉ざしたドアがある。右側に別のドアがあり、半開きになっている。その中のベッドがちらりと見えた。

「魔法がおこなわれているのはそこか？」カラムはビーズのカーテンを指差して言った。

「見たい？」

トリニティはカラムの脇を抜け、カーテンをあけた。ドアもあけてくれたので、カラムは中にはいった。

壁は暗い紫色に塗られている。詰め物をした革張りの台が部屋の中央に置かれ、一方の壁には拘束具が吊られている。もう一方の壁には革張りの十字架が立てかけられている。その隣に大人のおもちゃがいくつかぶらさがっている。小さな窓にはブラインドが掛けられている。部屋全体の広さは、幅二十フィート、奥行き十二フィートしかない。

トリニティは台に飛び乗った。

「お望みなら、どれか試してもいいわよ」

「今夜のために体力は温存しておかないと」

「それもそうね」

カラムは十字架の近くにぶらさがっている鞭類のコレクションを眺めた。以前、西九十六番ストリートの拷問部屋で見たものと似ている。歩み寄り、さわってみた。

「そのおもちゃを気に入ったの？」トリニティは言った。台から飛びおりてカラムの近くに行き、いくつもの革紐を束ねたフロッガーと呼ばれる鞭に指を這わせ、壁のフックからはずした。

「なんならあたしで試してもいいわよ」

カラムは言った。「そういうのはきみの好みじゃないと思っていたが」

「責められる側は試してみたことがないのよ。そろそろ試してみるべきかも」

トリニティの鼻の下が汗で光っている。耳のまわりの細い髪の房が濡れて肌に貼りついている。カラムは自分のTシャツも背中にくっついているのに気づいた。部屋の蒸し暑い空気が喉につかえている。

「こういうものはどこで手にはいる？」と言った。「〈メイシーズ〉では売っていないよな」

トリニティはフロッガーを首に掛けた。

「こういうものを作る専門家がいるのよ。この国にもいる。外国にもいる」

「いくらする？」

「物による」トリニティは言った。台に戻って、腰掛ける。「合成繊維の品や紐なら二十ドルぐらいで買える。もっと上質で高級な手作りの革製品がほしかったら？　百ドルはくだらないわね」

「そしてこの国や外国で作られているんだな？」

「世界じゅうで作られてる」

「これは高級品か？」カラムは隅の箱を顎で示した。

髑髏《どくろ》を散らした模様の布が上に掛けられているが、それが角のあたりでずれ、フロッガーの革紐を巻いた柄が見える。箱は満杯のようだ。

トリニティは箱の上にかがみこみ、布を取り去った。その顔が一瞬だけ曇るのをカラムは見てとった。

「いいえ」トリニティは言った。「これは安物のストック」

「箱は満杯だ。なぜこんなにたくさん要る？　注射器みたいに、一度使ったら捨てるのか？」

「売ってるのよ」トリニティは腰をひねり、胸の前で腕を組んだ。「アッパー・ウェスト・サイドの拷問部屋で」

「意味がないのでは？　あそこで客が自分用の品を買うのなら、そもそもなぜ拷問部屋に行く必要がある？　拷問部屋の女王様に会いたいのなら、なぜ〝安物〟を買って持って帰る？　筋が通らない」

トリニティが答えかけたとき、電話が鳴った。

「出ないと」トリニティは言い、カラムを部屋から連れ出した。

リビングルームに戻ったトリニティは電話に出て、〝イエス〟か〝ノー〟の返事だけを言っている。カラムはソファに腰をおろした。トリニティが電話機を持ちあげ、部屋を横切ってテレビの奥の窓ぎわに行く。窓枠に電話機を置き、指でコードをいじくっている。
二、三分後、トリニティは電話を切った。
「もう帰るよ」カラムは言った。

トリニティは玄関まで送り、「試合で会いましょう」と言った。

カラムはトリニティに見送られながら、階段をくだった。エントランス前の階段をおりて九十五番ストリートに出ると、ソル・グランディが射殺された現場を見てから、三番アヴェニューへ向かった。

フロッガーの箱のことを考えた。

謎を解き、点と点を結びつけた。ヘロインはトリニティが仕事で使う革製の道具に染みこませて運びこまれる。それならつじつまが合う。香港の路面電車の車内で射殺されたデイヴィッド・チョウは、剝製製作に従事する化学者に雇われていた。頭の中で手がかりをたどった――ボビー・ホーが推測したとおり、三合会《トライアド》がそういう化学者を使っているのなら、皮なめしの薬剤や処理の知識を持っているはずだ。電話を盗聴していたら液体の話が出てきたので、ホーは皮をなめすときに加脂剤が使われていることを調べあげた。ホーとミルバンとオコンネルはBOJガーメンツというファッションスタジオで聞きこみをおこなったが、皮なめし職人のケヴィン・ズークという男がそこを急に辞めていた。トリニティによれば、SM用具――おもちゃと呼んでいたが――の製造者は外国にもいる。香港にもいるかもしれない。ルイースは革の衣服やバッグを麻薬でコーティングしている可能性を推測していたが、別のものをコーティングしているのかもしれない。香港の皮なめし職人が、ヘロインを混ぜた加脂剤に、革の鞭や大人のおもちゃを浸す。荷はニューヨークに船で運ばれる。ニューヨークの化学者が――もしかするとズークが――加脂剤からヘロインを抽出する。ウォルシュと堂がそれを五つの行政区で売る。ウォルシュはレッド・フックの港湾労働者にコネがある。

マッティラとオコンネルは港湾委員会と税関に連絡し、あすの夜にレッド・フックに入港予定の、SM用具や大人のおもちゃを運んでいる貨物船を調べる必要がある。地下鉄の八十六番ストリート駅の公衆電話からまた連絡してみようと決めた。角に着き、駅のある南へ歩きはじめたとき、マジックテープを剝がすような声に呼びかけられた。

「おい、バーンズ、どこへ行くつもりだ？　このずる賢いくそ野郎が」

振り返ると、ジミー・マリガンが後ろに立ってにらみつけていた。いまこの歩道で十二ラウンドの長く激しい戦いをはじめようとしているかのように、前傾姿勢でこぶしを握り締めている。

29

ホーとマッティラとミルバンは、マンハッタンの麻薬取締局《DEA》支局の数ブロック北にある店に宅配させた麺類を食べていた。きょうの食事には緊張感があった。今夜のカラムの試合と、あすのレッド・フックの船荷の件で、だれもが神経質になっている。

バーク用に指定した番号に何度か不在着信があったことにマッティラは気づいていた。

オコンネルはいまいましい犬を罵《ののし》っていた。ようやくマーシーを説得してリリーにビーグルを買ってやれたのはよかったが、犬っころは庭から家の中まで泥まみれの足跡を付け、おかげで家庭が崩壊しそうになった。当然、泥を拭《ふ》きとるのはオコンネルの役目になった。当然、家を出るのが遅くなり、バークから携帯電話に着信があったときには、車でまだＩ－四九五号線を走っていて、あと十分で着くところだった。車のトランクには、キッチンの床の泥を拭きとって汚れた布を入れたままだ。会話に注意を戻し、けさの麵は藁《わら》のような味がすると思った。

　ボビー・ホーが、けさ早くに聞いた電話の録音からわかったことを説明している。ホーは徹夜で文字起こしに取り組み、自分の世界に没頭していた。

「チャーリー・リンとフレディ・ウォンのやりとりです。後ろから通りの音が聞こえていました。〝兄弟〟ふたりが叱責されるようです。このふたりはチンピラで、ゆうべ、提携事業のメンバー候補に偶然出会ったのだとか。聞いた感じだと、なんらかの適切ではない行動をとったようです。〝老番《ロウファーン》〟に邪魔されたとも言っていました」

「フレディ・ウォンか。飛龍幇《フライング・ドラゴンズ》が何かやったな。それで、警察の話が出ていたのか？」マッティラが言った。

　ホーはＤＥＡ捜査官がスラングに詳しくなっているのを喜んだ。〝老番〟は白人全体に対する蔑称として使われるが、飛龍幇はこれを警察官に対しても用いる。

「ええ」ホーは言った。「リンはウォンを叱っていました。ウォンは腹を立て、手下はその男が〝関係者〟だとは知らなかったんだ、と言っていました」

「今夜の試合で、バークは堂《トン》の構成員に会う。バークが提携事業のメンバー候補なのでは？　その〝関係者〟なのでは？　提携先はウォルシュ・ファミリーかもしれない。まさか、バークの正体がばれたのか？」

「いいえ」ホーは言った。「ふたりが話していた件は街の外での出来事です。腹を立てたフレディ・ウォンが、東とか、村とか、ウェブスターとか言っていましたから」

　オコンネルは麵を吐き出しそうになった。

「東《イースト》？」と言う。「村《ヴィレッジ》？　イースト・ヴィレッジのことだ。イースト・ヴィレッジには〈ウェブスター・ホール〉がある。確かに街《タウン》の外だが、それはチャイナタウンの外という意味だ」

料理を脇に押しやる。

「ゆうべはルイースが〈ウェブスター・ホール〉でバークに貼りついていたはずだが」

男たちは顔を見交わした。リンとウォンのやりとりは、カラム・バークについての話だったように思える。マッティラはけさの不在着信を思い返した。

そして言った。「指定した番号に電話をかけてきたのなら、バークは生きているはずだ」

オコンネルは立ちあがって言った。「何者かがバークの口を割らせて番号を聞き出したのなら、話は別だ」

一同はしばらく黙りこみ、見たくない映像をそれぞれ頭の中で思い描いた。

「ボビーとわたしはチャイナタウンへ行く」ミルバンが言った。「きょうはサミー・オングの葬式だから、ウォルシュも参列する可能性がある。少なくとも、飛龍幇は参列するはずだ。カラムもどこかに現われるかもしれない」

オコンネルが言った。「おれもチャイナタウンへ行こう。おれはバクスター・ストリートの西側を担当するから、あんたたちふたりは東側を担当してくれ」

マッティラが言った。「わたしは部下にウォルシュの行きつけの場所を調べさせる。ルイースとガリンスキーにも連絡しておく」

四人は立ちあがった。オコンネルは十字を切り、ニークー・マッティラは紅茶を飲み干して部屋から出ていった。

「葬式に行くぞ」

カラムといっしょに二番アヴェニューを歩いている

とき、ジミー・マリガンはそう言った。ふたりは無言で地下鉄に乗り、ブリーカー・ストリートにあるパディのアパートメントに行った。エントランスでカラムは言った。「なあ、ジミー、おれが東九十五番ストリートにいるのがどうしてわかった？」

「わからなかった。おまえの居場所を知ってるかもしれないから、ドゥーランの変態女に会いにいっただけだ。フィンタンとパディとおれはおまえをずっと捜してた」

マリガンは心を見透かすように、カラムの目をのぞきこんだ。

「上に行くぞ」と言う。

カラムは屋上の貯水槽に沈めた袋を思い浮かべ、いま銃を手にしていて、そのずしりとした重みを感じられればいいのにと思った。

上に行くと、狭いキッチンで黒いスーツ姿のフィンタン・ウォルシュがすわっていた。顔は汗まみれで、髪を横分けにしているので、ふけが散った青白い頭皮が見えている。ウォルシュはマリガンを見て、マリガンはウォルシュを見た。ウォルシュは閉ざした寝室のドアに顔を向けて言った。「パディ、期待の新星が帰ってきたぞ」

パディがキッチンにはいってきて、テーブルの上にあったライターを手に取り、マールボロに火をつけた。狭い部屋に煙が濛々《もうもう》と漂う。カラムが歩み入ってから、だれも視線を寄越さない。マリガンがカラムを押しのけ、冷蔵庫をあけて、一クォート入りの牛乳を出し、容器から直接飲んだ。

「よくこんな暮らしができるな、ドゥーラン」と言う。「十九世紀みたいに、おまえたちふたりはこんなごみ溜めで重なり合って寝てるのか」

「確かに、五つ星ではないな」カラムは言った。パディを見る。「きょうは仕事じゃなかったのか？」

パディはマグカップの中にせわしなく灰を落として

いる。

「仕事は中止になった」と言う。

カラムは自分がここにおらず、窓越しに三人を眺めているような気分になった。三人ともこちらを見ようとしない。ぎこちない会話は、カラムがやったことに折り合いをつけるまでは、ここにいてもらいたくないかのようだ。

裏切り者だとばれたのだろうか。

警察官だとばれたのだろうか。

まるで三人にとっては自分が死人であるかのようだ。

そこでウォルシュが言った。「おい、ベルファスト、試合会場が決まったぞ。リトル・ウェスト十二番ストリート六十六番地だ。ボストン野郎の鼻をへし折る準備はできたか？」爪をいじっている。「ゆうべは災難だったが、頭はちゃんと働いてるか？」

カラムの脈が急に速くなった。

「災難というと？」と言った。

「あのくそったれの中国人のことだ」ウォルシュは言った。「あのちびで悪賢い吊り目野郎どもはたいてい抜け目がない。イタ公とちがってうぬぼれてないし、計画を立ててるし、辛抱強い。だが、ゆうべはしくじった」

「知っていたのか？」

「けさ、中国人が電話をかけてきて、それで知った。下っ端の中国人《チンク》がペテンにかけようとしたらしい。色っぽい女がバーやクラブで男を引っかけて外に連れていくと、ハロウィーン用の警官の制服を来たごろつきふたりが金を巻きあげるという仕組みだ。ゆうべ、そいつらがおまえをカモに選んだら、本物の警官が現われておまえは立ち去ったという話が大物の耳に届いた——今夜、おまえが会うやつらだ。おまえから金を盗もうとしたまぬけどもは不運にも、今夜の対戦カードの主役に目をつけてしまったわけだ。まぬけどもはきょうの宮保牛肉《クンパオビーフ》の食材にされるだろうな」

「つまり、すべてはまちがいだったのか？」

「そのとおりだ。運が悪かっただけだ。世界じゅうのアイルランド人の中で、よりによっておまえに目をつけるとはな」

「よりによっておれに、か」カラムは言った。「それで、話をつけたんだな？」

マリガンが言った「宣誓供述書でもほしいのか？」

「よせ、こいつが心配するのも無理はない」ウォルシュは言った。「ああ、クリスティ、話はつけた。これからおれたちと組んで商売をする連中はとても用心深いし、ゆうべの一件はそいつらの知らないところで起こった。そいつらの傘下《さんか》にこの——なんと呼べばいいんだ？——青年団がいる。大物のために汚れ仕事をするストリートギャングのようなものだ。このガキどもは勝手に詐欺を働いてて、たまたまおまえに出くわした。ただの偶然だ。もちろん、試合を控えたおまえを街に連れ出したパディも悪いが」


カラムはうなずいた。頭の中で、ブックメーカーが競馬場で数字を並べ立てるように、事実と仮定を並べ立てた。〈ウェブスター・ホール〉の女が自分をカモに選んだことを、トリニティはどうやって知った？　飛龍幇とつながっているのか？　〈ウェブスター・ホール〉の女は、偽警官に連絡するのが間に合わず、あの男には手を出すなと伝えられなかったのか？　考えがまとまらない。神経が参っている。

「きょうは夜までおれか仲間のだれかといっしょにいろ」ウォルシュは言った。「今夜はおまえが主役だ。いまからは目の届かないところに行くな」

カラムは笑みを浮かべようとした。「わかった」と言う。「リトル・ウェスト十二番ストリート六十六番地だな」咳払いした。「それで、葬式がどうとかとジミーが言っていたが」

「そうだ」ウォルシュは言った。「チャイナタウンに行くぞ。おまえのスーツを持ってきた。パディのベッドの上に置いてある。小便をしてくるから、そのあいだに着ろ」
「トイレならおれのベッドの先の、廊下の突き当たりにあるぞ」カラムは言った。
「知ってる。ここに来たときに行ったことがある。きょうは起きてからずっと、競走馬並みに小便をしまくってるぜ」

霊柩車が陽光を受けてきらめいた。車体にモット・ストリートの看板が映りこみ、漢字のコラージュを作り出している。ミッキー・チウを先頭に協勝堂《ヒップシントン》の構成員が並び、霊柩車の左右に細長い旗を掲げて付き従っている。チャーリー・リンは何人か後ろを歩いている。花で飾り立てられた慈悲深く穏やかな表情のサミー・オングの遺影がルーフの上に据えられ、チャイナタウンをひとめぐりして協勝堂の本部に戻る葬列の沿道に並んだ人々を見おろしている。

参列者は地味なスーツ姿で、これ見よがしにミラーサングラスを掛け、慎重に整えた畏敬の表情を浮かべている。ニューヨーク市警《NYPD》がかたわらで見張っている。拘置所のザ・トゥームズの近くのマルベリー・ストリートに保釈保証業者が集まり、市庁舎の代表としてふたりの職員が沈黙して粛然と葬列とともに歩いている。葬列が近づいてくる中、カラムはモット・ストリートの安っぽい土産店の前に立ち、左右をマリガンとウォルシュにはさまれていた。

三人は車でダウンタウンまで来て、マンハッタン橋の近くに駐車した。ウォルシュとマリガンは、ヤンキースとレッドソックスの試合や、O・J・シンプソンの裁判《ソープオペラ》や、タイソン対マクニーリーのひどい試合のペイ・パー・ビュー放送にウォルシュが注《つ》ぎこんだ金について、文句を言っていた。ふたりはカラムの左右に並んで、歩いてチャイナタウンへ行った。腕が触れるほど近く、カラムは看守によって処刑場に連れていかれる死刑囚の気分を味わった。店頭の漢字がはじめて見えたとき、香港の記憶がよみがえった。蒸し暑い街のにおい、そびえ立つコンクリートと鋼鉄とガラスのあいだにとらわれた中天の黄色い太陽の輝き。心の目に映ったタラとアイリーンのスナップ写真――そしてもう二度とふたりに会えないかもしれないというパニック。

ひとりぼっちだという恐怖に襲われた。

ばれている、と思った。パディは目を合わせようとしない。三人とも、これまでのように話しかけない。くそ、ばれているにちがいない。

頭の中のどこかで声がささやき返した。馬鹿なことを言うな。連中は悪党だ。温かく歓迎してくれるわけがない。しっかりしろ。

モット・ストリートで適当な場所を見つけると、カラムは群衆を見まわした。オコンネルやミルバンやルイースの顔が見たくてたまらなかった。けれども、どこも中国人ばかりだ。善人も、悪人も、誠実な者も、狡猾な者もいる。煙草を吸ったり、しゃべったりしている者もいる。怯えた表情で立っている者もいる。ある意味では、チャイナタウンは大都市の中にあるごく小さな都市国家なのだろう。

霊柩車が近づいてきた。

「棺桶の中にはだれがはいっているんだ？」カラムは言った。

ウォルシュが言った。「協勝堂の首領のサミー・オングだ」

「前首領だよな」カラムは言った。

マリガンがささやいた。「いいから敬意を払え」

ウォルシュは言った。「おれたちがここに来たのは、偉大な人物を見送るためであり、そういう姿を見せつけるためだ。それが終わったら、ゆうべのちょっとした冒険をやらかした馬鹿の上役に会い、直接謝罪してもらう」

カラムを横目で見ると、得意げな笑みを浮かべてうなずく。

霊柩車が通り過ぎた。ミッキー・チウがウォルシュに会釈した。市庁舎の職員はウォルシュに近づかないようにした。通りの向こうで鼻を掻いているウォルシュに、第五分署の警察官のひとりが中指を立てた。焼き肉屋の日よけの下から、男がカラムを見つめている。

トニー・ラウだ。

カラムの脳が機能を停止し、手足が麻痺した。内臓が溶けてしまったように感じる。

トニー・ラウ、十四Kの龍頭《ドラゴンヘッド》。それがこのニューヨークにいる。考えがまとまらない。通りの向こうにいるのが老いぼれのバンブー・チャオだったら、潜入捜査官らしい不安の産物だと片づけることができただろう。だが、ラウはちがう。ラウは生きている。ここにいる。血の復讐を誓って。

こちらを見つめるジミー・マリガンと目が合った。生気を失った目や、蒼白な顔や、茫然と開いた口を見られたはずだ。心中をさらけ出している。マリガンはカラムの視線をたどって通りの向こうを見た。カラムは足もとに視線を落としてから、また顔をあげた。日よけの下の男は、一九三〇年代の上海のようにこざっぱりとした恰好で煙草を吸っていて、初秋の暑さにもかかわらず、スーツ姿でも颯爽《さっそう》としている。トニー・ラウではない。

くそ。ほんとうに平常心を失っている。

「よし、おまえは用済みだ」ウォルシュが言った。

「おれたちは用済みだ」カラムは言った。

「なんだって？」

「おれたちは用済みだという意味のはずだ」

「ああ、そうだな」

群衆が狭い通りや横道に散りはじめている。ウォルシュが顎をしゃくり、三人はペル・ストリートのほうへ歩きだした。

こいつらはおれを堂に引き渡すつもりなのだろうか、とカラムは思った。目に弾丸を撃ちこむ前に、拷問させるつもりなのだろうか。

逃げようかと思い、混み合った通りで逃げおおせる見こみを考えた。たぶんウォルシュとマリガンの手からは逃れられるだろうが、このあたりをうろついている人々の中に、堂の構成員は何人いるのだろう。こちらを見張り、警察官にナイフを突き刺す順番を待っている者は何人いるのだろう。見つめているように思える者もいれば、目を合わせようとしない者もいる。すれちがいざまに、ひとりが唾を吐いた。

前方のペル・ストリートの角に、トニー・ラウが立っている。

それとも、焼き肉屋の前にいたのと同じ男か？

何人いるんだ？

いや、これは本物だ。十四Kの龍頭だ。ラウがうなずきかけ、笑みを浮かべた。カラムは胸の痛みを感じた。膀胱がゆるみ、内臓が自由落下しはじめる。ウォルシュを見た。

「どこに行くんだ？」

絶望で声がか細くなっている。

「謝罪を受け、それから車に戻る」

「なぜこの道を行く？」泣き声になりそうなのをこらえた。

マリガンが言った。「観光ルートだからだ。どうして気にする？」

カラムはふたたび角を見た。あの頬骨はラウと同じだし、計算高い目や冷静な態度もラウと同じだ。だが、ラウではない。曲がってペル・ストリートを進むと、マリガンが車までの道順をひとつひとつ説明した。

「……ペルからドイヤーズを通ってバワリーに行き、橋に戻る。それでいいか、陛下？」

「なあ」カラムは言った。「今夜の前に、そいつらを怒らせたくない。謝罪は必要ない。まっすぐ戻ろう」

「おい」ウォルシュが険《けわ》しい声で言った。「おまえは謝罪してもらって当然だ。おれだって謝罪してもらって当然だ。この黄色いやつらはおれの手下に迷惑をかけた。たとえそれが偶然だったとしても——黙って引きさがることはできない。ひざまずいて詫びを入れろとおれに言われないだけ、この吊り目野郎どもは幸運だ」

カラムは警察官を捜したが、みなモット・ストリートに戻っている。通りの先の、霊柩車が停まっている協勝堂の本部のあたりに人だかりができている。カラムとウォルシュとマリガンは右折し、くの字形になっている狭いドイヤーズ・ストリートにはいった。まるで映画のセットのようで、三階建てか四階建ての建物が並び、一階には食堂や中華料理の食材店がはいっている。前方が急角度で曲がっているので、行き止まりになっているように思える。建物で囲まれた狭い通りで、街のほかの部分から切り離されている。チャイナタウンの地下にはトンネルが迷宮のように張りめぐらされているが、その入口の少なくともひとつがここにあることをカラムは知っていた。喫茶店の前に若い男が立って煙草を吸っている。男はウォルシュに会釈すると、喫茶店から出てきたもうふたりの若者とともに、近づいてきた。

飛龍幇だ。

もうだめだ、とカラムは思った。おれは引き渡され、最後にはトンネル内に連れこまれ、二度と出てこられない。

先頭の若者は髪をほぼ完全に剃りあげ、細い口ひげを生やし、練習の成果らしい冷笑を浮かべている。白いTシャツの上に炎をデザインした半袖のシャツを着て、ジーンズを穿いている。連れのふたりも似たような恰好で、煙草を吸っている。ひとりはサングラスを掛けている。先頭の男がポケットに手を入れ、飛び出しナイフの柄らしきものが見えた。

カラムは体をこわばらせた。逃げ出して運を天に任せることもできるが、先ほどと同じで、まわりを囲まれている。マリガンに押されているように感じる。ウォルシュが咳払いした。若者たちは数ヤード離れたところにいる。カラムは頭の中で祈りを唱えた。

まるで出番を待っていて、合図があったかのように、左から男が現われた。ポロシャツを着た小柄な中国人で、ウォルシュと若者たちのあいだに割ってはいると、広東語でまくし立てながらしきりに頭をさげている。

「いったいなんだ?」ウォルシュはつぶやいた。

「どういうことだ?」マリガンが言った。

先頭の若者はとまどっている様子だ。連れのふたりが一歩さがった。

全員が凍りついている中、小柄な中国人は身ぶりを交えながら頭をさげ、若者たちに少しずつ近づいた。何を言っているかはよくわからないし、アイルランド人たちには背を向けているが、道順とか、金を出すとかのことばをカラムは聞きとった。

「行くぞ」ウォルシュは言った。

マリガンとともにカラムを連れてバワリーに通じるカーブへ向かう。カラムは若者の怒鳴り声と混乱した叫び声を聞いた。カーブをまわりこんだ。三人でマンハッタン橋へ向かっているとき、通りかかった消防車の悲しげなサイレンに交じって、銃声が聞こえた気がした。

怒号を聞いたマン巡査は角を曲がってドイヤーズ・ストリートに行った。中国人が四人いて、ふたりは地面に倒れ、ふたりはナイフを奪い合っている。地面に倒れた若者たちはマンを見て固まったが、ほかのふたりはナイフにしがみつき、つかみ合いをつづけている。ひとりは若く、炎をデザインしたシャツを着ていて、もうひとりはジーンズとポロシャツという恰好だ。マンは背後でだれかが英語で叫んでいるのを上の空で聞いた。映画に出ていたきついイギリス訛りのだれかの声に似ている。グロックを抜き、中国人たちに向かって、喧嘩《けんか》をやめてナイフを捨てろと怒鳴った。ふたりはまだ取っ組み合っている。マンはもう一度怒鳴った。

「警察だ！　武器を捨てて後ろにさがれ！」

しかし、ふたりは格闘に夢中で、ポロシャツの男は苦しそうにあえぎ、ほとんどうめいている。若者の顔は赤く、目が血走っている。麻薬の禁断症状かもしれない。マンはふたりから十ヤードと離れていない。ほかのふたりの若者は地面に腹這いになり、両手を広げている。

マンは銃を毒物のように体から離して構え、一歩踏み出した。また背後からイギリス人の声が聞こえた。警官がどうとかとわめいている。

マンは叫んだ。「警察だ！　さっさとナイフを捨てろ、馬鹿野郎ども！」

ポロシャツの男が首を傾け、危険を冒して視線をそらし、マンを見た。位置を入れ替え、若者をマンに近づけようとしている。

ポロシャツの男の手と腕の血を見たとき、マンの脳がとっさに反応した。睾丸が縮みあがり、指が痙攣《けいれん》した。銃声が通りに響き渡り、三発がポロシャツの男の脇腹と腕と首に当たった。もう一発が炎のシャツを着た若者の腰にめりこむ。若者は糸が切れたように倒れた。ポロシャツの男もその隣に倒れ、マンはそのときになって、血はポロシャツの男がナイフの刃を握っていて、手に深い切り傷を負っていたせいだと気づいた。最後の一発は路面に当たって跳ね、うつ伏せになっていた若者のひとりの左目を貫き、頭の中を突き進んで、射出口から脳と髪と頭蓋骨の塊を吹き飛ばした。

マンの左耳にイギリス人の大声が響いた。

「ホー！　ボビー！　救急車を呼べ、早く！」

マン巡査は無線機を取りにいった。あのイギリス人が手を突っこんで強く握っているかのように、胃がきつくねじれるのを感じる。

人を殺してしまった。もしかしたら三人も

嘔吐しているうちに、仏具店の前にパトロールカーが停まった。

怯えた男が汗まみれでバーの前に立っていた。もう五分も根が生えたようにここにいるから、いずれ詮索好きの酒飲みや不審に思ったバーテンダーが八番アヴェニューに面した薄汚いガラス戸をあけ、何か言ってくるはずだった。

バーは安酒場で、開店と同時に来て朝まで飲み明かすような大酒飲みが多いことで知られている。ときどき何人かの港湾労働者がここでビールをちびちびやっていて、タイムズ・スクエアの劇場やのぞき見ショーの店で働いている者も少しは来る。だが、バーの評判は最も有名な常連の評判に左右される。いまでもヘルズ・キッチンで暮らし、暴力を振るい、いかがわしい手口で金を稼いでいる、フィンタン・ウォルシュの数人の手下がこのバーの常連だ。

男は息を吸った。アイルランド人はまだ力を持っているし、まだ街に兵隊を持っている。だが、力と数は情報がなければ役に立たないし、情報こそが、自分が売りつけなければならないものだ。情報こそが、ニューヨークから離れる資金をもたらしてくれる。あまりにも長いあいだ、自分にいまいましい首輪をはめていたやつらから逃げる資金をもたらしてくれる。

情報こそが、アイルランド人の手で頭に銃弾を撃ちこまれ、切り刻まれてハドソン湾の魚の餌にされる運命を止められる。

唾を呑み、バーに歩み入った。

30

試合まで三時間。カラムはトラックのキャブでパディの隣にすわり、煙草を吸いながらこめかみを揉んでいた。

チャイナタウンを出ると、ウォルシュとマリガンはカラムをウッドサイドに連れていった。三人がカフェでコーヒーを飲んでいると、ファミリーの下っ端たちが入れ替わり立ち替わりやって来て、カラムの健闘を祈った。

ブリーカー・ストリートのアパートメントで、昨夜の件は中国人の過失だとウォルシュから聞かされたとき、カラムは痛烈な安堵を覚えた。チャイナタウンで飛龍《フライング・ドラゴンズ》幇と会ったのは正しかったのだろうか。ほんとうに飛龍幇は昨夜の〈ウェブスター・ホール〉でその件を謝罪するためにあそこにいたのだろうか。その場に無関係の住民が迷いこんできたので、ウォルシュとマリガンは狼狽したのだろうか。迷いこんできたあの男は何者だったのだろう。

そのうちにパディがトラックで現われ、カラムも使い走りを頼まれた。

「なあ、おれは少しトレーニングをしたり体を休めたりするべきじゃないのか？」カラムは言った。

ウォルシュは笑った。「今夜はタイトル戦じゃないし、おれはもちろんドン・キングじゃない」ポールモールを一本、箱から抜く。「パディといくつかの場所に寄るくらいできるはずだ」

トラックはブロンクス北部の所番地へ向かい、着くとパディはカラムにトラックで待つよう言って、自分は静かな住宅地にある下見板を張った家でだれかと話していた。三十分後、クイーンズの保管施設へ向かった。カラムは何をしているのか訊いた。

「仕事だ」

パディは今度もカラムをトラックに置いていった。保管施設から出てきた男に手伝わせて、ベッドの端に置かれそうな長いチェストを運び、トラックの荷台に載せた。

そしていま、トラックはマンハッタンへ戻る途中だ。

パディが黙りこくっているのは、トリニティに迫られたことをなんらかの形で知ったからなのか、それともカラムがネズミ、つまり警察官であることがわかったので、ウォルシュに口をつぐんでいるよう言われたからなのか、カラムは見極めようとした。無謀にもトラックから飛びおりようかとも思ったが、パディは混み合った広い道路でトラックを走らせつづけた。

ばれてはいないかもしれない、と思った。今夜は大一番だから、口が重くなっているだけかもしれない。それに、リトル・ウェスト十二番ストリートには合同捜査班が来るはずだ。

しかし、車内の沈黙のせいで頭がおかしくなりそうで、もう限界だった。唾を呑みこんだ。それからこぶしを握り、胸のうちを吐き出した。

「なんなんだ?」

パディはたじろいだ。「はあ?」

「いったいどうしたんだ? あんたはもう何時間もおれにひとことも口を利いていない。おれは犬じゃない——〝おすわり、クリスティ〟とか、〝待て、クリスティ〟とかで済む相手じゃないんだよ。何があったんだ、パディ」

パディの頬に赤みが差した。パディはカラムを一瞥《いちべつ》してから、前方の道路に視線を固定した。

「〈ウェブスター・ホール〉でおまえを見た」と言う。

トラックが速度をあげた。

「へえ、そうか」カラムは言い、歯に衣着せずにつづけた。「何を見た? 自分の女がおれに迫っているところを見たのか？　おれの手を握っているところを見たのか？　そういうところを見たのか？」

「おまえがトリニティを拒むところは見なかった」

「おいおい、パディ。おれたちは高校生か何か？」

「おれにはトリニティが必要だ、ふざけやがって」

「トリニティが必要だって？　オプラ・ウィンフリーにでも電話したらどうだ。トリニティのほうがおれに迫ったんだよ、馬鹿だな。それから、ちゃんと前を見ていろ」

パディはハンドルを左に切り、息を吸った。

「自分が何を言ってるのか、わかってるのか？」と言う。「あのごみ溜めみたいなホテルの部屋にはいってきたとき、おまえはこの国に来たばかりで、ジェムソンのストレート並みにアイルランド人らしかった。それがいまではアメリカ人のような話し方で、怒ってばかりだ。欲の皮が突っ張ってる」

ハンドルに手のひらを叩きつける。

「おれまで食い物にしやがって！」

カラムは悪意のある乾いた声で言った。「それがニューヨークの食物連鎖さ、ベイビー」

パディは赤信号でトラックを停めた。カラムに顔を向ける。カラムは腕の筋肉に力をこめ、指の付け根の関節が白くなるほどこぶしを握り締めた。動きがあるのを待つ。しかし、ドゥーランはブラッドハウンドのような目でカラムを見て、肩を落とした。ハンドルから片手を離し、顔を撫でる。顔から離した手は汗で光っている。

パディは言った。「おまえはいったい何者なんだ？」

その台詞《せりふ》はどんなパンチよりも強烈だった。カラムは茫然と見つめ返した。腕から力が抜け、胸も空《から》っぽになり、顔が火照《ほて》った。

こう言った。「おれはクリスティ・バーンズだ、パディ」

弱々しく聞こえる。自分を納得させられないのに、どうしてパディを信じさせることができるのか。

信号が変わった。

パディはトラックのギヤを入れた。

道路を見据え、無言で運転をつづけた。


オコンネルは麻薬取締局《DEA》支部の窓がなくて狭苦しい予備のオフィスで、マッティラといっしょに立っていた。雰囲気がとげとげしく、恐怖が漂っている。

「バークが東洋と西洋の極悪人に囲まれてひとりきりなのに、何もしないのか？」

ニークー・マッティラは腕組みをしている。腕に押しつけられた指が白くなっている。

「警官のひとりがニューヨーク・プレスビテリアン病院で手術中だ。ボビー・ホーに対するきみの心遣いには胸を打たれるよ」

ボビーも気の毒に、とマッティラは思った。ミルバンによれば、カラムがフィンタン・ウォルシュとジミー・マリガンにはさまれ、葬列から離れてドイヤーズ・ストリートに連れていかれるところをふたりは目撃したらしい。ボビーは電極につながれたようにひどくびくついた。ふたりはアイルランド人たちが飛龍幇の一団に近づいていくのを見た。バークを襲うつもりだとボビーは考えた。それで狼狽して飛び出し、ミルバンはそのあとを追った。ボビーは道に迷っていて、どこそこを探しているというでたらめを言ったが、あまりにもしつこく、狂気じみていたから、飛龍幇のひとりがナイフを抜いた。そこに警察官が現われ、銃を抜いた。飛龍幇のひとりが死亡し、ひとりが身体に障害を負い、ボビーは集中治療室に運びこまれることになった。

マッティラは打ちのめされた。

オコンネルが言った。「まだ弾丸を食らっていない警官のほうに集中するべきだろう？　ホーが入院したせいで、堂《トン》の電話を聞く耳を失ってしまった。ウォルシュの電話はだれが担当している？」

血も涙もないやつだ、とマッティラは思った。とはいえ、そこが自分とオコンネルのような街の警察官とのちがいだとわかっていた。オコンネルは警察官としての職務中はプロフェッショナルに徹し、自分の最良の部分は人生で最も大切な人たちのために取っておける。マッティラはそんなふうに切り替えられるようになっていない。切り替えられるようになりたいのかはわからない。

こう言った。「ガリンスキーが担当しているが、収穫はない。ウォルシュは電話を使っていない。ルイースはリトル・ウェスト十二番ストリートに張りこんでいるが、試合までまだ二、三時間ある」

「そしてミルバンはプレスビテリアン病院でホーに付き添っている」

オコンネルは暴れだしてだれかを殴りつけたくなった。バークはどこにいるかわからず、合同捜査班は事態を把握できていない。どこかのごみ収集容器の中にカラムが転がっていないことを祈った。

「ほかにも知らせたいことがある」マッティラは言った。「川に打ちあげられた死体から採取したＤＮＡの分析結果が届いた。ガブリエル・ムニョスとその愛人だと思われていた死体だ」

「思われていた？」

「ムニョスではなかった」

「だったらだれなんだ？」

「見当もつかない。一致するサンプルがなかった。ふたりの身元は不明だが、〈ホテル・ベルクレア〉で拉致され——それを裏づける目撃証言がある——何者かが人ちがいでこの男性と不運きわまる若い女性を殺したのだろう」

オコンネルは顔をこすり、絶望感の漂う長いため息をついた。こうなったら、優先順位をつけるしかない。

「つまり、ムニョスもどこにいるかわからない」と言う。「差し迫った問題が増えたわけだ。ミルバンを病院から呼び戻す必要があるぞ。人手に余裕はないし、ボビー・ホーはいまミルバンがいなくなっても寂しがらないさ」

マッティラは頭の重みに耐えかねたようにうなだれ、うなずいた。

「ニークー」オコンネルは言った。

ファーストネームを呼ばれ、マッティラは目を見開いた。

「なんだ？」

「おれたちにはあんたが必要だ。いま何を考えているのであれ、仕事に戻れ。わかったか？」

「わかった」マッティラは自分の中から弱々しい笑みを引き出した。「わかった」

「ミートパッキング・ディストリクトに張りこんでいるルイースは役に立っているか？」

マッティラは腕組みをほどき、腰に両手を当てて立った。右手はホルスターに収めたグロックの上にある。

「呼び戻そう」と言う。「捜査で浮かびあがったおもな場所を調べさせる。ウッドサイドや、ヘルズ・キッチンや、アッパー・ウェスト・サイドとトリニティのアパートメントのSMクラブを。運がよければバークを見つけたり、ウォルシュやマリガンに出くわしてバークがいるところまで尾行したりできるかもしれない」

「いい考えだ、特別捜査官」オコンネルは言った。

マッティラはいままで見たことのない何かを見てとったかのように、オコンネルを見た。それから自分を納得させるようにもう一度わかったと言い、ドアへ向かった。

パディはコロンバス・アヴェニューにあるニューワールド運送の事務所の前にトラックを停めた。カラムはじめてここに来た日を思い返した。路面より低い位置にある倉庫へ向かって延びるスロープのそばに男たちが集まり、作業長が率いる班に割り振られていた。いま、事務所は営業時間外で、倉庫の扉も閉ざされている。

フィンタン・ウォルシュとジミー・マリガンが近づき、トラックのドアをこぶしで叩いた。

カラムは言った。「ギャングが勢ぞろいだな」

パディは目をそらし、運転席のドアをあけた。

ふたりはキャブからおり、歩道でウォルシュとマリガンに合流した。

「ビルはどこにいる？」カラムは言った。

マリガンが言った。「家に帰ってFOXを観てる。勤務時間外だからな」

「そろそろ試合会場に行かないか？　おれも心の準備をしないと」

「そのうち行く」ウォルシュが言った。「そのうちにな」

マリガンが鍵束を出し、歩道からおりて倉庫の扉へ向かった。ここをあければ、箱や機材を通せる大きな開口部ができる。スロープは中にしまってあり、歩道とは一フィート半ほどの段差がある。マリガンが錠をはずしてドアをあけ放つと、中から何かが走りまわるカサカサという音が聞こえた。

「ネズミどもめ」マリガンは言った。「ニューヨークには人口の五倍のネズミがいるという話を何かで読んだな」

ウォルシュがにおいを嗅いだ。「ゴキブリの話をおれに語らせるなよ。春になるたびにコンバットをどれだけ置いてると思う？　あの虫けらどもにはなんの効果もない」

パディとジミーはトラックの荷台のシャッターを解錠して巻きあげ、中にはいった。養生マットをどかし、固定用のストラップをよけ、チェストを荷台の端へと押しはじめた。

「ぼけっと突っ立ってないで手伝え」マリガンは言った。

カラムはトラックの荷台に行き、チェストの重みを引き受けた。重い。荷台の端に引っかけて支えていると、ほかのふたりが飛びおりてきたので、三人で低い段差をおりて歩道から倉庫まで運んだ。いまは夕方で、通りかかった人はこちらに目もくれない。街の息もつかせぬ過酷な日々はきょうもつづいている。

四人は倉庫の中でチェストのまわりに集まった。ウォルシュがスイッチを入れると、照明が点灯した。マリガンが扉を閉める。カラムは体に寒気が走るのを感じた。

「よし」ウォルシュは言った。「さっさと片づけよう」疲れた口調だ。

床には大きな防水シートが敷かれている。カラムは殺人部屋を何度も見ていたから、いやな予感がした。

マリガンがチェストに手を掛けた。カラムはパディの隣に立った。また蚊帳《かや》の外に置かれ、端役になりさがっている。もうミートパッキング・ディストリクトに行って、ボビー・クーパーと戦う準備をしていなければならないのに。試合は二時間後だ。クーパーはもうニューヨークに着いているだろう。ウォルシュはダウンタウンで堂の中国人たちをもてなしているのが自然だ。何かがおかしい。

マリガンがチェストをあけた。

寒気がカラムの体の中心を満たした。

ガブリエル・ムニョスが中に横たわっている。片目がふさがっている。顔は紫と気味の悪い黄色と薄い灰色のパレットと化している。口は片側が野球のボールのように腫《は》れあがり、唇が裂けている。ムニョスは咳きこみ、空気を求めてあえいだ。

マリガンが自分の背後に移動していることに、カラムは数秒経ってから気づいた。パディがその場から離れて壁に寄りかかり、顔をゆがめた。

ウォルシュがムニョスの髪をつかみ、引き起こしてぞんざいにすわった姿勢をとらせた。ムニョスはうめき、その体が不自然な動きをした。腕が折れているようだ。

「よし、ガブリエル」ウォルシュは言った。「見ろ」

ムニョスの首をねじる。カラムは部屋が傾いて縮むのを感じた。壁が自分を押し潰そうと迫り、幅が狭まってガブリエル・ムニョスしか見えなくなる。半開きの片目が周囲に向けられ、焦点を合わせようと苦労しているように見える。そして視線がカラムに固定された。ムニョスは口を開こうとして咳きこんだ。

神よ、助けてくれ、いまここでこいつが窒息死してくれればいいのに、と思った。香港の老いぼれチャオのようにくたばればいいのに。

ムニョスは息を詰まらせ、めちゃくちゃになった顔が苦痛でゆがんだ。見えるほうの目が閉じられ、まどろんでいるように見える。それからあえいで咳きこみ、安物のラジオから流れるような声を絞り出した。

「そいつだ。そいつが警官だ」

ウォルシュが言った。「どいつのことだ?」

「青いシャツを着たアイルランド人の男だ。名前はカラム・バーク」

カラムはつづきを聞いていなかった。心臓が暴れ、頭の中が沸き立って頭蓋骨に締めつけられているように感じる。〈ホテル・ベルクレア〉の部屋を掃除していたとき、イスラエル軍の戦車の話をしていたイツィックの姿が脳裏によみがえった。ガブリエル・ムニョスの部屋にはいるとき、尻込みしていたルシアーナの姿も。現実がそこに割りこんだ。川で発見されたばらばら死体の写真——オコンネルに見せられた、ニュージャージー州の岸辺に打ちあげられた死体の写真。あれはイツィックとルシアーナだ。〈ホテル・ベルクレア〉に住みこんでいる目撃者は、麻薬をやっていたか二日酔いだったのだろうが、いくつかの真実を伝えていた。目撃者が見たのは、銃声のあとにムニョスの部屋から連れ出される顔を血だらけにした浅黒い肌の男と、女だ。目撃者はスペイン語の叫び声を聞いた。しかし、血まみれの男と若い女はガブリエル・ムニョスとその愛人ではなく、部屋を掃除していた従業員だった。掃除をするために、イツィックは鍵を持っていた。そして出来心で、ムニョスの部屋の中に散らばっていた紙幣を少しくすねてポケットに入れたにちがいない。その紙幣の出どころが、秘密情報提供者のためにＤＥＡが用意しておいた金だったのはただの偶然だ。目撃者が耳にした、部屋から聞こえたスペイン語の声は、泣き叫んで命乞いをするルシアーナの声だろう。ホテルのオーナーは、ふたりの不法就労外国人に対する捜査を打ち切らせるために、死体はムニョスだと確認した。イツィックとルシアーナが行方不明になったことはだれも警察に通報しなかった。ふたりは不法滞在者にすぎず、行方不明になっても心配する者は地球の裏側にしかいないからだ。

ムニョスを顎で示して言った。「どこでこいつを見つけた？」

「この馬鹿が自分から来た」ウォルシュは言った。「中国人がダンボで従兄弟《いとこ》を撃ち殺し、〈ホテル・ベルクレア〉でだれかを人ちがいで襲ってから、ずっと身を隠してたらしい――そのあたりはおれたちもきょうまで知らなかった。何時間か前、おれを捜して〈ライリーズ・バー〉に現われた。貴重な情報を持ってるから、それと引き換えにこの街とＤＥＡから遠くに逃がしてくれと言って。ファミリーに潜入してる警官の情報だ。おまえの首でひと儲けして逃げるつもりだったんだろうな」

「ふざけやがって」カラムは言った。

「おれの時間が空《あ》くまで、手下がこいつをつかまえておいた。サミー・オングの葬式が終わるまで。おまえとパディを会わせるために、どうやって手はずを整えたかも話してくれたぞ。この馬鹿は、逃がしてもらえると本気で思ってたようだ」

ムニョスはチェストの中にふたたび倒れこんでいる。だれもカラムにはさわっていない。マリガンはカラムが病原菌であるかのように離れて立っている。パディは壁に寄りかかったまま煙草に火をつけ、緊張している様子で煙を吸った。

三人とも、銃を持っているのだろうか。逃げられるだろうか。通りに面した扉が開き、黒いタイトジーンズと革のニーブーツ姿の細身の人影がはいってきた。トリニティは上に白いTシャツと革のジャケットを着て、悦に入った笑みを浮かべていた。

「ハイ、色男」と言う。

パディが鼻を鳴らした。

「トリニティがここに来たということは」カラムは言った。「ゆうべの件は、あんたがブリーカー・ストリートで言っていたような、堂のへまではなかったんだな?」

ウォルシュは首を横に振った。

「いや、おれが言ったとおりだ。このトリニティがおれたちの新しい提携先を代表してるのは事実だが、ゆうべの件は堂がしくじっただけだ」

「あなたの膝の上にすわってたあのあばずれを追い払ったとき、あたしは言ったわよね、カラム」トリニティが言った。「あいつらはあなたから金を巻きあげるつもりだって。あいつらは飛龍幇で、勝手に金を稼いでる」いきなり甲高い笑い声をあげる。「〈ウェブスター・ホール〉にいた偵察役は、警官の制服を着て外にいた男たちに、あなたの人相を伝えてしまったのよ。だれかがあの男たちを見つけて止める前に」

ウォルシュは言った。「おまえが警官だとわかったのは、きょうおまえとパディがトラックに乗ってるときだ。おれの使いでブロンクス北部の家に寄ったパディに、話がしたいからここにおまえを連れてこいと人づてに指示した。きょうチャイナタウンに行った理由も、おれが言ったとおりだ――ゆうべふざけた真似をした中国人に謝罪させるためだ。いまとなっては自分がまぬけに思えるがな。おまえの正体がわかったのは、そのだいぶあとだ」

ウォルシュとマリガンは倉庫の奥にチェストを引きずっていき、重ねた台車の隣に置いた。壁ぎわに積まれた本の収納箱の後ろの、防水シートの近くで、何かが走りまわるカサカサという音がして、ウォルシュは文句を言った。

「ネズミどもめ」

「わかってるだろうが」マリガンが言った。「ネズミはいつだってそこらにいる。一匹見つけたら、首をへし折ってやらないとな」

カラムをにらみつける。その目は小さな黒い淵と化している。頭上の裸電球が、醜い鼻の破裂した血管の惨状をあらわにしている。カラムはディラン・アコスタのときを思い返した。《ザ・フィールズ・オブ・アセンライ》に対抗したカラムに、マリガンは気色ばんでいた。ドナル・モリスのときを思い返した。モリスは無造作に惨殺されていた。世界じゅうにいるマリガンのような男たちのことを思い返した。フィンタン・ウォルシュのような男たちのことも。毛が逆立つのにも似た、背中が憤怒でざわつく感覚を覚えた。

舐《な》めやがって、と思った。

「おつむの足りないえせアイルランド野郎が」

マリガンの顔が憎悪で赤く染まるのを見て、さらに煽《あお》った。

「おまえと酒を飲んでいるときも、おまえと仕事をしているときも、おれは陰でおまえを笑っていた。最後に女と寝たのはいつだ、ジミー？　それとも、昔の近所の少年聖歌隊員は、おまえがほんとうは好色で気味の悪いホモ野郎だと知っているのか？」

ウォルシュがマリガンに視線を向ける――落ち着け。カラムは言った。「おまえはニュージャージー州のホーボーケンの出身なのに、ゴールウェイ県の人間になりたがっているただの馬鹿だ。勇気を出してほんとうにアイルランドに行ったら、役立たずだと笑われて追い出されるだろうよ」

挑発に熱がはいり、声をあげて笑った。

「おい、フィンタン、ジムの前で会ったドミニカ人のセクシーな女から連絡はあったか？　ルーズヴェルト・アヴェニューでフェラーリに乗っていた美人のことだよ」

ウォルシュの目が険《けわ》しくなった。頭上に雲があるかのように、顔に影が差す。

「そうだ」カラムは言った。「フェラーリの女は警官だよ、馬鹿め。おまえは中国人への直通電話の番号を婦人警官に教えたのさ。色ぼけしたばかりに、おまえはファミリー全体と堂を破滅に追いやったんだよ。お笑いぐさだな」

閉ざされた空間に銃声が雷鳴のごとく響き、だれもが跳びあがった。が、ウォルシュだけが力なく両膝を突き、鈍い音を立てて防水シートの上に倒れた。頭部の左側の射入口から血が小さな弧を描いて噴き出している。カラムが茫然としていると、パディ・ドゥーランが歩み寄り、カラムの不恰好な銃でウォルシュをさらに三発撃った。

ジミー・マリガンが言った。「おい！」

カラムは言った。「くそ！」

パディはけさ起きると、カラムのあとをつけて屋上に行ったにちがいない。そしてカラムが煙草を吸い、リボルバーを貯水槽に隠すのを見ていた。カラムが立ち去ると、銃を横取りした。

カラムは助かる見こみを考えた。外の通りにいるだれかに銃声が聞こえただろうか。あの扉は銀行の金庫室並みに分厚いから、銃声が聞こえたとしても、くぐもっているはずだ。通りかかった人は、何か重いものを硬い床に落とした音だと思うだろう。逃げられるだろうか。あの扉を抜けて倉庫から通りに出るのは無理だ。しかし、ガブリエル・ムニョスがはいっているチェストのそばにある箱のすぐ後ろには、通用口がある。その先の短い階段をのぼれば事務所がある。

そこまで行けたとしても、それからどうする？　事務所は施錠されている。コロンバス・アヴェニューは百万マイル彼方も同然だ。

行動を起こす前に、通りに面した扉があき、男がふたりはいってきた。男たちはフィンタン・ウォルシュの死体を見て、扉をまた閉めた。

「そんなくそみたいな銃でよく命中させられたわね」

トリニティの声だと気づくまで少しかかった。トリニティはパディの隣に行くと、その胸に手を当てた。そして革のジャケットのポケットから、小型オートマチック拳銃のベレッタ21を出した。


「汚いことばを使う程度では、トリニティ」カラムは言った。「客たちが怒るんじゃないか？」

息を吸い、試しに言った。

「それでソル・グランディを撃ち殺したのか？」

パディがカラムを見たが、トリニティは笑みを浮かべた。

「へえ、シャーロック、どうしてわかったの？」

カラムはジミー・マリガンを見た。マリガンはなんの表情も浮かべていない――怒りも、驚きも。ほかの男たちは離れて立っている。

こう言った。「現場にいた警官たちは、だれの姿も見なかったと言っていた。犯人はおまえの家の前に停めてあった車の中にいて、そこからグランディを撃った。そして警官たちが死体のところに来る前に、ほかの車の陰に隠れて九十五番ストリートのどちらかの方向に逃げた。小柄で敏捷な人間でないと無理だろう。おまえの身長は五フィート五インチぐらいか？」

トリニティはパディの胸から手を離すと、腰を横に突き出し、右手に持ったオートマチックを脇に垂らした。「五フィート三インチよ。体重は百ポンドぐらいかしら」

「それに、パディの話によれば、おまえは体が柔らかい。自由自在に体をねじれる」

「サーカスにだってはいれるくらいよ」トリニティは言った。

「事件の夜のおまえのアリバイを証言した友人は、このささやかな事業になんらかのかかわりがあるんだろう。そしておまえは、三合会《トライアド》の執行人でもある」

トリニティは声高に笑い、何秒か口を大きくあけたままにしてから言った。「クスリでもやってるの、アイルランド人」

「おまえのハンドサインだよ」カラムは言った。「ゆうべ、ダンスフロアでおまえは指をねじっていたな。近くでは中国人たちが踊っていた。おまえは三合会のサインを出していたんだ。わずかなあいだだけだったが、おれは気づいた。けさ、おまえがおれを家に連れこんでもてあそぼうとしたとき、腑に落ちた。ほかのこととものつじつまが合う。〈ビルズ・トップレス・バー〉に行った夜、おまえはおれといっしょにチャイナタウンに行きたがらなかったが、それは正体がばれるのをいやがったからだ。ゆうべのクラブでは、あの女をおれから引き剝がし、何かささやいて震えあがらせた」

トリニティの笑みが少し引きつった。

「頭がおかしいんじゃないの」

「おまえはパディもたらしこんだんだろう？　まぬけな男ばかりだよな。それも三合会の策略だったのか？　おまえはフィンタンやそのファミリーと三合会を取り結ぶ連絡役だったんだろう？　三合会のスパイだったんだよな？　賭けてもいいが、アルファベット・シティのジャンキーのたまり場に行ったとき、あの小部屋の中にいた影はおまえだ。ウッドサイドでウォルシュと試合の話をしたとき、あのメキシコ料理店のキッチンにいた人物もおまえだろうな。ということは、ダンボのマンハッタン橋の下でガブリエル・ムニョスの従兄弟が殺されたとき、撃ったやつらといっしょにいたのもおまえだ。十中八九、おまえはやつらのボスだ」

トリニティは新種の生物を発見したような目でカラムを見た。

カラムは言った。「いいか、ジミー、パディ——おれはニューヨーク市警《NYPD》じゃない。おれはカラム・ファッキン・バーク、香港の警官だ。何年も三合会の捜査をしていたから断言できるが、この血も涙もないあばずれは四二九だ。正真正銘の三合会最高幹部、執行人だ」

31

そんなばかな。嘘だ。嘘だ。嘘だ。嘘だ。嘘だ。

ああイエス様、ママ、ごめんなさい。麻薬に手を出してごめんなさい。人生を棒に振ってごめんなさい。子供たちのいい父親になれなくて、シャーリーンのいい夫になれなくてごめんなさい。神様、イエス様、精霊様、ごめんなさい。でも、このいかれた白人の災いから救ってくれたら、信じられないくらい心を入れ替えることを誓います、イエス様。

ほんとうに信じられないくらい心を入れ替えます。

JJことジョニー・ジョンソンは箱の陰で体をいっそう小さくしながら、クリスティがアジア人のサイコ女を罵《ののし》るのを聞いていた。あのクリスティが警官だったとは！　だが、香港の警官だって？　いや、あいつはクリスティじゃなくて、カラムだと？

壁ぎわに積まれた平たい段ボール箱の端から恐る恐るのぞきこんだ。アニメのフレッド・フリントストーンみたいな髪形の肌が荒れたごろつきが死体になって床に横たわり、頭のまわりに黒っぽい血溜まりができている。

シャーリーンに追い出されてから、倉庫は泊まるのにうってつけの場所だと思っていた。こんなことになったのは、近所で夜遊びしてばかりで羽目をはずしすぎた自分のせいだとわかっている。いまは毎朝、仕事でトラックに乗る前に、事務所の裏にあるトイレで小便をしながら、トイレの高窓があけたままになっていることを確認している。仕事の合間に自分の作業班が事務所まで呼び戻されたときも、それを確認するためだけにトイレに寄っている。

ジョニーは細身だし、ヘロインのせいで痩せこけている。夜に事務所の裏に行って、壁ぎわに木箱を立てて置き、上にのぼってあけっ放しの窓をくぐり抜けるのは楽勝だった。

倉庫に何日か泊まったのち、夜に事務用品をくすねては外に隠すことをはじめ、ビルが朝に事務所をあける前には必ず外にいるようにした。隠した品は売り、可能なときは友人の家や救護院や救世軍でシャワーを浴びた。最近では平たい本の収納箱も窓から運び出しているが、どこで売るのかも、どうやって売るのかもわからなかったから、裏道のごみ収集容器の後ろに隠してある。

物音を立てたら、おれの死体があのごみ収集容器の中で発見されることになる。

頼むから見つかりませんように。頼む頼む頼む頼む頼む。

ここから出られたら、麻薬には二度と手を出しません。日曜の朝と夜はジュビリー・バプテスト教会に行くのを欠かさず、くそみたいな麻薬には二度と手を出しません。

だから神よ、助けてください。

32

カラムは言った。「おまえはこの中国人《チンク》のあばずれの言いなりになるつもりなのか、ジミー」

ジミー・マリガンは言った。「香港の警官なら、おまえにもチンクのあばずれの身内がいてもおかしくないな」

「実際のところ」パディが言った。「香港に半分チンクの子供がいるはずだ。そうだろう？　トリニティが電話をかけて、お近づきになるかもしれないな」

カラムはマリガンとパディとトリニティが自分の肌に鉤を引っかけ、同時に三方向に引っ張っているように感じた。わざとマリガンに殺意のこもった視線を向けた。家族が香港にいるように思わせておけばいい。

オハイオ州にいるふたりは安全でいられる。

「パディに痛いところを突かれたようね」トリニティが言った。「絵本よりも心が読みやすいわよ、バーク」

カラムは扉のそばにいるふたりの男を見た。あいつらは何を考えている？　マリガンもぐるなのか？　床の上のフィンタン・ウォルシュの死体がハエを引き寄せていることをどう思っている？

こう尋ねた。

「おまえはパディとトリニティがこんな行動に出ることを知っていたのか、ジミー？　おまえの友人に弾丸を撃ちこむつもりだったことを知っていたのか？」

パディがウォルシュを撃ち殺してから、マリガンはウォルシュをずっと見ていない。いま、ようやく死体を一瞥《いちべつ》した。一瞬、その表情がゆがんだように見える。

マリガンは咳払いした。

「いや」と言う。「こんなくそみたいな話は知らなかったし、パディの変態女がこんな行動に出ることも知らなかった」

「あのふたりのことは？」

マリガンは通りに面した扉のそばに立っているふたりの男を顎で示した。「あのサルどもがだれなのかも知らない」

パディが言った。「あれはおれの仲間だ。おまえの言うとおりだよ、クリスティ。いや、カラムか。ソル・グランディを撃ち殺したのはトリニティだ。だが、ソルはブライトン・ビーチのロシア系ユダヤ人だった」

マールボロの箱を出し、煙草に火をつける。

「アイルランド人はもう終わりだ。だが、ロシア人はまだはじまったばかりだ。おれたちはあいつらに貸しを作ったんだよ。ソルは数年前に弟が麻薬の過剰摂取で死んだとき、あいつらの足を引っ張ったからな。〝ダメ。ゼッタイ。〟のたぐいのたわごとを広めて。

グランディ殺しはアイルランド人の指示で、ジミーを後釜にすわらせるためにやったとロシア人に説明し、中国人のヘロインを密輸するもっと大きな計画のこともトリニティが説明したら、取引をまとめるのは簡単だった。ときどきロシア人がコカインの取引をしてたコロンビア人は、あまりあてにならないんだよ。中国人のほうが見こみがありそうだ」

マリガンが淡々とした口調で言った。「おまえは意気地なしのくそ野郎だ、ドゥーラン」

ふたりは無言でにらみ合った。ロシア人のふたりがフィンタン・ウォルシュの死体を防水シートでくるみはじめる。

トリニティがカラムに歩み寄った。

「ねえ、パディはほんとうにあなたのことを気に入ってたのよ。ニューワールド運送で働いてるときや、バルコニーでビールを飲んでるときのふたりの写真を撮ったりして」

パディはこの十分で十年も歳をとったように見える。

トリニティは言った。「正解よ。あたしは三合会《トライアド》の執行人。ヴェトナム人と中国人の娘で、ブルックリンで生まれ育った。香港の大学に行き、順調に出世した。堂《トン》の一員じゃないけど、仕事で飛　龍《フライング・ドラゴンズ》幇とかかわりを持つことが多い」

銃をカラムに向け、兵隊ごっこをする子供のように銃声を口真似した。

カラムはひるまないように踏ん張った。

トリニティは忍び笑いして腕組みをした。

「きのう、あたしのボスがニューヨークに着いた」と言う。

カラムの頭にその男の姿が浮かんだ。湾仔《ワンチャイ》の売春宿の前で怒りに駆られ、殺気立った目でにらみつけ、血の復讐がおこなわれることをどんなことばよりも声高にハンドサインで伝えていた姿が。

「トニー・ラウが」と言った。「ここにいるのか？」

トリニティは真剣な表情になった。

そして言った。「パディのアパートメントから写真を何枚か取ってきて、何時間か前にボスに見せた。今夜の試合が中止になる前に、あなたとパディの顔でも見てもらおうと思って。ボスはあなたを知ってたわよ、カラム・バーク」

トリニティはガブリエル・ムニョスがはいっているチェストに歩み寄り、ポケットから手術用の手袋を出して、床からカッターを拾いあげると、仕事にとりかかった。濡れた音と、ゴボゴボという音と、長い吐息が聞こえた。ディラン・アコスタとドナル・モリスの悪夢のような映像がカラムの頭の中で重なり合った。

トリニティは一歩さがり、手袋をはずしてカッターとまとめてまるめた。チェストの中にそれをほうりこみ、蓋を閉める。

「それで、これからどうする気だ?」カラムは言った。

ここで自分とマリガンを殺そうとはしないはずだ。防水シートをもうまるめてしまっているし、トリニティはラウが自分の正体を知ったと言っていた。龍《ドラゴンヘッド》頭は復讐が果たされるさまをその目で見たがるだろう。

「おまえはジミーや新しい同志たちといっしょにトラックの荷台に乗れ」パディが言った。「おれはトリニティとキャブに乗って運転する。縛るから手を出せ」

「どこへ行く?」

パディは問いを無視し、トリニティを見た。

「側面にマーゴイルの看板がある建物だったな?」と言う。

トリニティは言った。「そうよ」

ロシア人たちはカラムとマリガンの手首を梱包用のテープで縛ると、ふたりに手伝わせてチェストをトラックに運んだ。通りかかった人にいましめが見えないよう、手をチェストの底に当てさせて。運びにくかったが、パディとトリニティのポケットの中にある銃を意識せざるをえず、どうにかやり遂げた。カラムとマリガンはトラックの荷台に乗りこんだ。ロシア人ふたりはウォルシュの死体を包んだ防水シートもトラックに運んだ。荷台に引きあげ、自分たちも乗りこむ。パディがシャッターをおろした。

トラックがコロンバス・アヴェニューを走りはじめると、ジミー・マリガンが鼻歌を歌いはじめた。

カラムはかぶりを振って笑みを浮かべた。

歌は《ザ・フィールズ・オブ・アセンライ》だった。

「八方ふさがりだ」マッティラは言った。

「ひとつ残らず見てきたのか？」オコンネルは言った。

「ひとつ残らず見てきた」ルイースは言った。

「ミートパッキング・ディストリクトのほうは？」ミルバンは言った。

「いま言ったとおりです」ガリンスキーは言った。

「動きはない。静まり返っている」

「正体がばれた。バークの正体がばれたんだ」オコンネルは言った。

一同は麻薬取締局《DEA》支局にいた。マッティラとオコンネルは電話にかかりきりで、ウォルシュ・ファミリーが所有する車両の特徴をパトロールカーに伝えたり、ウッドサイドのフィンタン・ウォルシュの縄張りを管轄する第百八分署とやりとりしたりしていた。収穫はなかった。

バークが死んだかもしれないことは、五人ともわかっていた。それを信じたくなくて、懸命に仕事に取り組んでいる。ドアがあき、五人とも跳びあがった。DEA捜査官が部屋の外に来るようマッティラに身ぶりで伝えている。

しばらくのあいだ、オコンネルとミルバンとルイースとガリンスキーは視線をさまよわせたが、ニークー・マッティラがドアの向こうで話しはじめると、顔を見交わした。やがてマッティラがドアをあけ放ち、親指を高々と突きあげた。

「ニューワールド運送から九一一に通報があった」と言う。「だれかが撃たれ、いかれた白人の男三人と中国人の女ひとりが、男ふたりをトラックで連れ去るのを見たそうだ。通報者はニューワールド運送の従業員で、名前はジョニー・ジョンソン。連れ去られた男の片方はクリスティ・バーンズだと言っている」

オコンネルは立ちあがって飛び出そうとしたはずみに、コーヒーをズボンにこぼした。

「行くぞ」と言う。

ズボンは自分で洗うことになりそうだ。


トラックがガタガタと揺れながら停まった。

丸石が敷かれている道路だ、とカラムは思った。結局、ミートパッキング・ディストリクトに来たのだろうか。

いや、走行距離が長すぎる。直線道路がつづいていたから、橋を渡ったのかもしれない。

待つうちにエンジンが切られ、キャブのドアを開閉する音が聞こえた。

トニー・ラウ。大昔の、別の人生での出来事だ。

消毒剤のにおいがよみがえった。売春宿のドアの向こうには、暑い香港の夜が壁さながらに立ちはだかっていた。ハロウィーンの幽霊のように布で覆われたスタンリー・バンブー・チャオが救急車に運びこまれるとき、ラウは通りに立ってカラムを見ていた。そして復讐を意味する三合会のハンドサインを送っていた。

荷台のシャッターが騒々しい金属音を立てながら巻きあげられ、カラムはびくりとした。

一瞬、ニューヨークが核攻撃を食らったのかと思った。トラックは世紀末を思わせる荒廃した土地の丸石が敷かれた道路に停まっている。崩れかけ、放棄された産業施設が並び、人けのない通りには瓦礫《がれき》が散らばっている。角のごみ収集容器のそばに車のボディが放置されている。

トラックからおりて歩いた。トリニティが先頭に立ち、カラムとマリガンの後ろにパディとロシア人たちが並ぶ形で。カラムは手首に巻かれた梱包用のテープをゆるめようとした。数ブロック前方の通りの上に、マンハッタン橋が架かっている。イースト川の対岸でロウアー・マンハッタンの明かりがきらめいている。

ここはダンボだ、と思った。ブルックリンの。数週間前、アントン・ガリンスキーが、ガブリエル・ムニョスの従兄弟《いとこ》を殺した犯人たちと銃撃戦を繰り広げたあたりだ。

角のひとつきりの街灯と、前方の橋の明かりが通りを照らしている。トリニティは赤煉瓦造りの巨大な建物へ行った。歩道から金属製の階段を四段のぼった先に金属製のドアがある。カラムは建物を見あげ、側面に二階までの高さがある色褪せた看板が描かれているのを見てとった。ダイヤモンドのエンブレムとともに、〝マーゴイルのトニック〟という文字が記されている。

「飲み物はあるか?」と言った。

「いかにもアイルランド人らしい台詞《せりふ》だな」パディが言った。「別れの杯か」声に失意が混じっている。

ロシア人のひとりが言った。「中にはいれ」

一列に並んで階段をのぼり、大きな作業スペースにはいった。天井の何本かの蛍光灯がまだ生きていて、コンクリートの柱や頑丈な木製の作業台やむき出しの壁を照らしている。部屋の片側に端から端まである箱形の液槽が据えられ、壁に間隔を置いて蛇口が取り付けられている。食肉処理場にいたドナル・モリスの姿や、肉を切り裂くナイフの音がカラムの脳裏によみがえった。

トニー・ラウが作業台のそばにすわっている。スーツ姿で、脚を組み、左右の手にコーヒーの紙コップと煙草を持っているそのようすは、侍者に崇拝されるのを待っている神のようだ。小さな祭壇が作業台の上に置かれ、香港では三合会にも警察にも敬愛されている関帝《クワンティ》が祀《まつ》られている。記憶の中の姿よりもラウは痩せていて、龍頭としての責任が口もとにいくつもの皺を刻みつけている。しかし、その目は爛々《らんらん》としている。煙草を吸うときの手が憤怒で震えている。

スーツ姿の中国人がもうひとりいて、近くにすわっている。髪をスパイク状に立てたその男は、腰の右側に何かが食いこんでいるかのように、椅子の上で身じろぎした。拳銃のたぐいだろう、とカラムは思った。

ロシア人たちがカラムとマリガンを三合会の龍頭の前に連れていき、トリニティは距離をとって一礼した。パディは別の作業台に歩み寄り、不恰好なリボルバーを手にして寄りかかった。

カラムとラウは見つめ合った。

時が過ぎる。何秒も、何分も。カレンダーのページのように年月が剝がれ落ちていく。

カラムは、この男が自分を殺すのをずっと待ち望み、それがかなおうとしているいま、感情に押し流されそうになっているのがわかった。ラウの口もとが引きつっている。鼻孔が広がり、深く長く呼吸している。ラウはコーヒーの紙コップを脇の作業台の上に置いた。コーヒーが少しこぼれた。

ラウはカップの中に煙草を捨てた。

そして子供に話しかけるように、ゆっくりとした落ち着いた英語で話しはじめた。

「こんなところに隠れていたとはな。哀れなアイルランド人のくず警官め」

祈りのしぐさのように両手を前に持ってくる。

「アメリカ合衆国にいたのか。新世界《ニューワールド》に」

立ちあがり、カラムから二、三フィートのところまで近づいた。顔から表情が消えたように見えたが、またゆがんだ笑みを浮かべた。ポケットから一枚の写真を出す。ブリーカー・ストリートの非常階段で笑っているカラムとパディが写っている。

「いつニューヨークに来た？」カラムは言った。

「きのうだ。ようやく再会できたから、部下に指示しておまえを切り刻んでやる」ラウは言った。

体が震え、声がわなないている。

「おまえを去勢し、切り取ったペニスを食わせて窒息死させてやるぞ、白鬼《バークワイ》のげす野郎」

そして下を向き、床に唾を吐いた。

33

ロシア人たちは立ち去った。トニー・ラウが連れてきたスパイクヘアの男が作業台の下から布包みを出し、床に置いて広げた。

ナイフ。斧。短剣。

パディは床を見ている。

「おれとこいつにはまだやらなければならないことがある」カラムはマリガンを指差して言った。

「やれやれ」ラウは言った。「アメリカ人のような口ぶりだな。プライドはないのか？」

「こいつはおれと戦いたがっていた。おまえに失うものはないだろう？」

ラウは聞き流し、床に並べた刃物のそばに膝を突いた。

「おまえたちのうち、ふたりは銃を持っている。全員が持っているかもしれないな」カラムは言った。「おれとマリガンに逃げ場はない」

ラウは湾曲したナイフを拾いあげ、ためつすがめつした。鋼鉄の刃が白くまばゆい輝きを放っている。

「いいだろう？」カラムは言った。自分の声に焦りを聞きとり、懸命にそれを抑えつけた。「おれたちが殴り合うのを見物してから、ゆっくりいたぶればいい。おれにとっては痛みと苦しみが増すだけだ」

「いや」ラウは吐き捨てた。「おまえにとっては時間稼ぎになる」

くそ！　カラムは思った。

それが頼みの綱だったのに。時間が。生きているかぎり、勝ち目はある。何かが起こるまで――だれかが来るまで――時間を稼がなければならない。そのためにジミー・マリガンと一対一で戦わなければならないのなら、それはそれでかまわない。

マリガンに顔を向けた。

「せっかくの機会だぞ？　どうせあんたも殺される」パディを見る。「そのつもりだよな、パディ？　おれたちを切り刻んで、通りの端から川にごみ袋を投げこむのを手伝うんだろう？」

パディは目をそらした。

「肺を切り取るのを忘れるなよ」カラムは言った。「ハンターズ・ポイントのあたりにおれたちが浮かびあがってきたら困るだろう？」

「うるさい！」パディは言った。

カラムは声を張りあげた。「ジミー！」

マリガンが反応するのを願った。何か言うのを。なんでもいい。だが、反応がほしいときに、マリガンは無反応だ。

「おい、ジミー！」

マリガンの顎が歯ぎしりするように動いた。

ラウが鋭く言った。「黙れ!」

「ああ、そういうことか」カラムは言った。「パディ、おれがいなくなったら、あんたが役目を引き継ぐつもりなんだな?」

パディは怒鳴った。「口を閉じてられないのか、おまわり」

「おれがいなくなったら、ジミーの母親をさんざんファックする役目を引き継ぐんだな?」

マリガンは喉からうわずった小さな声を絞り出した。

カラムは笑い声をあげた。「こいつがなぜ《ザ・フィールズ・オブ・アセンライ》を歌うか、知っているか? おれに責められて股を濡らしているときに、母親がソプラノの大声でそれを歌うからさ」

「よせ!」ラウが言った。

音も動きも速かった。マリガンの足が床を踏み鳴らし、巨体が突っこんでくる。衝撃でカラムの視界が激しく揺れ、肺から空気が押し出された。英語と広東語の怒鳴り声が響く。目に映るものがマリガンの背中から壁、天井へと変わった。脇腹とテンプルに連打を浴びる。ふたりはもつれ合って床を転がり、手首を縛られたまま、膝蹴りや肘打ちをひたすら放った。マリガンがカラムの肋骨に肘を叩きこむ。カラムはマリガンに頭突きを食らわせ、軟骨にぶつかる手応えを感じ、マリガンの鼻が折れたことを祈った。転がって膝立ちになると、曲がった歯に腕の肉をかじり取られるのを感じた。

銃声がとどろき、全員が身を低くした。だだっ広い空間に音が鳴り響き、むき出しの壁に当たって跳ね返り、建物の奥へと吸いこまれて消えていく。カラムは肩に焼けつく痛みを感じた。撃たれたと思った。トリニティが床に倒れ、Tシャツに黒っぽい染みが広がりつつある。左手に飛び出しナイフを持っている。銃がかたわらに落ちている。が、それもいっときだけだった。

パディ・ドゥーランがトリニティの銃をポケットに押しこみ、不恰好な銃を振って周囲に向けた。ラウは茫然とし、もうひとりの中国人も、スーツのジャケットの上から右腰に手を当てて茫然としている。マリガンがよろめきながら立ちあがり、潰れた鼻に手をやった。

トリニティは蒸気が漏れるような小さい音を立てている。パディは銃を持っているのに、この空間で最も怯えている人物のように見える。

「トリニティは大丈夫だ」と言う。「大丈夫だ。大丈夫だ」

「撃たれているぞ」カラムは言った。

「腕を撃たれただけだ」

カラムはゆっくりと立ちあがった。トリニティを見る。顔が石の床並みに灰色になっている。

「左胸の上を撃たれている」と言った。

「それなら心臓には当たってない」

「鎖骨が砕けたかもしれない。ショック死の危険もある。手当てしないと」

「トリニティはおまえの肩を刺した。おまえを殺すつもりだと思ったんだ」

パディは腹に刃物を突き立てられたようにたじろいだ。トリニティの銃を出して左手で持ち、カラムの不恰好なリボルバーを右手で持っている。

「おまえはほんとうに警官なのか？」と言う。声には何もかもが冗談であることを願う響きがあり、そのせいで子供じみて聞こえる。

「そうだ」

「盗聴器を着けてたのか？　フィンタンに調べられたのに」

「盗聴器はアパートメントに仕掛けてあった。電話にも」

「おれの話は録音されてるのか？」

「おまえの話は録音されている」

カラムはリボルバーから銃弾が放たれるのを待った。肩を内側からあぶられているように感じる。弾丸のほうが痛いだろうか。死ぬまでどれくらいかかるのだろう。ラウの部下がほんとうに武装していたら、パディを殺しているのではないだろうか、と気になった。

パディはトリニティを手ぶりで示してから、スパイクヘアの中国人とラウに指示した。

「トリニティを壁ぎわに運べ」

中国人はラウを見た。ラウがうなずくと、男は二十五フィート離れた壁にトリニティを引きずっていき、寄りかからせた。トリニティは目を閉じている。

トリニティから離れてラウの隣に立つよう、パディはスパイクヘアの男に手ぶりで指示した。男は殺意に満ちた表情で従った。

「ふたりとも」パディはリボルバーをラウに向けながら言った。「ジャケットを脱げ。ミスター・ラウ、そのナイフを一本拾え。こいつらの手首のテープを切るんだ」

ラウの目が憤怒で燃えあがるのをカラムは見た。アメリカ人のごろつきに香港の龍頭《ドラゴンヘッド》が顎で使われるという屈辱を味わっている。三合会《トライアド》のスパイであり、十四Kの最高幹部である執行人がアメリカ人に撃たれるという屈辱も。トリニティはパディの恋人などではなかった。パディを操り、ウォルシュを裏切って三合会や堂《トン》と手を組むよう仕向けた。そしていまになって、パディはトリニティに刃向かった。

ラウは言った。「こいつらを解放するつもりか？」

「いや」パディは言った。「好きなだけ殴り合わせるつもりだ。こいつらはアイルランド人で、憎み合ってる。死ぬ前に恨みを晴らす機会を与えてやるべきだ」

「そんなことは認められない。わたしだってこのげす野郎のバークを憎んでいる。わたしは血闘《シェドウ》、すなわち血の復讐を誓った。この誓いは果たさなければならない」

パディは鼻を鳴らした。「だったら順番を待て」

ラウは言った。「わたしは香港黒社会の龍頭であり、きみをとてつもない金持ちにしてやれる。兵隊だって何百人もいる。堂もわたしに屈服するだろう。きみは名誉がどうとかというくだらない考えのためにそれを棒に振る気か？　その男は――」マリガンを指差す。「――アイルランド人ですらない。アメリカ人だ」

スパイクヘアの中国人がジャケットを脱いだ。スナブノーズのリボルバーが出てくるのをカラムは予想した。ベルトに差して簡単に隠せる武器を持っているはずだ。

銃は持っていない。足首にホルスターを着けているのか、それともほんとうに武装していないのか？

「さっさと手首のテープを切れ」パディは言った。

ラウはスパイクヘアの男に広東語でぶっきらぼうに指示した。カラムは男の名前を聞きとった。パイナップル・ウォン。ウォンは布包みの中から細身の刃物を選び、ジミー・マリガンに歩み寄った。テープを切断する。それからうつむいてカラムのテープに刃を入れた。スパイクヘアの密に束ねた髪がカラムの目の前にある。スパイスと汗のにおいがした。テープを切り離すと男は顔をあげたが、タブロイド紙の見出しのようにありありと憎悪がそこに表われている。男はカラムから離れ、ナイフを布の上に戻した。

ラウはトリニティを指差して言った。「ミスター・ドゥーラン、もし彼女が死んだら、責任をとってもらうぞ」

「よし」パディは言った。「あんたとお仲間はあの像の近くにすわれ」関帝《クワンティ》の小さな像を身ぶりで示す。「おれはジミー・マリガンにはなんの好意も持ってないし、裏切り者のおまわりにももちろん好意を持ってない。これが済んだら、こいつをじっくりいたぶってから殺せばいい」

作業台に近づき、拳銃を持ったまま腕組みをした。

それからため息をつき、肩をまわした。

「ジミー、おまわり、戦いのときだ。思う存分やれ」

緊急車両の警光灯の光でオコンネルの顔が真紅に染まっている。

「確かにロシア人だったのか？」

「確かとは言えない」ジョニー・ジョンソンは言った。「ひとりが殺されたとき、おれはずっと段ボール箱の陰に隠れてた。あんなものを見てしまって死ぬほど怯えてたし、きょうは調子がよくなかった。それでも、そいつらはロシア人だってパディが言ったと思う」

コロンバス・アヴェニューに停めた救急車の中で、JJはバックボードに腰をおろし、肩に毛布を掛けて紙コップからコーヒーを飲んでいた。手が激しく震えているので、しょっちゅう床にコーヒーをこぼしている。ニューワールド運送の事務所の前にはニューヨー《NY》ク市《PD》警の警察官と麻薬取締局《DEA》の捜査官が集まり、このブロックは人も車も立ち入りを禁じられている。オコンネルとマッティラはJJのそばでしゃがみこんでいる。

マッティラは言った。「パディというのはパディ・ドゥーランのことだな？」

「そうだ」

「フィンタン・ウォルシュを撃ち殺したあとに、そう言っていたわけだ」

「ああ」

「その女のことをもう一度話してくれ」

「小柄だが、凶暴なやつだったぜ。仕切ってるみたいに見えた。パディのタマを握ってるような感じだよ。中国人に見えたな。掛け値なしの冷血女だった」

マッティラは言った。「そしてカラム・バークを連れ去った？」

「カラム・バークはクリスティ・バーンズなんだよな。あんなものを見たあとでは、自分の名前もわからなくなりそうだ」

心臓がひとつ拍動するごとに、マッティラはバークの頭に弾丸が撃ちこまれるさまを想像した。脈がひとつ打つごとに、平常心が失われていくのを感じた。

「いいか、ジョニー。きみには頭を働かせてもらわなければならない、たいへんかもしれないが。腕に注射痕があるからな。それでも、わたしのためによく考えてくれ」

JJは顔をしかめた。

「注射痕だって？　くそったれ！　おれのことを何も知らないくせに！」

「知っているさ」マッティラは言った。「そこらじゅうできみのようなやからを見ているからな。ニューヨークでも、ボルティモアでも、デトロイトでも、ほかの場所でも」

「失せろ、ニガー！」

マッティラは逆上した。立ちあがり、後ろ側の足に体重をかける。飛びかかろうとしているのを見てとったオコンネルが、それを押しとどめた。

「マッティラ捜査官」と言い、マッティラとジョニー・ジョンソンのあいだに片腕をねじこんだ。

「きみのようなやからがいるからわたしはこの仕事をしている」マッティラは言い、オコンネルを押しのけようとした。「きみのようなやからがいるから――」

JJはコーヒーを捨てて言った。「おまえみたいな黒人が問題なんだよ。白人にへつらうくそ警官が！　O・J・シンプソンが負けるのを願ってるんだろうな！」

オコンネルは言った。「それくらいにしておけ」

マッティラは唾を飛ばしながらジョニー・ジョンソンをののしった。

「人がひとり死ぬかもしれないのに、ぐだぐだと――」

「マッティラ！」

「ニーク！」

ルイースの声に、マッティラは振り返った。ルイースはオコンネルと並んで立っている。その顔は自由の女神のように落ち着いている。マッティラは怒りが顔から引き、力が抜けるのを感じた。そしてうなずいた。

「少しいい？」ルイースは言った。

マッティラはオコンネルとともに数フィート離れた。オコンネルは救急車のほうを振り返った。

ルイースはＪＪを見おろすように立った。アントン・ガリンスキーがやって来て、隣に立つ。

ＪＪは鼻を鳴らした。「善玉警官と悪玉警官でもやるのか？」

ルイースは笑い声をあげた。耳障りな金切り声のように聞こえる。懸命に冷静さを保とうとした。

「あの人が――」マッティラを親指で示す。「――悪玉だと思うのなら、警官とかかわった経験が少ないわよ」

「それなりにかかわってる」

「あの人は必死なだけ。ひとりの命を救いたいから、わたしたち全員が必死になっている」

「警官の命だ。さぞかし価値があるんだろうな」

ルイースは足もとを見て、腰に両手を当てた。うつろな目で通りを歩き、アスファルトに血を滴らせているバークの姿が頭に浮かぶ。血が根のように歩道に広がって、バークの体から生気が流れ出ている。また顔をあげたとき、ルイースの目は明るく、光を受けて輝いていた。

「子供はいるの、ジョニー？」

「ああ」

「カラム・バークも父親だった」

「現在形だ」

「え？」

「現在形で、父親だ。おれたちが知ってるかぎり、あいつはまだ死んでない」

ルイースは〝おれたち〟ということばに微笑した。

「そのとおりね。そしてわたしたちはバークをこれからも父親でいさせたい」

「クリスティは……カラムは……いいやつだ。ときどきちょっと怒りっぽくなるが、それでもいいやつだ」

「それなら、もう一度いくつか確認させてくれる？」

「わかった」

JJの供述をもう一度確認した。ルイースはジョニー・ジョンソンが混乱するほど質問攻めにしたくなる衝動と戦った。そんなことをしたら、バークを見つける手がかりになりうる細かな情報を聞き逃してしまうかもしれない。オコンネルが腕時計を叩いているのに気づいた。

ルイースは言った。「いつ出ていったの？」

「言ったとおり、みんなトラックに乗ってどこかへ行った。ウォルシュの死体とチェストの中にいたやつも運び去った」

「そのさい、ドゥーランが何か言ったのね」

「パディは〝ガーゴイル〟のように聞こえることばを言った」

ルイースは自分の声に懇願を聞きとった。「確かにガーゴイルだった？　教会にある石像の？」

「いや、確かじゃない。でも、そう覚えてる」

ルイースは、JJもバークを助けようとしているのを見てとった。手を膝に置いている。

「あんなふうに聞こえることばがほかにあるか？」JJは言った。

「マーゴイルだ」

ふたりとも首をめぐらした。アントン・ガリンスキーが、このコロンバス・アヴェニューで油田を掘り当てたような顔で立っている。

「マーゴイルだよ」ガリンスキーは言った。「橋のそばで銃撃戦になる前、ダンボで壁に看板が描かれた古い建物の前を通り過ぎた。〝マーゴイルのトニック〟

と記されていた」

「お仲間の言うとおりだと思う」ＪＪは目を輝かせて言った。「マーゴイルだ」

「手がかりとしては心許ない」ルイースは言った。

「手がかりはこれしかない」ガリンスキーは言った。

「ボスを連れてきたほうがいいぜ」ＪＪは言った。救急車の後部で体を揺らしながら、マッティラを指差している。「コリン・パウエルかだれかに連絡して、海兵隊どもを送りこんでやれ」

その目は涙ぐんでいた。

34

ジミー・マリガンはシャツを脱いだ。カラムより十歳近く上で、ゆうに十ポンドは重い。体は頑健で力がみなぎり、顔はコンクリートを思わせる。暴力をにおわせたり、振るったりするのはマリガンの得意分野だ。この男にとって、残忍な行為は息をするようにたやすい。

カラムはＴシャツを頭から引き抜いた。トレーニングと節制の成果が出ている。体が引き締まり、前腕の筋肉が盛りあがっている。腹は平らで硬く、胸骨から鼠径部《そけいぶ》まで一本の溝が走り、その左右で腹筋が割れている。それでも、カラムは怯えていた。

気弱になるな、と思った。マリガンだってびくついている。

しかし、マリガンの目はうつろだ。感情らしい感情がないように見える。

トリニティはすわって壁に寄りかかり、目を閉じている。パイナップル・ウォンとトニー・ラウは祭壇のそばで作業台に腰掛けている。パディは銃を二挺持って立っている。

パディは言った。「やれ」

カラムはマリガンにうなずきかけた。マリガンは唾を吐いた。

ふたりは円を描くように動いた。

ガードを固め、シンプルなフットワークで動け、とカラムは思った。まだ弱点を探るのは早い。マリガンが打ってくるのを期待した。最初の一発をしのいで、恐怖という封印を破るために。それから本腰を入れて戦えばいい。

マリガンがジャブを放った。こぶしがカラムの腕にはじかれる。カラムはショルダーロールをしながらカウンターを狙い、パンチを放ったが、顔面に貨物列車のような一撃を食らった。右目の下の骨にマリガンの左フックが激突し、岩で殴られたように感じた。後ろによろめくと、マリガンはボディを攻めはじめた。肋骨や腎臓を巨大な鉄球で打たれているかのようだ。体を縮めてマリガンに肉薄し、頭を突きあげた。頭頂部がマリガンの顎を跳ねあげ、うなり声が聞こえた。当てずっぽうにジャブを何発か放つと、汗で滑る肉と肌にこぶしがぶつかる感触があった。

距離をとると、マリガンが唇から顎先まで垂れた血の筋を拭《ぬぐ》うのが見えた。運がよければ、こいつは舌を嚙み切っているはずだ。

脇腹に鈍い痛みがある。目の下もずきずきしているが、大丈夫だ。マリガンが早々に渾身《こんしん》の一撃を打たないよう祈れるくらいには大丈夫だ。体が大きければ動きは遅くなる。マリガンが大振りのパンチを放てば、カラムがそれを見切って、マリガンを倒すほどの強烈なカウンターを浴びせるとパディは期待しているかもしれない。そうなれば、カラムが激しく追撃してとどめを刺すと期待しているかもしれない。

おれに必要なのは時間だ、とカラムは思った。この戦いを引き延ばさなければならない。

危険な戦略だ。マリガンに倒されれば一巻の終わりになる。マリガンを倒しても一巻の終わりで、トニー・ラウの出番になる。外にいるだれかがどうにかして見つけてくれるまで、時間を稼がなければならない。

まさしく奇跡を起こすために。

奇跡など起こるはずがない、と悪意のある声が頭の中で言っている。おまえがここにいることはだれも知らない。オコンネルたちは車の中でドーナツを食べたり、リトル・ウェスト十二番ストリートで聞こえもしない盗聴器からの声に耳を澄ましたりしている、と。

疑心を振り払った。

ジャブと足を使うのが最善だ。若さと身軽さと速さでマリガンにまさっているのだから。

右ストレートをテンプルに撃ちこまれた。腕をあげると、右腕に一発食らい、つづいてまたボディに三連打をもらった。あえぎ、怒りに駆られて右フックを放ち、それがまぐれ当たりした。こぶしがマリガンの耳の下の顎にぶつかり、頭が勢いよくのけ反《ぞ》った。マリガンの動きが急に鈍くなり、足が止まり、首の上の大きくてがっしりとした頭も重たげになっている。カラムは顔面への連打はせず、ボディへ突っこみ、マリガンの脇腹に強打を何発か浴びせ、距離をとった。

そしてまるで内臓が燃えて息が苦しいかのように、体を小さくまるめ、パディを盗み見た。パディは不恰好なリボルバーの薬室の角で顎を掻いている。演技だと見抜かれただろうか。痛みはあるが、耐えられないほどではない――マリガンの体力が回復するのを待っているだけだ。マリガンに視線を戻すと、その目は燃えるような憎悪と冷たい計算が相半ばしていた。

　よし、と思った。しばらく時間をとってから、ジャブと足を使い、防御姿勢でパンチを繰り出せ。ボディを狙え。体力を少しずつ奪い、戦いをコントロールしろ。

　肘を脇腹に寄せたとき、また貨物列車がボディに突進してきた。体を縮めたとき、マリガンのボディブローがアッパーカットに切り替わった。顎が勢いよく閉じられ、脳が激しく揺さぶられた。

　膝が崩れ、冷たい石の床に倒れこんだ。


　いまいましい渋滞だ、とオコンネルは思った。

　一同は車列を組んでいた。オコンネルとミルバンが一台に乗り、マッティラとルイースとガリンスキーがもう一台に乗っている。三台目に三人の麻薬取締局《DEA》捜査官が乗り、しんがりを務めている。ダンボでブルックリン橋からおりたら、戦術的強襲のためにニューヨーク市警の緊急出動部隊《NYPDESU》と合流する予定だ。ESUは大型トラックと、REPと呼ばれる四輪駆動のピックアップトラックの金属製キャビンに緊急装備を満載した車両で乗りこむ。ESUの別部隊で、ブルックリン橋の近くの第八十四分署を拠点とするトラック・エイトのチームも、この作戦のために合流する。

　詰まった車はほんのわずかしか動いていない。オコンネルは警光灯を点灯して海が割れるようにほかの車をどかしたかったが、乗っているのはほかの二台と同じくビュイックのレンタカーで、試合中に逮捕する前にミートパッキング・ディストリクトに張りこむために借りたから、警光灯もサイレンも備えていない。バークのもとに駆けつけようと焦るあまり、パトロールカーが先導するのも待たずに出発してしまった。オコンネルはハンドルを殴り、悪態をついた。

「バークはもう死んでいると思うかね？」

　ミルバンの甲高い声に、オコンネルは隣を見た。ミルバンは前のバンパーを見つめている。

「バークは頭が切れる。何カ月もの潜入で直感も磨かれているし、戦い抜くための大きな理由がふたつ、クリーヴランドにある。だから生きている」

「三合会《トライアド》は殺人に手間暇をかけない」

「バークは生きている。つべこべ言わずに信じろ。あんたを説得している場合じゃないんだよ、ジム」

オコンネルは毒づき、ビュイックを歩道に進めてエンジンを切った。外に出て、後ろのマッティラの車に歩み寄る。助手席にいたマッティラが窓をおろした。

「車は乗り捨てるしかない」オコンネルは言った。

「先導させるためにパトカーを呼んだが」

「ここに来るまでに時間がかかりすぎるし、少なくともバワリーまではどうせのろのろ運転になるはずだ」

「走る気か？」マッティラは顔色が悪い。

「あそこに地下鉄の駅がある」オコンネルは言った。

「ここに車を停めて、地下鉄でブルックリン橋に行く」

「それからどうする？　橋は一マイル以上の長さがある」

「橋の近くにNYPD本部庁舎がある。すぐに無線で連絡して、車を用意するよう言ってくれ。ESUと合流してから橋を急いで渡り、ガリンスキーが看板を探す。ESUのもうひとつのチームとは現場で合流する」

マッティラはうなずいた。少しだけ表情が明るくなっている。

三台目の車に計画を知らせるためにマッティラが歩道に車を進めると、ルイースが車からおりた。二台後ろのタクシーがクラクションを鳴らした。オコンネルはシャツのポケットからバッジを出し、チェーンで胸の上に垂らした。ペキニーズを散歩させていた女が舌打ちをして足早に通り過ぎていく。

オコンネルは腰のリボルバーを叩いて言った。「ニューヨークの地下鉄に祝福あれ」

カラムは片膝と右手を床に突いて懸命にバランスをとり、意識を保とうとした。アッパーカットを食らって倒れたとき、マリガンは攻撃犬のように襲いかかってきた。頭や顔に強打を何発も浴びた。左目のまわりの肌がひりつき、この戦いが終わるころにはハンバーガーのような見た目になっているだろうと思った。石の床に頭を打ちつけたし、マリガンに嚙みつかれた右耳には歯型がついた。そのときになって、だれかがこの狂犬に組みついて引き剝がしてくれた。

いまならわかるが、マリガンを止めたのはスパイクヘアの中国人だ。立ってマリガンにわめいている。マリガンはこぶしを握り締めて震えている。いや、震えているのではない——野蛮なエネルギーを詰めこまれ、それがあふれたらこの空間全体が暴力に吞みこまれるかのように、わなないている。

パディが銃を振りながら、中国人にはすわれと怒鳴り、マリガンには落ち着けと怒鳴っている。殴られたせいで朦朧《もうろう》としていたが、三合会は焦ったのだとカラムは思い至った。マリガンの手でとどめを刺されては困るからだ。その栄誉は龍 頭《ドラゴンヘッド》であるトニー・ラウに与えられるべきだからだ。

よし、立ちあがれた、と思った。進歩だ。

頭が少しはすっきりし、乗っていた悪夢じみた回転木馬がゆっくりになった。体じゅうが殴られて痛み、こぶしの皮がむけ、唇も裂けているが、どこも折れてはいないようだ。

「ミスター・マリガン」トニー・ラウが言った。

落ち着いた口調に含まれた静かな威厳に、周囲が静まり返る。カラムはラウの小さく冷たい目と抑えた態度の中に、香港、アジア、そしていまやニューヨーク市でも、数百人の犯罪者に命令をくだす男の底力を見てとった。

「敵がまた立ちあがっているぞ」

マリガンは背筋を伸ばし、肺いっぱいに空気を吸いこんだ。

「頼みがある」ラウは言った。「このげす野郎をどう料理するのであれ、命と意識は奪わないでもらいたい。勝負がついたらわたしの手で苦しめることができるように。最後に喉を切り裂くまで、意識がある状態にしておきたい」

「わかった」パディは言った。「ジミーはあんたが楽しむぶんをちゃんと残してくれるさ。そうだろう、ジミー？」

マリガンは「くたばりやがれ」と言い、つぎのラウンドのためにカラムに接近した。

一同はNYPD本部庁舎で車に乗り、ロウアー・マンハッタンのESU部隊であるトラック・ワンの大型トラックと合流した。ブルックリン橋の入口は一同を通すために道が空《あ》けられ、三台の車としんがりのESUの大型トラックが車列を組んで進んだ。オコンネルとマッティラは先頭の車の後部座席に乗った。前部座席にはふたりの制服警官が乗っている。

オコンネルとマッティラは気が急《せ》き、座席の上で身じろぎした。オコンネルは運転席の背もたれをつかんで、飛ばせ、人の命がかかっている、と怒鳴りたくなった。

一般車両は橋の三本あるブルックリン行きの車線の左側に寄せられていて、車列は時速四十五マイルから五十マイルの速度を保てた。だが、運転手の警察官は緊張していた。どこかの馬鹿が車線から出たり、道路に歩み入ったり、あけるべきでないときにドアをあけたりするだけで、たいへんなことになる。

どこかの馬鹿は流出ランプのすぐ手前にいた。

オコンネルが最初に認識したのは、運転手の警察官の怒鳴り声だ。つづいて運転手は右に急ハンドルを切り、オコンネルは前方にタクシーが飛び出しているのを見てとった。制服警官たちが必死に手を振り、愚か者に止まれと伝えている。車がオーバーパスの外縁へ突き進み、ガードレールへ高速で接近している。運転手はパトロールカーを横滑りさせたが、ガードレールへ向かう勢いは止まらず、オコンネルたちは胃がよじれるのを感じた。ダウンタウン・ブルックリンの屋根が迫ってくる。通りは百フィート下だ。オコンネルの隣でマッティラがつかまるところを探し、オコンネルの袖を握った。車がガードレールに衝突し、跳ね返って右側の車線と中央の車線のあいだに飛ばされた。ルイースとガリンスキーの乗る後続車が激しく横滑りしながら追突し、回転した。二台とも前に弾き飛ばされる。マッティラは叫んだ。オコンネルは毒づいた。ふたりの車はふたたびガードレールへ突進している。このままガードレールを乗り越えそうに思えた。オコンネルは墜落する飛行機を連想した。なすすべもなく恐怖しながら、地面へ向かって落下し、全身の骨が砕けるのを覚悟する状況を。しかし、パトロールカーはガードレールに二、三フィート乗りあげただけで、右側の車線で停止した。ＥＳＵのトラックが急ハンドルを切りながら停まる。

ふたりは車からおりた。

「まずいな」マッティラは言った。

先頭を進んでいた車は使い物にならなくなっている。二台目は中央の車線で割れたガラスを後ろに撒き散らしながら横倒しになっている。ルイースが車体の上側になったほうから体を引っ張り出し、ガリンスキーが路上で待っている。どちらも顔に血が付いている。左側の車線は車が数珠つなぎになったまま、流れが止まっている。

制服警官たちがタクシーに群がった。銃を抜いている者もいれば、ホルスターに手を当てている者もいる。「ちくしょう！」ガリンスキーは叫んだ。「端に行けばあの建物が見えるくらい近くまで来ていたのに」

マッティラは言った。「全員、無事か？」

ルイースはうなずいた。「走る？」と言う。

「あれに乗ろう」オコンネルは言った。

ESUのトラックを指差す。ごみ収集トラックほどの大きさの不恰好なフォード車で、フロントグリルに1の番号が振られ、車体前部に金属製の台が張り出している。

「ESUのチームと同乗する。さんざんな状況だが、ここを押し通れば、すぐに着く」

ミルバンが三台目から駆け寄ってきた。

「行こう」オコンネルは言った。ミルバンにうなずきかける。「あいつは騎兵隊が駆けつけるのを待っているぞ、ジム」


カラムはパンチを食らい、左の脇腹に灼熱の火掻き棒を突っこまれたように感じた。あえいだ。やみくもにジャブを何発か放つ。マリガンの頭をあげさせないための効果はあったが、こぶしは岩のように硬い頭蓋骨を打つだけで、ダメージはほとんど与えられなかった。

後ろにさがり、息を吸った。脇腹が焼けつくように痛むが、呼吸はできるし、耐えられる。肋骨は折れていないかもしれない。傷ついた腕をあげてガードを固め、もっと強打を浴びせるために前に踏みこんだ。

ボディブローが脇腹を連打し、内臓が叩いたサーロインになったように感じる。ジャブが頬や耳をとらえ、鈍痛が知覚を麻痺させていく。マリガンの頑丈な頭を殴っているせいで、指の付け根の関節にあざができ、皮膚が裂けている。有効打の比率は三対一といったところで、マリガンのほうが優勢だ。体力が尽きつつあるのを自覚した。土壇場での死刑執行猶予という望みが——生き延びる望みが——消えかけている。スタミナを奪うパンチを一発もらうたびに、生命力が失われていくのを感じる。

死にかけている。アイリーンやタラのことを後悔してはいない。痛めつけられた頭でそんなことを考える余裕はない。右耳にまたパンチを食らい、後ろによろめいた。顔は自分とマリガンの汗と血で汚れている。目を腕で拭った。汗の塩分が目にしみる。

「くそ」酔っ払いのようにろれつのまわらない声で言った。

マリガンは一瞬だけ動きを止め、カラムをにらんだ。マリガンの唇は裂けて腫《は》れているし、右目の上には切り傷がいくつかでき、鼻は左に曲がっている。しかし、そんなものはただの目印であるかのように平然としている。マリガンは《ザ・フィールズ・オブ・アセンライ》の出だしを鼻歌で歌いはじめた。

カラムは口笛を吹こうとした。音がかすれている。咳払いして《スター・オブ・ザ・カウンティ・ダウン》をどうにか弱々しく奏でた。

マリガンはかぶりを振った。

「おまえはいかれてる」と言う。

少しのあいだ、そこはふたりだけの世界になり、苦痛と憎悪を超えて敬意に近いものが生まれかけた。

カラムはそれを打ち砕いた。

「そしておまえはハウス・オブ・ペインを聴いているだけのえせアイルランド人だ」と言い、背筋を伸ばして距離を詰めた。

もうそんな力は残っていないと思っていたのに、強烈なコンビネーションを繰り出し、右フックが命中したマリガンの頭がのけ反った。一秒経った。マリガンは動きが止まったように見える。頭の中でチャンネルを切り替えているように、目の光が揺らいでいる。つづいて膝が崩れ、痛めつけられた顔に理解できないという表情が浮かぶ。カラムは少しだけこらえた。だが、体の中で絶大な勝利の昂揚《こうよう》感が湧きあがり、もうとても自分を抑えられなかった。ライオンに肉を、司祭に酒を与えるようなものだった。突撃し、マリガンの頭を強打した。その顔が、今夜の夕食にされることを知った動物の顔になる。ジミー・マリガンは倒れた。

カラムはその体に馬乗りになって連打しはじめた。目の下の腫れを繰り返し殴る。マリガンの唇に新しい切り傷ができた。裂けたこぶしが頬骨を打つ。こぶしは血と汗にまみれ、それを浴びるマリガンは床で大の字になっている。

勝負は決した。

心の奥でカラムは思った。一巻の終わりだ。

ラウに引き渡され、いたぶられる。

「終わりだ」

耳もとで声がして、抱きとめられた。激情が冷める。引き起こされ、後ろを向かされ、恋人が抱擁するように引き寄せられた。パディ・ドゥーランの手が後頭部にまわされる。リボルバーの薬室の冷たい金属の感触が頬に伝わる。グリップの代用品の枠が耳に当たっている。

「大丈夫だ」パディは言った。「よくやったな、クリスティ、よくやった」

別の場所に記憶が飛んだ――別の相手が敗れて硬い床の上に倒れていた地下室に。ディラン・アコスタはスペイン語で何か言っていた。フィンタン・ウォルシュはモルトリカーの大瓶を持ち、安っぽい椅子にすわって法廷を開いていた。別の人生の出来事に思える。あのときもパディはささやいていた。よくやった、と。

ゆるやかに現実に戻った。パディの息から煙草のにおいがする。ラウが広東語で部下に指示する声と、衣擦れの音が聞こえる。口の中は血と塩の味がする。助けてくれとパディに泣きつきたくなった。ラウから守ってくれ。三合会の好きにさせないでくれ。おれが人の原形をとどめなくなり、頼むから殺せと懇願するまで切り刻むのをやめさせてくれ。しかし、ことばが出てこない。ひどく怯え、ひどく混乱していた。ひどく傷ついていた。

銃声は遠くから聞こえたように思えた。腕に巻きつけた紐を引っ張られたように、パディの体がねじれた。パディは不恰好な銃を落とし、相手がだれなのか忘れてしまったようにカラムを見た。

ラウが叫んだ。「くそ《ディオウ》!」

パイナップル・ウォンがけたたましく言った。「おれの銃《ゴンーチョン》だ!」

カラムはトリニティを見た。

ウォンの銃を持っている。

やられた、と思った。壁ぎわに引きずっていったとき、ウォンがひそかに渡したにちがいない。そしてトリニティは意識を取り戻すと、力を振り絞って腕をあげ、殺しの本能のようなものに突き動かされて撃った。パディ・ドゥーランの肩を。立ったままカラムを見つめているパディは、左手に小型のセミオートマチックをまだ持っている。

ウォンがトリニティに駆け寄るとともに、パディはそちらを向いた。

銃を構えたまま、トリニティは周囲で突然湧き起こった音と怒号に驚いたようだった。その顔が見えたかと思うと、真紅の仮面に覆われる。腕が垂れる。壁に叫び声が反響し、おおぜいの怒声がぶつかり合っている。カラムがパディに飛びかかって押し倒すとともに、黒ずくめの男たちが駆けこんできた。セミオートマチックが床の上を滑っていく。〝警察〟という白い文字が描かれた黒い防弾盾がいくつか見えた。統制された一斉射撃の音と、さらなる怒声が響く。男たちは防弾ベストを着て、フリッツヘルメットをかぶっている。パディは肩の痛みに悲鳴をあげ、〝警察だ!　警察だ!〟と男たちは叫び、ラウは広東語で金切り声をあげている。

ラウがセミオートマチックをつかむ。

警察官たちが三合会の龍頭にヘックラー&コッホのMP5の狙いをつける。カラムは撃つなと叫ぶ。

ラウが叫びながらみずからに銃を向ける。不意に、耳障りな沈黙が訪れる。

無線機が小さな音を発する。

どちらに転んでもおかしくない。警察に龍頭ほどの大きな戦利品を与えるくらいなら、ラウは引き金を引くはずだとカラムは知っていた。尋問中に口を滑らせてささやかな情報を漏らしてしまう危険を冒すくらいなら。収監されてカラム・バークを満足させるくらいなら。三合会のボスをとらえるか、何も得られないか。

張り詰めた沈黙。警察官たちはラウを見つめ、ESUの隊員たちはまだMP5の狙いをつけている。

ラウが泣きだす。

銃がこめかみに当てられる。口に突っこまれる。手が震えている。

カラムは息を凝らした。

ラウがくずおれ、セミオートマチックがまた床に落ちる。発砲されずに。警察官たちが押し寄せ、ラウの身柄を確保して樹脂製の手錠をはめる。

そこで、過去の亡霊たちがカラムのもとに現われる。マイク・オコンネルは怒鳴り、ニークー・マッティラは叫び、ジョージー・ルイースはカラムの名を呼んでいる。ジェームズ・ミルバンは何度も「よかった！」と言っている。壁がむき出しの空間に、アメリカ人と中国人の声が飛び交っている。

カラムは床に伏せ、体にパディの手足がからまっている。息をしながら、アドレナリンが体内を流れるままにしている。

荒い息をしている。

息をしている。

生きている。

35

レッド・フック桟橋に船が停泊している。

イースト川の向こうのミッドタウンは、九月にクリスマスを思わせる白い光を暗い水面に投じている。川底にはディラン・アコスタが沈んでいるかもしれない。もしかしたらドナル・モリスもいっしょに。だとすれば、ふたりはウォルシュ・ファミリーの餌食となった人たちの中で、マンハッタンとブルックリンのあいだの黒い煉獄《れんごく》で永遠の時を過ごす最後の犠牲者ということになる。悪魔は死んだ。フィンタン・ウォルシュは死体安置所に横たわり、その犯罪帝国も本人とともに滅んだ。

カラム・バークに喜びはなく、大きな苦しみだけがあった。全身が痛む。いくらかの安堵はあるにせよ、仕事はまだ終わっていない。さらに容疑者が逮捕され、証拠が分析され、取り調べがおこなわれるだろうし、ＲＩＣＯ法違反の罪を裁く裁判は長くつづくだろう。昨夜、混乱の極みにあったブルックリンの廃工場からかけ離れたところで。

パディ・ドゥーランは生き延びた。

パイナップル・ウォンという名の、スパイクヘアの三合会《トライアド》構成員は生き延びられなかった。

トリニティも。

トニー・ラウは緊急出動部隊《ESU》のトラックでメトロポリタン矯正センターに連行され、監視付きの監房に入れられた。この拘置所は、今年の前半にテロリストのラムジ・ユセフが街に護送されて以来の厳重な警備を敷いている。

トニー・ラウがブルックリンのコンクリートの床に押し倒されたとき、カラムはその姿を見つめていた。

細身の体を拘束され、防弾ベストを着てグロック19やヘックラー&コッホのMP5A3やスターム・ルガーのミニ14を構えたESUの隊員たちに囲まれていた。

その前にラウは装塡済みの銃をみずからの口に突っこみ、引き金に指を掛けていた。合同捜査班は、RICO法違反の事件で最大の戦利品をもう少しで取りあげられるところだった。三合会の龍頭《ドラゴンヘッド》という戦利品を。ラウは冷徹で、法執行機関への憎悪に取り憑かれていたし、自分の脳を吹き飛ばす度胸には欠けていなかった。それなのに銃を捨て、悔い改めた罪人のようにひざまずいた。警察官たちはラウを床に押さえつけ、身体検査をおこない、ポケットの中を調べた。そしてこの十四Kの首領のポケットから、小さな教皇のメダルと聖人のカードとごく細いチェーン付きの金の十字架を見つけた。

カラムの両親も神を信じていた。どちらも清く生きることの大切さを固く信じていた。母にとって、自殺

は論外だった。父はそれを大罪と見なしていた。トニー・ラウが両親と同じ信仰を持っているとは夢にも思わなかったが、実際には持っていた。三合会十四Kの龍頭は、ひそかにカトリックを信仰していたために、引き金を引けず、法執行機関に最大の獲物をむざむざと渡してしまった。

偽善者め、とカラムは思った。

こうして三合会という龍は首をはねられた。しかし、それはいつまでつづくのだろう。ツェという名の副首領を香港の王座に就かせるべく、十四Kの組織がすでに動きはじめているという噂が、秘密情報提供者を通じて香港警察にもたらされている。

万物は変化する。この世は移り変わる。

いま、カラムはレッド・フックの高台に立ち、下の栈橋にいる税関職員や警察官や連邦捜査官を眺めている。制服が数えきれないほど見える。照明や車両やホルスターに収めた銃も。

「一カ所でこれほどたくさんの口ひげを見るのははじめてだ」栈橋に着いたとき、カラムはオコンネルに言った。

ごく少人数のチームが——カラム、オコンネル、ミルバン、ホー、ルイース、マッティラ、ガリンスキーが——中核となって、チャイナタウンの堂《トン》の構成員を逮捕し、香港から密輸されたヘロインを押収し、ウォルシュ・ファミリーの残党を解体したことは、街じゅうの関心を集めた。カラムの直感は正しかった——ヘロインは革製のフロッガーや拘束具やコルセットに染みこませてあった。二日酔いで早く帰りたがっていた管理者がずさんな仕事をやり、船荷の中のSM用具を〝おもちゃ〟と記録していた。

「大人のおもちゃか」それがわかったとき、ガリンスキーは言った。「書類に衣服やバッグがまったく載っていなかったのも当然だな。どれも革紐を編んだ服飾品なのに」

「よく知っているわね」ルイースは言った。

今夜、メトロポリタン矯正センターには増援の警察官や麻薬取締局《DEA》捜査官がいるが、それは監房にいるトニー・ラウだけでなく、ジミー・マリガンも見張るためだ。ニューヨーク・プレスビテリアン病院にも特別部隊が配置され、半数はボビー・ホーの、半数はパディ・ドゥーランの警護にあたっている。

ホーはまだ危篤状態だ。家族が香港から駆けつけ、ミルバンはダンボで手入れをしたときと仮眠するときを除いて、ホーのそばを離れようとしない。ボビーは助かるかもしれない、とまわりは言っている。助からないかもしれない、とも。カラムは当てる気にはなれなかった。ギャンブルはもうやめたからだ。

パディ・ドゥーランはテレビを観ながら持ち帰りのピザを食べている。やがておこなわれるRICO法違反の裁判の重要証人だから、特別待遇されている。ドゥーランはあの廃工場での戦いのとき、三合会に背《そむ》いたのか？　そういう話にされ、パディは台本を覚えこんだ。それはまず、トリニティに裏切られたことからはじまる。トリニティはパディを利用し、ウォルシュが殺される前の夜にカラムに乗り換えようとしたのだから。

「そしてジミーと戦うおまえをまのあたりにした」パディは言った。「ブルックリンの床の上でおまえが苦しみ、血を流してるとき、それを見物する中国人《チンク》どもをまのあたりにした。こんなことはまちがってると気づいた。おまえは確かに警官だが、アイルランド人でもある、クリスティ。名前なんてどうでもいいが。あのくそったれのアジア人どもはおれたちの街でアメリカ人に麻薬を売ってる。そんなのは我慢できない」

完全なでたらめだったが、それこそニーク－・マッティラが聞きたかった話だった。行方不明だった化学者、ケヴィン・ズークも、パディが居場所を教えたので逮捕できた。ＢＯＪガーメンツの二階下の〝空《あ》き店舗〟に隠れていた。このビルのオーナーはトゥー・シックス・スリー・ホールディングズで、この会社は三合会のフロント企業であるフェニックス・インヴェストメンツの傘下《さんか》にある。ズークの居場所は、パディがトリニティといっしょにいたときに聞いた数多くの有望で貴重な情報の最初のひとつにすぎなかった。ドゥーランは取引を持ちかけていて、ＤＥＡは修道女がジンに飛びつくようにこれに飛びついている。マッティラは裁判に勝つだろう。パディは最重要の証人になる。トニー・ラウは特上の獲物になる。

一、二年後には、ドゥーランは連邦保安官局の証人保護プログラムによって新しい名前を与えられ、ネブラスカ州あたりで靴を売っていることだろう。ニューヨークのアイルランド人による組織犯罪は事実上、過去の話になる。堂も大打撃を受け、幹部が刑務所送りになり、ヘロインビジネスは崩壊する。しばらくのあいだは。ＤＥＡはブライトン・ビーチのロシア人たちに迫る足がかりも得た。

「時のヒーローの調子はどうだ？」マイク・オコンネルが言った。

オコンネルは桟橋の高台に通じる階段をのぼりきり、カラムに煙草を差し出すと、レッド・フックで繰り広げられているハリウッド映画じみた光景を見て、かぶりを振った。アーク灯、パトロールカー、Tシャツの上にバッジを垂らしたカウボーイたち、ショットガンのイサカM37。対岸のマンハッタンに小さな光がきらめき、背景幕になっている。

「絶好調さ」カラムは言った。煙草を受けとると、オコンネルが火をつけてくれた。

オコンネルは言った。「これが片づいたら、飲みにいくか？」

「もちろん。一日じゅう血尿が出ているから、アルコールで少し薄めてやるのがよさそうだ」

「キャナル・ストリートのC系統の駅の近くに、とてもいいバーがある。安くて、暗くて、みすぼらしい」

「あんたの女の好みと同じだな」

「うるさい。おれは夜遊びしているときに人殺しのSM女王に体をまさぐられたりしないぞ」

カラムは煙草を吸った。秋の気配が濃くなるとともに、空気が薄くなっている。まとわりつくような夏の蒸し暑さはもう和《やわ》らいでいる。じきにハリケーンがずっと南の東海岸を襲うのに合わせて、パディが期待していた雷雨がもっと発生するだろう。荘厳なクライスラー・ビルディングや、てっぺんが赤く照らされたエンパイア・ステート・ビルディングや、黒々とした水の上に架かるクイーンズボロー橋の妖精めいた光を眺めた。いま、ほかのどこかにいる自分は想像できない。それに、ニューヨークは香港に比べ、オハイオ州に——アイリーンとタラに——ずっと近い。

「そのキャナル・ストリートのバーだが」と言った。

「行ったことがあるかもしれない」

「あるかもな。おれたちがはじめて顔を合わせた夜に」

「こうしないか。病院に寄って、ボビー・ホーの様子を見てから、飲みにいく」

オコンネルはパトロールカーの近くでマッティラが手招きしているのを見た。

「わかった」と言う。「ただし、女房に連絡しないとまずい。起きて待っていなくていいと伝えないと。公衆電話を使うから、小銭を持っていないか?」

カラムは川の向こうを見て、微笑した。

「いくら要る?」と言う。

オコンネルは左手をポケットに突っこみ、右手で顎を撫でながら、桟橋に停泊している船と、襲撃中のアリの大群よろしくそれに群がっている人たちを見て、咳払いした。反対のポケットを調べ、鼻を鳴らす。

「三十セント持っていないか?」と言った。

そして下で繰り広げられている喧噪《けんそう》へ歩いていった。

謝辞

本書はわたしにとって大事業だった。執筆にあたっては、一九九五年にニューヨークで過ごした長い時間の記憶と日記を掘り返した。ビッグアップル暮らしの最良の部分をいくつかと、最悪の部分を少し知ったのがこのときだ。本書を執筆中の二〇一九年にこの街をふたたび訪れると、ずいぶん様変わりしていたが、西七十九番ストリートの〈ダブリン・ハウス〉は昔のままで、それはありがたかった（肝臓にはありがたくなかった）。旅をとても心地よいものにしてくれたみなさんに感謝する。

五月の霧雨《きりさめ》が降る夜、第五分署に勤務していた巡査や巡査部長にも感謝する。いきなりふらりとはいってきたわたしのために、忙しい時間を割《さ》いて話を聞かせてくれてありがとう。

作家であり元警察官でもあるマイケル・マシューズは、ニューヨークへの取材旅行をとても実りのあるものにするのに力を貸してくれたし、わたしからのEメールにどこまでも辛抱強く対応してくれた――デトロイトでの警察活動を扱ったその著書 *American Ruin* は一読に値する。ニューヨーク市警《NYPD》の元刑事であるアイラ・グリーンバーグにも深謝する。呼び出すと、マンハッタンのあちらこちらのカフェまで付き合ってくれた。作家でありNYPDの元刑事でもあるヴィク・フェラーリは、わたしがNYPDの方針のいくつかの点についてEメールで尋ねると、親切に返事をしたため、力になってくれた——ニューヨーク市警を扱ったその著書は一読をすすめたい。NYPDの元刑事であるニール・ナッピは、本書の執筆に多大な貢献をしてくれた。寛大にも、わたしと顔を合わせて、麻薬課にいたころの経験やマンハッタン北部の通りで警察活動をおこなっていたときの思い出を話すのに、長い時間を割いてくれた。本書の描写が真に迫っているのはこういった人たちのおかげだ。不正確な記述は、突飛な空想も含めて、すべてわたしに責任がある。しかしながら、本物の警察官と話したからこそ、事実は虚構よりもはるかに説得力があると断言できる。本書のどれがどれなのかは読者の判断に委ねたい。

本書で描かれている三合会《トライアド》のしきたりや登場人物に関しては、いくつかのノンフィクション作品が下調べで大いに役立った。ジェラルド・ポスナーの*Warlords of Crime*はその筆頭だ。アメリカの調査ジャーナリズムの殿堂においては、ジェラルドは改めて説明する必要がないほどの人物だが、驚いたことにわたしの小説を読んで太鼓判を押してくれていて、それには謝意を表したい。

ディン・ガオに多大な感謝を。王立香港警察《RHKP》の階級についての助言はたいへん参考になった。それからジャック・ハンフリーにも。著書の*BomBan*はRHKPの下調べをするうえで有益だった。この警察部隊に関する不正確な記述があれば、それはひとえにわたしの責任である。

アメリカ以外では、グロスターシャーのファイト・ファクトリーのジョン・ピットマンと、戦士にして紳士であるアンディ・ハリスに感謝する。リングの内外でのボクサーの生活を話してくれてありがとう。

　草稿に意見をくれたデイヴィッド・キャメロンにいつもながらの感謝を。担当編集者のハンフリー・ハンターは今回もすばらしい仕事ぶりで、かぎられた時間を惜しみなく割いてくれた。オリー・レイはカバーで見事な仕事をこなし、わたしの注文を文句も言わずに聞いてくれた。とても美しい本にしてくれてありがとう。時間を割いてわたしの作品を読んでくれたクレア・マガウアンとゲイリー・ドネリーとデイヴィッド・ピースにもお礼を申しあげる。ロンドンや東京でいっしょにビールを飲みたいものだ――わたしのおごりで。最後に、トモエとハナにいつもながら感謝する。愛情を持って支えてくれただけでなく、カバーのすばらしい代案を思いついてくれてありがとう！

訳者あとがき

中国の犯罪組織や、それが牛耳《ぎゅうじ》る裏社会は、〝黒社会《ヘイシャーホエイ》〟と呼ばれる。黒社会の中で抜きん出た勢力を誇るのが香港を拠点とする三合会《トライアド》で、五十以上の諸派を束ねているという。そのうちの最大の一派が十四Kで、最盛期には数十万人の構成員がいたと言われている。秘密結社であるため全容は明らかになっていないが、香港政府とも関係が深く、龍頭《ドラゴンヘッド》と呼ばれる首領のもとで、麻薬密売、賭博、売春、人身売買、殺人などの数々の犯罪に手を染めているのはまちがいないようだ。

また、世界各地のチャイナタウンには堂《トン》と呼ばれる組織がある。もともと人種差別や搾取から中国人を守るために設立されたが、後ろ暗い面もあり、中国人による組織犯罪の多くにかかわっているとされる。

ジョン・スティールによる本作『鼠の島』（原題 *Rat Island*）は、三合会十四Kがニューヨークの堂やアイリッシュ・マフィアとともに企てた大がかりな麻薬密売を暴くべく、香港の警察官がアメリカで潜入捜査を試みる物語となっている。

おもな舞台は一九九五年のニューヨーク。アイルランド人でありながら王立香港警察《RHKP》の警部を務めるカラム・バークは、RHKPとニューヨーク市警《NYPD》と麻薬取締局《DEA》が組んだ合同捜査班に加わる。この捜査班の目的は、中国人とアイルランド系アメリカ人による組織犯罪の撲滅だ。これまでの捜査により、中国人がニューヨークのアイリッシュ・マフィアとの取引をまとめようとしていることが明らかになっていた。取引の内容は、三合会がアジアからヘロインを供給し、ニューヨークのチャイナタウンを拠点とする協勝堂《ヒップシントン》がそのアメリカへの密輸に協力し、アイリッシュ・マフィアがニューヨークの路上で商品を売りさばくというものだ。この三者のうち、三合会と協勝堂は結束が固いうえに用心深く、容易には尻尾をつかめないが、アイリッシュ・マフィアはいわば鎖の最も弱い環になっている可能性があった。ならば、アイルランド人を逮捕して関係を立証できれば、中国人を共犯として訴追できる。そうした経緯から、ベルファスト生まれでアイルランド訛りのある二十九歳のカラムが、アイリッシュ・マフィアに潜入するという危険な役目を任されることになった。

　もっとも、カラムは潜入捜査の経験がなく、この任務に自信がなかった。ギャンブル好きのカラムは香港で三合会の前龍頭の甥に借金を重ね、ついにはその甥に重傷を負わせるという不祥事を起こし、妻子とも別居していた。その後、前龍頭も甥も麻薬の過剰摂取で死亡したが、現龍頭のトニー・ラウという男はカラムが前龍頭を死に追いやったと見なし、復讐を誓っていた。カラムがこの潜入捜査にやむなく身を投じるのは、汚名を返上するだけでなく、ラウの縄張りである香港から逃れたいという理由もあった。

カラムが潜入を試みるのはフィンタン・ウォルシュという男を頂点とするマフィアで、ジミー・マリガンという男がその右腕を務めている。下っ端にウォルシュやマリガンの幼馴染みだったパディ・ドゥーランという男がいて、祖国からアメリカに来た移民をひいきにしているという。ウォルシュ・ファミリーに潜入する足がかりを得るために、カラムはアイルランド系移民を装ってまずはドゥーランに接触を試みる。

ドゥーランが仮住まいとしているホテルに清掃係として潜りこんだカラムは、首尾よくドゥーランと親しくなり、ウォルシュ・ファミリーが実権を握るニューワールド運送という会社に雇われる。この会社は家財やオフィス設備の運送を隠れ蓑にして、麻薬も運んでいた。ここでしばらく働くうちに、ウォルシュ本人が突然カラムの前に現われ、ディラン・アコスタという若者を痛めつけるよう命じる。アコスタはウォルシュの縄張りで勝手に麻薬を売っていたため、〝教訓〟を与えるのがその目的だった。カラムはウォルシュやマリガンが見ている前で、アコスタと素手で殴り合い、どうにか勝利を収める。そしてウォルシュに気に入られ、ファミリー入りを果たす。

しかし、その後の潜入生活は過酷なものだった。正体がばれて処刑されるかもしれないという恐怖と戦いながら、ウォルシュやマリガンに命じられて死体の解体や麻薬の運搬やみかじめ料の取り立てをやらされるうちに、カラムの精神はしだいにむしばまれていく。しかも中国では、カラムを憎悪するラウが二年後の香港返還を見据えて、ニューヨークに進出する動きを見せていた。果たしてカラムは生き延びられるのか。中国人やアイルランド人による犯罪の証拠をつかめるのか。ラウとの因縁はどうなるのか。つづきはどうぞご自分の目で確かめていただきたい。

本作の原書は二〇二一年に発表されると、クライム・スリラーの傑作として好評を博した。『TOKYO YEAR ZERO』などの著書があるデイヴィッド・ピースも賛辞を送っている。三合会、堂、アイリッシュ・マフィアによる国際麻薬ビジネスをリアルに描き出しつつ、潜入捜査官ならではの苦悩を活写しているところが高評価の理由だろう。ルドルフ・ジュリアーニ市長によって割れ窓理論に基づく浄化作戦がおこなわれていた当時のニューヨークの様子も、興味深く読んだ読者が多いのではないだろうか。

著者について触れておこう。ジョン・スティールはベルファストで生まれ育ち、一九九五年に二十二歳でアメリカに移った。その後は三つの大陸で暮らし、日本にも十三年間住んでいた。さまざまな職を経て作家となり、これまでに元潜入捜査官を主人公とする〈ジャッキー・ショウ〉シリーズを三作発表している。その第一作の*Ravenhill*はCWA（英国推理作家協会）のデビュー・ダガー賞の候補にもなった。現在はイギリス在住で、構想中の次作はヘルズ・エンジェルスが登場するらしく、訳者としても刊行を楽しみにしている。

最後になりましたが、本書の訳出にあたっては、株式会社早川書房の井戸本幹也氏とみなさまにたいへんお世話になりました。心よりお礼を申しあげます。

二〇二四年十一月

HAYAKAWA POCKET MYSTERY BOOKS No. 2010

青《あお》 木《き》 創《はじめ》

1973年生,
東京大学教養学部教養学科卒,
翻訳家
訳書
『消えたはずの、』エイミー・ジェントリー
『渇きと偽り』『潤みと翳り』ジェイン・ハーパー
『謎解きはビリヤニとともに』アジェイ・チョウドゥリー
『解剖学者と殺人鬼』アレイナ・アーカート
(以上早川書房刊) 他多数

この本の型は、縦18.4センチ、横10.6センチのポケット・ブック判です。

〔鼠《ねずみ》の島《しま》〕

2024年12月10日印刷　2024年12月15日発行

著者　ジョン・スティール
訳者　青木創
発行者　早川浩
印刷所　星野精版印刷株式会社
表紙印刷　株式会社文化カラー印刷
製本所　株式会社明光社

発行所　株式会社　早川書房
東京都千代田区神田多町2-2
電話　03-3252-3111
振替　00160-3-47799
https://www.hayakawa-online.co.jp

(乱丁・落丁本は小社制作部宛お送り下さい
送料小社負担にてお取りかえいたします)

ISBN978-4-15-002010-1 C0297
Printed and bound in Japan